MIRA®

Der Preis dieses Bandes versteht sich einschließlich
der gesetzlichen Mehrwertsteuer.

Umwelthinweis:
Dieses Buch wurde auf chlor- und säurefreiem Papier gedruckt.

Die Schöne und der Sklave

Eine Intrige kostet den Engländer Alec Kenley die Freiheit: Als Sklave wird er von einem verschlagenen Händler in der Kolonie Virginia an die schöne Plantagenbesitzerin Catherine verkauft. Mehr tot als lebendig erholt er sich nur langsam von den Strapazen der Überfahrt. Catherine ist wider Willen von dem hoch gewachsenen Engländer fasziniert. Doch es fällt ihr schwer, seiner Geschichte Glauben zu schenken: Angeblich ist er in seiner Heimat ein vermögender Schiffsunternehmer, wurde entführt und auf den Seelenverkäufer verschleppt. Catherines Herz möchte ihm vertrauen. Aber bis er einen Beweis erbringt, muss die Liebe, die zwischen ihnen erwacht, im Geheimen blühen ...

Pamela Clare

Die Schöne und der Sklave

Roman

Aus dem Amerikanischen von
Martin Hillebrand

MIRA®

MIRA® TASCHENBUCH
Band 25128
1. Auflage: März 2005

MIRA® TASCHENBÜCHER
erscheinen in der Cora Verlag GmbH & Co. KG,
Axel-Springer-Platz 1, 20350 Hamburg
Deutsche Taschenbucherstausgabe

Titel der nordamerikanischen Originalausgabe:
Sweet Release

erschienen bei: Leisure Books, New York
Published by arrangement with
Dorchester Publishing Co.,Inc.
Dieses Werk wurde vermittelt durch die Interpill Media GmbH, Hamburg

Konzeption/Reihengestaltung: fredeboldpartner.network, Köln
Umschlaggestaltung: pecher und soiron, Köln
Titelabbildung: by „Leslie Peck“ bei Thomas Schlück GmbH, Garbsen
Autorenfoto: © by Harlequin Enterprise S.A., Schweiz
Satz: D.I.E. Grafikpartner, Köln
Druck und Bindearbeiten: Ebner & Spiegel, Ulm
Printed in Germany
ISBN 3-89941-167-6

www.mira-taschenbuch.de

PROLOG

London, 8. März 1730

Alec Kenleigh stürzte den letzten Schluck Brandy hinunter und verfolgte genussvoll, wie der scharfe Branntwein sich sengend den Weg zum Magen suchte. Es war zwecklos. An diesem Abend vermochte ihm offenbar nichts Entspannung zu verschaffen – weder eine warme Mahlzeit noch ein Frauenkörper oder Alkohol.

Sein Blick schweifte vom knisternden Kaminfeuer hinüber zu Isabelle, die vor ihrer goldverbrämten französischen Frisierkommode saß und ihr langes, dunkles Haar bürstete.

„Was ist?" fragte sie, die Augen gleichermaßen auf ihr eigenes wie auf Alecs Spiegelbild gerichtet. „Du starrst mich so an!" Ganz kurz hielt sie beim Bürsten inne, gerade so lange, um ihn mit einem routiniert verführerischen Blick zu fixieren, der ihm zuvor einmal durch und durch gegangen wäre, nun allerdings jegliche Wirkung verfehlte.

„Du gefällst mir eben", erwiderte er.

Und bei Gott, sie war tatsächlich eine Schönheit! Zumindest das war nicht gelogen. Alecs Blick verweilte auf ihren feinen Gesichtszügen, dem schlanken Hals und den vollen, sahnig-weißen Brüsten, die bei jedem Schwung der vergoldeten Bürste wogten, die dunkelroten Knospen selbst jetzt noch straff vor Erregung. Nie zuvor war er einer Frau begegnet, die dem Liebesspiel so verfallen war wie Isabelle.

Sicher, äußerlich war sie makellos, zudem erfahren und charmant. Warum also verlor er allmählich sein Interesse an ihr? Ihre übrigen Liebhaber störten ihn nicht, hatte er doch von Anfang an von ihnen gewusst. Auch dass sie sich endlos lange über Trivialitäten wie Mode, Gesellschaften oder Londons neueste Skandalgeschichten ausließ, machte ihm nichts aus, denn er hatte bislang noch keine Frau kennen gelernt, deren Gedanken sich nicht um derartige Dinge drehten. Ausgenommen natürlich seine Schwester Elizabeth, doch die war nun einmal eine Ausnahme unter den Frauen. Die Wahrheit lag darin, dass Isabelle St. Denis mit ihrem französischen Akzent, dem Reichtum ihres verstorbenen Gatten sowie ihrer beispiellosen Schönheit lediglich Lust in Männern erweckte. Obschon den Sinnenfreuden durchaus nicht abhold, hatte Alec mittlerweile erkannt, dass ihm Lust allein nicht reichte.

Die Uhr im Salon ein Stockwerk tiefer schlug eins. Alec erhob sich und begann sich anzukleiden. Nicht ein Mal während ihrer nunmehr schon fünf Monate andauernden Liaison war er über Nacht geblieben. Es war ihnen beiden lieber so.

„So zeitig brichst du schon auf?" Isabelle legte die Bürste beiseite, stand auf, trat auf ihn zu und umschlang ihn mit den Armen. Den Busen an ihn gepresst, ließ sie die Finger durch sein Brusthaar gleiten. Ihre feuchte Zunge umspielte seine Knospe.

„Ich fürchte, ich war dir heute Abend keine sehr angenehme Gesellschaft." Er gab ihr einen Kuss auf die aufwärts gekehrte Nasenspitze. Ihre Haut duftete aufdringlich nach schwerem französischen Parfüm.

Die Lippen zu einem enttäuschten Schmollmund aufgeworfen, wandte sie sich unvermittelt ab, griff nach einem Morgenrock aus weißer Seide, der auf der Chaiselongue gleich in der Nähe lag, und rief dabei lauthals nach ihrer Zofe. „Mary!"

Ohne sie weiter zu beachten, streifte Alec das Haar nach hinten und befestigte es mit einer Samtschleife zu einem schlichten Zopf, um dann nach seinem Hemd zu greifen.

Welch passender Abschluss für diesen Tag! Seine Geliebte kreischte wie eine Furie, und nach der Auseinandersetzung vom Vormittag hasste sein Bruder ihn zweifellos. Gewiss, er war nicht eben zimperlich mit Philip umgesprungen, das wusste er wohl, doch bei Gott, der war schließlich kein kleiner Junge mehr! Allmählich wurde es Zeit, dass er mit seinen Ausschweifungen Schluss machte und sich mannhaft seinen Verpflichtungen stellte. In der Firma gab es mehr als genug für ihn zu tun. Brauchte Philip weiter Geld für seine Weibergeschichten und seine Spielleidenschaft, musste er es sich eben verdienen. Ungeduldig nestelte Alec an einem widerspenstigen Knopf seiner Hemdmanschette.

Während er seine weichen Lederstiefel anzog, näherten sich eilige Schritte über den Korridor, und wenig später wurde Marys bleiches Gesicht im Türspalt sichtbar. Alec hatte sich zwar nie nach dem Alter der Kleinen erkundigt, war sich indes ziemlich sicher, dass sie allerhöchstens sechzehn war – etwa so alt wie das Mädchen, das von Philip ins Unglück gestürzt worden war.

„Mistress?"

„Sorge dafür, dass die Kutsche von Monsieur Kenleigh vorgefahren wird! *Rapidement!*"

Hastig entfernte sich die Zofe.

„Sei bedankt für deine reizende Gastfreundschaft, Isabelle. Ich finde allein hinaus." Jetzt auch noch einen inszenierten Wutausbruch ertragen zu müssen, dazu war er nicht in der Stimmung.

„Alec, warte!" Isabelle stürzte ihm nach ins Treppenhaus und schlang, die rougeverschmierten Lippen zu einem perfekten Schmollmund geschürzt, die schlanken weißen Arme um seine Taille. „Sei mir nicht böse! Was soll ich denn davon halten, wenn du mich nicht mehr willst?"

„Es gibt mehr als genug brünstige junge Dachse in London, die nur darauf warten, meinen Platz einzunehmen." Er hob ihr Kinn an und küsste sie leicht auf die Lippen. „Du wirst mich nicht einmal vermissen."

„Doch!" beteuerte sie und schaute gekränkt unter dunklen

Wimpern hervor zu ihm auf. „Wie man dem Körper einer Frau Lust bereitet, das magst du wissen. Was indes ihr Herz betrifft, so musst du noch viel lernen."

Alec lachte. „Willst du mir etwa einreden, Chérie, dass du mich liebst? Dir passt es einfach nicht, dass ich es bin, der den Schlussstrich zieht, und nicht du!"

Schlussstrich? So weit hatte er eigentlich gar nicht gedacht, doch kaum waren die Worte heraus, begriff er auch schon, dass er genau das gewollt hatte. Er sah zunächst Überraschung und dann Zorn in Isabelles Augen aufblitzen. Ihre Lippen verzogen sich zu einem scheuen Lächeln.

„Du wirst schon wiederkommen", bemerkte sie.

Nach einem letzten flüchtigen Kuss wandte er sich erneut der im Dunkeln liegenden Treppe zu. Mochte Isabelle nach Belieben schmollen!

Unten im Foyer fand er seinen Mantel schon zurechtgelegt vor, nebst Hut und Handschuhen. Das gedämpfte Prasseln auf der Fensterscheibe verriet ihm, dass es wieder regnete.

„Sir?"

Hinter ihm stand Mary, in der Hand eine Kerze, das schmale Gesicht von unten beleuchtet. „Braucht Ihr vielleicht noch etwas, Sir?"

„Nein, danke, Mary."

Sie knickste und trat zurück, um zu warten, bis er gegangen war. Sollte sie vergessen, hinter ihm abzuschließen, machte Isabelle ihr mit Sicherheit die Hölle heiß. Alec zog seinen Mantel über und ging zur Haustür. Feuchter Beschlag auf der regennassen Fensterscheibe machte es ihm zwar unmöglich, draußen irgendetwas zu sehen, doch er würde seine Kutsche am Geräusch erkennen, wenn sie vorfuhr. Er wollte heim ins eigene Bett, um den gesamten Tag zu vergessen.

Auf Philips Gesicht hatte ein völlig entgeisterter Ausdruck gelegen. Dabei war es nicht einmal so, dass Alec seinen Bruder nun von jeglichen Vergünstigungen abschnitt. Philip wohnte in seinem Haus, wurde von ihm ernährt, nutzte seine Dienstboten, das Grundstück, die Stallungen. Alec hatte lediglich eine Bedingung an Philips recht großzügig bemessene Zuwendung geknüpft. Laut Testament ihres Vaters sollte Alec die finanziellen Angelegenheiten seines Bruders nach eigenem Gutdünken regeln, und zwar bis zu dessen fünfundzwanzigstem Geburtstag, mithin noch ein knappes Jahr. Angesichts der unerquicklichen Sachlage hatte Alec die Zügel allerdings viel zu lange schleifen lassen.

Mary nieste und knickste verlegen zur Entschuldigung.

Alec wandte sich ab, als von der Straße Hufgeklapper auf dem Kopfsteinpflaster ertönte. „Gute Nacht, Mary. Geh ruhig wieder schlafen."

„Gute Nacht, Sir. Danke, Sir."

Nach Isabelles süßlich-schwerem Parfüm empfand er den nasskalten Regenschwall als geradezu wohltuend, auch wenn er ihm heftig ins Gesicht peitschte und ihm vorübergehend den Atem verschlug. Rasch schlug er den Kragen des Mantels hoch und eilte, zwei Stufen auf einmal nehmend, die Treppe hinunter, um rasch in die trockene Wärme der üppig gepolsterten Kutsche zu flüchten. In den weinroten Kissen versunken, schloss er die Augen und ließ sich vom Schaukeln des Gefährts einlullen. Ruhe aber fand er dennoch nicht.

Was hätte er anders machen können? Er hätte Philip vor Jahren schon an die Kandare nehmen sollen, lange bevor die Lage so außer Kontrolle geriet. Zumindest jedoch hätte er warten können, bis Philip seinen Rausch ausgeschlafen hatte und nüchtern war. Stattdessen hatte er seinen Bruder gleich in dem Moment, als dieser am Morgen durch die Haustür wankte, zur Rede gestellt. Die Sonne war gerade aufgegangen, da hatte er das Krachen der Haustür sowie Philips Schritte im Treppenhaus gehört und war ihm hinauf zu seinen Gemächern gefolgt.

Philip hatte sich die Sache mehr zu Herzen genommen als vermutet. Noch immer hallte Alec die Stimme des Bruders in den Ohren.

„Du Schweinehund!“ hatte Philip geflüstert, wobei sein jungenhaftes Grinsen abrupt einer wutverzerrten Grimasse wich, ehe er mit geballter Faust ausholte.

Leichtfüßig war Alec ihm ausgewichen, sodass Philip ins Leere hieb und wie ein betrunkener Landstreicher auf den Perserteppich stürzte, wo er mit verrutschter, weiß gepuderter Perücke liegen blieb.

„Mein Gott, Philip! Schau dich bloß an!“ Alec wandte sich ab, überwältigt vom Gestank nach Schnaps und Tabak. „Offenbar habe ich meine Pflichten vernachlässigt. Das hier wäre schon längst einmal fällig gewesen. Wahrscheinlich hätte es mich weniger interessiert, wärest du darauf aus gewesen, einzig dich allein zu ruinieren, doch dass du andere mit dir in den Abgrund reißt, lasse ich nicht zu.“

Schwankend kam Philip auf die Beine, das Gesicht eine leblose Maske. „Sie war eine Hure!“

„Sie war sechzehn!“

„Und selbst schuld, zum Teufel! Ich habe nicht von ihr verlangt …“

„Nein! Du warst für sie verantwortlich!“ Wie glühendes Eisen fraß sich der Zorn durch Alecs Leib; nur mit Mühe widerstand der dem Drang, seinem Bruder die Faust ins Gesicht zu rammen. „Hättest du nur einen Funken Ehrgefühl, dann hättest du angeboten, in aller Stille für sie und das Kind aufzukommen. Stattdessen lässt du sie sitzen, und bei dem Versuch, sich deiner Nachkommenschaft zu entledigen, ist sie umgekommen!“

Für einen Moment stand Philip da, den Blick der harten braunen Augen unverwandt auf Alecs Gesicht gerichtet. Dann wandte er sich ab, und seine Züge wurden weicher. „Ich bedaure selbstverständlich, was vorgefallen ist.“ Er schleuderte seine Perücke auf das große, auf vier Pfosten ruhende Bett. „Hätte ich ihre Absicht geahnt

... Du wirst doch nicht ernsthaft wollen, dass ein Fehltritt uns auseinander bringt, Alec! Wir sind doch Brüder!" Ein reuiges, jungenhaftes Grinsen überzog seine Züge.

„Auch wenn du deinen Charme spielen lässt, Philip, so kommst du diesmal nicht damit durch. Entweder richtest du dich nach meinen Bedingungen, oder du erhältst keinen roten Heller mehr."

Philip schnaubte verächtlich. „Das erlaubst du dir nicht!"

„Das habe ich mir schon erlaubt."

Die Kutsche fuhr krachend in eine Querrinne und schüttelte Alec durch. Es war schon seltsam, dass er einmal auf seinen Bruder neidisch gewesen war! Als zweitgeborener Sohn hatte Philip nicht die Last auf sich nehmen müssen, von der Pike auf das Schiffsbauerhandwerk zu erlernen. Diese Pflicht war Alec zugefallen. Als Erstgeborener war er Erbe des Hauses Kenleigh samt des riesigen Besitzes sowie des vom Urgroßvater gegründeten Unternehmens. Während Alec die Aufmerksamkeit knochentrockener und unnachgiebiger Privatlehrer ertragen musste, hatte sein sechs Jahre jüngerer Bruder seine Kindheit unbeschwert und ganz nach Belieben verbringen dürfen. Der Vater hatte Philip stets bevorzugt, ihn bei dessen Eskapaden sogar noch ermutigt und es geduldet, dass sein Jüngster gegen jegliche Konventionen verstieß, ohne Konsequenzen befürchten zu müssen. Seinen Ältesten hingegen hatte er höchstens gezüchtigt, ansonsten indes nicht beachtet.

Nunmehr hatte Alecs Neid sich in Mitleid verwandelt, womöglich gar in Verachtung. Philip lebte in einer selbst geschaffenen Hölle, war beinahe ständig betrunken und hoch verschuldet; zudem war er umgeben von einem Freundeskreis – falls dieser Ausdruck überhaupt zutraf – aus Huren, Trunkenbolden und Maulhelden. Wenn er nicht einem von diesen zum Opfer fiel, dann gewiss der Syphilis. Hinzu kam die Sache mit der Tochter der Schankwirtin.

Mitten in der Nacht hatte Socrates auf ein Klopfen hin die Hintertür geöffnet und das kraftlose, blutende Mädchen dort auf der Schwelle vorgefunden. Nach Auskunft des Arztes, den Alec unverzüglich hatte holen lassen, kam jegliche Hilfe zu spät. Binnen Stundenfrist war die Kleine gestorben, der Lebensfunke verlöscht in einer scharlachroten Lache zwischen ihren Beinen. Die biederen Bürger Londons lasteten ihr selbst die Schuld an ihrem Tod an und vergaßen sie nur allzu schnell, doch Alec vermochte das nicht.

Mit einem Ruck kam die Kutsche zum Stehen, wobei Alec fast von der Sitzbank geschleudert wurde. Schon erwartete er, dass sie sich wieder in Bewegung setzte, doch nichts geschah.

„Hol's der Teufel!“ Alec schlug den Mantelkragen hoch und stieß die Kutschentür auf. Eisiger, böiger Regen prasselte ihm beißend ins Gesicht.

Der erste Hieb kam völlig überraschend und traf ihn explosionsartig am Schädel, sodass er auf dem nassen Kopfsteinpflaster in die Knie sackte. Wie durch einen Nebelschleier schaute er auf und sah gerade noch, wie der Kolben einer Muskete im Bogen durch die Luft auf ihn zusauste. Die Wucht des Schlages abwehrend, packte er die Waffe am Lauf und entriss sie den Händen des Angreifers.

Der dritte Hieb jedoch kam von hinten.

Alecs Denken zerstob unter dem Schmerz.

Ein grellroter Blitz.

Dunkelheit.

Aus der Deckung einer Türnische auf der anderen Straßenseite beobachtete ein betrunkener alter Mann, der ob des nasskalten Wetters keinen Schlaf fand, wie die beiden Diebe den Bewusstlosen in die Gasse zerrten, aus der sie hervorgesprungen waren. Er hörte zwar, wie sie einander etwas zuriefen, doch Wind und Regen verschluckten die Laute.

Zehn Minuten später tauchten sie wieder auf, das leblose Opfer zwischen sich schleppend. Mit dem Gesicht nach unten ließen sie es neben der Kutsche zu Boden fallen.

„Armer Teufel!“ murmelte der Alte, doch im Grunde scherte es ihn keinen Deut, wenn es den reichen Leuten ab und zu ans Leder ging. Die legten es doch geradezu darauf an.

Sobald die Diebe wieder im Dunkel der Gasse verschwunden waren, wankte der Alte hinüber zu der reglos daliegenden Gestalt. Vielleicht war den Ganoven ja ein Schilling entgangen! Ein goldenes Glitzern am Finger des Bewusstlosen ließ den alten Mann entzückt aufkeuchen, und schnell streckte er den Arm aus, um sich seinen Anteil zu sichern. Doch kaum hatte er die Haut des Opfers berührt, da zuckte er ruckartig zurück.

Die Hand war so eisig kalt wie ein Hauch aus der Gruft.

Der Alte stolperte ein paar Schritte beiseite und schaute furchtsam in alle Richtungen, um sich zu überzeugen, dass ihn niemand gesehen hatte. Falls doch, würde man ihm gewiss den Mord anhängen, und das hieß, dass er im Handumdrehen am Galgen baumelte. Andererseits brächte der Goldring ihm gewiss so viel Ale und Brot ein, dass er sich auf Tage hinaus den Bauch damit voll schlagen könnte. Schon knurrte ihm der Magen, sodass er sich zaghaft erneut vorwagte.

Der Ring ließ sich leicht abstreifen. Bereits kühner geworden, durchsuchte der Alte die Taschen des Toten. Wenn Dieben schon ein Goldring durch die Lappen ging, dann übersahen sie sicherlich auch den einen oder anderen Schilling! Doch sosehr er sich auch abmühte, von hinten gelangte er nicht an die Taschen heran. Als er an einem Arm des Toten zerrte, gelang es ihm endlich, die Leiche auf den Rücken zu rollen.

Was er sah, zwang ihn würgend auf die Knie.

Nach Luft ringend, raffte der Alte sich zitternd auf, ließ den Ring fallen und floh schluchzend die Straße hinunter.

1. KAPITEL

Commonwealth of Virginia, seiner britischen Majestät Kolonie in Amerika. Lancaster County, am Ufer des Rappahannock River gelegen.
18. Mai 1730

Mit einem unguten Gefühl im Magen beobachtete Cassie Blakewell, wie der schwerfällige Segler sich gegen die Strömung flussaufwärts quälte. Bei allem, was sonst von ihr verlangt wurde, um die Plantage am Leben zu erhalten, angefangen von der Krankenpflege bis hin zum Zerquetschen der vermaledeiten Hornfliegen, graute ihr am allermeisten vor dem Umgang mit den Seelenverkäufern. Seelenverkäufer! Schon bei dem Wort überlief sie ein Frösteln, trotz der lauen Frühlingsluft.

„Überlass mir das Verhandeln, hörst du?“ Unruhig strich sie sich die Röcke glatt und zupfte die Musselinrüschen zurecht, die das miederartige Oberteil ihres Kleides säumten. „Wir wollen keinen Ärger bekommen!“

Micah nickte zustimmend und wischte sich die Schweißperlen ab, die ihm aus dem dichten, grau-schwarzen Kraushaar in die gefurchte Stirn rannen. Der finstere Ausdruck auf seinem dunklen Gesicht verriet ihr, dass er alles andere als begeistert war, hatte doch bis zum vergangenen Jahr allein er sämtliche Entscheidungen über Ankauf und Verkauf von Leibeigenen und Sklaven getroffen. Cassies Vater, der wusste, wie man mit lästigen Fremden und neugierigen Nachbarn verfuhr, war im vorigen Sommer erkrankt. Schon vor dem Sklavenaufstand im letzten Jahr waren die Weißen den frei geborenen Schwarzen mit Argwohn begegnet; nunmehr indes standen sie ihnen regelrecht feindselig gegenüber. Obschon frei geboren und der beste Aufseher im ganzen Bezirk, tat Micah gleichwohl besser daran, sich in Gegenwart von Ortsfremden als Sklave auszugeben – eine Zumutung für jemanden, der einst seine eigene Farm bestellt hatte.

Aus der Ferne erklang der honigsüße Wechselgesang eines Walddrosselpärchens. Tief sog Cassie den Fichtenduft ein, bemüht, des unruhigen Flatterns in der Magengegend Herr zu werden. Sie liebte diesen Fluss und das Land, das sich an seine Ufer schmiegte. Mochten andere auf der Suche nach Reichtum und Abenteuern getrost gen Williamsburg und die lärmenden Straßen der Stadt ziehen – Cassie gedachte hier zu bleiben, umgeben von den einzigen Reichtümern, auf die es wirklich ankam.

Die Augen gegen die blendende Helle von Sonne und Wasser abgeschirmt, sah sie zu, wie das kleine Boot sich immer näher an den Landungssteg heranarbeitete. Die Frühjahrsschmelze hatte den Fluss ansteigen lassen, der nun hurtig dahinströmte.

„Der wird Euch nach Strich und Faden betrügen!"

„Ich weiß schon, was ich tue!" Obschon Micah sie lediglich ein wenig aufstacheln wollte, spürte sie, dass seine Worte sie reizten. „Habe ich nicht auch Tom zu einem guten Preis bekommen?"

Tom war der neueste leibeigene Zwangsarbeiter auf der Plantage, der Cassies Ansicht nach ein ziemlicher Glücksfall war, da sie ihn für ganze elf Pfund erstanden hatte.

„Aber nur, weil sonst keiner 'nen halb blinden Schmied kaufen wollte. Da hat man Euch übers Ohr gehauen!"

„Er versteht sein Handwerk, das hast du selbst gesagt."

„Und wenn schon!" Grinsend zuckte er die Achseln.

„Und was ist mit Nate und Rebecca? Die haben sich doch ordentlich gemacht!" Dass sie jung und eine Frau war, musste wahrlich nicht bedeuten, dass sie keine guten geschäftlichen Entscheidungen treffen konnte!

„Ja, Ma'am, stimmt. Aber in ein paar Monaten habt Ihr ein weiteres Maul zu füttern. Die meisten heuern doch keine Hörigen an, wo die Frau in Umständen ist."

„Die meisten sind eben schlichtweg dumm, wenn du mich fragst." Sie verschränkte die Arme vor der Brust, entschlossen, sich nicht weiter provozieren zu lassen.

„Richtig, Miss Cassie, das ist wohl wahr." Micah lachte verhalten in sich hinein.

Der Schoner legte längsseits am Landungssteg an. Cassie stopfte sich eine widerspenstige Locke unter die Haube aus Seidenrosen und Taft, die sie aufgesetzt hatte. Normalerweise hatte sie keinen Bedarf für die Kunstwerke einer Putzmacherin, doch im Augenblick musste sie die schickliche junge Lady spielen, und da ziemte sich die alberne Kopfbedeckung.

„Meinst du, sie haben diesmal Leibeigene an Bord?"

Eigentlich erwartete Cassie keine Antwort. Woher sollte Micah das auch wissen? Schon zu ihren Kindertagen war der Strom von Leibeigenen aus England nahezu versiegt; stattdessen wurden mittlerweile überwiegend Sträflinge und Sklaven geschickt, deren Kauf sie tunlichst zu vermeiden hoffte. Sicher, auch ihr Vater besaß Sklaven. Heutzutage war es ausgeschlossen, ohne sie eine Plantage zu führen. Dennoch behagte dies Cassie ebenso wenig wie ihrem Herrn Papa.

„Ahoi!" Ein fleischiger, rotgesichtiger Mann stand an Deck und winkte ihr zu. Zwei Sklavenjungen ließen das Fallreep auf den Landungssteg herunter, sprangen an Land und vertäuten das Boot.

Bei dem Gestank, der ihr jäh entgegenschlug, musste Cassie einen Anflug von Übelkeit unterdrücken. Schiffe mit menschlicher Fracht rochen offenbar auf eine eigene, besondere Weise – nach den Ausdünstungen verschwitzter, ungewaschener Leiber, vermischt mit dem Gestank von Exkrementen, Siechtum und Tod. Rasch zog sie ein parfümiertes Taschentuch aus der Handtasche und hielt es vor den Mund, um dem Anfall von Übelkeit zu widerstehen.

Der stämmige Seemann, der den beiden zugerufen hatte, kam an Land und steuerte schniefend auf Cassie zu, wobei er sich suchend umsah, als vermisse er jemanden, vielleicht einen Vater oder Ehemann.

„Guten Tag, Miss", grüßte er mit einer Verbeugung, lüftete den Hut und enthüllte eine schmutzige Perücke, die kaum seinen kahl geschorenen Schädel bedeckte. „Ist der Gutsherr in der Nähe?"

„Mein Vater ist leider geschäftlich unterwegs. Er hat mich beauftragt, an seiner statt mit Euch zu verhandeln."

Für einen kurzen Moment schnellten die Augenbrauen des Dicken überrascht hoch, doch er fasste sich rasch. „Sylas Edwards mein Name, Miss ... äh?"

„Blakewell."

„Miss Blakewell." Er verbeugte sich abermals, den Blick auf das Spitzentuch gerichtet, das sie sich der Schicklichkeit halber ins Dekolletee gesteckt hatte. „Ich handele in Hörigen und Sklaven, Miss." Mit einer Handbewegung bedeutete er einem Arbeiter aus der Schiffsmannschaft, die menschliche Ware vorzustellen.

Beim Rasseln der Ketten sah Cassie schon sämtliche Hoffnungen schwinden. Nur Sträflinge und Sklaven trugen Fesseln. Sie wechselte einen wissenden Blick mit Micah, und als sie sich umdrehte, erblickte sie mehrere Elendsgestalten, die, an Hals und Fußgelenk aneinander gekettet, über die Fallreepplanken auf den Steg hinunterschlurften, alle völlig verdreckt und stinkend. Fünf davon waren Negersklaven, einer offenbar Engländer. Erneut presste Cassie das parfümierte Tuch vor die Nase, um den Brechreiz abzuwehren.

„Hier hätten wir fünf erstklassige Schwarzböcke, allesamt jung und kräftig", verkündete der Händler und schritt mit der Reitgerte in der Hand auf seinen menschlichen Besitz zu.

Fast alle Sklaven schauten zu Boden. Der größte indes, dessen Brust mit langen, kaum verheilten Narben überzogen war, erwiderte kühn Cassies Blick.

„Und außerdem hätte ich einen verbannten Sträfling, direkt aus dem Zuchthaus Newport!"

Wie auf ein Stichwort begann der Engländer, der anscheinend doppelt so verdreckt war wie seine Leidensgefährten, zu stöhnen und zu schwanken. Der hünenhafte Sklave, der, die Handgelenke in Eisen, direkt an ihn angekettet war, packte zu und stützte ihn, während der Sklavenhändler ungerührt weiter seine Ware anpries.

„Bedenkt man, was der hier auf dem Kerbholz hat, darf ich doch sehr bezweifeln, dass Euer Herr Vater diesen Übeltäter um sich haben möchte – wo es doch eine Schönheit wie Euch zu behüten gilt."

Bei dieser Warnung konnte sie ihre Neugier nicht zügeln. „Was hat er denn verbrochen?"

„Ein Frauenschänder ist der!" Der Händler feixte gehässig, als Cassie vor Schreck der Atem stockte. „Man hätte ihn aufgeknüpft, aber er hatte genug Zaster, um den Richter zu schmieren."

Cassie musterte das Antlitz des Elenden oder vielmehr das, was von ihm sichtbar war. Gesicht und Bart starrten vor Schmutz oder geronnenem Blut, das dunkle Haupthaar war schweißverklebt. Die Augen waren nahezu geschlossen, und hätte ihm nicht der hünenhafte Schwarze neben ihm so selbstlos beigestanden, wäre er gewiss zusammengebrochen. Allem Anschein nach war er schwer krank.

Plötzlich knickten die Beine des Verbannten gänzlich ein, sodass er zu Boden sackte und die gesamte Sklavenreihe der Ketten wegen gezwungenermaßen in die Hocke ging, damit der Gestürzte oder seine Leidensgenossen nicht von den Eisen erwürgt wurden.

Wütend fiel der Händler über den am Boden liegenden Sträfling her und traktierte dessen Rippen mit der Stiefelspitze.

„Nicht!“ Ungeachtet des entsetzlichen Gestanks, der von den Häftlingen ausging, stürzte Cassie vor und zwängte sich zwischen den Seelenverkäufer und den Gestürzten. „Es besteht keinerlei Anlass, den Mann zu schlagen. Er ist krank und braucht einen Arzt.“

„Aus dem Weg, Weib!“ Dem Sklavenhändler quollen fast die wässrigen Augen aus dem zorngeröteten Gesicht.

Cassie schluckte heftig und zwang sich, dem drohenden Blick standzuhalten. Das gedämpfte Geräusch von Stiefelsohlen auf Fichtennadeln verriet ihr, dass Micah vorgetreten war und nun hinter ihr stand. Durch seine Gegenwart ermutigt, sprach sie mit fester, unnachgiebiger Stimme. „Wir befinden uns hier auf meines Vaters Grund und Boden, Mr. Edwards. Ich rede für ihn. Solange Ihr auf unserem Land steht, werdet Ihr unsere Wünsche respektieren! Hier wird kein Wehrloser misshandelt – auch wenn er ein Verbrecher ist!“

Der Händler richtete den Blick über ihren Kopf hinweg auf Micah, zögerte einen Moment und senkte dann langsam die Gerte.

Erneut stöhnte der Zuchthäusler auf, und aus seinem Mund drangen unverständliche Laute.

Cassie ließ sich neben ihm auf die Knie nieder und betastete seine Stirn. „Er ist glühend heiß“, sagte sie über die Schulter gewandt zu Micah.

„Er braucht Wasser“, bemerkte der hünenhafte Negersklave.

„Ja, natürlich. Micah, geh und hol bitte einen Schluck gesüßtes Wasser vom Wagen!“

„Missy, ich weiß, was Ihr denkt“, flüsterte Micah, bevor er sich zum Wagen wandte. „Schlagt es Euch aus dem Kopf! Ihr habt ja keine Ahnung, auf was Ihr Euch da einlasst!“ Ehrliche Besorgnis sprach aus seiner Stimme, hatten sie doch niemals zuvor einen Sträfling auf der Pflanzung beschäftigt.

Cassies Entschluss aber stand fest. „Was sollen die beiden kosten?“ fragte sie, stand auf und wies auf den am Boden ausgestreckten Häftling sowie auf den Sklaven, der Mitmenschlichkeit bewiesen hatte.

Sowohl der Schwarze als auch der Händler starrten sie verblüfft an. Micah erlitt einen Hustenanfall und machte überhastet kehrt, Wasser hin oder her.

„Vierzig Pfund. Dreißig für den Sklaven, zehn für den Verbannten.“

„Vierzig? Das ist Wucher, Mr. Edwards! Dieser Häftling hier stirbt uns wahrscheinlich weg. Zehn Pfund sind viel zu viel für einen so hinfälligen Mann!“ Ihr Blick schweifte zu dem Sklaven. „Und der hier trägt Peitschenstriemen. Zweifellos hielt sein Herr ihn für einen Unruhestifter.“ Sie war selbst überrascht darüber, wie ruhig sie klang, denn innerlich zitterte sie wie Espenlaub. „Ich biete dreißig Pfund. Fünfundzwanzig für den Sklaven, fünf für den Kranken.“ Und wenn der Händler ihr Angebot abwies? Ihr blieben nicht viele Pfunde, mit denen sich wuchern ließ.

Edwards wehrte kopfschüttelnd ab. „Nicht ein Pfund weniger als achtunddreißig“, entgegnete er, den Blick auf ihren Ausschnitt gerichtet.

„Fünfunddreißig“, bot sie ohne langes Nachdenken. „Ein mehr als faires Angebot, Mr. Edwards. Ich empfehle Ihnen, einzuschlagen.“

Erneut hörte sie das Stöhnen des Bewusstlosen, das sie indes überging, um keine weibliche Schwäche zu zeigen.

„Wo ist das Geld?“ wollte der Sklavenhändler wissen.

Sie schnürte ihre Börse auf und zählte ihm die wertvollen Münzen einzeln auf die Handfläche.

„Die beiden kommen zu ihr!“ brüllte Edwards über die Schulter und winkte einem der Sklavenjungen, der den Auserwählten behände die Halseisen und Fußfesseln löste und die übrigen Sklaven wieder abführte. „Hier sind die Papiere des Verbannten, Miss. Wenn Ihr Glück habt, gibt er den Geist auf."

Sie nahm das Dokumentenbündel entgegen und seufzte erleichtert, als der abscheuliche Mann kehrtmachte und zu seinem Kahn zurückstiefelte.

„Das hättet Ihr bleiben lassen sollen, Miss Cassie", schimpfte Micah. „Wir haben genug Sorgen, auch ohne dass wir auf einen Zuchthäusler aufpassen müssen."

„Sicher, Micah, du hast Recht." Und es stimmte tatsächlich. Tabakpflanzen mussten gesetzt, Lieferanten bezahlt werden. Und dann war da noch ihr Vater, von Jamie gar nicht zu reden. Offenbar durfte man ihren kleinen Bruder mittlerweile keine Sekunde aus den Augen lassen. Und ihr Vater? Das mochte der Himmel wissen! „Was hätte ich denn sonst tun sollen?"

Tröstend legte Micah ihr die Hand auf die Schulter. „Ihr müsst eben lernen, dass Ihr nicht alle Welt retten könnt." Sein Blick war bar jedes Vorwurfs. „Auf, bringen wir die zwei heim!"

Micah und der neue Sklave, nach eigener Aussage Luke genannt, hoben den Bewusstlosen auf und trugen ihn zum Wagen. Cassie schnürte das Dokumentenbündel auf und warf einen Blick auf das oberste Blatt der Häftlingsbegleitpapiere. Nicolas Braden, bekannt auch unter dem Namen Cole Braden, stand dort und dazu mit schwarzer Tinte hingekritzelt die Worte: *Der Frauenschändung und Notzucht überführt und abgeurteilt.*

Sie schauderte. Was hatte sie bloß getan?

Jeder Muskel im Körper schmerzte. Zwar war Alec bemüht, sich auf seine Umgebung zu konzentrieren, doch die Kammer drehte sich weiter, und das Brummen im Schädel setzte sich fort, sodass er die Augen wieder schließen musste. Teufel auch! Er fühlte sich schlapp wie ein neugeborener Welpe.

Er erinnerte sich an die Auseinandersetzung mit Philip, an Isabelles Zetern, an seine Abreise im Regen. An was er sich danach noch entsinnen konnte, waren lediglich unzusammenhängende Bildfetzen: ein Schiff, Finsternis, der widerliche Gestank von Schmutz und Siechtum, unaufhörlicher Durst und quälende Schmerzen, fremde Gesichter, Männer mit dunkler Haut, wie Socrates, so schwarz wie die Nacht. Eine Hexe – oder zumindest sah sie wie eine aus – mit grauem Haar und düsterem, von seltsamen Malen bedecktem Gesicht. Unwillkürlich überlief ihn ein Frösteln. Ob das alles ein Albtraum gewesen war?

Ein anderes Gesicht war da noch. Er entsann sich an eine Frau mit rotblondem Haar, gleich poliertem Kupfer im Sonnenlicht, mit außergewöhnlich grünen Augen und einer Engelsstimme. Ihre kühlen Finger waren wie Balsam gewesen. Wiederholt hatte er versucht, die Hand nach ihr auszustrecken, nur um dann hilflos zusehen zu müssen, wie ihr Bild wieder verblasste.

Er fasste sich an die pochende Schläfe. Ketten! Obwohl seine Hände nunmehr frei waren, konnte er sich erinnern, dass er in Eisen gewesen war. Hatte man ihn vielleicht entführt? Alec bewegte die Füße und spürte zu seiner Erleichterung, dass auch diese nicht mehr gefesselt waren. Wer auch immer ihn noch gefangen hielt, so stellte er offensichtlich keine Bedrohung mehr dar. Wie wahr! Dass er in seinem Zustand überhaupt zu stehen, geschweige denn zu flüchten vermochte, war stark zu bezweifeln. Er vernahm den Lärm spielender Kinder, hörte jemanden singen, dann das metallische Hämmern eines Schmieds, roch den Duft von Fichtennadeln, vermischt mit dem Geruch von Lavendelseife und frisch gefallenem Regen. Wo immer man ihn auch eingesperrt hatte, es war tatsächlich ein merkwürdiges Gefängnis.

Gegen das Schwindelgefühl ankämpfend, schlug er nochmals die Augen auf. Anscheinend befand er sich in einer Art Hütte, die aus einem einzigen Raum bestand. Tageslicht sickerte durch Ritzen in einer kleinen, von Läden verschlossenen Öffnung, die als Fenster diente. Neben der Pritsche stand ein roh gezimmerter Fichtenholztisch mit einer Anzahl heruntergebrannter Kerzen, daneben ein einfacher Stuhl. Auf der gegenüberliegenden Zimmerseite befand sich eine kleine Feuerstelle, allerdings ohne Feuer. Seltsamerweise fror er jedoch nicht. Dabei war der englische Frühling eigentlich nicht für warme Temperaturen bekannt!

Er versuchte, sich aufzurichten. Der Kopfschmerz zwang ihn jedoch, liegen zu bleiben, auf die angewinkelten Ellbogen gestützt. Unter der dünnen Decke war er vollständig nackt und seine Kleidung nirgendwo in Sicht. Barthaare kitzelten seine Brust. Bestürzt fasste er sich ans Kinn und griff in einen ausgewachsenen Vollbart. Mehrere Wochen mussten wohl vergangen sein, viel mehr, als er zunächst vermutet hatte. Kein Wunder, dass er sich derart schlapp fühlte!

Rasender Zorn durchfuhr ihn, sodass ihm der Schädel aufs Neue dröhnte. Elizabeth und Matthew waren gewiss außer sich vor Sorge. Womöglich war selbst Philip ganz verzweifelt. Wer aber hatte dies getan? Und warum? Ob die erbärmlichen Kreaturen, die sonst in diesem Loch hausten, Lösegeld für ihn erpressen wollten? Sicher, selbst dies Dasein war immer noch besser als die Schlinge des Henkers, welche die Schuldigen erwartete, wenn sie erst im Old Baily saßen. Und hängen würden sie! Dafür würde er persönlich sorgen!

Er hörte, wie sich draußen Stimmen näherten, eine davon unverkennbar weiblich, die andere tiefer. Vor der Hütte verstummten sie, und kurz darauf quietschte die Tür in den Angeln. Die Augen geschlossen, ließ Alec sich auf die Kissen zurücksinken.

„Danke, Zach“, sagte die Frau.

Irgendwie kam ihm die Stimme bekannt vor …

„Gern zu Diensten, Miss Cassie“, erwiderte ein Mann. „Soll ich noch bleiben?“

„Das wird nicht nötig sein, danke. Ich bin sicher, dass ich nichts zu befürchten habe. Er ist so kraftlos, dass er keiner Fliege etwas zu Leide tun könnte.“

Cassie trat aus der Mittagshitze ins kühle Halbdunkel der Hütte. Sorgsam darauf bedacht, das Tablett gerade zu halten und Nans gute Hühnerbrühe nicht zu verschütten, schloss sie die Tür hinter sich. Am Nachmittag zuvor war das Fieber des Sträflings endlich zurückgegangen – zu ihrer großen Überraschung. Takotah hatte am Abend zuvor versucht, ihn zu füttern, doch er war zu erschöpft gewesen, mehr zu sich zu nehmen als ein paar Löffel Brühe. Vielleicht hatte er jetzt Hunger. Wer immer ihn deportiert haben mochte, hatte ihn entsetzlich zugerichtet. Mit Rippenfrakturen, einem gebrochenen Nasenbein, Beulen am Kopf und bereits eiternden Peitschenstriemen auf Rücken und Brust hatte er gleichsam schon mit einem Bein im Grab gestanden, aber gleichwohl überlebt – dank seiner offenbar halsstarrigen Weigerung zu sterben und dank Takotahs Heilkunst.

Nachdem sie ihren Augen einen Moment Zeit gegeben hatte, sich an die Dunkelheit zu gewöhnen, stellte Cassie das Tablett auf den Tisch neben dem Lager. Nur ungern weckte sie den Neuankömmling, doch er musste wieder zu Kräften kommen. Der Mann, der da so friedlich schlief, besaß keinerlei Ähnlichkeit mehr mit dem verwahrlosten, gebrochenen Wesen, das sie eine Woche zuvor hierher gebracht hatte. Trotz des dichten Bartwuchses sah dieser Mann ausnehmend gut aus mit dem dunkelbraunen, schulterlangen Haar, den langen Wimpern und sanften Zügen, die lediglich durch die gelbliche Färbung verheilender Blutergüsse sowie die Schwellung an der Stelle, an der sein Nasenbein gebrochen war, verunstaltet wurden.

Sie durchschritt die Kammer, öffnete die Fensterläden, um Licht hereinzulassen, und drehte sich wieder um. Fast wäre sie ins Stolpern geraten, denn die Decke war ihm bis unter die Taille gerutscht, sodass seine breite, muskulöse Brust entblößt war, bedeckt mit weichen, dunklen Löckchen, die über den flachen Bauch abwärts führten. Es war leicht gewesen, seinen Körper während der Krankheit nicht zur Kenntnis zu nehmen, denn sie hatte ihn als eine bloße Ansammlung von Körperteilen betrachtet, die der Reihe nach ihrer Pflege bedurften. Nunmehr indes waren all diese Teile zu einem beängstigend maskulinen Ganzen verheilt.

Bemüht, das Kribbeln im Bauch zu ignorieren, ließ sie sich neben ihm auf der Kante der Pritsche nieder und legte ihm zögernd die Hand auf die Brust. Die Haut fühlte sich warm und lebendig an, und unter ihrer Handfläche spürte sie seinen gleichmäßigen Herzschlag. Sie berührte ihn an der Stirn und lächelte erfreut, da das Fieber nicht zurückgekehrt war. Im Schlaf sah er kaum wie ein gefährlicher Unhold aus.

Plötzlich keuchte sie auf und hätte wahrscheinlich gellend aufgeschrien, hätte ihr nicht der Arm, der sich um ihren Hals schloss, die Luft abgeschnitten.

„Wer seid Ihr, Weib? Und weshalb haltet Ihr mich gefangen?“

2. KAPITEL

Die Stimme des Sträflings klang rau, und grob streifte sein Bart Cassies Wange. Mit einem Arm hielt er sie fest an seine nackte Brust geklammert, mit dem anderen drohte er sie zu ersticken.

Cassie versuchte, sich ihm zu entziehen, doch ihr Widerstand verschärfte noch ihre Atemnot und zwang ihren Kopf nur tiefer auf den Schoß des Verbannten. Und schon spürte sie sein … Cassie erstarrte.

Der Würgegriff um ihre Kehle verengte sich. *Er würde sie umbringen!*

„Ein Schrei, und ich drehe Euch Euren herrlichen Hals um! Verstanden?"

Sie nickte panisch, und ihre Lippen formten ein *Ja*. Langsam ließ der Druck auf ihre Kehle nach, doch noch gab der Sträfling sie nicht frei.

Gierig schnappte Cassie nach Luft. „Lasst mich los!" Ihre Stimme sollte eigentlich unerschrocken klingen, doch ihr Mund war völlig ausgetrocknet, sodass ihre Worte eher einem Krächzen glichen.

„Beantwortet meine Frage!"

„Ich heiße Catherine Blakewell", keuchte sie mit zitternder Stimme. Das Herz hämmerte ihr schmerzhaft in der Brust, sodass ihr übel wurde. „Laut Dekret seiner Majestät König George seid Ihr für die kommenden vierzehn Jahre meinem Vater als Leibeigener dienstverpflichtet. Ungeachtet der von Euch begangenen Verbrechen wird mein Vater Euch angemessen behandeln – obschon er Euch umbringen würde, wüsste er von diesem Vorfall hier."

„Was faselt Ihr da, Weib?" Erneut presste er den Arm, der ihren Hals umklammert hielt, gegen ihre Kehle.

„Ihr wart geraume Zeit krank. Ich bringe Euch Brühe ... bitte. Ihr tut mir weh."

„Wo bin ich hier?"

„Auf Gut Blakewell's Neck in Lancaster County, Mr. Braden ..."

„In Lancashire? Oben in Englands Norden?"

„Lancaster County in Virginia!"

Wie von einem Faustschlag getroffen zuckte er zurück und ließ Cassie ebenso unvermittelt los, wie er sie gepackt hatte. Sie fuhr von der Bettstatt auf und wich zurück, bis sie, die Hand schützend vor die Kehle gelegt und am ganzen Körper haltlos zitternd, mit dem Rücken gegen die Bohlenwand stieß.

„Welchen Tag haben wir heute?" Der Strafgefangene war kreidebleich geworden; seine Stimme klang angestrengt.

„Wir zählen den 25. Mai. Seit einer Woche kämpft Ihr bereits gegen ein Fieber an. Ich habe Eure Wunden versorgt ..."

„Mai? Allmächtiger!"

„Aber daran müsst Ihr Euch doch erinnern, Mr. Braden!"

„Braden?"

Hatte er etwa seinen eigenen Namen vergessen?

„Man hat Euch doch zu den Kolonien deportiert", sagte sie, um seinem Gedächtnis nachzuhelfen. „Mein Vater hat Euch für die Frist Eurer Verbannung erworben."

Für einen Augenblick füllten die Augen des Sträflings sich mit nackter Wut; dann griff er sich stöhnend an die Schläfe und sackte ohnmächtig aufs Lager zurück.

Mit wild pochendem Herzen sah sie, wie er tiefer in die Kissen sank. Schützend kreuzte sie die Arme vor der Brust und tastete sich vorsichtig vor. „Mr. Braden?"

Seine Züge wirkten zwar friedlich, sein Atem ging tief und gleichmäßig, doch schon einmal hatte er den Schlafenden nur vorgetäuscht. So leichtfertig wollte sie sich nicht wieder übertölpeln lassen!

London

Der Kristallpokal zerschellte an der Wand neben Lieutenant Matthew Hastings' Kopf und verfehlte Alecs Lieblingsgemälde nur um wenige Zoll. Matthew war bemüht, sich nichts anmerken zu lassen. Zeigte er sich beeindruckt, tat er Philip damit bloß einen Gefallen.

„Ich lasse nicht zu, dass du die Geschäfte hinter meinem Rücken führst!" Drohend stapfte Philip durch das Durcheinander, das einst Alecs Arbeitszimmer gewesen war, auf Matthew zu. Auf dem Mahagonischreibtisch standen leere Flaschen. Kleidungsstücke, Teller mit Essensresten und zerknülltes Pergament lagen auf dem von Weinflecken beschmutzten vornehmen Orientteppich.

„Einer muss ja die Führung übernehmen."

„Du hast kein Recht, über meinen Kopf hinweg Entscheidungen zu treffen!"

„Wärest du zu Entscheidungen fähig, ließe ich dir gern den Vortritt."

Philip hielt inne, das Gesicht nur wenige Zoll von Matthews entfernt, die braunen Augen dunkel vor Groll. „Ich bin der Erbe dieses Vermögens, und als solcher schuldest du mir Respekt."

„Respekt? Vor dir? Einem verkommenen Hanswurst? Einem trunksüchtigen Tagedieb? Nicht einmal der niedrigste Schreiber in diesem Kontor hat Respekt vor dir!"

Für einen Moment hatte es den Anschein, als wolle Philip vor Wut aus der Haut fahren, doch dann verließ ihn offenbar jegliche Kampfeslust. Er wandte sich um, fuhr sich durch das ungepflegte Haar und griff nach der Branntweinkaraffe.

„Verkommener Hanswurst? Trunksüchtiger Tagedieb?" Den

Blick erneut auf Matthew gerichtet, rang er sich ein Lächeln ab. „Starker Tobak, fürwahr – auch wenn es stimmt!“ Er leerte sein Glas in einem Zug. „Weißt du eigentlich, dass Alec mich verabscheute? Nie hatte er ein freundliches Wort für mich übrig. Hasst du mich ebenfalls, Matthew? Das will ich doch nicht hoffen.“

„Alec hat dich nie gehasst.“

Philip lachte. „Das hat er dir wohl gesagt, wie? ‚Der arme Philip! Er liegt mir so am Herzen, obwohl ich …‘“

„Mach dich nicht in meiner Gegenwart über deinen Bruder lustig!“ herrschte Matthew ihn an. „Dessen Format erreichst du nie im Leben, und wenn du tausend Jahre alt wirst. Das Mindeste, was man von dir verlangen kann, ist, dass du dich zusammenreißt und dich bemühst, der Verantwortung gerecht zu werden, die dein Bruder dir hinterlassen hat.“

Verblüfft hielt Philip den Mund. Sein Gesicht verzog sich zu einer Grimasse. „Ich bin gleichwohl der Erbe von Kenleigh“, wiederholte er, bereits kleinlauter geworden. „Es ist mein gutes Recht, den Platz meines Bruders in der Londoner Gesellschaft einzunehmen.“

„Seinen Titel und Besitz zu erben, das ist das eine. Seinen Platz einzunehmen ist etwas ganz anderes. Verlangst du Respekt, musst du ihn dir erwerben.“

„Willst du … mir helfen, Matthew?“

Überraschter hätte Matthew angesichts dieser Worte nicht sein können. Den beschwörenden Blick in Philips Augen hatte er nie zuvor gesehen. Er trat vor und hielt die Hand über das Glas, als Philip sich erneut einschenken wollte. „Nicht!“ sagte er. „Um Alecs willen. Und zu deinem eigenen Besten.“

Philips Kiefermuskel zuckte, und für einen Moment loderte Zorn in seinen Augen auf. Dann stellte er die Karaffe nieder und wandte sich ab. „Geh! Ich möchte allein sein!“

Matthew nahm das Gefäß an, verließ das Zimmer, schloss die

Tür hinter sich und ließ sich, in seinem Büro angelangt, erschöpft hinter dem Schreibtisch nieder. Es war gerade erst Mittag. Die Frühlingssonne stand bereits hoch am wolkenlosen Himmel; vor dem Fenster fütterten Tauben emsig ihre Küken.

Während er ihnen zusah, massierte er sich die rechte Hüfte. Seit knapp zwanzig Jahre zuvor eine Musketenkugel in der Schlacht von Malplaquet sein rechtes Bein zerschmettert hatte, war ihm der Schmerz zum ständigen Begleiter geworden. Wäre Elizabeth nicht gewesen, die ihn ungeachtet seiner Kriegsverwundung liebte, hätte er seine Behinderung möglicherweise nicht ertragen. Seitdem jedoch war ihm im Leben so viel Gutes widerfahren, dass ihm der Verlust des Beins nunmehr wie eine Lappalie vorkam.

Die arme Elizabeth! Nie zuvor hatte er sie dermaßen fassungslos erlebt wie bei der Nachricht vom Mord an ihrem Bruder Alec. Gott sei Dank war es ihr erspart geblieben, die Leiche identifizieren zu müssen. Die Täter hatten sich an Grausamkeit regelrecht überboten. Der Anblick übertraf sogar alles, was Matthew in seinen Soldatenjahren erlebt hatte, so barbarisch zugerichtet war das Mordopfer – von zahllosen Stichen durchbohrt, das Gesicht bis zur Unkenntlichkeit verstümmelt, die Augen ausgestochen. Wären nicht die Kleidung, das dunkle Haar und der Siegelring gewesen, den die Mordbuben bei der Flucht in aller Eile zurückgelassen hatten – Matthew hätte seinen Schwager nicht wiedererkannt. Selbst Philip war diese Brutalität sichtlich unter die Haut gegangen. Kreidebleich war er in die Knie gesunken und hatte sich zitternd übergeben müssen.

Die polizeilichen Ermittlungen schleppten sich hin, da es nur wenig Spuren und keinerlei Verdächtige gab. Matthew hatte höchstpersönlich Isabelle St. Denis befragt, Alecs Mätresse, die allerdings nicht viel zur Aufklärung beizutragen hatte. Am fraglichen Abend, so ihre Aussage, habe Alec einen angespannten Eindruck gemacht und es eilig gehabt, nach Hause zu kommen.

Inzwischen hatte man einen alten Bettler aufgegriffen, der auf der Straße wirres Zeug von einer Leiche ohne Augen gebrabbelt hatte. Man hatte gehofft, nach der Ausnüchterung werde er sich beruhigen und als Zeuge aussagen können, doch binnen einer Woche war der arme Tropf vom Flecktyphus hingerafft worden.

Matthew massierte sich den verspannten Nacken. Sonderbar, dass man am Tatort so wenig Blut vorgefunden hatte. Sicher, es hatte geregnet in der Nacht, doch so viel Blut konnte kein Wolkenbruch wegschwemmen. Der Kutscher hingegen, dem die Mörder die Kehle von Ohr zu Ohr aufgeschlitzt hatten, lag in einer riesigen Blutlache. Das Ganze hatte weder Hand noch Fuß!

Matthew hatte gehofft, Philip würde nach Alecs Tod seinen Lebenswandel überdenken, und zunächst hatte es auch so ausgesehen, als sei der Schreck ihm derart in die Glieder gefahren, dass er sich tatsächlich zu ändern gedachte. Nach Alecs Beisetzung allerdings verfiel er wieder dem Alkohol, trieb sich nächtelang herum und scherte sich einen Teufel um Haus und Hof und die Firma, die nun ihm gehörte. Nun, vielleicht war noch nicht alles verloren. Nie zuvor hatte Philip um Hilfe gebeten. Matthew nahm sich vor, ihn nach Kräften auf seinem neuen Lebensweg zu unterstützen, seinem Streben nach Anerkennung entgegenzukommen und ihn für die leiseste Anstrengung zu loben. Doch würde Philip Kurs halten können?

Matthew schloss die Augen und betete.

Vorsichtig vergrub Cassie die Wurzeln des letzten Petersiliensetzlings in den dunklen Mutterboden, stand dann auf und klopfte sich die Erdkrümel von den Fingern. Die Augen mit der Hand gegen die Morgensonne abgeschirmt, ließ sie den Blick über die Beete schweifen, die den Küchengarten bildeten, und lächelte zufrieden angesichts dessen, was sie vollbracht hatte.

Die Erdbeerpflanzen standen bereits in Blüte und zogen die

Bienen in Scharen an. Die Zwiebeln, die Cassie zur Abschreckung von Schädlingen entlang dem Gartenrand gepflanzt hatte, wuchsen fast einen Fuß hoch. Gurkengrün mit kleinen gelben Blüten wetteiferte mit den größeren Kürbispflanzen um den Platz am Boden, während sich Bohnen- und Erbsenwinden mit biegsamen Ranken an hohen Holzstangen himmelwärts hangelten.

Natürlich musste nun auch der altersschwache Gitterzaun, den eine wild gewordene Sau im Januar umgerannt hatte, in Ordnung gebracht werden. Die Mehrzahl der Hörigen und Sklaven arbeitete gerade unter Micahs Aufsicht in den Hügeln, um die Felder für die Tabakstecklinge vorzubereiten, die mit dem nächsten Regen aus ihren Saatbeeten dorthin ausgepflanzt werden sollten. Im Moment konnte Micah also keinen Mann für andere Arbeiten entbehren, und Zach, der einzige Sägewerker, hatte mehr als genug zu tun. Vor Tagen schon hätte Cassie gern Luke mit der Zaunreparatur beauftragt, doch der bewachte den widerborstigen Mr. Braden.

Der Sträfling erholte sich rasch. Laut Nan aß er ordentlich, und bald schon, so ihre Voraussage, würde er wieder wohlauf und quicklebendig sein. Cassie war froh, dass die Köchin sich bereit erklärt hatte, die Pflege zu übernehmen. Nachdem dieser Mann sie am Vortag dermaßen in Angst und Schrecken versetzt hatte, wollte Cassie nichts mehr mit ihm zu schaffen haben, war er doch ganz und gar zu … beängstigend. Sie hatte beschlossen, niemandem von dem Vorfall zu erzählen, der sich zwischen ihnen abgespielt hatte – nicht einmal Nan, die seit langer Zeit schon zur Familie gehörte und der sie rückhaltlos vertraute. Schließlich war jeder auch so schon verängstigt genug. Zwar hatte der Halunke Cassie einen Heidenschreck eingejagt, doch im Grunde war ja kein Unheil geschehen.

Seit der gesetzlich vorgeschriebenen Anmeldung des Sträflings in Fredericksburg hagelte es Einwände von Nachbarn, die einen gefährlichen Delinquenten in ihrer Mitte nicht gern sahen – verständlicherweise. Sowohl die Familie Carter als auch die Lees, denen man es ohnehin nur selten recht machen konnte, hatten ihr Missfallen kundgetan. Sogar die am nächsten wohnenden Nachbarn, die Crichtons, selbst Eigentümer mehrerer Sträflinge, hatten Cassies Vater einen Brief geschickt und beklagt, ein Strolch, der Frauen auflauere, gefährde die Sicherheit von Blakewell's Neck, zumal in Abwesenheit des Hausherrn. Dabei war Cassie klar, dass die Crichtons nicht allein etwas gegen Mr. Braden hatten, sondern grundsätzlich die liberale Einstellung ihres Vaters missbilligten, genauso wie seinen schwarzen Aufseher, den „Mohren", wie Micah schändlicherweise von den Nachbarn bezeichnet wurde.

Cassies Tagträumereien wurden jäh unterbrochen vom Gekreisch eines halben Dutzends Kinder, die soeben um das Küchengebäude herumsprangen und geradewegs auf den Garten zustoben, Jamie wie üblich vorneweg.

„Ihr kriegt mich nicht, lausige Piratenbrut!" schrie er, wobei er sich im Laufen zu den Verfolgern umdrehte und dabei mit einem imaginären Säbel in der Luft herumfuchtelte.

Seine derbe Sprache passte Cassie keineswegs, doch sie konnte dem Kleinen nicht böse sein, zumal er die Ausdrücke von ihr gelernt hatte. „O nein, das wirst du nicht tun, Käpt'n!" Sie packte den flachshaarigen Vierjährigen von hinten beim Kragen, da er um ein Haar über das zarte frische Grün der gerade sprießenden Karotten getrampelt wäre.

Die kunterbunte Meute blutrünstiger Freibeuter, die Cassies kleinem Bruder auf den Fersen gewesen war, kam zum Stehen und schaute verlegen zu Cassie auf, die kleinen Gesichter, weiße und braune, noch klebrig von Nans Brombeerkonfitüre.

„Auch Seeräuber halten sich an Befehle", mahnte Cassie tadelnd. „Unzählige Male habe ich euch eingebläut, dass ihr euch von den Kochstellen und vom Garten fern halten sollt!"

Jamie wand sich zwar unter dem Blick seiner Schwester, hielt aber den Mund.

„Und nun verschwindet, ihr Rasselbande, ehe ich euch allesamt in Ketten unter Deck verfrachten lasse!“

Mit gespielten Entsetzensschreien stob die Kinderschar auseinander, und die Kleinen fegten in Richtung der Apfelbäume davon. Die feuchte Morgenbrise drehte sich nun und trug den verlockenden Duft von garendem Brot herbei, sodass Cassie das Wasser im Mund zusammenlief. Nan backte das beste Weizenbrot im ganzen County. Tatsächlich war es auch das einzige, das es gab, denn jedermann war viel zu beschäftigt mit dem Tabakpflanzen, als dass er die Arbeitskräfte hätte entbehren können, die zum Anbau von Weizen oder auch sonstiger Feldfrüchte notwendig waren. Schon seit geraumer Zeit waren die Pflanzer gesetzlich verpflichtet, jedes Jahr eine bestimmte Menge Getreide anzubauen, und ohne dieses Gesetz, so Cassies Vermutung, würde die Bevölkerung bei Einbruch des Winters vor Hunger sterben.

Auf dem tiefgrünen Rasen neben dem Hauptgebäude hing Nettie gerade frisch gewaschene Laken zum Trocknen auf, wobei das weiße Leinen einen auffälligen Kontrast zum Braun ihrer Haut und dem Rot ihrer Röcke bildete. Sie grüßte Cassie mit einem zurückhaltenden Lächeln, das diese erwiderte. Als Kinder waren sie und Nettie dicke Freundinnen gewesen, doch das hatte sich mit zunehmendem Alter geändert, nachdem sie die Strohpuppen beiseite gelegt und ihre jeweiligen Rollen als Sklavin und Herrin übernommen hatten. Albernes Mädchengekicher war reserviertem Lächeln gewichen, vertraulicher Austausch von Geheimnissen in Anweisungen und Pflichten übergegangen. Eine unüberwindliche Mauer hatte sich zwischen den beiden aufgetürmt. Dies war eben, so Cassies Vater, der Lauf der Welt.

Hinter dem getünchten Küchengebäude saß Rebecca und mühte

sich mit dem Butterfass ab. Das Weiß der Schürze ließ ihren schwangeren Leib umso deutlicher hervortreten. „Einen guten Morgen, Miss Cassie!“ rief sie außer Atem, doch mit lächelndem Gesicht, die runden Wangen vor Anstrengung rosarot. Nun hielt sie inne und wischte sich eine lange, dunkle Haarsträhne aus der Stirn.

„Komm, ich helfe dir.“ Cassie übernahm den Rührlöffel. Der Zaun konnte getrost noch warten. „Wie fühlt ihr euch heute morgen, das Kleine und du?“

„Gut, vielen Dank, Mistress. Das Kind wird mit jedem Tag kräftiger und rastloser. Laut Nate wird es ein Junge, aber ich denke, ich bekomme eine Tochter, und eine ungebärdige noch dazu.“

„Hast du schon Takotah gefragt?“ erkundigte Cassie sich. „Sie hat doch die Gabe und kann das Geschlecht des Kindes lange vor der Geburt voraussagen.“

Rebeccas freudestrahlendes Gesicht wurde jäh ernst. „Nate sagt, ich soll mich von ihr fern halten.“ Schützend legte sie die Hände über den Bauch. „Er hält sie für eine Hexe.“

„Ach, Unsinn! Takotah mag ja ein wenig Furcht erregend aussehen, aber ich habe sie nie anders als sanft erlebt. Da redet dir Nate abergläubischen Unfug ein.“

„Jawohl, Mistress.“ Überzeugt wirkte Rebecca indes nicht.

Cassie hütete sich, das Thema weiter zu vertiefen. Viele aus dem Gesinde, selbst einige der Sklaven, ängstigten sich vor Takotah, die sich vor langer Zeit verletzt und kraftlos aus dem Wald hierher geschleppt hatte und von Cassies Eltern gesund gepflegt worden war – entgegen den Ratschlägen jener, die ihnen nahe gelegt hatten, die Indianerin umzubringen, da sie sich sonst darauf einstellen müssten, eines Nachts ein Messer in den Rücken zu bekommen.

Nach ihrer Genesung hatte Takotah, deren eigentlicher Name zu schwierig auszusprechen war, darum gebeten, bleiben zu dürfen, um etwas zu begleichen, das sie als lebenslange Schuld betrachtete.

Ihr Stamm, die Tuscarora, war nahezu vollständig von Siedlern ausgerottet worden. Sämtliche Freunde und Verwandten, ihr Ehemann sowie ihre Kinder eingeschlossen, waren umgekommen, sodass ihr niemand mehr blieb, zu dem sie zurückkehren konnte. Für Cassie, die zum damaligen Zeitpunkt erst drei Jahre alt gewesen war, hatte sie seither stets einen Zauber verkörpert, zu dem offenbar auch die schwarzen Tätowierungen auf dem dunklen Antlitz gehörten.

„Miss Cassie!" Die schrille Stimme übertönte das metallische Klingen des Schmiedehammers und das monotone Schaben von Zachs Säge.

Cassie verzog das Gesicht. Auch ohne hinzusehen, wusste sie, wer da schrie. Bereits vor gut neun Monaten hatte sie Elly mitsamt Verpflichtungsvertrag erworben, bisher jedoch noch keine Beschäftigung gefunden, der sich die junge Frau, die anscheinend ewig Flausen im Kopf hatte, klaglos fügte. Rebellisch und aufsässig legte sie sich bei jeder Gelegenheit mit Cassie an. Seit Neuestem war sie als Küchenhilfe eingeteilt – sehr zu Nans Verdruss.

„Ja, Elly?" fragte Cassie, bestrebt, ihren Unwillen zu verbergen.

„Der Sträfling! Der brüllt Nan an und flucht ..."

Rasch eilte Cassie auf die Sklavenunterkünfte zu. Sollte dieser Schurke Nan erschreckt oder gar verletzt haben, würde sie ihn unverzüglich an Sheriff Hollingsworth übergeben.

Sie hörte den Lärm schon lange, bevor sie die Hütte betrat. Luke stand stumm vor dem Eingang, die Arme verschränkt, den Anflug eines Grinsens auf dem Gesicht. Obwohl Cassie wenig über den schweigsamen Sklaven wusste, vertraute sie ihm bereits vorbehaltlos.

„Zum Donnerwetter, Weib! Ich will nicht essen! Ich wünsche deinen Herrn zu sprechen!" Irgendetwas krachte scheppernd auf den Fußboden.

„Na, da haben wir ja eine schöne Schweinerei", hörte Cassie

Nan mit gelangweilter Stimme sagen, bevor sie über die Schwelle trat, fest entschlossen, diesmal keine Furcht zu zeigen. „Mein Vater ist gegenwärtig verhindert, Mr. Braden", begann sie, „doch Ihr könnt mit mir vorlieb nehmen."

Als ihre Augen sich an das Halbdunkel gewöhnt hatten, stockte ihr der Atem.

3. KAPITEL

„Mr. Braden!“

Der Verbannte stand nackt neben dem Bett, seine Männlichkeit notdürftig verhüllt mit einem über die Hüften gezogenen Lakenzipfel. Das Zimmer war ein einziges Durcheinander. Der Stuhl war umgefallen, Nans Maismehlgrütze quer über den Fußboden verschüttet, und Holzlöffel und Napf waren in eine Ecke geschleudert worden.

Nan, die sich durch das ungehobelte Verhalten keineswegs hatte einschüchtern lassen, stand wenige Zoll von dem Sträfling entfernt, die Arme in die Hüften gestemmt, auf dem runden Gesicht einen Ausdruck wie der einer verärgerten Mutter, die jeden Moment einem ungezogenen Kind die Leviten lesen will. Cole Braden war zwar kein Kind, wie Cassie deutlich erkennen konnte, wohl aber ungezogen, machte er doch keinerlei Anstalten, seine Blöße zu bedecken, wie es ein Gentleman in Gegenwart von Damen gewiss getan hätte. Sei's drum. Konnte Nan die fehlende Kleidung ignorieren, dann konnte Cassie es auch.

„Ich muss dringend mit Eurem Vater reden.“ Seine Stimme klang kalt.

Bemüht, den Blick auf sein Gesicht zu konzentrieren, versuchte Cassie, sich nicht von den festen, lakenbedeckten Hüften oder den deutlich hervortretenden Muskeln und dem dunklen, gekräuselten Brusthaar ablenken zu lassen. „Mein Vater hat geschäftlich in England zu tun. Ihr könnt ihm jedoch durch mich eine Nachricht übermitteln“, sagte sie und schalt sich insgeheim eine Närrin, weil sie sich mit einem Mal der Flecken auf ihrer Schürze und der Gartenerde am Saum ihrer Röcke schämte.

„Hier handelt es sich um eine Angelegenheit, von der Mädchen nichts verstehen!“

Sie erstarrte. „Wie dem auch sei, Ihr werdet trotzdem mit mir vorlieb nehmen müssen, da mein Vater mich mit der Führung der Plantage beauftragt hat."

Die Brauen des Sträflings hoben sich überrascht; musternd und herablassend zugleich wanderte der Blick seiner blauen Augen über Cassie hinweg. Nur mit Mühe hielt sie stand.

„Nun gut", bemerkte er und hielt einen Moment inne. „Hier liegt ein Verbrechen vor. Mein Name ist Alec Kenleigh, nicht Nicholas Braden ..."

„Und wenn Ihr der leibhaftige König George selbst wäret – mir ist es einerlei, zum Kuckuck! Ihr müsst essen, wollt Ihr ...", setzte Nan an.

„Ich bin Eigner einer Werft in London. Mir ist zwar vollkommen schleierhaft, wie ich in diese gottverlassene Gegend geraten bin, doch ich brauche die Hilfe Eures Vaters, damit er die Behörden informiert, auf dass ich baldmöglichst nach England heimkehren kann."

Für einen Augenblick begriff Cassie nicht, was sie da soeben vernommen hatte.

„Wollt Ihr etwa behaupten, man habe Euch hierher entführt? Ihr seid gar kein Zuchthäusler?" Sie konnte nicht umhin aufzulachen. „Dem Vernehmen nach passiert so etwas kleinen Kindern zuweilen, doch einem Mann von gesellschaftlichem Rang? Das ist gewiss unmöglich!"

„Trotzdem ist es geschehen. Falls Ihr Euren Vater in Kenntnis setzt, wird er bestimmt die Zeit finden und zur Klärung dieser unerfreulichen Situation beitragen können."

„Erwartet Ihr etwa, dass ich Euch glaube?"

„Was Ihr glaubt, tut nichts zur Sache. Ihr müsst lediglich meine Nachricht übermitteln. Erlaubt Ihr mir, meinem Schwager einen Brief zu schreiben, wird sich die Sache rasch aufklären lassen."

Dass er sie so brüsk abkanzelte, schürte Cassies Wut.

„So schickt meinetwegen Euren Brief, Mr. Braden, oder wie auch immer Ihr heißen mögt. Doch seid gewarnt! Ich werde ihn lesen. Denn ich kann keinesfalls zulassen, dass Ihr uns eine Meute Flusspiraten auf den Hals hetzt, damit Ihr Euch aus dem Staub machen könnt." Mit Genugtuung bemerkte sie die verblüfft hochgezogenen Augenbrauen des Sträflings. Offenbar hatte er angenommen, sie sei des Lesens und Schreibens unkundig; viele Frauen in den Kolonien waren Analphabetinnen. „Weiterhin müsst Ihr geloben, keinen Fluchtversuch zu unternehmen. Versprecht mir, dass Ihr meinem Vater bis zum Beweis der Richtigkeit Eurer Behauptung als sein Leibeigener dienen werdet! Immerhin habe ich Euch das Leben gerettet und dafür auch noch mit klingender Münze meines Vaters bezahlt. Seid Ihr ein Gentleman, so werdet Ihr es ihm gewiss vergelten wollen."

„Darf ich fragen, wie viel ich gekostet habe?"

„Knapp zehn Pfund."

„Zehn Pfund?" Spöttisch auflachend schüttelte er den Kopf, als sei eine solche Summe eine Bagatelle.

„Habe ich Euer Wort?"

„Jawohl, Gebieterin! Bei meiner Ehre!" Mit einem eisigen Lächeln auf den Lippen verneigte er sich ein wenig in gespielter Unterwürfigkeit. „Ihr sollt Eure zehn Pfund zurückhaben, und zwar von mir höchstpersönlich. Und mehr noch, seid gewiss."

„Gut." Sie spürte, wie die Anspannung nachließ, obwohl es sicherlich müßig war, sich auf das Ehrenwort eines Schurken und Lügenbolds zu verlassen. „Zudem werde ich den Bezirkssheriff verständigen. Er wird sicher dazu beitragen, dass die Wahrheit ans Licht kommt. Nan, hol bitte Feder, Tinte und Pergament. Und schick Elly her, damit sie das Durcheinander aufräumt, das Mr. Braden angerichtet hat."

„Sehr wohl, Missy." Die dralle Köchin wandte sich zum Gehen, wobei sie den Sträfling mit einem letzten missbilligenden Blick streifte.

„Ich möchte mich außerdem rasieren und mit entsprechender Kleidung ausgestattet werden – es sei denn, es ist hier so Brauch, dass junge Damen nackte Männer anstarren."

Unwillkürlich fuhr Cassies Hand zur Wange, die vor Zorn und Verlegenheit rot angelaufen war. „Ganz recht, Ihr sollt etwas zum Anziehen bekommen, Mr. Braden. Wir hier in Virginia sind nämlich zivilisierte Menschen. Es war Eure eigene Entscheidung, so bloß und anstößig herumzustehen. Überdies habe ich es kaum bemerkt."

„Ach, tatsächlich?" Das herablassende Lächeln, das seine Lippen umspielte, verriet ihr, dass er ihre Lüge durchschaut hatte.

„Ich lebe seit Kindesbeinen auf dieser Plantage, Mr. Braden. Mein Leben lang habe ich Kranke gesund gepflegt, sowohl Menschen als auch Tiere. Männer unterscheiden sich nur geringfügig von Pferden, Bullen, Ebern und ... und Hähnen."

„Von Hähnen? Dann, so vermute ich, habt Ihr wohl nicht genau genug hingeschaut."

„Ich bezog mich auf die Art und Weise, wie Männer herumstolzieren, Mr. Braden."

Mit diesen Worten ging sie zur Tür hinaus, äußerlich zwar bewusst gelassen, innerlich jedoch kochend vor Wut. Dieser Mann war eine Zumutung! Und dieses selbstgefällige Lächeln! Wie konnte er es wagen, ihr zu unterstellen, sie habe sich an seiner Nacktheit ergötzt! Eher würde sie sich das Hinterteil eines Schweins anschauen!

„Sobald Mr. Braden eingekleidet ist, darf er sich auf dem Gelände frei bewegen", teilte sie Luke im Vorbeigehen zwischen zusammengebissenen Zähnen mit. „Behalte ihn im Auge. Versucht er zu fliehen, kannst du ihn mit meiner Erlaubnis erwürgen."

„Zu Befehl, Ma'am!"

Der Anflug des Lächelns, der über Lukes Gesicht glitt, entging ihr keineswegs. Dabei war die Angelegenheit ganz und gar nicht zum Lachen!

Aufgebracht marschierte sie ins Herrenhaus. Was dieser arrogante Kerl sich einbildete! Sie hatte ihn vor dem sicheren Tod auf dem Schiff des Sklavenhändlers bewahrt und ihm die Chance auf ein neues Leben geboten, und was tat er? Er dankte es ihr mit Dünkel und Anmaßung!

Mit einem gequälten Seufzer ließ sie sich am Sekretär ihres Vaters nieder und verfasste einige Zeilen an Sheriff Hollingsworth, der eine lange Tagesreise entfernt flussaufwärts wohnte. Diesmal brauchte sie nicht die Schrift ihres Vaters nachzumachen. Alle Welt vermutete ihn noch in England, auf der Suche nach erstklassigem Pferdematerial und möglicherweise einem neuen Eheweib. Zuweilen erforderte es die Situation, dass Cassie in der Feder ihres Vaters schrieb; dann wieder musste sie Geschichten über seine jüngsten Abenteuer erfinden, die er ihr vorgeblich in Briefen, die niemand sonst zu Gesicht bekam, mitgeteilt hatte. Cassie redete sich ein, dass das Beharren auf einer einzigen großen Lüge auch nicht ärger war als Dutzende kleiner Ausflüchte, die sie ansonsten hätte erfinden müssen, um den Zustand wie auch den Aufenthaltsort ihres Vaters zu verheimlichen. Anders ließ sich nun einmal das Versprechen, das sie ihm gegeben hatte, nicht halten.

Sie unterzeichnete das Schreiben, faltete den Bogen und versiegelte ihn mit einigen Tropfen Kerzenwachs. Und wenn die Geschichte des Sträflings sich nun als wahr herausstellen sollte, was dann? Die Vorstellung ließ sie innehalten. Was, wenn dieser Cole Braden gar nicht Cole Braden war, sondern ein Unschuldiger, dem habgierige Händler furchtbares Unrecht angetan hatten? Sein Englisch war kultiviert und ließ auf eine vornehme Erziehung schließen.

Aber es käme doch niemand auf den Gedanken, einen Angehörigen der Oberschicht zu entführen und zu verkaufen! Nicht in diesen fortschrittlichen Zeiten, wo man auf beiden Seiten des Atlantiks inzwischen durch regelmäßigen Schiffsverkehr in engem Kontakt stand und einen Entführer längst gefasst hätte. In London oder Williamsburg ereignete sich dieser Tage nichts Unerhörtes mehr, ohne dass die Nachricht davon sich knappe zwei Monate später auf der jeweils anderen Seite des Ozeans verbreitete.

Nein, solch eine Machenschaft war zu absurd, um wahr zu sein. Und überhaupt: Ein so gut aussehender und rabiater Bursche wie Mr. Braden konnte unmöglich ein Unschuldslamm sein!

Alec streifte sich die schlichte Kniehose aus grobem Leinen über, welche die Köchin ihm gebracht hatte, und band sie in der Taille mit einer Kordel. Kraftlos, abgemagert und von Peitschenhieben gezeichnet, kam ihm sein Körper überhaupt nicht wie der eigene vor. Immerhin hatte er sich rasieren dürfen. Als er in sein Hemd schlüpfte und die Schöße in den Hosenbund stopfte, spürte er seine heilenden Rippenbrüche, sodass er das Gesicht schmerzhaft verzog. Obschon einfach, war die Kleidung doch sauber und fachmännisch gemacht.

Hielt Miss Blakewell Wort, so war der Brief an seine Schwester und deren Mann bereits per Boten unterwegs zum zuständigen Sheriff. Dieser, so Miss Blakewell, sei ein vertrauenswürdiger Mann und werde schon dafür Sorge tragen, dass das Schreiben schnell und sicher zum Hafen gebracht würde. Trotz ihrer Zusicherungen traute Alec der Sache nicht recht, bestand doch für Blakewell und seine liebreizende Tochter die Aussicht auf eine Arbeitskraft für vierzehn harte Jahre – zu Alecs Nachteil wohlgemerkt, falls es ihm misslang, seinen richtigen Namen wiederzuerlangen. Es lag also nicht in ihrem Interesse, ihm zu helfen, und es ließ sich keineswegs ausschließen, dass sie nicht sogar von Anfang an Mitwisser des Komplotts und der Entführung waren. Jedermann wusste, wie verzweifelt die Pflanzer nach gesunden, arbeitsfähigen Leuten suchten. Die „Sondereinrichtung" der Sklaverei war ja aus ebendieser Zwangslage heraus entstanden. Wenn selbst die Tochter des Gutsherrn auf dem Feld mit anpacken musste, wie es die Spuren von Gartenerde an Miss Blakewells Kleid vermuten ließen, litt die Plantage noch ärger an Personalmangel als die Mehrzahl der Farmen. Und überdies: Welcher Mann überließ schon der Tochter die Führung seines Anwesens?

Ging man nach Miss Blakewells Aussagen, müsste er mittlerweile über eine Woche in seinem vermaledeiten Bretterverschlag eingesperrt sein. Da tat es gewiss gut, wieder einmal an der frischen Luft zu sein. Die Augen gegen das Tageslicht abgeschirmt, trat er hinaus in eine ihm fremde, unbekannte Welt.

Die Sonne wärmte ihm die Haut, und mit einer feuchtwarmen Brise stiegen ihm allerlei fremdländische Gerüche prickelnd in die Nase. Sobald seine Augen sich an das Licht gewöhnt hatten, sah er, dass er sich offenbar in einer Art Dörfchen befand. Kinder, weißhäutige wie auch braune, tollten lachend herum oder spielten in den Gassen zwischen den Holzhütten, die seiner eigenen Unterkunft ähnelten. Frauen gingen ihrem Tagewerk nach, einige in kleinen Gartenparzellen, andere beim Fegen oder Waschen. Dies war wohl das Wohnquartier für die Sklaven und das leibeigene Gesinde. Obschon klein und nur roh zusammengezimmert, erwiesen die Hütten sich doch als sauber und in ordentlichem baulichen Zustand.

In der Ferne ging das Blau des Himmels in die gezackten Spitzen eines Waldes über. Fichten, so hoch, wie Alec sie nie zuvor gesehen hatte, strebten empor, dem Licht entgegen; Vögel erfüllten die Luft mit nie gehörten Tönen. Eine gelbgrün gefiederte Wolke schwang sich flügelschlagend vom Dach einer Hütte ganz in der Nähe auf und ließ, während sie flatternd durch die Lüfte schwärmte, Farbtöne in Orange und Gold im Sonnenlicht aufblitzen.

Wie fern er der Heimat war!

Mit steifen Beinen bahnte Alec sich langsam den Weg zwischen den Hütten hindurch zu den Gebäuden, die vermutlich als Ställe und Scheunen dienten. „Ich heiße Alec Kenleigh“, sagte er zu dem schweigsamen, als Wächter eingeteilten Hünen, der ihm auf Schritt und Tritt folgte. „Wenn du mir schon den ganzen Tag hinterhermarschierst, können wir uns zumindest vorstellen.“

„Luke“, erwiderte der Riese, um gleich wieder in Schweigen zu verfallen.

Alec bemerkte die gerade verheilten Peitschenstriemen, die Lukes Hemd nicht gänzlich verdecken konnte. Durch welches Vergehen mochte er sie sich wohl eingehandelt haben? Geschichten, die ihm Socrates erzählt hatte, Schilderungen von Auspeitschungen, Folter und Verstümmelungen, gingen ihm durch den Sinn. Als Sklave aufgewachsen, war Socrates von Alecs Vater, der während einer Reise nach Jamestown Unterstützung brauchte, gekauft worden. Nach seiner Freilassung in England war er im Haushalt geblieben, zunächst als Kammerdiener von Alecs Vater, danach von Alec selbst, der ihn im Lesen und Schreiben unterrichtet hatte. Auf diese Weise hatte er sich rasch die feine englische Art angewöhnt, war noch penibler und korrekter als der König selbst und hatte dem jungen Herrn in der Folge als einziges wirkliches Bindeglied zum Vater die Zuwendung zukommen lassen, die Alec ansonsten versagt blieb. Als Konsequenz ertrug Alec klaglos Socrates’ ständige Ermahnungen, er möge gefälligst aufrecht sitzen, die Spitzenrüsche am Kragen gerade rücken oder sämtliche Westenknöpfe schließen, verlangte es ihn doch nach dem Lob, das unausweichlich dem Tadel folgte. Wie Socrates wohl reagiert hätte, könnte er Alec jetzt sehen – barfuß und in grobem Leinen? Alec konnte sich eines Lächelns nicht erwehren. Ach, wie sehr ihm der alte Mann fehlte!

Eine hübsche junge Frau, dem gewölbten Leib nach hoch in Umständen, trat aus einem der Häuschen, nur um bei Alecs Anblick rasch kehrtzumachen und die Tür krachend hinter sich zuzuschlagen. Mit Ausnahme der Kinder, die seine Gegenwart anscheinend überhaupt nicht zur Kenntnis nahmen, musterte alle Welt ihn offenbar mit Blicken, in denen eine Mischung aus Furcht und Verachtung lag. Angesichts der Schandtat, deren er sich ihrer Meinung nach schuldig gemacht hatte, konnte Alec es diesen Menschen nicht einmal verübeln. Als Miss Blackwell seinen Brief entgegengenommen hatte, hatte sie ihm die Häftlingsbegleitpapiere gezeigt, ausgestellt, so ihre Behauptung, auf seinen Namen: Nicholas Braden, verurteilt wegen Notzucht und Frauenschändung. Und nach dem Verhalten, das er bei der ersten Begegnung ihr gegenüber an den Tag gelegt hatte, bestand für sie gewiss Grund genug, ihm ein derart scheußliches Vergehen zuzutrauen.

Jenseits der Molkereischeune, der Pferdeställe und der Pferche für sonstiges Vieh stieß er auf eine Schmiede, eine Sägemühle sowie mehrere massiv gebaute Lagerhäuser. Er warf einen kurzen Blick durch den Türspalt eines Hauses, um zu sehen, was sich darin befand.

„Is' 'n Trocknungsschuppen, das hier."

Überrascht fuhr Alec herum. Hinter ihm stand ein junger Blondschopf mit nacktem Oberkörper; er war verschwitzt und voller Sägemehl.

„Trocknungsschuppen?"

„Zum Trocknen von Tabak." Der Mann zwängte sich an ihm vorbei und riss das Tor weit auf. „Nach der Ernte werden die Tabakblätter auf die Stangen da drüben aufgezogen, bis sie trocken sind und zur Versteigerung gehen."

Alec warf einen Blick in den Schuppen, einen riesigen Raum, unterteilt durch Gestelle, die sich bis unter die von hölzernen Kreuzbalken getragene Decke auftürmten.

„Ich bin Zachariah", sagte der Blonde mit einem warmen Lächeln und bot Alec die Hand. „Meine Freunde nennen mich Zach."

„Alec Kenleigh."

Zach begrüßte ihn mit einem kräftigen Händedruck. „Kenleigh? Dann stimmt's also! Elly behauptet, du seist 'n entführter Herr aus London."

„So ist es."

Die beiden musterten sich eine Weile.

„Feiner Herr oder Missetäter – is' mir einerlei. Im Grab werden wir eh alle zu Staub." Zach bog um die Schuppenecke, tauchte sein Hemd in die gefüllte Regentonne und wrang es unter wohligem Seufzen über der bloßen Brust aus. „Wirst sehen", fuhr er fort, „die meisten von uns – das heißt, in der Mehrzahl Unfreie, die sich vertraglich gebunden haben – hegen keine Vorurteile. Die Kolonie hat uns allen einen Neuanfang ermöglicht. Für uns kommt's einzig und allein darauf an, was einer hier und jetzt tut." Das klang zwar wie selbstverständlich, enthielt jedoch auch einen warnenden Unterton.

„Meine Sorge gilt lediglich meiner Rückkehr nach England."

„Und meine den Kindern und Frauen hier auf Blakewell's Neck. Krümme jemandem auch nur ein Haar, und ich breche dir eigenhändig das Genick!"

Obwohl fast einen ganzen Kopf kleiner als Alec, war der Sägewerker doch durch viele Jahre harter Arbeit mit der Kraft eines Ochsen ausgestattet. Alec bezweifelte keineswegs, dass er durchaus im Stande war, seine Drohung wahr zu machen.

Zach zeigte ihm nun den Außenbereich und deutete auf die Stallungen, das gemauerte Räucherhaus, die Böttcherei, die Schreinerwerkstatt sowie die Gerberei, die zum Glück am Rand angesiedelt war, abseits der Windrichtung zu den übrigen Gebäuden.

„Unter der Weide da liegt der Friedhof." Zach wies auf einen Baumriesen, der wohl seit Urzeiten dort stehen mochte, lange schon vor der Landung der ersten Europäer an Amerikas westlichen Gestaden. Ein niedriger Eisenzaun umgab ein Stückchen Land mit rund einem Dutzend verwitterter Grabsteine. „Etwa eine Meile jenseits des Waldes drüben strömt der Rappahannock, das Revier der größten Fische, die du je zu sehen bekommen wirst."

„Der Rappahannock!" Nicht ohne Mühe sprach Alec die fremdartige Bezeichnung nach und prägte sich den geografischen Hinweis besonders ein. Sollten Miss Blakewell und ihr Vater ihm jede Hilfe verweigern, so kam nur noch Flucht infrage. Gewiss, er hatte sein Wort gegeben, doch er gedachte es nur zu halten, wenn auch Miss Blakewell zu ihrem stand.

„Wo mündet dieser Fluss?"

Zach streifte ihn mit einem kurzen, argwöhnischen Blick. „In die Chesapeake Bay."

Und diese lang gestreckte Bucht wiederum war, wie Alec wohl wusste, direkt mit dem Atlantik verbunden. Plötzlich erregte etwas seine Aufmerksamkeit. „Was, in Gottes Namen, ist denn das da?"

Ganz für sich allein und abseits aller übrigen Gebäude stand eine kleine Hütte am dunklen Waldessaum. Aus Zweigen gebaut, entsprach sie ganz und gar nicht dem, was Alec bislang gesehen hatte. Eine dünne Rauchfahne wand sich kräuselnd aus dem Dach in die Luft.

„Da wohnt Takotah", entgegnete Zach. „Die alte indianische Wunderheilerin."

Alec spürte, wie ihm eine Gänsehaut über den Rücken kroch. Erinnerungen zuckten in ihm auf, Bildfetzen – graues Haar, schwarze Augen, ein dunkles Antlitz, vernarbt und von schwarzen Mustern gezeichnet.

„Sie hat mir das Leben gerettet, und auch du verdankst ihr das deine. Ein Gesicht aber hat die – da fallen selbst den Hennen vor Schreck die Federn aus." Zach lachte auf. „Wir zwei, mein Freund, können von Glück sagen. Master Blakewell und Miss Cassie, die beiden sind so gerecht und fleißig, das findest du in der ganzen Kolonie kein zweites Mal."

Angesichts der Striemen auf Lukes Rücken hatte Alec da seine Zweifel.

„Das Kreuz mit den Pflanzern ist eben, dass zu viele von denen vergessen, dass sie selbst einmal zwangsverpflichtete Unfreie waren. Nimm zum Beispiel Crichton, den feinen Pinkel", berichtete Zach weiter. „Sein Großvater war so einer, der sich vertraglich an seinen Herrn gebunden hatte. Der Junge allerdings, der spielt sich dermaßen auf ..." Angewidert schüttelte er den Kopf, fasste sich dann und lachte. „Du wirst es bestimmt früh genug selbst erfahren. Nun aber zeige ich dir die Kornmühle. Haben wir selbst gebaut, Stein auf Stein, letzten Sommer erst. So etwas hat nicht mal King Carter zu bieten."

Wer dieser feine Pinkel oder König Carter sein sollten, war Alec zwar schleierhaft, aber eins merkte er gleichwohl: So etwas wie Blakewell's Neck hatte er nie im Leben gesehen. Gleichsam ein kleines Dorf für sich und so gut wie autark, versorgte die nach englischen Maßstäben riesige Plantage alle Bewohner und Arbeiter mit dem Lebensnotwendigen. Angesichts der Fläche von nahezu hunderttausend Morgen begriff Alec, weshalb es so manchen Mann in diese Wildnis zog. Anwesen dieser Größe waren in England unvorstellbar und die sich bietenden Chancen geradezu atemberaubend.

Doch so weit das Land auch sein mochte, die Gebäude hingegen waren beängstigend primitiv und vier nur aus Stein gebaut – die

Mühle, die Räucherei, das weiß getünchte Küchengebäude sowie das Herrenhaus. Sämtliche sonstigen Behausungen bestanden wie die von Alec aus Holzbohlen. Das große Haus selbst, vom Küchengebäude durch einen gepflasterten Hof getrennt, wirkte erstaunlich klein für einen so ausgedehnten Haushalt. Zweigeschossig und versehen mit Veranda, Balkon sowie verglasten Fenstern, war es zwar elegant, doch ausnehmend schlicht. Wilder Wein rankte an den Mauern empor; Kletterrosen, gesprenkelt mit roten, rosafarbenen, weißen und gelben Blüten, wanden sich am Verandageländer entlang – ein Anblick, der eher an einen reizenden englischen Landgasthof denn an ein Gutshaus erinnerte.

Als Alec, den schweigsamen Wächter nach wie vor auf den Fersen, auf dem Rückweg zu den Hütten an den Stallungen vorbeikam, vernahm er melodisches Frauenlachen und sah, wie Cassie gerade eine Fuchsstute in den Hof führte. Sofort spürte er, wie sein Körper sich verkrampfte. Mit der eleganten, wenn auch nicht der neuesten Mode entsprechenden Reitkleidung erinnerte sie ihn mit den rotgoldenen Locken, die ihr in üppiger Pracht über den Rücken bis zur Taille fielen, an die legendäre Lady Godiva. Bei dem Gespräch am Morgen hatte er sie noch als Mädchen bezeichnet. Nunmehr verriet alles an ihr, von den vollen, rosigen Lippen angefangen über die sanfte Rundung des Busens bis hin zu dem reizenden Rund des Rückens, ihre Fraulichkeit.

Genau in diesem Moment erblickte sie ihn; das Lachen erstarb ihr auf den Lippen, ihre Augen weiteten sich kurz. *Hat sie etwa Angst vor mir?* Er könnte es ihr nicht verdenken.

„Mr. Braden“, sagte sie kühl, wobei ihr Gruß an Luke erheblich wärmer ausfiel.

Von Cassies Anblick hingerissen, hatte Alec das Pferd kaum beachtet. Erst als sie vorbeischritt, fiel ihm auf, dass die gesattelte Stute eines der edelsten Rösser war, die er je zu Gesicht bekommen hatte. Von der Eleganz eines Araberpferdes, wäre das Tier eine höchst willkommene Bereicherung der vornehmsten Gestüte Englands. Er hob die Hand und ließ sie über die Flanke der Stute gleiten. Dieser Blakewell mochte sein, was er wollte – mit Pferden kannte er sich tatsächlich aus.

„Sie ist eine Schönheit." Erst als er seine eigene Stimme vernahm, merkte er, dass er etwas gesagt hatte.

Die Wangen zartrosa angehaucht, blieb Cassie stehen und funkelte ihn zornig an. „Ich verbitte mir diesen ungebührlichen Ton!"

„Ich sprach von der Stute, Miss Blakewell. Ein herrliches Tier." Er trat näher und kraulte dem Pferd den Widerrist. Es wieherte dankbar und sah ihn mit einem weichen, dunklen Auge an.

Der rötliche Hauch auf Cassies Wangen wich einem tiefroten Purpur. „Ein feiner Herr wie Ihr versteht sich gewiss auf Pferde", stammelte sie in einem Tonfall, der wohl unterstellen sollte, dass ein Bösewicht wie er in Wirklichkeit über keinerlei Sachverstand verfügen konnte.

„Allerdings. Ich bin leidenschaftlicher Pferdezüchter. Ich besitze vier Stuten, die von einem Araberhengst abstammen, sowie einen Hengst, gezeugt in gerader Linie von Godolphin Barb. Leider fand ich nie ausreichend Gelegenheit, sie in dem Maße auszureiten, wie ich es liebend gern getan hätte." Zu viel Arbeit hatte ihn stets vom Reiten abgehalten.

„Und meine Mutter war ein Nachkömmling von Queen Elizabeth!"

Ohne auf ihren Sarkasmus zu achten, beugte Alec sich trotz eines leichten Schwindelgefühls herunter, um sich das Pferd genauer anzusehen. „Vorder- und Hinterhand makellos, guter Knochenbau."

Aus dem Stall drang lautes Wiehern, worauf die Stute den Schweif hob.

„Sie ist rossig. Habt Ihr sie schon einmal decken lassen?"

„Solcherart Gespräche verbitte ich mir ebenfalls, Mr. Braden." Damit wandte Cassie sich um und führte das Tier fort.

Ja, so ging es ihm durch den Kopf, während Cassie sich auf den Pferderücken schwang und in Richtung des Waldes ritt, nicht nur das Pferd ist eine Schönheit, sondern die Reiterin gleichermaßen. Den ganzen Morgen hatte er an sie denken müssen. Seit sie ihm am Vortag die Hand auf die Brust gelegt hatte, war sie ihm nicht aus dem Sinn gegangen, obwohl sie eigentlich keine der Eigenschaften aufwies, die er sonst an den Frauen schätzte. Dennoch war sie wahrscheinlich das bezauberndste weibliche Wesen, das er je gesehen hatte, mit großen Augen, zarter Haut und Lippen so voll, dass selbst der Erzbischof von Canterbury in Versuchung geraten wäre. Als sie am Morgen in seine Hütte getreten war, angetan mit dem verschmutzten blauen Kleid, die Wangen verschmiert und die Lockenpracht wirr ins Gesicht fallend, hatte sie ausgesehen wie eine Milchmagd, die man hinter der Scheune mit dem Stalljungen erwischt hatte. Doch bei Gott, was für eine Milchmagd! Auch wenn sie wie eine wohl erzogene Engländerin sprach, wirkte sie mit der ungebärdigen rotblonden Mähne, den auffallend grünen Augen und der scharfen Zunge so wild wie das Land, auf dem sie aufgewachsen war. Der Mann, der sie als Erster lehren würde, was Leidenschaft heißt, würde zweifellos eine entzückende Schülerin in ihr finden.

Was in aller Welt ist in dich gefahren? Eine stumme Verwünschung auf den Lippen, trat er ins kühle Halbdunkel seiner Hütte und ließ sich auf die Pritsche sinken. Er, Alec Kenleigh, der schon Schiffe für Königshäuser gebaut hatte, war nun Eigentum eines anderen! Ein vorübergehender Zustand, sicher, doch einer, der ihm trotzdem gewaltiges Missvergnügen bereitete. Obwohl er immer schon ein Gegner der Sklaverei gewesen war, hatte er der Deportation und der Sträflingsarbeit kaum Beachtung geschenkt und sie als selbstverständliches Los für jene hingenommen, die das Gesetz übertraten, sich bis über die Ohren verschuldeten oder ein besseres Leben anstrebten, ohne über genügend bare Münze zu verfügen.

Mochten andere sich Frondiensten fügen; für Alec indes galt das nicht. Er musste heim, ehe man ihn für tot erklärte und aufgab und bevor Philip die Firma in den Ruin trieb. Langsam ließ er Revue passieren, was er an diesem Tag über das Land erfahren hatte. Bald schon fiel er jedoch, von Erschöpfung übermannt, in einen unruhigen Schlaf, verfolgt von Lavendelduft und einem smaragdgrünen Augenpaar.

4. KAPITEL

Cassie saß im Arbeitszimmer ihres Vaters und rechnete zum dritten Mal die Zahlenkolonnen durch. Verdrossen ließ sie den Federkiel auf den Tisch fallen und massierte sich den verspannten Nacken.

Selbst wenn die diesjährige Tabakernte so reichlich ausfallen sollte wie die letzte – es würde dennoch nicht reichen, die Gläubiger ihres Vaters zufrieden zu stellen. Um die Plantage aus den roten Zahlen zu bringen, hätte es schon fünf solcher Erträge bei den Preisen des vorigen Jahres bedurft. Doch es bestand wenig Hoffnung. Auch bei einer Stabilisierung der Tabakpreise durch die neuen Inspektionsgesetze konnten zahllose Naturkatastrophen eine gesamte Ernte vernichten.

Die ernstlichste Bedrohung für Blakewell's Neck ging indes nicht von der Natur aus, sondern von den benachbarten Pflanzern. Fand jemand heraus, in welchem Zustand ihr Vater sich befand, war alles, für das er gekämpft hatte, verloren. Cassie hatte die möglichen Konsequenzen an die tausend Mal durchdacht und war stets zum selben Schluss gelangt. Zwar schienen die Gläubiger mehr als zufrieden mit dem erklecklichen Betrag, den sie ihnen in ihres Vaters Namen im vergangenen Oktober hatte zukommen lassen. Sollten sie jedoch erfahren, dass der Haushaltsvorstand, der keinen erwachsenen Sohn hatte, außer Stande war, seine Angelegenheiten selbst zu regeln, würden sie sich schon als erheblich weniger großzügig erweisen. Dann würde das Anwesen stellvertretend für ihren Vater von einem bestellten Verwalter geleitet werden, der als erste Amtshandlung Land veräußern würde, um die Schulden zu tilgen.

Cassies größte Sorge aber bestand in der Erkenntnis, dass ein solcher Vormund sie unverzüglich verheiraten würde. Ihr Vater hatte ihr zwar versprochen, dass sie einen Mann ihrer Wahl ehelichen dürfe, doch ein Kurator würde eine solche Großmut gewiss nicht aufbringen. Dass sie mit ihren zweiundzwanzig Jahren noch ledig war, galt als ungewöhnlich genug, waren doch die meisten jungen Frauen in ihrem Alter bereits Mutter, manche gar mehrfach. Cassie allerdings hatte schon mehrere Freier abgewiesen, nach Meinung vieler aus reiner Torheit, weil sie auf die Liebe wartete.

Übernahm aber erst ein Vormund die Kontrolle über ihr Leben, dann fragte dieser nicht lang. Im Handumdrehen würde sie sich als Eigentum irgendeines Pflanzers wiederfinden und sich durch das Gesetz und ihr Gelöbnis verpflichten, mit Habe, Leib und Seele einem Mann zu Willen zu sein, den sie nicht liebte und auch in Zukunft kaum lieben würde.

Sie schloss die hellrote Kladde ihres Vaters und stopfte sie zwischen die anderen ins Regal. Es führte zu nichts, sich den Kopf zu zerbrechen. Daher erhob sie sich und trat ans offene Fenster in der Hoffnung, am Horizont braue sich das lang ersehnte Gewitter zusammen. Doch so weit das Auge reichte, erstreckte sich trotzig ein blauer und wolkenloser Himmel. Es war ein wunderschöner Tag, auch wenn sie den Sonnenschein ganz und gar nicht gebrauchen konnten. Mit geschlossenen Augen ließ Cassie sich von der warmen Brise umschmeicheln. Der süße Duft der Rosen, die ihre Mutter einst gepflanzt hatte – ein Geschenk ihres Vaters, das er von einer Reise aus England für seine neue Braut mitgebracht hatte –, erfüllte sie mit Entschlossenheit. Entweder fiel die Ernte reich aus oder nicht – Cassie jedenfalls hatte alles Erdenkliche unternommen, um die Abhängigkeit des Gutes vom Tabak zu lockern, indem sie Weizen und Gerste, ja sogar Hanf hatte anbauen lassen. Es war sinnlos, nun über etwas zu grübeln, das außerhalb ihrer Kontrolle lag.

Unten im Hof pickten Hühner zwischen den Pflastersteinen nach Körnern. Rebecca saß auf den Treppenstufen des Küchengebäudes und quetschte die Molke aus dem soeben gepressten Frischkäse. Eine Schar Kinder hockte auf der Verandatreppe und lauschte hingerissen den Geschichten des alten Charlie. Sonderbar, dass Jamie fehlte. Gewiss stöberte er in der Küche herum, um Leckerbissen von Nan zu erbetteln.

Heitere Männerstimmen lenkten Cassies Blick von den Kindern ab, und als sie in die Richtung schaute, aus der das Lachen herüberdrang, stockte ihr der Atem. Der Gefangene, in Begleitung von Zach und Luke zum Brunnen unterwegs, hatte das Hemd abgelegt und trug auf der Haut nichts weiter als Schweiß und seine Kniehose. Nach einer Woche Arbeit in der heißen Sonne war seine vornehme Blässe allmählich in einen dunklen Bronzeton übergegangen; die roten Striemen auf Brust und Rücken verschwanden bereits. Während er mit der Geschmeidigkeit eines Panters den Hof durchmaß, begriff sie mit einem Mal, dass sie nie zuvor einen schöneren Mann gesehen hatte.

Dies war eine bestürzende Erkenntnis, denn immerhin hatte sie manch hübsche Kavaliere kennen gelernt, Herren aus achtbaren Häusern, galante Männer mit guten Manieren, mit blasser Haut und den gepflegten Händen eines Gentleman. Niemals indes hatte sie etwas erlebt, das auch nur annähernd den wilden Sprüngen gleichkam, die ihr Herz vollführte, wenn sie den Sträfling sah. Schon als sie ihn vor Kurzem voll angekleidet erblickt hatte, aufrecht und frisch rasiert, hatte es ihr schier den Atem verschlagen. Befreit von dem dichten Bartwuchs, offenbarte sich ein bestürzend schönes Gesicht, mit vollen Lippen, hohen Wangenknochen und einem energischen Kinn. Aufs Neue errötete sie vor Verlegenheit, als sie an die Demütigung dachte, die sie an jenem Nachmittag hatte einstecken müssen. Woher auch hätte sie wissen sollen, dass er von ihrem Pferd redete?

Dann durchzuckte sie ein Gedanke. Vielleicht fühlte sie sich ja gar nicht zu ihm hingezogen, sondern hatte nur Angst vor ihm! Aller Wahrscheinlichkeit nach war dieser Mann ein überführter Verbrecher und hätte, wäre er nicht deportiert worden, wegen seiner Missetaten ein schreckliches Ende am Galgen gefunden. Jede halbwegs vernünftige junge Frau musste doch solch einen Verbrecher fürchten! Selbst Sheriff Hollingsworth hatte sie ermahnt, auf der Hut zu sein, und angekündigt, er werde baldmöglichst eintreffen, um den Sträfling zu vernehmen.

Doch sosehr sie es auch versuchte, sie konnte sich nichts vormachen. Was sie fühlte, war Zuneigung, nichts anderes. Nicht zum ersten Mal hatte sie sich in Tagträumereien verloren und sich vorgestellt, Cole sage die Wahrheit, sei tatsächlich ein begüterter Schiffsbauer, ein Gentleman, den man niedergeschlagen und gegen seinen Willen nach Übersee verschleppt hatte. In ihrer Fantasie hatte sie ihm dazu verholfen, seine Reputation wieder herzustellen, und er hatte sie geküsst und ... Von Liebe überwältigt, hatte er dem Leben in England entsagt und war geblieben, um ihr den Hof zu machen – mit Blumen, süßen Worten und Picknicks im Wald, wobei er eines Tages um ihre Hand angehalten hatte. Gemeinsam mit ihrem neuen Gatten als Jamies Vormund war sie dann in der Lage, die Interessen der Familie vom eigenen Anwesen aus zu wahren.

Es waren lächerliche, romantische Hirngespinste, törichte, nutzlose Einbildungen, für die sie sich eigentlich hätte schämen müssen, gerade weil sie sich um jemanden wie Cole Braden drehten. Cassie trat vom Fenster zurück und ließ sich missmutig seufzend in den Lieblingssessel ihres Vaters sinken. Micah hatte Recht gehabt. Dieser Verbannte verursachte erheblich mehr Ärger, als er wert war. Und sie hatte sich erlaubt, bei helllichtem Tag von ihm zu träumen ... und ... davon! Geoffrey hatte bereits angeboten, den Kerl mitsamt Haftzeit zu übernehmen. Den Vorschlag hatte sie zwar rundweg abgelehnt, da ihr klar war, welch rüde Behandlung dem Häftling in diesem Fall drohte. Plötzlich jedoch kam ihr die Idee nicht mehr so abwegig vor.

Doch nein, es ging nicht. Die Crichtons standen in dem Ruf, die grausamsten Herren im gesamten County zu sein. Ganz gleich, was Cassie von Cole hielt – er hatte nichts verbrochen, was eine solch schändliche Behandlung rechtfertigte.

Nun, jedenfalls fast nichts!

Alec erhob sich von der Bank neben dem Küchengebäude und reckte sich. Soeben hatte er sein Mittagsmahl eingenommen, Maisbrot mit Butter und kühlen Apfelwein. Zwar schmerzten ihn gelegentlich noch die Rippen, doch ansonsten war er erheblich schneller als erwartet genesen, sodass er Zach zum Holzfällen zugeteilt worden war, wahrscheinlich auch deshalb, weil er dadurch in der Nähe und unter Bewachung blieb. Zunächst empört über die Zumutung einer solch minderwertigen Tätigkeit, stellte er schnell zu seiner Überraschung fest, welche Freude ihm die Arbeit an der frischen Luft bereitete, sagte sie ihm doch mehr zu, als tagtäglich am Schreibtisch zu sitzen, um Pläne zu genehmigen, Zeichnungen zu begutachten oder Verträge auszuhandeln.

Er leerte den Krug und machte sich auf zu den Stallungen, um sich die Stute, die er in der Vorwoche gesehen hatte, genauer anzuschauen. Luke und Zach waren noch beim Essen; seine Abwesenheit würde ihnen also kaum auffallen. Und falls doch, so kümmerte es ihn nicht.

Nach der Arbeit in der Glutofenhitze empfand er die Kühle des Pferdestalls als wohltuende Erleichterung. Der scharfe Stallgeruch nach Pferden, Mist und Heu stach ihm in die Nase. Dies war ihm vertraut, und hier fühlte er sich wohl. Obwohl er sich inzwischen an die neue Umgebung angepasst hatte, kam er sich dennoch nach wie vor wie ein Fremdling in einer sehr exotischen Welt vor. Die Blumen, Bäume, Vögel, selbst der Duft des Windes – alles war neu.

Als seine Augen sich an das Halbdunkel gewöhnt hatten, fand er zu seiner Verblüffung nicht nur Cassies Fuchsstute vor, sondern mehrere andere schlanke Rösser von der Art, wie man sie eher auf einem reichen Landgut in England vermutet hätte. Obwohl sie ganz augenscheinlich schon lange nicht mehr ordentlich gestriegelt oder bewegt worden waren, hätte er diese Tiere ohne Zögern mit seinem heimatlichen Bestand gekreuzt. Wie jemand in diesem entlegenen Landstrich der Neuen Welt an solches Pferdematerial gelangen konnte, war Alec ein Rätsel. Eines der Tiere, ein gewaltiger kastanienbrauner Hengst, rollte mit den Augen und schnaubte warnend. Unruhig scharrte er mit den Hufen und schüttelte wiehernd die Mähne, worauf Cassies Stute aus ihrem Viereck einige Reihen weiter sogleich antwortete.

Alec verstand die Nöte des Hengstes weit besser, als er es sich eingestehen mochte. Bei allem, was ihm an Cassie missfiel, gelang es ihm doch nicht, sie zu ignorieren. Sein Körper war nun so gut wie ausgeheilt, sodass seine Reaktion auf ihre Gegenwart immer eindeutiger wurde. Nicht einmal harte körperliche Anstrengung reichte aus, um ihn abends rasch einschlafen zu lassen. Was er brauchte, so sein Entschluss, war eine Frau, waren doch seit jener letzten Nacht mit Isabelle beinahe drei Monate vergangen.

Mehrmals schon hatte er sich Isabelles Gesicht ausgemalt, doch stets wurden seine Fantasien durch eine andere Vision zunichte gemacht: rotgoldenes Haar, grüne Augen und volle, rosige Lippen. Sei's drum. Eher wäre er ins Kloster gegangen als mit Cassie zu Bett! Nicht nur, dass er sie viel zu unverblümt und stolz für eine Frau fand, nein – er war schließlich Eigentum ihres Vaters. Wie sollte ein Mann dies ertragen und dennoch Mann bleiben? Überdies würde ihn eine Liaison mit ihr wahrscheinlich geradewegs an den Auspeitschpfahl bringen, wenn nicht gar an den Galgen, und momentan hatte er ohnehin schon genug Ärger.

Gerade ging er auf den Verschlag der Stute zu, als er ein Augenpaar bemerkte, das durch die Ritzen zwischen den Brettern einer leeren Pferdebucht am Ende des Stallganges lugte. „Guten Tag!" rief er dem Kind zu.

Ein kleiner, flachsköpfiger Bengel, kaum alt genug für Kniehosen, kletterte zögerlich an den Planken der Tür empor.

„Wie heißt du denn, Bürschchen?"

„Jamie." Der Junge beäugte ihn argwöhnisch. Kuchenkrümel hingen an seinen Lippen, das Haar und die Kleidung waren voller Stroh und Pferdedreck.

„Aha. Und du?" fragte Alec die Stute, die tatsächlich eine Schönheit war, wenn auch nicht halb so entzückend wie ihre Besitzerin.

„Andromeda", entgegnete der Kleine anstelle des Tieres.

„Und der Große da?"

„Aldebaran. Der ist gefährlich!" Der Junge warf dem Hengst einen bitterbösen Blick zu.

Alec ging vor dem Kleinen in die Hocke. Was für umwerfend grüne Augen er hatte! Augen, die Alec in seinen Träumen verfolgten. Jamie musste Miss Blakewells Sohn sein, denn die Ähnlichkeit war unübersehbar. Kein Wunder, dass sie noch unverheiratet war. Ein Bastard hatte schon mancher Frau die Aussicht auf eine gute Partie zunichte gemacht.

„Und Ihr, Mister? Wie heißt Ihr?"

„Hier nennt man mich Cole." Es bestand kein Anlass, das Kind mit der Wahrheit zu verwirren.

Irgendetwas bewegte sich in Jamies Hosentasche. Alec vernahm ein dünnes, gedämpftes Maunzen.

„Was hast du denn da, mein Junge?"

Jamie zog ein grau-weißes Fellknäuel hervor, ein kleines Kätzchen, das die Augen noch geschlossen hatte.

„Niedliches Tierchen. Aber es braucht seine Mutter", mahnte Alec. „Wo hast du's gefunden?"

Der Junge sah zuerst ihn an, danach das Kätzchen, fasste dann mit seiner verdreckten kleinen Hand zu und zog Alec an einem Finger zu dem Verschlag, aus dem er hervorgeklettert war.

Als Cassie kurze Zeit später das Haus verließ, bemerkte sie erleichtert, aber auch ein wenig enttäuscht, dass Cole nicht mehr auf dem Hof zu sehen war. Zwei Mal hatte sie sich vor diesem grässlichen Kerl zum Narren gemacht. Das, so ihr fester Vorsatz, sollte nicht wieder vorkommen.

„Nan, hast du Jamie gesehen?“ fragte sie, als sie das Küchenhaus betrat. Elly stand mürrisch über ein Waschfass voll schmutzigen Geschirrs gebeugt, während Nan gerade ein Hühnchen fürs Abendessen rupfte.

„Nein, Missy. Schon nicht mehr, seit er mir hier vor etwa ’ner Stunde ein Stück Torte abgeluchst hat. Wieder weggelaufen, der Lümmel, wie?“ „So ist es.“ Wieso war es bloß so schwer, den Kleinen im Auge zu behalten? „Und du, Elly?“

Das Mädchen schüttelte griesgrämig den Kopf.

„Eleanor!“ Nan fuhr ihre Küchenhilfe barsch an. „Sich regen bringt Segen! Müßiggang ist aller Laster Anfang! Auf, such Master Jamie!“

Rasch lief Elly zur Tür hinaus.

„Ich schaue mal bei Takotah nach“, sagte Cassie schmunzelnd. „Das letzte Mal lag Jamie schlafend in ihrer Hütte.“

„Dann wollt Ihr gewiss auch Brot und Apfelwein für Euren Vater mitnehmen.“ Nan legte das Hühnchen beiseite, füllte rasch einen Korb mit Lebensmitteln und reichte ihn Cassie.

Takotah hängte gerade Kräuterbüschel zum Trocknen auf. „Er ist nicht hier“, bemerkte sie, ehe Cassie fragen konnte. „Hast du schon im Küchenhaus nachgesehen?“ Sie kannte den Jungen gut.

„Ja, aber dort ist er auch nicht.“ Mittlerweile war Cassie ernsthaft in Sorge. Sie stellte den Proviantkorb neben die Feuerstelle. „Wie geht es Vater?“ fragte sie, denn bei all der Arbeit hatte sie ihn zwei Tage nicht besucht.

„Unverändert. Er redet zwar noch mit dem Geist deiner Mutter, hat aber einen gesunden Appetit.“

Diese Antwort hatte Cassie erwartet, wenn auch nicht erhofft.

„Wie ist der neue Mann?“ erkundigte Takotah sich.

„Der Sträfling?“ Cassie rümpfte die Nase. „Das ist der ungehobeltste Rüpel, der mir je untergekommen ist.“

Takotah lächelte, sodass es aussah, als erwachten die Tätowierungen auf Wangen und Kinn zum Leben. „Er sieht aber sehr gut aus, oder? Und kräftig ist er obendrein!“

Stammelnd rang Cassie nach Worten. Gern hätte sie widersprochen, doch bei der Richtung, die ihre Gedanken in jüngster Zeit eingeschlagen hatten, war eine ehrliche Antwort unmöglich. „Micah sagt, man könne ihm nicht über den Weg trauen, und da muss ich ihm beipflichten“, erwiderte sie schließlich, wobei sie wohlweislich unerwähnt ließ, dass er angesichts Coles rascher Auffassungsgabe und seines Arbeitseifers überrascht und erfreut war.

Takotah lächelte nur, sagte jedoch kein Wort.

Noch ehe sie das Küchengebäude erreichte, bemerkte Cassie, dass etwas Entsetzliches geschehen sein musste. Die Steinschlossmuskete im Arm, stand Micah im Hof, ins Gespräch mit Zach und den übrigen Männern vertieft. Nan stapfte unruhig hin und her und wischte sich ständig die Hände an der Schürze ab. Als Cassie sich näherte, verstummte das Gemurmel schlagartig, sodass ihr eine Gänsehaut über den Rücken kroch.

„O Missy!“ Nan eilte auf sie zu, so schnell ihre stämmigen alten Beine sie tragen konnten. „Missy, er ist verschwunden!“

5. KAPITEL

Cassie blieb das Herz stehen. „Jamie?"

„Nein ... Ach was, ja, doch", stammelte die Köchin aufgelöst. „Aber der Sträfling, der ist ebenfalls weg. Fortgemacht hat der sich!"

„Allmächtiger!" Ihr Bruder wurde vermisst, und zudem war der Zuchthäusler unauffindbar? War Jamie etwas zugestoßen, würde sie sich das nie verzeihen können! Ihr war doch der Junge anvertraut worden. Und sie war es auch, die den Verbrecher hierher geholt hatte.

„Vermutlich benutzt er den Kleinen als Geisel", bemerkte Micah. „Nach Lukes Aussage war Braden bis zum Mittagessen bei ihm und danach plötzlich weg."

„Ich kann nicht glauben, dass er dem Kind was antut", meinte Zach.

„Das wird er auch nicht." Alle wandten sich zu Luke um, der seit seiner Ankunft auf der Plantage kaum ein Wort von sich gegeben hatte. „So einer ist der nicht."

„Weit kann er nicht sein", stellte Micah fest. „Zach und ich, wir reiten mit den Männern das Flussufer ab, denn durch den Wald kommt er nur langsam vorwärts, besonders mit dem Kind. Ist er so klug, wie er aussieht, wird Braden dem Fluss folgen, um sich zu orientieren. Gewiss versucht er, eine Hafenstadt zu erreichen. Stoßen wir auf keine Spuren, versuchen wir's entlang der Straße nach Fredericksburg."

„Das übernehme ich", sagte Cassie.

„Ich bin dabei", meldete sich Tom, der hinter ihr stand.

Weitere Freiwillige erklärten ihre Bereitschaft, der Herrin bei der Verfolgung zu helfen, doch in diesem Augenblick unterbrach herannahendes Hufgetrappel das Stimmengewirr.

„O nein!“ Cassie schlug die Hände vors Gesicht. Ausgerechnet jetzt kam Besuch, und zudem noch Geoffrey!

Auf seinem schwarz-braunen Wallach trabte Geoffrey Crichton in den Hof und zog die Zügel an. Die gepuderte Perücke auf dem Blondschopf verlieh ihm ein ausgesprochen dümmliches Aussehen. Er ließ sich aus dem Sattel gleiten und stolzierte durch die Ansammlung hindurch auf Cassie zu, wobei sein übertrieben herrischer Gang einen Gehfehler nur unvollkommen kaschierte.

„Catherine!“ Er begrüßte sie mit einer Verbeugung und Handkuss. „Stimmt etwas nicht?“

Nur ungern weihte Cassie ihn in Angelegenheiten des Anwesens ein. Je weniger er wusste, desto ungefährlicher war es für alle Beteiligten. An sich kein übler Bursche, steckte Geoffrey indes gern seine Nase in Dinge, die ihn nichts angingen. Dass Cassie Blakewell's Neck leitete, hätte er niemals gutgeheißen, weshalb sie sich die allergrößte Mühe gab, die Wahrheit vor ihm zu verbergen. Fügsamkeit, so seine Devise, war eine weibliche Tugend. Ihm nun jedoch Jamies Verschwinden zu verheimlichen war schier unmöglich, zumal bei der Suche die Grundstücke anderer Pflanzer betreten werden mussten. Außerdem war sie verpflichtet, ihre Nachbarn von der Flucht des Deportierten zu unterrichten und sie zu warnen.

„Jamie wird vermisst.“ Sie machte sich auf Geoffreys Reaktion gefasst. „Und der Sträfling ist fort.“

„Ach!“ Ungerührt nestelte Geoffrey an einer spitzenverzierten Hemdmanschette. „Wundert mich nicht. Mein Vater und ich haben das kommen sehen, zumal dein Vater verreist ist.“

„Micah will mit einigen Männern das Flussufer absuchen. Ein weiterer Suchtrupp unter meiner Führung überwacht die Straße nach Fredericksburg.“

Geoffrey musterte Micah mit unverhohlener Verachtung. Cassie wusste, dass er Menschen dunkler Hautfarbe ausnahmslos als Sklaven betrachtete.

„Falls mir dein Mohr ein frisches Pferd besorgt“, erwiderte er, wobei er an seinen Glaceehandschuhen zupfte, „stelle ich mich gern als Führer des zweiten Trupps zur Verfügung. Das ist nichts für eine Frau, und was die Verfolgung von Flüchtigen angeht, so verweise ich auf einschlägige Erfahrung. Wenn du inzwischen einen Boten nach Crichton Hall entsenden könntest, wird dir mein Vater gewiss leihweise seine Bluthunde und einige seiner Männer überlassen.“

Die anmaßende Art, wie er mit ihr und Micah umsprang, machte Cassie zwar zornig, doch sie nahm sich zusammen. Dies war nicht der richtige Augenblick für eine Auseinandersetzung, und sie war auf Geoffreys Hilfe angewiesen. Das Leben ihres kleinen Bruders stand auf dem Spiel. „Danke, Geoffrey.“

Während er sofort in barschem Ton seine Befehle erteilte, führte einer der Männer den Wallach zum Stall, aus dem kurz darauf aufgeregtes Rufen erscholl. „Missy! Hier drinnen sind sie!“

„Jamie!“ Cassie raffte die Röcke und eilte, halb von Sinnen vor Panik, in Richtung der Stallungen, ohne auf die Herumstehenden zu achten.

Als sie ins Halbdunkel trat, sah sie, wie Cole und der Kleine aus dem hintersten Viereck auftauchten. Sollte der Verbrecher dem Jungen auch nur ein Haar gekrümmt haben … Doch Jamie wirkte unversehrt und kein bisschen verschüchtert, und Cole, die Brauen verwirrt zusammengezogen und die Stirn in Falten gelegt, schaute überaus verwundert drein. Statt dem Jungen ein selbst gefertigtes Messer oder eine andere primitive Waffe an die Kehle zu pressen, hielt er ein gerade geborenes Kätzchen an die nackte Brust geschmiegt. Atemlos vor Verblüffung, konnte Cassie ihn nur ungläubig anstarren.

Alec hatte gerade angesetzt und Jamie erläutert, wie Katzen ihre Jungen mit der Zunge säubern, als die Stalltore aufflogen und eine Menschenmenge hereinrannte, an der Spitze Cassie, die vor Furcht kreideweiß im Gesicht war, dicht gefolgt von Micah – dem Aufseher –, Zach – dem Bewacher – und einem geradezu lächerlich gekleideten Unbekannten, der hereinstolzierte, als sei er der Hausherr.

„Was, zum Henker, geht denn hier vor?" fragte Alec und blickte von einem Gesicht zum anderen.

„Das würden wir auch gern wissen", bemerkte Zach grimmig.

Der Stutzer funkelte den Sägewerker aufgebracht an. „Wenn jemand Fragen stellt, dann ich!" fauchte er, als sei das Ganze ein Schauspiel, bei dem ihm jemand seinen Einsatz verpatzt hatte. „Hierher, du Halunke, und fass bloß den Jungen nicht an!"

Einen Augenblick war Alec verblüfft, als er begriff, was da vorging, doch dann stieg bittere Galle in ihm auf. „Wir unterhalten uns ein andermal, mein Junge. Lauf zu!" sagte er gelassen, obwohl er innerlich alles andere als ruhig war. Vorsichtig setzte er das Kätzchen ins Stroh, das von der beunruhigten Katzenmutter rasch aufgelesen wurde.

Alec sah, wie der Junge auf Cassie zulief, die ihn auf die Arme hob und ihn an sich drückte, als ginge es um ihr Leben. Tränen liefen über ihr Gesicht.

„Einem Kind etwas anzutun – nur ein Unmensch bringt das über sich!" Gern hätte er sie getröstet, und als ihre Blicke sich trafen, leuchteten ihre Augen grün wie eine Frühlingswiese. Zögernd ging Alec auf sie zu und hob die Hand, um ihr eine Träne von der Wange zu streichen.

Der scharfe Hieb einer Reitgerte ließ ihn zurückzucken.

„Weg von Miss Blakewell, Zuchthäusler!" befahl der Geck. Stocksteif stand er da, die Gerte fest in der behandschuhten Faust.

Alec musste sich im Zaum halten, um diesem Kerl nicht mitten ins hübsche Gesicht zu schlagen.

„Geoffrey Crichton!“ rief Cassie. „Bei uns wird die Dienerschaft nicht geschlagen!“

„Selbstverständlich.“ Crichton verneigte sich förmlich. „Verzeihung!“

Das also war der feine Pinkel! Kein Wunder, das Zach den Kerl nicht ausstehen konnte! Was für ein aufgeblasener Pfau! Alec tauschte einen wissenden Blick mit dem Arbeiter, der kopfschüttelnd die Augen gen Himmel drehte.

„Ich hole sofort Wundsalbe“, sagte Cassie, und als Alec an sich herabschaute, bemerkte er eine böse aussehende rote Schwellung quer über der Brust.

„Danke für Eure Mühe, Miss Blakewell, aber es geht schon.“

Die Fürsorge in ihren wunderschönen Augen wirkte ungekünstelt. Um ein Haar hätte er vergessen, wer sie war und für wen sie ihn hielt. Beinahe!

„Alles zurück an die Arbeit!“ Micah scheuchte die Schaulustigen aus dem Stall. „Alles in bester Ordnung. War nur ’n Missverständnis. Los, jeder auf seinen Platz!“

„Nan“, sagte Cassie zu der Köchin, die herbeigeeilt war, und stellte den Kleinen auf den Boden, „bring Jamie bitte in die Küche. Und diesmal, junger Mann, bleibst du dort, wo ich dich im Blick habe. Sonst setzt es was!“

Allmählich löste sich die Ansammlung auf, bis nur noch Alec, Cassie, Luke, der wieder seinen Wachdienst übernahm, und Crichton übrig blieben. Letzterer musterte Alec von Kopf bis Fuß, als habe er ein exotisches Tier vor sich.

„Verzeiht, Mr. Braden, aber wir dachten …“, stammelte Cassie, um eine Entschuldigung bemüht. „Das heißt, Jamie war verschwunden, und als Ihr dann ebenfalls unauffindbar wart, da glaubten wir …“

„Ich kann's mir denken", unterbrach Alec, barscher als beabsichtigt. „Ihr wart im Irrtum."

Crichton starrte ihn nach wie vor mit unverhohlener Abneigung an.

„Bin ich Euer neuer Preishengst, den Ihr von neugierigen Nachbarn begaffen lassen wollt?" Obwohl an Cassie gerichtet, galt die Frage eigentlich Crichton, und als die Reitgerte abermals hochschnellte, reagierte Alec sofort und packte Crichtons erhobenen Arm.

„Nicht, Geoffrey!" Cassie, die zuvor wegen Alecs derber Worte schockiert zusammengefahren war, keuchte auf. „Schluss! Beide!"

„Miss Blakewell mag es nicht, wenn ihre Dienerschaft geschlagen wird." Alec lächelte eisig, als er sah, dass eine Mischung aus Furcht und Verblüffung das Gesicht des anderen Mannes überzog.

Schließlich erwachte Crichton aus seiner Starre und ließ den Arm sinken. In den grauen Augen spiegelte sich Hass. „Das wirst du bereuen, Zuchthäusler!"

Alec begriff, dass er sich diesen Mann zum Feind gemacht hatte – ein sonderbares Gefühl für jemanden, dessen Differenzen mit anderen sich bislang auf geschäftliche Kontroversen sowie Debatten in den Salons beschränkt hatten. „Und nun, Miss Blakewell, entschuldigt mich bitte. Zach benötigt meine Hilfe."

Beschämt blickte Cassie ihm nach, hatte sie ihm doch zugetraut, er könne Jamie als Geisel genommen oder ihm gar Schlimmeres angetan haben. Stattdessen hatte er ein Kätzchen auf dem Arm getragen, ein Anblick, der ihr mehr zu schaffen machte, als sie sich eingestehen mochte. Seine bestürzte Miene angesichts des schrecklichen Verdachts hatte sie vollends davon überzeugt, dass er Jamie niemals etwas zu Leide getan hätte.

Geoffrey trat zurück und nestelte an den Rüschen an Kragen und Ärmeln. Ein Zucken in seiner Wange verriet ihr, wie aufgebracht er war. Einen Augenblick schwiegen sie unangenehm berührt, bis er das Wort ergriff. „Bist du sicher, dass du ihn nicht doch an uns verkaufen willst? Immerhin hast du ja nun einen Vorgeschmack dessen, was passieren könnte."

„Nein, danke. Es handelt sich um ein Missverständnis. Es war unser Fehler, denn wir hätten sorgfältiger suchen müssen." Ein Geständnis, das ihr nicht leicht fiel.

Geoffrey schaute sie skeptisch an. „Nun gut. Dennoch nehme ich mir die Freiheit und schicke dir morgen einen unserer verlässlichsten Männer, um dem Burschen genauer auf die Finger zu sehen." Cassie setzte zu einem Einwand an, doch Crichton ließ sich nicht unterbrechen. „Teile ihn ein nach Gutdünken. Ich weiß, dein Herr Vater hat dir einstweilen die Führung übertragen. Ungeachtet meiner Meinung zu dieser ... nun ja ... ungewöhnlichen Entscheidung habe ich sie zu respektieren. Doch genug davon. Ich bin gekommen, um dir dies zu überbringen", sagte er und zog einen Umschlag aus der Weste.

Cassie öffnete ihn. Er enthielt eine Einladung zu Geoffreys dreiundzwanzigstem Geburtstag, der wie üblich am letzten Juni-Wochenende begangen werden sollte.

Geoffrey holte tief Luft und lächelte ihr zu. Offenbar war sein Ärger verraucht. „Ich hoffe, ihr werdet kommen, Jamie und du. Ich glaube, seit unserer Kindheit hast du bei keiner meiner Geburtstagsfeiern gefehlt. Ohne dich wäre ein Fest nicht komplett."

Cassie verspürte einen Stich, da sie Geoffrey vor aller Augen zurechtgewiesen hatte. „Danke, Geoffrey. Natürlich werden wir kommen."

Das Lächeln, das nunmehr die Grübchen auf seinem anmutigen Gesicht besonders hervortreten ließ, gemahnte sie an den Knaben, mit dem sie gemeinsam aufgewachsen war. „Möchtest du zum Tee bleiben?" fragte sie, um Anstand bemüht.

Doch als er ablehnte, vermochte sie nur mit Mühe ihre Erleichterung zu verbergen.

Sobald Blakewell's Neck hinter ihm lag, stieß Geoffrey einen übermütigen Freudenschrei aus, der das Pferd unter ihm verschreckt in Galopp übergehen ließ. Endlich hatte er einen Plan! Mit Henrys Hilfe würde er Cassie gewiss vor dem Winter noch zum Traualtar führen. Und dann ... Der Gedanke an das gemeinsame Schlafgemach wirkte geradezu berauschend.

Seinem Vater würde er allerdings nichts verraten, sondern ihn überraschen. Stolz würde der Vater auf ihn sein, stolz, dass sein Sohn sich endlich als Mann erwiesen und die Initiative ergriffen hatte.

Was jedoch den Sträfling anging, nun, dieser Braden sollte teuer bezahlen – nicht allein dafür, dass er ihn, Geoffrey, vor der gesamten Dienerschaft gedemütigt hatte, obwohl das bereits Grund genug gewesen wäre. Nein, viel schlimmer waren die Blicke, die Catherine und dieser Lump getauscht hatten! Etwas Bestimmtes lag darin – Geoffrey hätte den Mann umbringen können! Gewiss war Catherine mit ihrer überspannt romantischen Fantasie dem Märchen von einer Entführung erlegen, das dieser Halunke ihr aufgetischt hatte.

So unkonventionell sie sich auch zuweilen gebärdete – Geoffrey liebte Catherine, und sein Vater befürwortete die Verbindung allein schon wegen der Mitgift: fünfundzwanzigtausend Morgen besten Bodens am Rappahannock. Einmal im Besitz des Landes, bekamen sie direkten Zugang zum Fluss und konnten endlich den lang ersehnten Liegeplatz bauen. Geoffrey indes wollte allein Catherine. Dass er sie zu seiner Gattin machen würde, stand seit Langem für ihn fest, schon seit damals, als er sechs und sie fünf Jahre alt gewesen war. Sie hatte ihn besucht, als er darniederlag und sich von dem verfluchten Fieber erholte, dem er sein lahmes Bein verdankte. Sie hatte Anteilnahme bewiesen, während der eigene Vater, angewidert vom Anblick des missgestalteten Sohnes, sich geweigert hatte, das Krankenzimmer zu betreten.

Von jenem Augenblick an hatte er gewusst, dass er sie liebte. Und sie hatte sicherlich alle bisherigen Anträge nur seinetwegen abgewiesen. Trotzdem unternahm sie, wie es schien, alle erdenklichen Anstrengungen, ihm aus dem Weg zu gehen, und widerstand all seinen Annäherungsversuchen, mochten sie noch so unaufdringlich sein. Warum nur? Eins allerdings stand fest: War Blakewell's Neck erst unter seiner Kontrolle, dann würde er dafür sorgen, dass dieser Nicholas Braden den Tag bereute, an dem er geboren worden war.

6. KAPITEL

„Ich habe Euch alles gesagt, an das ich mich erinnere." Kerzenschein tanzte zuckend über die Ziegelwände der halbdunklen Küche und huschte über die Gesichter der beiden Männer, die sich am Tisch gegenübersaßen. Der Sheriff, so schien es Cassie, war merklich guter Dinge, nachdem er drei Schüsseln von Nans Austern-Eintopf und mehrere Scheiben Maisbrot vertilgt sowie fast einen ganzen Krug Apfelwein geleert hatte.

Alec, der bis jetzt noch nicht gegessen hatte, saß lässig zurückgelehnt da, den Arm über die benachbarte Stuhllehne gelegt. Nur die verkrampfte Kinnpartie verriet, wie angespannt und ärgerlich er wirklich war.

Drei Stunden hörte Cassie nun schon von ihrem Platz an der Feuerstelle aus zu, wie Sheriff Hollingsworth den Gefangenen erbarmungslos zu den Einzelheiten der angeblichen Entführung vernahm. Allmählich taten ihr die Füße weh, und der Rücken schmerzte ihr vom langen, reglosen Stehen. Längst war die Sonne untergegangen.

Bislang hatten die Bemühungen des Sheriffs allerdings nichts gefruchtet. Alec blieb entschlossen bei seinen Behauptungen und wirkte zudem derart überzeugend, dass sie ihm wohl geglaubt hätte, hätte er auch nur den Ansatz eines Beweises für seine These vorlegen können.

„Nun zurück zu Eurer Reise." Der Sheriff bestrich den letzten Kanten Maisbrot mit Butter. „Ihr wart mindestens sechs Wochen auf See, behauptet jedoch, nur noch wenig von der Überfahrt zu wissen. Vielleicht …"

Alec drosch mit der Faust auf den Tisch und sprang auf. „Zum Donnerwetter, Mann! Müssen wir denn dieses sinnlose Verhör fortsetzen?"

Im Zimmer wurde es totenstill, sodass Cassie das Pochen ihres Herzens vernehmen konnte.

Vom Gefühlsausbruch seines Gegenübers offenbar wenig beeindruckt, rülpste der Sheriff vernehmlich in die Stille hinein, wischte sich die Brotkrumen von Halsbinde und Wams und bedeutete Cassie mit einem Wink, ihm nachzuschenken. Jetzt erst bemerkte sie, dass sie den Atem angehalten hatte. Sie tat, wie geheißen, und begab sich danach an ihren Platz beim Herd zurück.

„Nehmen wir an, Eure Aussagen stimmen." Der Sheriff stopfte sich seine Pfeife mit Tabak und entzündete sie mit einem Stückchen Reisig, das er ins Feuer gehalten hatte. „Wer, zum Teufel, sollte Euch hierher verschiffen? Der Täter müsste doch wissen, dass Ihr um Euren guten Ruf kämpfen würdet. Wieso hat er Euch nicht einfach einen Kopf kürzer gemacht?"

Cassie nickte zustimmend, denn dieser Teil von Coles Bericht ergab auch für sie keinen Sinn.

„Ich weiß es nicht", entgegnete Alec kopfschüttelnd. „Wegen Geld womöglich. Oder die Entführer nahmen an, ich würde die Überfahrt nicht überstehen oder aber in den Kolonien umkommen, ehe ich mich an die Umstände dort gewöhnen könnte. So gäbe es in England keine Leiche, die auf ein Verbrechen schließen ließe."

„Wer könnte Euch denn den Tod wünschen? Euer Erbe?"

Alec erwog diese Möglichkeit offenbar kurz, schüttelte dann aber den Kopf. „Philip hat zwar zahlreiche Untugenden, aber zu so etwas wäre er nicht fähig."

„Feinde?"

„Habe ich nicht."

„Geschäftliche Konkurrenten?"

„Mehrere, aber keiner von denen würde so tief sinken und eine Entführung oder gar einen Mord begehen. Allerdings ..."

„Heraus damit, Mann! Wollt Ihr mich von der Richtigkeit Eurer

Angaben überzeugen, so sagt es am besten gleich. Denn von dem, was Ihr mir heute Abend aufgetischt habt, glaube ich Euch kein einziges Wort."

„Es mag einige erzürnte Ehemänner in London geben, die mir wohl keine Träne nachweinen würden, sollte ich plötzlich verschwinden."

Der Sheriff lachte schallend auf, schlug sich aufs Knie und grinste Alec verschwörerisch an.

Cassie machte aus ihrer Empörung kein Hehl und warf den beiden einen bösen Blick zu. Männer! Dass Gesetzeshüter und Gesetzesbrecher gemeinsame Sache machten, wenn es darum ging, die Heiligkeit der Ehe in den Schmutz zu ziehen, das sprach Bände über das so genannte starke Geschlecht!

„Ich will sehen, was sich tun lässt." Der Sheriff stand auf und reckte sich, wobei sein mächtiger Schmerbauch ihm beinahe die Messingknöpfe vom Wams sprengte. „Wohlgemerkt, ich sage nicht, dass ich Euch glaube. Doch es haben sich schon die merkwürdigsten Dinge zugetragen. Bis zum Beweis des Gegenteils aber seid Ihr für mich vorläufig Nicholas Braden. Ihr gehorcht den Anweisungen Eures Dienstherrn ohne Wenn und Aber und vermeidet jeden Ärger. Versucht Ihr zu fliehen, ist es Master Blakewell unbenommen, Euch zur Strecke zu bringen, Euch auspeitschen zu lassen und die Frist Eurer Verbannung zu verlängern. Kommt jemand durch Euch zu Schaden, lasse ich Euch aufknüpfen!"

„Das ist mir bereits bekannt." Alec warf einen scharfen Blick zu Cassie hinüber, die jedoch das Gesicht abwandte. „Ich habe bereits versprochen, keinen Fluchtversuch zu unternehmen."

„Das Schiff, mit dem Ihr deportiert wurdet, die *Easy Mary*, ist längst wieder auf hoher See. Wann es wieder einlaufen wird, steht in den Sternen. Was den Seelenverkäufer angeht, so ist es schlechterdings ausgeschlossen, den Mann aufzutreiben. Somit bleibt mir nur, in den Bord- und Frachtpapieren der *Mary* zu forschen und die Passagierlisten einzusehen. Möglicherweise befanden sich weitere Deportierte an Bord, die etwas Verdächtiges mitbekommen haben."

Der Sheriff stürzte sich den letzten Schluck Apfelwein hinunter und fuhr sich mit dem Ärmel über den Mund. „Euren Brief habe ich zwei Tage nach Erhalt nach Williamsburg weitergereicht. Ich war so frei, selbst einige Zeilen an den Gefängnisdirektor in Newgate zu richten. Wenn überhaupt, dann wird wohl er den Sachverhalt klären können. Mit einer Antwort dürfen wir etwa im Spätsommer oder Frühherbst rechnen."

Spätsommer oder Frühherbst? Alec stieß einen unterdrückten Fluch aus. Obwohl lediglich eine Sache von Monaten, erschien ihm die Zeitspanne wie eine Ewigkeit. Mit jedem hier verbrachten Tag tat man ihm Unrecht an. Begriffen diese Leute denn nicht, dass er zu seiner Familie und einem florierenden Unternehmen zurückkehren musste? Er stand auf und wartete, während der Sheriff sich von Cassie verabschiedete und sie die Tür hinter ihm schloss.

Als sie sich umdrehte, war es Alec, als streichle das Kerzenlicht ihr zärtlich übers Gesicht.

„Verzeiht", sagte sie. „Ihr habt Euer Abendbrot noch nicht bekommen."

Wie unfassbar schön sie war! Von den Nadeln befreit, umrahmte das widerspenstige rotgoldene Haar ihr Antlitz in langen, lockigen Strähnen. Mehrmals schon hatte er sich gefragt, wie es wohl sein würde, dieses Haar zu lösen. Obschon sie sich, Mode und Anstand entsprechend, ein Baumwolltuch in den Ausschnitt des Mieders gesteckt hatte, erkannte er doch den Ansatz ihrer Brüste, ein Anblick, den Alec weit mehr als nur ablenkend fand. Tatsächlich brachte Cassie ihn halbwegs um den Verstand.

„Ich werde schon nicht verhungern."

„Unsinn! Setzt Euch und esst! Es ist mehr als genug für alle da. Außerdem habe ich etwas mit Euch zu besprechen."

Sie trat zur Feuerstelle und rührte den Rest der Suppe auf, die über der niedergebrannten Glut warm gehalten worden war. Schnell füllte sie eine Schüssel und stellte sie mit einem Löffel vor ihn hin, schenkte ihm eine Tasse randvoll mit Apfelwein ein und holte einen in ein Tuch eingeschlagenen Laib Brot vom Regal – Weizenbrot, wie Alec am appetitlichen Hefeduft erkannte.

„Wie Ihr gewiss gestern im Pferdestall festgestellt habt", fuhr sie fort, während Alec Platz nahm und kräftig zulangte, „brauchen wir einen Pferdeknecht, der die Tiere striegelt und ihnen Bewegung verschafft."

„Und Ihr meint, das sei eine Aufgabe für mich."

„Zusätzlich zu Euren bisherigen Pflichten, richtig. Ihr kennt Euch ja mit Pferden aus, wie Ihr behauptet."

Aha! Sie wollte ihm also auf den Zahn fühlen! Sie war nicht dumm. Konnte sie schon seine Identität nicht überprüfen, so doch immerhin seine Behauptungen, wenn auch nur teilweise.

„Wie erwähnt, zählen Pferde zu meinen Passionen."

„Ihr könnt gleich morgen früh beginnen."

„Sehr wohl, Mistress!"

„Also gut." Sie griff nach einem Besen, der neben der Feuerstelle stand, und begann, den Ziegelsteinfußboden zu fegen. Obwohl sie tat, als beachte sie ihn gar nicht, merkte Alec doch, dass seine Gegenwart sie verunsicherte. Ihre Bewegungen wirkten fahrig, zudem hielt sie sich stets auf der anderen Tischseite auf und vermied jeden Blickkontakt.

Während der Eintopf den ersten Hunger stillte, spürte Alec, wie ihn nun eine ganz andere Gier überfiel. In der Taille leicht nach vorn geknickt, die Rundung ihres herrlichen Rückens durch den Schnitt ihrer Röcke noch betont, bot sie ein hinreißendes Bild.

„Der Eintopf war köstlich“, bemerkte er, bemüht, seinen Gedanken eine andere Richtung zu geben. „Herzlichen Dank.“

„Nichts zu danken.“ Sie fegte einige Brotkrümel ins Feuer und wandte sich um. „Ich weiß, Ihr hattet gehofft, der Sheriff könne womöglich mehr für Euch tun. Aber Ihr könnt sicher sein, dass ein Mann wie Sheriff Hollingsworth zu seinem Wort steht. Wenn er sagt, er stellt Nachforschungen an, dann tut er dies auch. Es besteht kein Anlass zur Sorge. Entspricht Eure Version der Wahrheit, so werdet Ihr auf freien Fuß gesetzt. Das ist lediglich eine Frage der Zeit. Ihr dürft Euch nun zurückziehen, Mr. Braden.“

„Sehr wohl, Mistress.“ Er wandte sich zum Gehen. Angetan mit der schlichten Leinenhose und einem Baumwollhemd, dessen Blütenweiß auffallend mit dem dunklen Haar und der gebräunten Haut kontrastierte, sah er aus wie das Paradebeispiel des Verführers – geheimnisvoll, gefährlich und atemberaubend männlich.

Cassie hatte ihm den Rücken zugewandt und begann, den Tisch abzuräumen. Wenn er doch endlich gehen und sie nicht so anschauen würde! Ihre Finger zitterten so stark, dass der leere Krug ihren Händen entglitt und auf dem Ziegelboden zerschellte. Im Stillen verwünschte sie ihr Ungeschick und kauerte sich nieder, um die Scherben aufzusammeln.

„Ich helfe Euch.“ Alec kniete sich neben sie.

„Nein! Danke, Mr. Braden, ich komme schon allein zurecht.“ Warum konnte er sie nicht in Ruhe lassen? „Es ist schließlich durch meine Achtlosigkeit passiert.“ Rasch las sie ein paar der scharfkantigen Scherben auf, ließ sie dann plötzlich mit einem Schmerzenslaut fallen und starrte verblüfft auf ihre blutende Handfläche.

Alec griff nach ihrer Hand. „Lasst einmal sehen.“

Sie erhob sich und entzog sich ihm. „Ach, es ist nichts Schlimmes.“

Ohne auf ihren Protest einzugehen, nahm Alec ihre Hand in die seine – eine Berührung, die sie geradezu elektrisierte und heiße Schauer von den Fingerspitzen bis zum Bauch aussandte.

„Eine tiefe Fleischwunde. Wir sollten die Blutung stillen." Er nahm eine saubere Serviette vom Tisch und drückte sie fest auf den Schnitt, sodass Cassie zusammenzuckte.

„Tue ich Euch weh?"

Seine Nähe beunruhigte sie zutiefst, und Cassie brachte keinen Ton hervor. Er duftete nach Leder und Sonnenschein sowie nach etwas, das nur das natürliche Aroma seiner Haut sein konnte.

Eine Ewigkeit schienen sie beide so dazustehen – er ihre Hand haltend, sie nach Kräften bemüht, ihn nicht anzusehen. Cassie vernahm seinen gleichmäßigen Atem und merkte, wie ihr eigener sich beschleunigte. Als sie einen verstohlenen Blick aufwärts wagte, war ihr, als würde sie vom tiefen Blau seiner Augen regelrecht durchbohrt.

„Dies müsste reichen. Habt Ihr Wundsalbe da?"

„Auf dem zweiten Regal über dem Arbeitstisch."

Mit zwei raschen Schritten war Alec am Regal und holte das Töpfchen herunter. Behutsam bestrich er den nur noch spärlich blutenden Schnitt mit der Tinktur. Seine Berührung war sanft – gefährlich sanft. Mit wohltuenden, langsam kreisenden Bewegungen massierte er den Balsam in ihre Haut. Diese Mischung aus Schmerz und wohligem Schauer war so unbeschreiblich, dass es ihr schlichtweg Atem und Sinne raubte.

„Vermutlich stammt dieses Wundermittel von Eurer Indianerheilerin", bemerkte er naserümpfend.

„Takotah?" Cassie konnte sich ein Lachen nicht verkneifen. Takotah war für so manch anderen weit unangenehmeren Geruch verantwortlich. Dieser hier basierte auf Kräutern und allerlei Mixturen. „Richtig, doch sie ist nicht *meine* Indianerin. Sie kann die Plantage jederzeit verlassen."

„Und wieso bleibt sie Eurer Meinung nach?“

„Ihr Volk wurde von Siedlern nahezu ausgerottet. Mann und Kinder wurden umgebracht. Wir sind ihre einzige Familie.“

Nach einer Weile nickte Alec gedankenverloren.

Was für ein seltsamer Mann! Gerade noch sanft, im nächsten Moment schroff und ruppig! Sein Bild mit dem an die Brust geschmiegten Kätzchen erschien plötzlich vor ihrem geistigen Auge, sodass ihr das Herz schneller schlug. Dann wiederum fiel ihr ein, mit welch Furcht erregender Kraft er ihr vor Kurzem noch die Luft abgedrückt und ihr gedroht hatte, er werde sie umbringen. Dass er gefährlich war, stand außer Zweifel. Ein gewöhnlicher Verbrecher indes war er nicht. Auch das konnte man sehen.

Er griff nach einer weiteren Serviette und wickelte sie sorgsam um Cassies verletzte Hand. Lange Wimpern warfen Schatten auf seine Wangenknochen; die Bartstoppeln ließen Wangen und Kinn rau erscheinen. Cassie musste an sich halten, um ihn nicht zu streicheln.

„Das dürfte vorerst genügen.“ Er stopfte den letzten Serviettenzipfel unter die behelfsmäßige Bandage und sah Cassie dann unverwandt in die Augen. Eigentlich hätte er ihre Hand nun loslassen müssen, doch er tat es nicht, und auch sie machte keinerlei Anstalten, sie ihm zu entziehen. Quälend langsam hob er schließlich Cassies Hand und führte, ohne den Blickkontakt zu unterbrechen, ihre Finger an die Lippen.

Wie verzaubert vom tiefen Blau seiner Augen, vermochte sie zunächst nichts zu empfinden als pures Wohlbehagen ob der Wärme, die seine Lippen auf ihrer Haut hervorriefen. Unzählige Mal hatte man ihr schon auf diese Weise die Hand geküsst, doch niemals zuvor hatte die schlichte Geste vermocht, ihr Herz schneller schlagen zu lassen. Was ihr bisher bloß eine ritterliche Begrüßung gewesen war, geriet bei ihm zu etwas innig Vertrautem. Als dann aber mit einem Male die Wirklichkeit der Überraschung wich, keuchte sie erschreckt auf und entzog sich wie gehetzt seinem Griff.

„Ihr braucht keine Angst vor mir zu haben."

„Die habe ich auch nicht."

„Ihr zittert ja."

„Das liegt an der kühlen Nachtluft."

„Ihr lügt." Er lächelte.

Sie wollte schon auffahren, spürte jedoch, wie ihr Gesicht rot anlief. Vermaledeiter Kerl! Warum bereitete es ihm ein solches Vergnügen, sie zu demütigen?

„Entweder Ihr fürchtet Euch vor mir, oder aber Ihr möchtet unbedingt von mir geküsst werden, so wie ich Euch küssen möchte."

Seine Augen verdunkelten sich. In seinem Blick lag ein Empfinden, das einzig ein animalisches Gespür in ihr erkannte. Wie wild hämmerte ihr das Herz in der Brust. Sie wusste, dass sie hätte fliehen oder um Hilfe rufen müssen, doch die Beine versagten ihr den Dienst. „Ihr geht zu weit, Sträfling!"

„Wirklich? Oder gehe ich etwa nicht weit genug?"

7. KAPITEL

Sanft hob Alec ihr Kinn, und Cassie wusste, dass er sie gleich küssen würde.

Obwohl der Verstand ihr gebot, ihn aufzuhalten, bemerkte sie doch ein erwartungsvolles Prickeln auf den Lippen und legte die Hände, die ihn eigentlich hätten abwehren müssen, vorsichtig auf seine Brust. Sie schloss die Augen, als er sich vorbeugte, und spürte seinen Atem auf dem Gesicht. Ein starker Arm umfasste sie, zog sie dicht an seinen festen Körper, und sie fühlte, wie seine Lippen die ihren streiften, zögerlich noch, doch weich und warm.

In diesem Augenblick vernahm sie, wie hinter ihr die Tür knarrte. Sie schreckte zurück, als habe sie sich verbrannt.

„Verzeihung, Missy", sagte Nan. „Ich sah noch Kerzenlicht und dachte, ich würde vielleicht gebraucht."

„Nein, danke." Das Gesicht glühend heiß, rang Cassie nach Fassung. Noch immer pochte ihr Herz viel zu schnell, und ihre Lippen brannten wie Feuer.

Mit besorgter Miene ließ Nan den Blick von Cassie zu Alec und von dort zu den Scherben auf dem Boden wandern.

„Ich wollte gerade abräumen, als mir der Krug aus der Hand rutschte. Da habe ich mich geschnitten. Mr. Braden war so freundlich, die Wunde zu versorgen."

„Wenn Ihr gestattet, Mistress, so darf ich mich jetzt zurückziehen", bemerkte Alec.

Nur unter Aufbietung aller Kräfte hielt sie seinem Blick stand. Sein Gesicht glich einer steinernen Maske. Die Leidenschaft, die sie erst Augenblicke zuvor dort erkannt hatte, war verflogen.

„Gewiss, nur zu", erwiderte sie so gleichmütig wie möglich. Wie hatte sie sich nur so gehen lassen können?

Er schritt an Nan vorbei und verließ die Küche.

„Du auch, Nan. Du bist immer schon bei Tagesanbruch auf. Ich räume hier selbst auf.“

Nan wirkte alles andere als überzeugt, hielt sich jedoch zurück. „Jawohl, Missy. Gute Nacht“, erwiderte sie, stapfte vorsichtig die Treppe hinunter und schloss die Tür hinter sich.

Wütend stampfte Cassie mit dem Fuß auf und fluchte laut. Das war alles nur seine Schuld! Er hatte genau gewusst, was er tat. Warum hätte er ihr sonst in aller Seelenruhe die Wunde verarztet und sie dabei gleichsam verführt? Doch dann erinnerte sie sich an seinen Blick, seine weichen Lippen, die flüchtig die ihren gestreift hatten. Ob man sich wohl auch gegen seinen Willen verlieben konnte?

Alec folgte dem Dröhnen der Trommeln, die das rhythmische Pochen seines Herzschlags übertönten. Was war da bloß vorhin in ihn gefahren? Er hatte doch nicht zum ersten Mal eine Frau begehrt, ja sogar ein oder zwei Mal gedacht, er habe sich verliebt. Niemals jedoch war ihm die Kontrolle über das eigene Handeln derart entglitten.

Der helle Wahnsinn war das! Warum musste er sich von allen Frauen Virginias ausgerechnet die aussuchen, die ihm ohnehin verwehrt bleiben würde? Eine, der er nie trauen konnte, war er doch Eigentum ihres Vaters. Ob er sie gerade deshalb begehrte, weil er sie nicht besitzen konnte? Reizte es ihn, mit dem Unheil zu kokettieren? Seit es ihn hierher an diese Küste verschlagen hatte, erkannte er sich nicht wieder.

Vielleicht war sie aber auch das zauberhafteste Wesen, dem er je begegnet war.

Trotz alledem musste er sie sich aus dem Kopf schlagen, je eher, desto besser. Sprach sich sein Appetit auf sie erst herum, würde das Folgen haben, die ihm sicher nicht zum Vorteil gereichen würden.

Vor sich erkannte er eine Gruppe Sklaven, die sich um ein großes Feuer versammelt hatte. Frauen tanzten und sangen zum Takt der Trommeln; es waren Bewegungen und Rhythmen, die Alec niemals gesehen hatte und die anders als bei den Tänzen, die er kannte, auf den ersten Blick ohne klar erkennbare Schrittfolge wirkten. Stattdessen bewegten sich die Gestalten in einer Zusammensetzung aus Sprüngen und langsamen, sinnlichen Gesten, während sie dazu sangen und schrien.

Er erkannte Luke, der außerhalb des Feuerscheins hockte, und ging auf ihn zu. Statt seinen Gruß zu erwidern, beäugte sein Bewacher ihn argwöhnisch und stand auf. Schlagartig erstarb das Trommeln und Tanzen, und Alec stellte fest, dass die Schwarzen ihn anstarrten, selbst die Kinder.

„Verzeiht“, sagte er. „Ich wollte euch nicht unterbrechen. Ich kam, weil mir die Musik gefiel. Lasst euch nicht stören.“

Irgendwo in der Menge wurden flüsternde Worte in einer fremdartigen Sprache gewechselt. Als Alec sich zum Gehen wandte, fühlte er, wie ihm jemand die Hand auf die Schulter legte.

„Bleib ruhig.“ Luke wies auf einen Baumstumpf.

Alecs Blick wanderte von Luke zu den anderen Gesichtern, deren dunkle Haut im Feuerschein zu glühen schien. In den Augen lag Argwohn und Neugier, doch nicht jener offene Hass, den er bei einigen der weißen Unfreien ausgemacht hatte. Er setzte sich, und das Trommeln, Tanzen und Singen begann aufs Neue.

Luke lächelte. „Du bist ein seltsamer Kauz, Cole Braden.“

„Gesellen sich denn die weißen Leibeigenen nie zu euch ans Feuer?“

Luke lachte schallend auf. „Die Weißen? Die würden eher ersticken, als sich zu Sklaven setzen!“

„Aber sie arbeiten doch Schulter an Schulter mit euch.“

„Eben deswegen hassen sie uns. Es grämt sie, dass sie ebenso schuften und rackern müssen wie wir. Eines Tages werden sie frei sein, das wissen sie, wir hingegen nie. Sieh nur selbst.“ Luke streckte den Arm aus, und als Alecs Blick der angezeigten Richtung folgte, sah er die Vertragshörigen jenseits des Feldes vor ihren Hütten sitzen. Bestürzung und Abscheu auf den Gesichtern, schauten sie zu ihm herüber. Offensichtlich hatte er durch den Besuch bei den Negersklaven ein ungeschriebenes Gesetz übertreten, das jedermann sonst hier uneingeschränkt befolgte.

Er kümmerte sich nicht weiter um die weißen Plantagenarbeiter und wandte sich wieder den tanzenden Sklavinnen zu. Nackte Füße wirbelten Staubwolken auf, Arme und Beine glänzten vor Schweiß – es waren lüsterne Bewegungen, die Alecs überhitztes Blut nicht eben abkühlten. Eine der jungen Tänzerinnen – es war Nettie, wie er nun sah – hatte offenbar ausschließlich Augen für Luke. Sie war groß gewachsen für eine Frau, trug einen geblümten Schal um den Kopf und hatte lange, kaffeebraune Gliedmaßen, eine schlanke Taille und volle, aufreizend unter dem gerafften Kleid hüpfende Brüste. Immer wieder richtete sie ihre großen, braun schimmernden Augen auf Luke – eine unmissverständliche Einladung, die Luke jedoch anscheinend geflissentlich übersah.

„Die hat's auf dich abgesehen, scheint mir", bemerkte Alec.

Lukes Miene verdunkelte sich. „Junges Ding. Weiß nicht, was sie tut." Die Heiterkeit, die noch vor einem Moment in seinen Augen gefunkelt hatte, war verschwunden.

Schließlich war der Tanz zu Ende. Grüppchen bildeten sich; Freunde und Angehörige unterhielten sich mit leiser Stimme und zogen sich für die Nacht in ihre Hütten zurück.

Auch Alec stand auf und ging auf seine Unterkunft zu. Gedämpftes Licht drang aus einem Fenster im Obergeschoss des Herrenhauses, und seine Gedanken kehrten zurück zu Cassie, die er vor Kurzem noch so heftig begehrt hatte. Nach dem Beisammensein mit den Sklaven fühlte er nun fast so etwas wie Abscheu. Sie schwelgte im Luxus, während draußen vor ihrer Tür Männer und

Frauen als ihr Eigentum ein elendes Dasein fristeten. Wie viele Sklaven und Fronarbeiter sich wohl Tag für Tag für die Herrin und ihre Familie abrackern mussten? Die meisten davon sicher bis zum letzten Atemzug, und ihre Kinder und Kindeskinder gleichermaßen. Mit nichts, aber auch mit gar nichts ließ sich so etwas rechtfertigen!

„Dich zieht es wohl zu den Schwarzen, wie?“ Ein grauhaariger alter Schotte trat ihm in den Weg und starrte ihn aus kleinen Schweinsaugen mit unverhohlenem Hass an. „Ist klüger, wenn du dich an deinesgleichen hältst. Sicher, ’n paar von den Negerpüppchen sind so appetitlich, da kann ’nem Mann glatt der Hosenlatz platzen ...“

Alec schnitt ihm das Wort ab, indem er den Alten beim Schlafittchen packte und ihn anhob, bis die Zehen dicht über dem Boden baumelten. „Halt deine Zunge im Zaum, Alter“, zischte er, „oder ich dresche dir deine letzten paar Zähne in den Schlund!“ Dann stieß er den Schotten zu Boden und ging davon.

„Pass bloß auf!“ rief der Alte ihm nach, doch Alec hörte schon nicht mehr hin.

„Cole!“

Alec zeigte keinerlei Reaktion.

„Braden, zum Teufel!“

„Was ist denn noch?“ Alec schnellte herum. Vor ihm stand Zach, ein spöttisches Grinsen auf dem Gesicht und die Hände erhoben, als wolle er sich ergeben.

„So ist das nun mal“, sagte er. „Man kann’s nicht ändern. Du kriegst höchstens eins auf deinen dummen Schädel verpasst. Mir gefällt die Sklaverei auch nicht, doch den Sklaven geht es zuweilen sogar besser als uns weißen Unfreien und Zwangshörigen.“

„Wie das?“

„Wir Hörigen haben uns oft freiwillig in die Leibeigenschaft verpflichtet und dienen unsere Jahre ab. Sklaven hingegen bleiben ihr Leben lang. Wird ein Sklave krank, bezahlt der Herr die Behandlung. Der Sklave wird gut verpflegt und soll möglichst viele Nachkommen zeugen. Solch einen Wert hat der verpflichtete Leibeigene nicht. Erkrankt er, kann der Herr ihn zwar pflegen, aber ebenso auch krepieren lassen. Kann er an der Verpflegung sparen, wird er's tun, selbst wenn der Arbeiter am Hunger verreckt. Wird ein zwangsverpflichtetes Mädchen schwanger, wird es ausgepeitscht und gezwungen, die Ausfallzeit nachzudienen, auch wenn es vom Hausherrn selbst geschwängert wurde."

Angewidert schüttelte Alec den Kopf.

„Wie gesagt, Braden, wir haben noch Glück gehabt. Miss Cassie und ihr Vater behandeln alle gerecht, Sklaven und weiße Arbeiter gleichermaßen. Und du hast es noch besonders gut. Wie ich höre, tragen deportierte Sträflinge sonst nachts Hand- und Fußfesseln und werden an die Pritschen gekettet."

„Barbarisch!"

„Nimm's mir nicht übel – aber so anders als im guten alten England ist das auch wieder nicht."

„Was soll das heißen?"

„Ich wusste, was mich als Leibeigener erwartet, als ich mich hierher verpflichtete, doch ich kam trotzdem. Ich hatte es nämlich satt, Kniefälle vor feinen Herren zu machen, die nicht mal eine Fuhre Mist wert waren."

Alec merkte, wie ihm der Kamm schwoll. „Dass man seinen Oberen die gebührende Ehrerbietung erweist, lässt sich wohl kaum mit Sklaverei vergleichen."

„Für mich ist es Sklaverei. Wie oft werden denn Adlige in England zur Rechenschaft gezogen, wenn sie Verbrechen gegen das einfache Volk begehen? Du gibst dich zum Beispiel als Aristokrat aus. Wie viele Frauen haben für dich die Beine breit gemacht, weil ihnen ihrer Meinung nach nichts anderes übrig blieb?"

Alecs Faust erwischte Zach voll im Gesicht, sodass der sich auf dem Hosenboden im Staub wiederfand.

„Zum Henker, Kerl! Nie habe ich meine Stellung missbraucht, um mich an einer Frau zu vergehen! Niemals!" Die schmerzenden Knöchel waren nichts, verglichen mit der Empörung, die von Alec Besitz ergriffen hatte. Doch plötzlich fielen ihm Philip und die Tochter der Schankwirtin ein, und seine Wut wich einem flauen Gefühl.

Zach massierte sich stöhnend das Kinn. „Bei meiner Seele! Hast du einen Schlag, Braden – oder wie du auch heißen magst!" Er schüttelte den Kopf, um wieder klar denken zu können. „Diesmal sehe ich's dir nach, denn ich hatte es verdient. Aber versuch es nicht noch einmal! Ich würde dir ungern deine hübsche Visage polieren!" Er lachte herzhaft, obschon ihm bereits das Auge zuschwoll.

Alec half ihm auf, und Zach klopfte ihm anerkennend auf den Rücken. „Dein Unternehmen in England – was war das noch mal?"

„Eine Schiffsbaugesellschaft."

„Und an wen verkauft ihr eure Kähne?"

Alec begriff zwar nicht ganz, was dieser Themenwechsel sollte, war jedoch zu müde, um sich darüber Gedanken zu machen. „Zumeist an die Royal Navy. An Händler aber auch."

„An Händler?"

„Richtig. An die East India Company, an Handelshäuser im Baltikum und der Levante, an Überseegesellschaften in Liverpool und ..."

„An Sklavenhändler?"

Alec war, als hätte ihn ein Pferdehuf in den Magen getroffen.

8. KAPITEL

Cassie nahm den Donner, der sie in ihren Träumen störte, nur im Unterbewusstsein wahr und schmiegte sich tiefer in die weichen Kissen des Bettes. Dann aber wurde sie durch ein dumpf rollendes Grollen vollends aus dem Schlummer gerissen.

Regen!

Sie fuhr hoch und war schlagartig hellwach. Endlich regnete es! Mit einem Satz sprang sie aus dem Bett, rannte zu den Balkontüren und riss die Vorhänge beiseite. Der Himmel war wolkenverhangen und von einem Grau wie bei Tagesanbruch, obwohl es bereits heller Morgen war.

Soeben hatte sie sich ein altes Kleid übergestreift, als es an der Zimmertür klopfte und Rebecca eintrat. „Micah schickt mich, Missy“, sagte sie mit einem Knicks. „Ich soll Euch wecken, doch Ihr seid ja schon auf, wie man sieht.“

„Bin schon unterwegs. Wenn du heute Nan zur Hand gehen könntest, wäre ich dir sehr dankbar. Elly nehme ich mit zu den Saatbeeten.“

Cassie beschloss, auf Schuhe zu verzichten, und folgte Rebecca die Treppe hinunter, während sie das Haar mit einem Band befestigte. Vom Flur aus sah sie, dass Jamies Bett leer war. Ohne Zweifel planschte er bereits in den Pfützen herum.

Fast wurde ihr schwindlig bei dem heftigen Regen, obwohl er ihr Haar und Kleid durchnässte und ihr kühl über die Haut rann, sodass sie fröstelte. Schon von Kindesbeinen an freute sie sich auf die Tage, an denen die Tabaksetzlinge ausgepflanzt wurden, nicht nur wegen der willkommenen Unterbrechung des Alltagstrotts, sondern weil man alle Eitelkeit fahren lassen durfte, da der Schlamm die Mode diktierte. Es herrschte Festtagsstimmung; Seite an Seite setzten Herr, Leibeigene und Sklaven die Gewächse, die ihnen allen das Überleben sicherten. Obwohl heutzutage nur wenige Pflanzer mit dem Gesinde zusammen arbeiteten, hatte Cassies Vater diese Tradition auch dann noch beibehalten, als sie im Grunde überflüssig wurde, und zwar mit der Begründung, sie erinnere ihn an die alten Zeiten, als Sklaven Mangelware waren und Pflanzer, Sklave sowie Diener unter einem Dach schliefen und am selben Tisch aßen. Auch Cassie wollte diesen Brauch aufrechterhalten.

Über den Hof begab sie sich in das Küchengebäude, wo sie von Elly mit einem trotzigen Blick begrüßt wurde. „Ich gehe nicht da raus!"

„O doch!" Cassie stellte fest, dass es ihr regelrecht eine Genugtuung sein würde, die bockige Elly Lanham einmal von oben bis unten mit Schlamm beschmiert zu sehen. „Keine Diskussionen!"

Binnen fünf Minuten hatte Cassie ihr Frühstück vertilgt und machte sich auf, um die Arbeit auf den östlich gelegenen Saatbeeten zu beaufsichtigen. Elly folgte ihr mürrisch. Von Jamie „unterstützt", teilte Micah bereits die Arbeiter für die Beete hinter den Trockenschuppen ein.

Unterwegs hielt Cassie Ausschau nach Cole, ohne ihn jedoch zu sehen. Nicht einen Augenblick hatte sie vergessen, was sich am Abend zuvor zwischen ihnen abgespielt hatte, obwohl ihr nach wie vor unbegreiflich war, wie es dazu hatte kommen können. Dieser Mann war doch aller Wahrscheinlichkeit nach ein Hochstapler, ein Lügenbold und Frauenverführer, der bloß versuchte, sich die Freiheit zu erschleichen, zumindest aber eine Nacht in ihrem Bett! Wie vertrauenswürdig konnte einer schon sein, sei er Zuchthäusler oder Gentleman, wenn er Affären mit verheirateten Damen zugab?

Obwohl sie sich schwor, es nie wieder so weit kommen zu lassen, erinnerte sie sich doch an seine zarte Berührung, an die Wärme seiner Lippen beim Handkuss. Sicher, er hatte sie überrascht, doch keineswegs bedrängt oder gar zu etwas gezwungen. Das war ja das Schlimme! Sie hatte sich seinen Kuss geradezu herbeigesehnt, nächtelang davon geträumt. Galt das für ihn wohl auch? Anscheinend hatte es ihn ebenso getroffen wie sie; in seinen Augen hatte ein derart durchdringender Glanz gelegen, dass sich ihr beim bloßen Gedanken an seinen Blick noch nachträglich der Magen verkrampfte. Doch wieso hatte er nur Augenblicke später so getan, als sei er aus Granit? Gewiss hatte der Kuss ihm rein gar nichts bedeutet. Für ihn war es nur ein Spiel.

„Morgen, Miss Cassie!“ rief Zach, als er sie kommen sah, und begrüßte sie mit einem vergnügten Grinsen. Er war nass bis auf die Haut, hatte die Hände voller Setzlinge, und das rechte Auge war zugeschwollen und blau unterlaufen.

„Was ist passiert?“ fragten Cassie und Elly fast wie aus einem Mund, wobei Letztere sich noch auf die Zehenspitzen stellte und seine Wange berührte, sodass er schmerzhaft das Gesicht verzog.

„Ach, nix“, erwiderte er und wehrte Ellys Hand ab.

„Wer hat dich denn so verprügelt?“ wollte Cassie wissen. „Versuch erst gar nicht, den Übeltäter zu decken. Ich wette, er ist um einiges schlimmer zugerichtet als du. Wird nicht schwer sein, ihn zu finden.“

„Gestern Abend hatte ich ’ne Unterhaltung mit Braden und hab’ dabei den Mund etwas voll genommen. Das ist alles.“

„Cole? Der hat dich geschlagen?“ Wie konnte es auch anders sein! Niemand sonst auf der Plantage hätte gewagt, sich mit Zach anzulegen.

„Ja, und er hat mir mächtig eins verpasst!“ Zach massierte sich grinsend die Wange. „Keine Sorge. Geschah mir ganz recht, deshalb hab’ ich nicht zurückgeschlagen.“

„So, so“, bemerkte Cassie und nahm sich vor, später ein Wörtchen mit Cole zu reden – oder vielleicht konnte das auch Micah übernehmen. Im Augenblick zog sie es vor, einen großen Bogen um ihn zu machen. „Würdest du Elly bitte zeigen, wie man Tabak pflanzt?“ Zach hatte ein Auge auf Elly geworfen; somit verschaffte sie den beiden Gelegenheit, ein wenig beisammen zu sein. Außerdem war sie das zänkische Ding für einige Zeit los.

„Mir scheint, das lässt sie sich lieber von jemand anderem zeigen.“

Cassie bemerkte, wie die beiden, die sich steif gegenüberstanden, rasche Blicke wechselten. „Na, ich wüsste nicht, von wem“, entgegnete sie. „Du hast mehr Erfahrung als mancher andere.“

„Das versuche ich ihr schon geraume Zeit beizubringen“, brummte Zach feixend.

Elly war puterrot im Gesicht, wandte den Blick ab und folgte Zach zu den Feldern.

Grüße von allen Seiten erwidernd, setzte Cassie ihren Weg zu den Saatbeeten fort und gesellte sich zu Takotah, die schon fleißig dabei war, Setzlinge aus der Erde zu nehmen und sie in wartende Hände weiterzureichen. Trotz ihres hohen Alters, das niemand, sie selbst eingeschlossen, so genau kannte, regte die Indianerin sich unermüdlich.

Von Takotah mit einem flüchtigen Lächeln begrüßt, schnappte Cassie sich einen Pflanzenheber und machte sich daran, die winzigen Keimlinge auszugraben. Die Wunde in der Handfläche spannte, und die Hand fühlte sich steif an, sodass sie gezwungen war, mit der Linken zu graben – eine ungewohnte Arbeitsweise, an die sie sich jedoch rasch gewöhnte. Erdverkrustete Finger übernahmen die Keimlinge, kaum dass Takotah und Cassie sie dem Saatboden entzogen hatten.

War es schon ermüdend genug, mit den Setzlingen in der Hand zwischen Saatbeeten und Feldern hin und her zu hetzen, so war es eine unerträgliche Tortur, auf den Knien liegend im kalten Schlamm zu wühlen und die zarten Pflanzen auszuheben. Bald schon waren Cassies Finger nahezu taub von der Kälte, und der Rücken tat ihr weh. Doch sie achtete nicht weiter darauf, da sie wusste, dass noch ein langer Tag vor ihr lag. Das Auspflanzen dauerte gewöhnlich bis in die späten Abendstunden, und gleich am folgenden Morgen wurde weitergemacht, vorausgesetzt, der Regen hielt an.

Bei dem bleiernen Himmel jedoch vergaß sie jedes Gefühl für Zeit; erst als ihr die Setzlinge ausgingen, stellte sie fest, dass die Mittagszeit wohl schon herangerückt war. Ungelenk richtete sie sich auf und streckte den Rücken. Noch drei Saatbeete von derselben Art lagen vor ihr, Schritte bloß von ihr entfernt. Nach wie vor fiel ein sanfter Regen, und eine kühle Brise ließ sie in der feuchten Luft frösteln. Sie bewegte ihre erstarrten Finger, um sie zu lockern, und nahm sich das nächste Saatbeet vor.

Kaum hatte sie begonnen, ertönten um sie herum Jubelrufe. Als sie aufschaute, lenkte der alte Charlie gerade das Gespann mit dem lang ersehnten Verpflegungskarren auf die Pflanzenden zu. Jetzt erst merkte sie, wie ausgehungert sie war. Nun mussten die Setzlinge erst einmal warten.

Inzwischen drängte sich eine Menschentraube um den Essenswagen, und mit Netties Hilfe versuchte Charlie, dem Chaos Herr zu werden und dafür zu sorgen, dass jedermann sich ordentlich anstellte. „Immer mit der Ruhe! Es wird schon keiner verhungern. Es reicht für alle. Zurück, ihr Lumpengesindel! Wollt ihr wohl hören!“ Den besonders ungestümen jungen Männern, die sich anschickten, von den Seiten auf den Karren zu klettern, drohte er mit der Suppenkelle. Derbes Gelächter erscholl, als einer der dreisten Burschen abstürzte und rücklings in einer Pfütze landete. Der Spaß hörte jedoch auf, als das Geschiebe zwischen einem der jungen Sklaven namens Cyril sowie Henry, dem alten Schotten, in ein Handgemenge ausartete.

„Weiße zuerst, sage ich!“ brüllte der Alte, der sich bereits ganz nach vorn durchgearbeitet hatte.

„Bei uns gibt's keine Hackordnung!“ rief Cassie, die sich anstrengen musste, um das Donnergrollen und das aufgeregte Geplapper der Hungrigen zu übertönen. Sie kämpfte sich durch die durchnässte, verschmutzte Menge bis an den Wagenrand vor. „Jeder kriegt seine Portion, ob Sklave oder Leibeigener!“ Damit ergriff sie einen Wassereimer und ließ sauberes Wasser über Cyrils Hände laufen. „Nettie, bedien diesen Mann hier! Er hat Hunger!“

Kopfnickend reichte Nettie dem verdutzten Schwarzen eine Blechschüssel mit dampfender Maisgrütze, dazu einen Zwieback und eine randvoll gefüllte Blechtasse mit heißem Apfelwein, sodass Cassie der Magen ob des leckeren Duftes vernehmlich knurrte. Sie hielt weiter den Wassereimer, bis jeder sich die Hände gewaschen hatte. Als die Reihe an Henry kam, warf dieser ihr einen scheelen Blick zu, der seinen Ärger unverhohlen offenbarte. Schon bei seiner Ankunft hatten Cassie und Micah ihm verdeutlicht, dass auf Blakewell's Neck andere Sitten herrschten und Intoleranz nicht geduldet wurde. Allerdings war nicht zu übersehen, dass er sich weder ihr noch dem schwarzen Aufseher fügen wollte. Nahm er keine Vernunft an, würde Cassie ihn zu Geoffrey zurückschicken.

Der Vorfall war schlagartig vergessen, als sie Cole kommen sah; das dunkelbraune Haar war nass, sodass es rabenschwarz aussah. Das weiße Hemd klebte ihm am Körper und ließ die Muskeln an Armen, Brust und Bauch beängstigend deutlich hervortreten. Die Hose, die sich wie eine zweite Haut an die kräftigen Schenkel schmiegte, war noch so gut wie sauber. Im Ganzen wirkte er wie ein englischer Landjunker, der bei der Jagd von einem Wolkenbruch überrascht worden war.

Im krassen Gegensatz zu seiner aristokratischen Erscheinung kam sich Cassie wie eine armselige Bauernmagd vor. Schlamm bedeckte sie von den Sohlen bis zum Busen, die Nägel starrten vor Dreck, und auch ihr Gesicht wies zweifellos Dreckspuren auf. Das Haar steckte nur noch halbwegs in der Schleife, mit der sie es am Morgen befestigt hatte. Strähnen klebten ihr an Wangen und Hals oder verschwanden unter der Schmutzschicht auf dem Kleidoberteil. Ohnehin war es ihr nie gelungen, so damenhaft und schön auszusehen wie Lucy Carter oder die Töchter der anderen Pflanzer im Northern Neck. Die mussten ja auch nicht auf den Feldern rackern!

Stumm ihre Torheit verwünschend, nahm sie sich vor, sich derartige Gedanken aus dem Kopf zu schlagen. Wie sagte Nan doch immer? Sich regen bringt Segen. Harte Arbeit war keine Schande. Wenn sie es wollte, könnte auch sie den ganzen Tag im Haus verbringen, über Mode und Schönlinge plaudern und sich um ihre Wespentaille sorgen. Doch dazu hatte sie keine Lust. Und warum sollte es sie überhaupt kümmern, was dieser Cole über ihr Äußeres dachte?

Als Alec sie erstmals am Morgen erblickte, hatte er Cassie gar nicht erkannt. Vornüber gebeugt im Dreck, das nasse Haar bloß mit einem ausgefransten Band gehalten und in Locken bis zur Taille fallend, glich sie ganz einer der anderen Hilfskräfte.

Dann aber hatte er Cassies Gesicht gesehen.

Die Wangen schlammverschmiert, Regentropfen an der Nasenspitze, die Stirn vor Konzentration und Anstrengung gefurcht, war sie ihm ganz und gar nicht wie die allgewaltige Plantagenherrin erschienen, sondern eher wie eine entzückende Bauernmagd. Sie hatte ihn nicht bemerkt, obschon sie ihm mehrmals Setzlinge in die Hand gedrückt hatte. Am Abend zuvor hatte er sich fest vorgenommen, sich nicht von ihren körperlichen Reizen täuschen zu lassen. Zwar konnte er sie wegen ihres Lebensstils nicht verurteilen, ohne gleichzeitig sich selbst zu brandmarken, doch ihm war bewusst geworden, dass ihr nicht zu trauen war, jedenfalls nicht, solange sie vom Verlust seiner Freiheit profitierte. Und erst recht nicht, wenn er durch ihre bloße Anwesenheit völlig die Fassung verlor.

Über ihre Einmischung in den Streit zwischen dem Sklaven und dem grauköpfigen Schotten – demselben, den er in der vorigen Nacht am Kragen gepackt hatte – war er mehr als erstaunt gewesen, hatte er doch angenommen, dass ihr das einerlei war. Andererseits hatte sie sich ja auch für ihn, den Sträfling, eingesetzt, als Crichton gegen ihn die Gerte erhob. Zudem hatte sie ihn an ihrem Tisch bewirtet. Sicher, all dies bewies nur, dass sie und ihr Vater, falls es ihn wirklich gab, anständiger waren als die Mehrzahl der Pflanzer, doch das war bestenfalls ein schwacher Trost.

Als er sich dem Verpflegungswagen näherte, bemerkte Alec, dass Nettie den Blick nicht von Luke ließ, obwohl noch mehrere Arbeiter vor ihm in der Schlange standen. Cassie übergoss gerade Lukes Hände mit einem dünnen Wasserstrahl, wobei sie Alec geflissentlich übersah. Luke dankte nickend und nahm seine Ration von Nettie entgegen, ohne sie eines Blickes zu würdigen, was diese mit einem unmerklichen Stirnrunzeln quittierte.

„Was macht die Hand?“ fragte Alec, als die Reihe an ihn kam und er sich die Hände reinigte.

„Schon besser, danke“, murmelte Cassie, den Blick angestrengt zur Seite gerichtet.

Hatte sie während der vergangenen Stunden wohl so häufig an den gestrigen Abend gedacht wie er selbst? In diesem Augenblick fiel sein Blick auf ihre Brüste, und eine heiße Welle durchflutete seine Lenden. Irgendwie hatte sie sich in ein Kleid gezwängt, das wohl für eine Frau gedacht war, die über knapp die Hälfte ihrer weiblichen Reize verfügte. Der üppige Brustansatz, nunmehr mit Schlamm verschmiert, wogte über den Rand des Mieders; die vor Kälte strammen Knospen zeichneten sich deutlich unter dem Stoff ab, und der Rock, der an den Beinen klebte, ließ verheißungsvoll ihre Schenkel erahnen. Beunruhigend verführerisch sah sie aus – wenn auch von oben bis unten mit Schmutz bespritzt.

Teufel auch! Was stehst du da im Regen herum und hältst Maulaffen feil? Er ließ sich seine Schüssel Grütze sowie die Tasse Apfelwein geben und löste sich, wenn auch mit Mühe, von ihrem Anblick.

Als Cassie endlich Zeit zum Essen fand, waren alle anderen bereits satt und schon wieder bei der Arbeit. Nach der Mahlzeit nahm auch sie aufs Neue ihren Platz neben Takotah ein. Hände und Füße wurden gefühllos vor Kälte. Dass auch ihre Handwunde sich wieder geöffnet hatte und blutete, bemerkte sie erst, als Takotah sie beim Handgelenk fasste und den Schnitt untersuchte.

„Solange die Wunde nass und voller Schmutz ist, wird sie nicht heilen. Du musst sie säubern und deinen Platz räumen."

„Wegen so einer Lappalie?" Cassie war es nicht gewohnt, die Zeit totzuschlagen, während andere sich abrackerten.

Offenbar konnte die Indianerin Gedanken lesen. „Es gibt genug, die dich vertreten könnten. Nimm Vernunft an und achte auf deine Gesundheit!"

Widerwillig gab Cassie nach, stand auf, dehnte die verspannten Muskeln und schlenderte in Richtung der Felder, um sich das Ergebnis des Tagewerks anzusehen. Beinahe die Hälfte des zweiten Saatbeets war bereits verpflanzt. Bis zum folgenden Abend konnte alles getan sein, falls der Regen anhielt, und es sah ganz danach aus. Die Gewitterwolken ballten sich dichter zusammen, und der Himmel hatte sich verdunkelt.

Doch statt auf direktem Wege zum Tabakfeld zu wandern, beschloss sie, einen Abstecher quer durch den Wald zu einem nahe gelegenen Hügel zu machen, von dessen grasbewachsenem Gipfel aus man sämtliche Äcker überblicken konnte. Schon von Kindesbeinen an war Cassie es gewohnt, im Wald barfuß zu laufen, und durchschritt nun sicher das dichte Grün, ohne auf Nesseln oder scharfkantige Steine zu treten; die Bäume schützten sie vor dem Wind, und das dichte Tannendach ließ nur vereinzelt Regentropfen durch.

Seit jeher war ihr der Wald der liebste Aufenthaltsort gewesen. Schon als kleines Mädchen hatte sie dort Zuflucht gesucht und inmitten des sie umgebenden Grüns ihren Tagträumen nachgehangen. Was sonst bloße Fantasie war, das wurde hier Wirklichkeit. Cassie verlangsamte ihren Schritt und atmete tief die Düfte des Waldes ein – das Aroma regendurchtränkter Fichten, den scharfen Geruch von Unterholz und feuchter Erde. Wie einfach es war, sich in dieser Umgebung das Einhorn vorzustellen, wie es mit Silbermähne und wehendem Schweif direkt vor ihr aus dem Gebüsch trat. Oder einen Ritter in schimmernden Beinschienen und Kettenhemd, hoch zu Ross auf der Suche nach dem Heiligen Gral. Oder einen Wegelagerer, dunkel, schön und gefährlich …

„Kleiner Spaziergang, Mistress?“

9. KAPITEL

Erschreckt wirbelte Cassie herum.

Hinter ihr stand Cole, nur Schritte entfernt und lässig gegen einen Baumstamm gelehnt.

„Was … was macht Ihr denn hier?“

„Ich wollte Euch nicht ängstigen.“ Er wandte sich zum Gehen.

„Das … das habt Ihr auch nicht“, brach es aus Cassie heraus, ehe sie überhaupt nachgedacht hatte. „Ich war bloß … überrascht.“

Langsam drehte er sich zu ihr um, und als beider Blicke sich begegneten, fiel ihr erst auf, dass sie ihm völlig schutzlos ausgeliefert war. Doch seltsamerweise fühlte sie keinerlei Furcht oder Arglist. Dabei sah der Mann durchaus gefährlich aus. Das Hemd, das ihm feucht auf der Haut klebte, ließ Kraft und Männlichkeit deutlich erahnen. Getrieben von einer ihr rätselhaften Macht, trat Cassie zögerlich auf ihn zu, einen Schritt, dann noch einen.

„Meine Handverletzung …“, stammelte sie. „Sie blutete wieder … ich musste aufhören …“

Sein Blick glitt über ihren Körper und verhielt fast unmerklich auf ihren Brüsten und Schenkeln; er war so durchdringend, dass es ihr schier den Atem verschlug und sie unwillkürlich die Hand schützend auf den Busen legte.

Diesmal war er es, der einen Schritt näher kam.

„Ich habe das Veilchen gesehen, das Ihr Zach verpasst habt.“ Sie flüchtete sich in die Sicherheit ihrer Stellung als Herrin, die Verfügungsgewalt über Coles Zwangsverpflichtung besaß. Als Frau jedoch, als Objekt seiner Begierde, fühlte sie sich ihm ausgeliefert. „Mein Vater duldet keine Rauferei unter den Männern.“ Ihre Stimme, die eigentlich hätte missbilligend klingen sollen, schwankte unsicher; das Sprechen fiel ihr schwer. Lag Begierde in seinem Blick, so waren seine Augen nur Spiegelbild der Empfindungen, die tief in ihr selbst aufloderten und ihren ganzen Körper erfassten.

„Eine weise Anordnung. Und, was habt Ihr hier zu suchen?"

„Ich … ich wollte auf den Hügel und über die Felder schauen …"

„Ihr solltet Euch vorsehen! Allerlei Gesindel könnte hier lauern." Er griff nach der Hand, mit der sie den Busen bedeckte, führte sie bedächtig an die Lippen und bedeckte die Innenseite des Handgelenks mit einem sanft-sinnlichen Kuss.

Alec wusste, dass das, was er da tat, mehr als gewagt war. Doch Teufel auch – einfach fortzugehen, das brachte er nicht über sich, obwohl er es versucht hatte, bei Gott! Dann hatte Cassie ihn angesprochen und war auf ihn zugetreten, einer märchenhaften Erscheinung gleich, wie eine wilde Waldfee aus einer heidnischen Sage. Den Schmutz an Gesicht und Armen hatte der Regen größtenteils abgespült; unter dem Kleid, das ihr durchnässt und schlaff am Körper hing, zeichneten sich Brüste, Hüfte und Schenkel ab. In ihren grünen Augen lag nicht jener gekonnt kokette Blick, wie er ihn von manch anderen Frauen gewohnt war. Nein, jede Empfindung gaben sie preis – Argwohn, Verwirrung, ein erstes, erwachendes Sehnen.

Mit einem gequälten Stöhnen legte er ihr den Arm um den Rücken, zog sie an sich, eroberte ihren Mund mit einem Kuss, der ihn den letzten Rest Beherrschung kostete. Seine Zunge fuhr zwischen ihre Lippen, zwang sie auseinander; er spürte, wie sie zunächst erschreckt erstarrte, dann aber nachgab und ihre Zunge sich instinktiv mit der seinen vereinigte. Ihre Arme glitten um seinen Nacken, zogen ihn näher.

„Cassie!" Er bedeckte ihre Stirn, ihre Wangen mit Küssen. „Du treibst mich zum Wahnsinn!"

Unter halb geschlossenen Lidern schaute sie zu ihm auf, die Augen aufflammend vor Erregung. Er stöhnte auf; übermannt von einer alles verzehrenden Gier eroberte er aufs Neue ihre Lippen, fühlte, wie sie sich ihm entgegenwölbte, wie ihre sanften Rundungen mit seinem Leib verschmolzen. Ein leiser Klagelaut entfuhr ihr.

Er beugte den Kopf, kostete ihren feuchten Hals, bis er von einer Gänsehaut überzogen war, löste das Band, das ihr Haar noch immer gefangen hielt, barg das Gesicht in der schweren, dichten Masse und fuhr mit den Händen durch die nassen Locken. Er spürte, dass ihre Lippen, zuerst furchtsam, dann kühner, über seinen Hals strichen.

Ist das alles den Galgen wert?

Ein letzter Rest von Verstand focht einen aussichtslosen Kampf, als ihre Zunge über die empfindliche Haut seines Halses strich und ihre Hände behutsam die Muskeln auf seiner Brust erforschten.

Lieber Herr Jesus, ja!

Cassie war einer Ohnmacht nahe. Was Cole da mit der Zunge anstellte, hatte sie in den kühnsten Träumen nicht erlebt. So küsste man also? Er umfasste sie noch kräftiger, und die Finger bohrten sich in ihren Rücken. Erschreckend heiß presste seine Männlichkeit sich an ihren Bauch. Fest und warm war er, und er schmeckte nach Salz und Regen. Durch den Hemdenstoff, ein irritierendes Hindernis, tastete sie zögernd über seinen Rücken.

Heiße Spuren hinterlassend, erforschte er mit Lippen und Zunge ihren Hals, die Wangen. Etwas in ihr drängte sie, sich zu lösen, davonzulaufen, stand sie doch kurz davor, sich einem Mann von zweifelhafter Herkunft hinzugeben, jemandem, der ein gefährlicher Unhold sein konnte. Noch vor Stunden erst hatte sie sich geschworen, diesem Mann aus dem Weg zu gehen.

„Nicht! Ich … das geht nicht!“

Er gab sie frei. Seine Miene wirkte nun verschlossen, nur der

Glanz in den Augen zeigte, was in ihm vorging. „Ihr spielt mit dem Feuer, Herrin“, flüsterte er heiser, bevor er davonging.

Sie konnte ihm nur noch nachschauen. Er hatte Recht. Was hatte sie nur getan? Die Zukunft der Plantage und aller, die darauf lebten, hing davon ab, dass sie einen kühlen Kopf behielt. Wenn bloß ihr Körper ihr auch gehorchen würde! Die Arme um den Leib geschlungen, stand sie da, bemüht, gegen das Zittern anzukämpfen.

Alec zog die Zügel an und lächelte zufrieden, als der mächtige Hengst prompt reagierte und vom Galopp in den Schritt verfiel. Seit zwei Wochen arbeitete er nun mit Aldebaran, äußerst erfreut über die Fortschritte des Pferdes. Obschon anfangs durch den Bewegungsmangel recht ungelenk, kam das Tier nunmehr täglich besser in Form und gewann an Tempo und Ausdauer. Bei beständigem Training würde ihm bald kein Konkurrent in der gesamten Kolonie mehr gewachsen sein.

Nach einem Ritt durch die Felder führte der Weg über einen schlammigen, ausgefahrenen Wagenpfad hinab zum Ufer des Rappahannock. Die Fichtenwälder wichen zurück, und Alec bot sich der Blick auf brackiges Sumpfland, Sandstrände und den majestätischsten Strom, den er je gesehen hatte. Bis zu ihm herüber trug die feuchtheiße Brise das Kreischen der Möwen, die im Luftzug segelten oder wippend auf den Wogen trieben. Wellen schwappten an die sandigen Gestade, wo Strandläufer flink im Flachwasser nach Beute stocherten. Von den Regenfällen belebt, versammelten sich Moskitos im Schatten zu hungrigen, summenden Schwärmen. In dunstiger Ferne lag das jenseitige Ufer, eine verschwommene, dunkle Linie vor einem wolkenverhangenen Himmel. Diese Wasser hatten ihn hergeführt; sie würden ihn auch wieder nach Hause bringen, so oder so.

Wie leicht es doch schien, auf Aldebarans Rücken fortzureiten, auf und davon, um niemals zurückzukehren! Doch Alec hatte sein Wort gegeben, das er, vorerst zumindest, zu halten gedachte. Einige Tage zuvor hatte er eine Nachricht vom Sheriff erhalten mit der Ankündigung, er werde ihm bald zwei Gefangene gegenüberstellen, die auf der *Easy Mary* eingetroffen waren und behaupteten, in Newgate einem Nicholas Braden begegnet zu sein. Es lohnte sich daher nicht, die Gefahren einer Flucht auf sich zu nehmen, wo er doch bald ein freier Mann sein würde.

Er ließ das Haar lose im Winde flattern, bemüht, seine Gedanken zu ordnen. Vierzehn Tage war es nun her seit dem tolldreisten Stelldichein mit Cassie im Wald. Nein, mit Miss Blakewell! berichtigte er sich, energisch bestrebt, auch gedanklich möglichst viel Distanz zwischen sich und seine verteufelt schöne „Herrin" zu legen. Wie, so fragte er sich, hatte er bloß so dumm sein können?

Auch sie hatte den Vorfall offenbar für sich behalten und ging ihm anscheinend gleichfalls bewusst aus dem Weg, indem sie im Garten arbeitete oder der Köchin half.

Und wohin hatte sie an diesem Morgen wieder gewollt? Tagtäglich ritt sie zur gleichen Zeit aus, stets mit einem Korb voller Proviant, weit mehr, als eine Frau allein verspeisen konnte. Erklärungen dafür gab es nicht – außer einer: Sie traf sich mit einem Liebhaber, möglicherweise mit genau dem, der den kleinen Jamie gezeugt hatte, nur um dann Mutter und Kind im Stich zu lassen.

Was kümmerte es ihn? Dass Isabelle anderen neben ihm ihre Gunst schenkte, hatte ihm nie auch nur das Geringste ausgemacht. Doch die Vorstellung von Miss Blakewell in den Armen eines anderen nagte so hartnäckig an ihm, dass er schon darüber nachdachte, ihr wie ein eifersüchtiger Gatte klammheimlich nachzustellen. Legte er sich abends zu Bett, galten all seine Gedanken allein ihr – ihrem Duft, ihrer Haut, ihrem Bild: die Augen geschlossen, die Lippen geöffnet, geschwollen von seinen Küssen. Er begehrte sie, wollte sie unter sich spüren, seiner Berührung ergeben und hemmungslos stöhnend vor Lust, wollte, dass sie seinen Namen rief, wenn er sie zum Höhepunkt brachte und seine Erlösung tief in ihr fand.

Unbehaglich rutschte Alec im Sattel hin und her und verfluchte im Stillen die Hirngespinste, die seine missliche Lage nur unnötig verschlimmerten. Cassie besitzen zu wollen, dies war ein Ding der Unmöglichkeit, zumindest jedoch eine Schnapsidee, die ihm lediglich Ärger einbringen würde.

Alec war so tief in Gedanken versunken, dass er die Gestalt nicht bemerkte, die ihn aus der Deckung der Bäume beobachtete.

Cassie stand im Kücheneingang und seufzte lustvoll auf, als eine feuchtwarme Brise sie erfasste, die ihr endlich ein wenig Erleichterung von der unerträglichen Hitze verschaffte. Der Regen an diesem Morgen hatte den Boden in Schlamm verwandelt, und die Luft war drückend schwül.

Als sie ein gedämpftes, allmählich lauter werdendes Klappern von Pferdehufen auf dem Kopfsteinpflaster vernahm, wich sie in die Schatten zurück. Von hier aus konnte sie beobachten, wie Cole, gefolgt von Jamie, den Hengst Aldebaran über den Hof zum Brunnen führte. In voller Absicht hatte sie abends Coles Tagewerk überprüft und war angenehm überrascht von den Ergebnissen. Die Stallungen waren gesäubert und neu organisiert, Sattel- und Zaumzeug gereinigt, eingefettet und ordentlich aufgehängt, schadhafte Planken und Dachschindeln ersetzt, die Pferde gestriegelt von der Mähne bis hin zu den Fesseln. Aldebaran, bisher das einzige Pferd, an das Cassie sich nie recht herangewagt hatte, ging auf Cole ein wie ein zwar lebhafter, doch harmloser Welpe.

Als ahne er, dass ihre Gedanken ihm galten, blickte Cole in ihre Richtung, ehe er Aldebaran die Zügel schleifen ließ und den Wassereimer in den Brunnenschacht hinabsenkte. Alec Kenleigh! Unwillkürlich kam ihr der Name flüsternd über die Lippen; wohl zum abertausendsten Male seit Erhalt der Nachricht des Sheriffs ertappte sie sich dabei, wie sie hoffte, Cole möge die Wahrheit gesagt haben. Sie dachte immerzu an ihn. Nicht eine Nacht war in dieser oder der letzten Woche vergangen, in der sie sich nicht schlaflos im Bett gewälzt hatte, jedes einzelne quälende Detail von dem vor Augen, was zwischen ihnen geschehen war. Seitdem ließen ihre brennenden Fragen sie nicht mehr los. Ging es immer so zwischen Mann und Frau? Musste sie, da sie es sich so gewünscht hatte, nun wohl als loses Frauenzimmer gelten? Konnte man diese Empfindungen auch wieder vergessen?

Sie hatte sich fast abgewandt, um sich wieder dem Geschirrspülen zu widmen, als sie sah, wie Jamie auf den gemauerten Brunnenrand kletterte, um dem Hengst den Kopf zu tätscheln. Schon wollte sie ihm eine Rüge erteilen und ihn von der Brüstung herunterscheuchen, da stieß Aldebaran ein schrilles Wiehern aus und bäumte sich auf. Die Zügel strafften sich mit einem Mal und wickelten sich um Jamies Beine.

Mit einem Schreckensschrei schnellte Cassie vor, musste aber entsetzt mit ansehen, wie der Junge den Halt verlor und rücklings in den Brunnenschacht fiel.

10. KAPITEL

„Jamie!"

Tödlich klingende Pferdehufe peitschten die Luft, krachten nieder auf Holz und Ziegel. Ungeachtet der Gefahr stürzte Cassie an dem wild wiehernden Ross vorbei und blickte in die Tiefe des Brunnens.

Das Herz blieb ihr stehen.

Wie durch ein Wunder war es Alec gelungen, Jamie noch bei einem Knöchel zu packen, sodass der Junge kopfüber über dem bodenlosen Nichts baumelte.

„Schneidet die Zügel durch!" schrie Alec, während der tobende Hengst ausschlug und an den Lederriemen zerrte, die ihn fesselten.

In fliegender Hast hetzte Cassie ins Küchengebäude zurück, riss der vor Entsetzen wie gelähmt dastehenden Nan das Kartoffelmesser aus der Hand und eilte zurück. Ohne langes Nachdenken durchschnitt sie mit aller Kraft das zähe Leder der Zügel, bis Aldebaran ein letztes Mal auskeilte und mit panisch rollenden Augen davongaloppierte.

„Ich lasse schon nicht los." Fest und ruhig klang Alecs Stimme, während Jamies verängstigtes Wimmern aus dem Schacht heraufdrang. Atemlos vor Angst sah Cassie über die Mauer, als der Kleine behutsam nach oben gezogen wurde.

„So, geschafft", murmelte Alec sanft, hievte den Jungen über die Brüstung und übergab ihn Cassie, die ihn aufgelöst an sich drückte und zur Treppe des Küchengebäudes trug, wo sie sich mit Jamie auf dem Schoss wie ein zitterndes Häuflein Elend auf eine Stufe sacken ließ.

„Lob sei dem Herrn!" rief die Köchin aus. „Möge der Herrgott es Euch vergelten, Cole Braden!"

Cassie wusste nicht, ob sie es war, die weinte, oder ihr Bruder.

„Schon gut, schon gut", flüsterte sie mit erstickter Stimme auf den wimmernden Jungen ein. „Ist noch mal gut gegangen, mein Schatz!"

„Der Hengst konnte nichts dafür."

Cassie sah auf. Alec hatte das Hemd abgelegt und kam auf sie zu, und erst jetzt fielen ihr die schlimmen roten Schwellungen auf, die Brust, Arme und Bauch bedeckten.

„An Eurer Stelle würde ich mich ins Haus verziehen", riet er. „Mir scheint, die Hornissen sind außer Rand und Band."

Nun vernahm es auch Cassie – ein bösartiges Summen und Schwirren. Mit Jamie auf dem Arm erhob sie sich und trat rasch ins Haus, gefolgt von Alec.

„Die Hornissen haben im Mörtel ein Nest gebaut." Er schloss die Tür. „Wir müssen es ausräuchern und dann die Ritzen neu verfugen."

Cassie setzte den Jungen auf den Tisch und untersuchte ihn auf Einstiche. „Haben sie dich gestochen?"

Wortlos schüttelte der Kleine den Kopf und verbiss sich schniefend die Tränen. Auf Alecs Brust aber zeigte sich mehr als ein Dutzend roter Beulen, dazu weitere auf Armen und Bauch.

„Setzt Euch!" befahl Cassie, während sie einen Tiegel mit Soda vom Regal nahm. „Nan, geh und sag Zach Bescheid wegen des Hornissennests! Nicht, dass noch jemand gestochen wird!"

„Ja, Missy! Auf, kleiner Mann!" Nan packte sich Jamie auf ihre füllige Hüfte. „So schnell kommst du mir nicht mehr aus den Augen. Hast meinem alten Herzen den Schreck meines Lebens eingejagt, du Lümmel! Eigentlich sollte ich dir den Hosenboden strammziehen!"

Alec war, als bohrten sich tausend glühende Nadeln in seine brennende, juckende Haut. Er sah zu, wie Cassie etwas von dem weißen

Pulver in ein Schüsselchen füllte und mit ein wenig Wasser zu einer sämigen Paste verrührte, die sie ihm mit der Fingerspitze auf die Schwellungen tupfte. Wie Balsam empfand er die kühlende Creme, genauso wie Cassies sanfte Berührung.

Sie hielt einen Augenblick inne und schaute zu ihm auf, die grünen Augen noch immer vor Schreck geweitet und Tränenspuren auf den Wangen. „Wie habt Ihr das geschafft? Wie konntet Ihr ihn festhalten?"

„Um nichts in der Welt hätte ich losgelassen." Sanft ließ er die Fingerspitzen über ihre samtweichen Wangen gleiten.

Es war ein Fehler.

Sie zuckte zurück, als habe sie sich versengt, stellte sich hinter ihn und versorgte den Rücken, den sie in aller Eile mit der Salbe behandelte, als wolle sie ihn möglichst schnell loswerden. „So", meinte sie schließlich. „Das lindert den Juckreiz und lässt die Schwellungen abklingen."

Es stimmte tatsächlich; die ersten Erfolge zeigten sich schon. Nur die Beulen auf seinen Oberschenkeln machten ihm noch zu schaffen. „Den Rest erledige ich selbst", sagte er und nahm ihr die Schüssel ab. „Wenn Ihr gestattet, mache ich mich dann auf die Suche nach Aldebaran."

Erst als er schon an der Hintertreppe und beinahe zur Tür hinaus war, fasste Cassie sich ein Herz. „Ich ... ich weiß nicht, wie ich Euch danken soll ...", stammelte sie, während sie unruhig an ihren Rockfalten nestelte. „Was Ihr getan habt, das war ..."

„Wir haben Glück gehabt." Damit trat Alec hinaus und ging auf seine Hütte zu, überzeugt davon, dass Cassie ihm nachschaute.

Für den Rest des Nachmittags erfreute das Hornissennest sich allgemeiner Neugier. Aus sicherer Entfernung schauten die Kinder zu, wie die Männer es untersuchten, dann darunter ein Feuer entfachten und so die lästigen Insekten ausräucherten. Der ätzende Qualmgeruch hing noch in der Luft, als Cassie aus dem Küchengebäude trat, um sich auf den Weg zu Cole zu machen.

Sie musste ihn unbedingt aufsuchen. Seit er weggegangen war, hatte sie ihn nicht mehr gesehen, wollte sich aber von seinem Gesundheitszustand überzeugen und sich zudem in aller Form bei ihm bedanken, weil er ihr dazu noch gar keine Gelegenheit gegeben hatte. Dabei hatte er Jamie das Leben gerettet!

Sie traf ihn im Pferdestall an, wo er den Tieren gerade die Abendration Hafer austeilte. „Mr. Braden“, setzte sie unschlüssig an und strich ihre Röcke glatt, „ich ... ich wollte mich bedanken.“

Er hielt inne und sah sie an.

„Jamie mag Euch sehr“, fuhr sie verlegen fort und versuchte bewusst zu übersehen, dass sein Hemd sich geöffnet hatte und seine bloße Brust offenbarte.

„Beruht auf Gegenseitigkeit“, entgegnete er. „Vermutlich ist es nicht leicht für Euch, den Jungen allein großzuziehen. Bewundernswert, wie Euch das gelungen ist!“

Das unerwartete Kompliment machte sie einen Augenblick sprachlos. „Danke“, sagte sie schließlich. „Bei seiner Geburt war ich überzeugt, dass er nicht durchkommt. Aber als er dann doch überlebte ... Ich könnte es nicht ertragen, wenn ihm etwas zustieße.“ Eine Träne rann ihr über die Wange.

Alec trat näher und wischte sie behutsam fort, wobei sein Daumen eine warme Spur auf ihrer Haut hinterließ. Ihre Blicke trafen sich. „Eines sollt Ihr wissen“, sagte er leise. „Ich würde nie zulassen, dass Eurem Sohn ein Leid geschieht.“

„Meinem Sohn? Jamie?“ Nach kurzem Stocken lachte Cassie laut auf; aller Kummer war wie fortgewischt. „Jamie ist mein Bruder!“

„Euer Bruder? Aber ...“ Seine Verwirrung war nicht gespielt.

„Ja, richtig, mein Bruder. Meine Mutter starb vier Tage nach seiner Geburt. Und mein Vater ... der ist seither nur noch ein Schatten seiner selbst. Also musste ich den Jungen erziehen."

„Ach so!" Offenbar war ihm sein Versehen unangenehm. „Dann habe ich etwas missverstanden."

„Dachtet Ihr etwa, er sei mein Kind?" Die Vorstellung kam ihr recht amüsant, wenn auch ein klein wenig peinlich vor. Sie schmunzelte, worauf auch sein Gesicht sich zu einem betretenen Lächeln verzog.

Dann, plötzlich, verstand sie. Die Heiterkeit wich blanker Empörung. Ehe sie merkte, was sie tat, hatte sie Alec eine schallende Ohrfeige verpasst. „Hurenbock! Lüstling!" schimpfte sie los und stampfte wütend zum Stalltor.

Sie hatte noch keine drei Schritte getan, als starke Arme sie von hinten packten und herumwirbelten.

„Wollt Ihr Euch bitte erklären, Mistress?" zischte er drohend und schaute sie zornig an; die Spuren des Schlages waren noch deutlich auf seiner linken Wange zu sehen. „Und würdet Ihr bitte einem gekränkten Mann Gelegenheit zur Rechtfertigung geben? Oder soll ich Euch weiter so festhalten?"

Sie spürte, dass sein muskulöser Körper sich viel zu dicht an den ihren presste. Sofort stellte sie jeden Widerstand ein, stand ihr doch kaum der Sinn nach dieser delikaten Annäherung.

Allmählich lockerte er seinen Griff. „Es stimmt, ich hatte angenommen, Ihr seiet keine Jungfrau mehr, denn eine Frau kann wohl kaum ein Kind bekommen und gleichzeitig unberührt bleiben. Allerdings unterstellt Ihr mir, mein Interesse an Euch beruhe einzig auf der irrigen Annahme, dass Ihr bereits einem Mann gehört habt. Da unterschätzt Ihr allerdings Eure Schönheit, liebreizende Herrin! Hätte ich es auf eine in Liebesdingen erfahrene Frau abgesehen, so wäre mir bei unserem Kuss neulich gleich jegliche Lust vergangen."

Was erdreistete sich dieser Kerl, sie so zu beleidigen! Wütend versuchte Cassie, sich von ihm loszumachen, aber seine Hand über ihrem Mund erstickte ihren wütenden Protest.

„Mein Interesse an Euch hat weniger mit Eurer Jungfräulichkeit zu tun als vielmehr mit Eurem Liebreiz, von dem momentan, wenn Ihr mir diese Bemerkung gestattet, leider nicht allzu viel zu verspüren ist." Mit diesen Worten ließ er sie schlagartig los.

Kopfüber landete Cassie in einem Strohhaufen. Einen Augenblick blieb sie wie reglos liegen, bis sie sich langsam aufrappelte und sich die Strohhalme abklopfte, die ihr in Kleidung und Haaren hingen. Dann wandte sie sich zu Alec um und barg die zornbebenden Hände in ihrer Schürze. „Ich war nur gekommen, um Euch zu danken, Mr. Braden. Ihr könnt zurück an die Arbeit gehen." Trotzig schob sie das Kinn vor und blickte ihm geradewegs in die Augen.

„Wie Ihr wünscht, Gebieterin!"

Alec schaute Cassie nach, wie sie davonschritt, bemüht, einen letzten Rest von Würde zu wahren. Leise Gewissenbisse regten sich in ihm, sah doch alles so aus, als sei er über sie hergefallen. Dabei hatte sie ihn angegriffen und er sie bloß ein wenig handfest genötigt, ihm zuzuhören. Zum Henker, sie war selbst schuld! Schließlich hatte nicht er plötzlich den Verstand verloren, sondern sie. Sie hatte ihn geohrfeigt, gekratzt, getreten, er hingegen sich nur verteidigt! Wieso, zum Teufel, sollte er deswegen ein schlechtes Gewissen haben?

Dann fuhr ihm ein anderer Gedanke durch den Sinn.

Cassie war also doch Jungfrau – was ihn an sich nicht sonderlich kümmerte. Anders als jener Schlag Männer, der besondere Lust dabei empfand, sich unberührte Mädchen zu Willen zu machen, hatte er Jungfrauen trotz all ihrer unzweifelhaften Reize immer sorgsam gemieden und sich statt ihrer an Witwen und vernachlässigte Gattinnen gehalten, die reifer und erfahrener waren und keine Anforderungen an seine ohnehin knapp bemessene Zeit stellten. Keine Ansprüche, keine Erwartungen, keine Bindungen über das Bett hinaus.

Dann jedoch erinnerte er sich an den Blick, der in Cassies Augen gelegen hatte, als er ihre Hand verband, an das Erwachen ihres Körpers beim Kuss. Es mochte sich durchaus als lohnend erweisen, die Flamme der Leidenschaft in ihr zu entfachen und ihr Begehren zu wecken.

Mit wem aber hatte sie sich wohl an diesem Morgen im Wald getroffen? Ach, was spielte das schon für eine Rolle! Über kurz oder lang würde er dieses Land verlassen – und wenn es nach ihm ginge, lieber heute als morgen. Schließlich warteten Verpflichtungen auf ihn, vielerlei Erledigungen, unter anderem die Einstellung des Verkaufs von Schiffen der Kenleigh-Werft an Sklavenhändler, ein Vorsatz, den er gleich nach seiner Rückkehr in die Tat umsetzen wollte. Der Himmel mochte wissen, wie es daheim aussah. Galt er für die Familie vielleicht längst als tot und aufgegeben? Hatte Philip inzwischen die Firma in den Ruin getrieben?

Er griff nach der Bürste und begann, Aldebaran mit energischem Griff zu striegeln, fest entschlossen, sich diese Miss Blakewell aus dem Kopf zu schlagen.

Nachdem sie ihrem Vater Lebewohl gesagt hatte, ritt Cassie ein Stück am Flussufer entlang, bis sie ihre Lieblingsstelle erreichte und anhielt. Immer, wenn sie nachdenken musste, suchte sie diese kleine, versteckt liegende Bucht auf. Um Andromeda Gelegenheit zum Trinken zu geben, befestigte sie die Zügel an einem Busch, entledigte sich ihrer Schuhe und Strümpfe und ging, die Röcke gerafft, ins kalte Wasser. Der Tag war zwar heiß und schwül, doch vom Strom her wehte eine erfrischende Brise, und die kühlen Wellen, die ihre Waden umspülten, milderten zumindest ein wenig die Hitze und hoben ihre gedrückte Stimmung.

Wie erwartet, hatte der Zustand ihres Vaters sich nicht gebessert. Seit zwei Monaten schon erkannte er sie nicht mehr; wahrscheinlich musste sie sich damit abfinden, dass er nie wieder der Alte sein würde. Gewiss, es graute ihr schon davor, dass die Wahrheit früher oder später ans Licht kommen und auf Blakewell nichts mehr so wie früher sein würde, doch den Vater langsam dahinsiechen zu sehen, das übertraf an Schrecken jede Furcht vor der Zukunft und jede Sorge. Der Mann, der einmal Abraham Blakewell gewesen war, es gab ihn nicht mehr. Nur noch die Hülle war übrig.

Cassie setzte sich im Uferschatten auf einen riesigen Felsblock und ließ die Füße ins Wasser baumeln. Schweißperlen rannen ihr über den Rücken und zwischen den Brüsten hinab. Wie gern wäre sie jetzt ein kleines Mädchen gewesen, fröhlich und unbeschwert, das unbekleidet im kühlen Wasser tollte und auf dem Rücken treibend den Vögeln zusah, die unter dem blauen Himmel ihre Kreise zogen. Doch um ungestraft nackt zu baden, dazu war sie viel zu alt! Oder etwa nicht?

Dennoch geriet sie ernsthaft in Versuchung. Dass von ungefähr jemand vorbeikam und sie sah, war wenig wahrscheinlich, denn weit und breit gab es weder Felder noch Arbeiter. Und niemand außer Takotah wusste von diesem Fleckchen, das sie hin und wieder besuchte. Der Sicht des zufällig vorbeikommenden Wanderers war die Bucht entzogen; kein Boot, kein Schiff wagte sich so weit in Ufernähe, dass jemand an Bord sie sehen könnte.

Vielleicht, so sagte sie sich, war es nicht allzu unschicklich, wenn sie sich nicht gänzlich entkleidete und nicht zu lange blieb. Ohne sich überhaupt ihres Vorhabens klar zu sein, war sie schon hinunter auf den Sand gesprungen und hatte sich das Kleid über den Kopf gestreift. Sie warf es achtlos über einen umgestürzten Baumstamm, löste dann ihre Haarnadeln, um sie nicht im Wasser zu verlieren, und fügte sie auf einem flachen Stein zu einem Häuflein. Danach schnürte sie ihre Unterröcke auf und ließ sie zu Boden gleiten. Das Aufknüpfen des Korsetts erwies sich jedoch als schwieriger, aber nach einigem Zerren und Ziehen gelang es ihr schließlich. Wie sie es ohne fremde Hilfe wieder anlegen sollte, war ihr zwar noch ein Rätsel, doch diese Sorge sparte sie sich für später auf.

Wohlig seufzte sie auf, als die frische Brise kühlend durch das dünne Baumwollgewebe ihres Hemdes strich. Zögernd zunächst watete sie in den Fluss, dann ging sie weiter, bis die Fluten ihr bis zu den Hüften und schließlich bis ans Kinn reichten. Im klaren Wasser sah sie die eigenen Füße im Seegras und Schlick des Flussbettes. Cassie holte tief Luft, hielt den Atem an, stieß sich ab und tauchte kopfüber ins Nass.

Wie kühl und still die Welt unter Wasser war, so gänzlich anders als alles dort droben! Das durch die Fluten gefilterte Licht ließ die Umgebung, selbst ihre Haut, in flimmerndem Grün erscheinen. Die größeren Fische waren geflüchtet, doch die kleineren sowie winzige Graskrabben flitzten durch die dichte, wogende Wasserflora, als nähmen sie Cassie gar nicht wahr. Massen von Austern, einige zur Hälfte im Schlick vergraben, bedeckten das Flussbett. Cassie schaute und staunte, bis ihr beinahe die Lungen platzen wollten und sie zurück an die Oberfläche strebte.

Endlos, so mahnte sie sich, durfte sie nicht verweilen. Blieb sie zu lange im Wasser, bestand die Gefahr eines Sonnenbrands, und überdies warteten daheim noch allerlei Aufgaben auf sie. Gerade hatte sie einen hoch in den Lüften kreisenden Adler entdeckt, als mitten in die Stille hinein ein gewaltiges Aufklatschen erscholl, sodass Cassie vor Schreck der Atem stockte. Kerzengerade fuhr sie hoch, gerade noch rechtzeitig, um am Ufer ein herrenloses Pferd zu erblicken und kurz darauf eine Männergestalt, die unter Wasser auf sie zuglitt. Von Panik erfasst, machte sie kehrt und schwamm in verzweifelter Hast auf das jenseitige Ufer zu. Sie war noch keine fünf Fuß weit gekommen, als sich ein Arm um ihre Taille schloss.

Sie schrie, schlug um sich, wehrte sich mit Händen und Füßen, doch mit beiden Fäusten zog der Taucher ihren im Wasser nahezu schwerelos schwebenden Körper zu sich heran. Mit letzter Kraft gelang ihr ein gezielter Tritt zwischen die Beine des Angreifers – und da erkannte sie ihn.

„Mr … Mr. Braden!" stammelte sie, als er vor Schmerz vornüber kippte und vor ihren Augen versank.

11. KAPITEL

Als Cassie seine leblose Gestalt unter der Oberfläche treiben sah, setzte ihr einen Wimpernschlag lang das Herz aus, denn sie befürchtete, Cole könne, bewusstlos durch ihren Tritt, ertrinken. Sekunden später jedoch schnellte er quicklebendig an die Oberfläche, in den Augen einen derartigen Zorn, dass Cassie sofort die Flucht ergriff und ans Ufer stolperte.

„Ja, habt Ihr denn vollkommen den Verstand verloren?" Nach Atem ringend und noch bis zur Hüfte im Wasser, funkelte er sie erbost an.

„Ich? Vielleicht seid Ihr so gut und erklärt mir, was das zu bedeuten hatte!" schrie sie zurück, während ihr nasser Körper ob der salzigen Brise schon von einer Gänsehaut überzogen war. „Ihr habt mich zu Tode erschreckt!"

„Ich gedachte, Euch das Leben zu retten, erkenne jedoch jetzt, dass meine Bemühungen überflüssig waren." Langsam und beschwerlich bewegte er sich aufs Ufer zu. Flusswasser rann ihm in kleinen Sturzbächen über die nackte Brust und den Bauch. Das dunkle Haar hing ihm tropfnass bis auf die Schultern; das lederne Riemchen, das den Schopf ansonsten im Nacken bändigte, war wohl im Wasser verloren gegangen. Wie eine zweite Haut klebte die Leinenhose an Schenkeln und Lenden und zeigte nur allzu deutlich jedes Detail.

Sie sah ihn aus dem Wasser waten, so sehr ein Anblick von nasser Haut und schieren Muskeln, dass es ihr beinahe den Atem verschlug. „Mir das Leben retten?" Sie löste den Blick von ihm und achtete nicht auf das sonderbare Flattern im Bauch. „Mein Leben geriet erst in Gefahr, nachdem Ihr Euch ins Wasser gestürzt und mir einen Heidenschrecken eingejagt hattet!"

„Ich sah Euch treiben und fürchtete schon, Ihr seiet ertrunken.

Offenbar erlag ich einem Irrtum." Inzwischen stand er in seiner ganzen Größe vor ihr und wollte weiterreden, brachte jedoch keinen Ton heraus. Cassie bemerkte, wie sein Blick sich veränderte und über ihren Körper glitt. Sie schaute an sich herab, stieß einen spitzen Schrei aus und verschwand mit einem Satz hinter dem nächsten Baumstamm. Sie war so gut wie nackt. Der weiße Baumwollstoff ihres nassen Hemdes war so durchsichtig, dass jeder Zoll ihres Körpers deutlich zu sehen war.

Er lachte verhalten und ging auf die Stute zu, die er am Ufer gelassen hatte.

„Ich wüsste nicht, was an dieser Situation so amüsant sein soll, Mr. Braden!" Cassies Stimme schwankte. „Doch wenn Ihr die Freundlichkeit hättet, endlich aufzusitzen, damit ich mich ankleiden kann, wäre ich Euch sehr verbunden!"

„Mit Verlaub, Mistress, aber dieser Bitte kann ich leider nicht nachkommen."

„Was? Ihr wollt dort einfach stehen bleiben?"

„Allerdings. Bodicea muss trinken und sich im Schatten ausruhen. Ich selbst bin nass bis auf die Haut. Außerdem bezweifle ich, dass ich momentan, selbst wenn ich es wollte, im Sattel sitzen könnte – dank Eurer Abwehrkünste. Umdrehen will ich mich gern, doch wegreiten kann ich nicht."

„Ach, was seid Ihr bloß für ein entsetzlicher Mensch!"

„Und Ihr? Wollt Ihr den ganzen Tag hinter dem Baumstamm verbringen?"

„Dann habt wenigstens so viel Anstand und dreht Euch um!"

Er schmunzelte, machte dann kopfschüttelnd kehrt und führte die Stute zum Wasser.

Blitzschnell sprang sie aus der Deckung hervor und schlüpfte rasch in die Unterröcke, wobei sie Alec misstrauisch im Auge behielt. Löblicherweise wandte er ihr die ganze Zeit den Rücken zu und sprach im Flüsterton mit dem Tier. Sie griff nach ihren Strümpfen, streifte sie über, ohne auf den groben Sand zu achten, der an ihren Füßen klebte, und befestigte sie. Schnell schlüpfte sie in die Schuhe und griff dann nach dem Korsett, das sich jedoch, wie befürchtet, als tückisch erwies und sich all ihren Versuchen, es überzustreifen, widersetzte.

„Soll ich helfen?“ rief Alec.

Sie lehnte ab und machte einen allerletzten Versuch, sich das Mieder von oben überzustülpen, wobei sie allerdings nur den Kopf und einen Arm hindurchbekam. Beinahe hätte sie ganz auf dies ungeliebte Unterkleid verzichtet, als Alec sich plötzlich doch umwandte und ungeduldig auf sie zukam.

„Drehen Sie sich um!“ befahl er unwirsch, riss ihr das Mieder aus der Hand und schnürte es auf, um es ihr dann mit unveränderter Grobheit vor die Nase zu halten. „Anziehen!“

Hastig legte sie sich das Wäschestück um, sodass es knapp unter den Brüsten saß. Nichts geschah. Hätte sie nicht Alecs Atem vernommen, wäre sie zu dem Schluss gelangt, er stünde nicht mehr hinter ihr. Dann spürte sie plötzlich, wie seine Finger ihre Haut an Rücken und Hals streiften, als er das nasse Haar beiseite schob. Mit ruckartigen Bewegungen zog er die Schnüre durch die winzigen Ösen, langsam und ungeschickt, wie ihr schien, doch wenn sie durch das dünne Hemd seine Fingerknöchel oder den Handrücken fühlte, dann flutete ihr eine wahre Hitzewelle durch den Leib, sodass es ihr fast den Atem verschlug.

Wie sehr sie sich seinen Kuss wünschte! Unwillkürlich blitzte sein Bild vor ihr auf, wie er nass und beinahe nackt die Lippen auf ihren Hals presste. Ein Schauer rann ihr über den Rücken.

Noch einmal zog er, und schon hatte er das Korsett geschnürt.

„Danke!“ Sie brachte kaum mehr als ein Flüstern zu Stande.

Er gab keine Antwort, blieb aber hinter ihr stehen. Auch Cassie wagte sich nicht zu rühren oder sich umzudrehen, musste sie doch befürchten, ihre Miene könnte preisgeben, was in ihr vorging. Die Augen geschlossen, erwartete sie seine Berührung, sehnte sie buchstäblich herbei, während sie gleichzeitig hoffte, er möge davonreiten.

Als er schließlich die Hände auf ihre Schultern legte und langsam an ihren Armen abwärts glitt, ließ sie sich, stoßartig nach Luft ringend, wie unter Zwang rückwärts gegen ihn sinken, die Schulterblätter an seine kühle, feuchte Brust gelehnt. Und als er den Kopf neigte und ihren Nacken küsste, entrang sich ihr unwillkürlich ein Stöhnen.

Die Hände auf ihren Hüften, drehte er sie langsam zu sich herum. In seinen blauen Augen lag nicht mehr die spöttische Heiterkeit wie noch Minuten zuvor, sondern etwas Dunkles, Animalisches.

Erneut schloss sie die Augen, spürte, wie seine Zunge eine glühend heiße Spur über ihre Lippen zeichnete; seufzend bot sie ihm den Mund, um seinen Kuss zu erwidern. Eine Hand durchwühlte das verworrene Geflecht seines durchnässten dunklen Haars, das ihm über Schulter und Nacken fiel, die Finger der anderen erforschten zögerlich seine nackte Brust, befühlten das Netz aus Narben. Wie weich sich das dunkel gekräuselte Brusthaar anfühlte! Und als ihre Fingerspitzen eine weiche, flache Knospe streiften, spürte sie, wie sich seine Bauchmuskeln spannten.

„Was machst du mit mir?“ raunte er heiser, während er sie ungestüm an sich riss, und als ihre Lippen sich wieder fanden, war alle Zartheit dahin, wich etwas Wildem, Ungezügeltem, das ihr den Atem raubte. Als sein Mund die Wölbung ihrer Brüste über der Spitze des Hemdes fand, hörte sie sich aufkeuchen, erschreckt über die Hitze zwischen den Schenkeln, und als seine Hand ihre Brust umfasste, sein Daumen eine bereits harte Knospe liebkoste, da war ihr, als schmelze sie dahin.

„Cole …" Heiser und kehlig klang ihre Stimme, ganz und gar ungewohnt.

Schlagartig erstarrten seine Hände. Er ließ sie los und wandte sich ab. „Der also bin ich noch immer für Euch?" fragte er eisig, die Augen kalt und schiefergrau.

Für einen Moment war sie wie vor den Kopf geschlagen. Als er ihr aber den Rücken zuwandte und zum Flussufer ging, merkte sie, dass dies kein Spaß war. Zitternd vor Verwirrung, streifte sie rasch ihr Kleid über und unterdrückte, hin- und hergerissen zwischen Zorn und gekränktem Stolz, die Tränen, die ihr bereits in die Augen drängten. Dann trat sie hoch erhobenen Hauptes hinüber zu Andromeda und fasste die Stute bei den Zügeln.

„Mir ist unerfindlich, womit ich mir Euren Zorn zugezogen habe, Mr. Braden, doch Ihr habt es nicht mit irgendeinem Flittchen zu tun, das man nach Belieben benutzt und wegschickt!" Ihre bebende Stimme verriet den Gefühlswirrwarr, der sich ihrer zu bemächtigen drohte.

Er wandte sich zu ihr um und musterte sie mit starrem Blick. „Welche Frau gäbe sich wohl einem Mann hin, den sie für einen Frauenschänder hält?"

Mit einem Schlag begriff sie, und alle Farbe wich ihr aus dem Gesicht. „Noch seid Ihr nicht auf freiem Fuß, Mr. Braden! Vergesst das nicht – in Eurem eigenen Interesse!" Sie schwang sich in den Sattel. „Eure anmaßende Art könnte Euch noch zum Verderben gereichen."

„Wie Recht Ihr habt, Mistress!"

Alec ließ ihr gut zehn Minuten Vorsprung, ehe er aufsaß und den Rückweg antrat, war er doch überzeugt, dass Cassie nichts daran lag, in ihrem wenig schmeichelhaften Zustand in seiner Begleitung daheim einzutreffen. Das hätte gewiss peinliche Fragen und unerfreuliche Gerüchte ausgelöst.

Verflucht! Eigentlich dürfte er sich nicht so zu ihr hingezogen fühlen. Ihm lag doch nichts an Frauen wie ihr. Sie war viel zu herrisch, zu selbstbewusst für ein Weib, und obendrein hatte sie das Temperament eines Teufels. Außerdem hielt sie Sklaven.

Sklaven, die auf Kenleigh-Schiffen transportiert wurden!

Die Stute unter ihm begann plötzlich unruhig zu tänzeln und an den Zügeln zu zerren, als wolle sie ausbrechen. Er vernahm ein Knarren und Bersten, als knicke ein Baum, drehte ruckartig den Kopf in die Richtung, aus der das Geräusch kam, und trieb das Pferd mit heftigem Fersendruck an. Mit einem Satz schnellte Bodicea vorwärts, und genau in diesem Moment schlug der Stamm quer über dem Weg auf, einen knappen Yard nur hinter Ross und Reiter.

Alec zog die Zügel an, bemüht, das verschreckte Tier zu beruhigen. „Hü, mein Mädchen, alles in Ordnung! Nur gut, dass du aufgepasst hast.“ Zwar blitzte noch das Weiße im Auge der Stute auf, doch sie fügte sich rasch Alecs ruhiger Hand. Dennoch waren sie schon eine gute Viertelmeile weiter, ehe Alec gefahrlos absitzen und bis zu der besagten Stelle zurückmarschieren konnte, um dem Vorfall, der leicht hätte tödlich enden können, auf den Grund zu gehen. Schon aus der Entfernung erkannte er, dass es sich um einen alten Baumriesen handelte, mit toten Ästen und von Sonne und Wind ausgebleichtem Holz. Zuerst nahm er an, der Baum, geschwächt durch Alter und Fäulnis, sei schlichtweg umgestürzt. Dann aber bemerkte er die Kerben von Axthieben am Stamm sowie frische Holzspäne im Gras.

Er schaute sich um, sah jedoch keine Menschenseele. Das niedergedrückte Gras um den alten Baum herum verriet allerdings, dass vor Kurzem erst jemand hier gewesen sein musste. Nur wer? Und wozu? Er schwang sich wieder in den Sattel und ritt, nach Antworten grübelnd, durch den Wald.

Als er sich eine Stunde später verdrossen den ersten Plantagengebäuden näherte, sah er schon von Weitem zwei Kutschen im Hof stehen, eine davon mit einem Paar einheitlicher Brauner bespannt. Die andere mit den zwei dunklen Wallachen gehörte Sheriff Hollingsworth.

Endlich! Die Freiheit winkte!

Im Galopp preschte er in den Hof, band Bodicea am Verandageländer fest und eilte, zwei Stufen auf einmal nehmend, die Treppe zum Eingang des Herrenhauses empor. Nettie öffnete ihm und führte ihn durch den Flur in eine zwar schlicht, doch elegant ausgestattete Wohnkammer. Kaum hatte er die im Zimmer sitzenden Personen erfasst – Cassie, den Sheriff sowie am Fenster den wie üblich grotesk herausgeputzten Geoffrey Crichton –, als eine ihm unbekannte Frau sich aus dem Hintergrund löste und auf ihn zutrat.

„Ja, schau an, unser Cole!“ sagte sie grinsend, wobei Alec auffiel, dass ihr einige Zähne fehlten oder abgebrochen waren. Ihr Tonfall war unverhüllt anzüglich, ihr früher möglicherweise hübsches Gesicht runzelig und vernarbt von der Syphilis. „Hast mich vermisst, was?“

Alec sah, wie Cassie das Blut aus dem Gesicht wich und ihre Hände sich um die Armlehne verkrampften. „Wer ist dies Weibsbild?“ fragte er.

„Eine ehemalige Mitinsassin von dir aus dem Zuchthaus Newgate“, antwortete Crichton mit unverhohlener Schadenfreude und drehte sich triumphierend zu ihm um. „Sie hat soeben bestätigt, dass du tatsächlich Cole Braden bist, ein Verbrecher, der uns nach Strich und Faden belügt.“

„Ausgeschlossen!“

„Mach lieber Schluss mit dem Possenspiel, du Zuchthäusler, denn es bringt dir am Ende nur die Peitsche ein!“ Mit einer Hand auf Cassies Stuhllehne gestützt, winkte Crichton schlaff mit der anderen ab. „Angesichts der vielen Striemen auf deinem Fell sollte man meinen, es reicht dir für den Rest des Lebens."

„Ich sage die Wahrheit!" rief Alec, an den Sheriff gewandt, der auf einem mit grünem Brokat bezogenen Kanapee saß. „Ich heiße tatsächlich Alec Kenleigh! Dies Frauenzimmer da sehe ich zum ersten Mal!"

„Sally, guck noch mal genau hin!" mahnte Hollingsworth die Zwangsarbeiterin. „Ein Menschenleben hängt davon ab. Dass du 'ne Diebin bist, 'ne Dirne und Schwindlerin, das ist nicht neu. Du stehst hier unter Eid. Bindest du uns einen Bären auf, landest du am Pranger, und ich säbele dir eigenhändig die Ohren ab!"

Für einen Augenblick wurde die Frau kreidebleich vor Schreck, trat dann jedoch noch näher an Alec heran und musterte ihn von Kopf bis Fuß. Sie stank; ihr braunes Haar war von grauen Strähnen durchzogen und hing ihr in fettigen Zotteln bis auf die Schultern.

„Ihr behauptet also, Ihr kennt Nicholas Braden aus dem Zuchthaus?" Cassie erhob sich. Ihr Gesicht war von einer unwirklichen Blässe überzogen, und ihre Hände zitterten.

„Genau. Wir waren Bekannte, falls Ihr versteht, was ich meine, Missy!" Die Frau grinste anzüglich. „War weiß Gott kein Frauenverächter, der Kerl. Der Aufseher hat mich des Öfteren zu ihm reingeschickt."

„Cassie, sie lügt!"

Dem Sheriff platzte der Kragen. „Ist das nun Nicholas Braden oder nicht?" bellte er.

Im Zimmer wurde es totenstill. Kurz zuckte Sallys Blick zu Crichton hinüber, ehe er auf Alec verweilte. „Jawohl", bestätigte sie schließlich.

„Von wem wirst du unter Druck gesetzt?" Alec packte die Alte bei den Handgelenken und zwang sie, ihm direkt ins Gesicht zu sehen. „Von einem der hier Anwesenden?"

Die Augen der Frau weiteten sich vor Entsetzen, und sie begann, unzusammenhängend zu stammeln. Was für Alec zuvor nur ein unbestimmtes Gefühl gewesen war, geriet ihm nun zur Gewissheit. Irgendjemand nötigte dieses Weib zur Lüge, hatte sie dermaßen in Angst und Schrecken versetzt, dass sie Verstümmelung und öffentliche Demütigung riskierte, um seiner – oder ihrer – Rage zu entgehen. Jemanden so einzuschüchtern, dazu war Cassie wohl kaum fähig. Wenn aber nicht sie – wer dann? Crichton vielleicht? Diesem Modegeck, so Alecs Vermutung, war er gewiss verhasst, und die Alte hatte offenbar Angst vor ihm. Andererseits war Crichtons Verachtung für Menschen niedrigeren Standes geradezu mit Händen zu greifen. Oder war es etwa der Sheriff? Welches Motiv hätte der haben sollen?

Wie aufs Stichwort fragte Hollingsworth in diesem Moment: „Murphy! Was sagst du dazu?"

Erst jetzt bemerkte Alec einen sehnigen Mann mittleren Alters, der bislang, die Mütze in der Hand, seitlich von ihm stand und sich den grauen Stoppelbart kratzte.

„Ganz sicher bin ich nicht", sagte der Mann. „Braden war 'n Hüne, das schon, und dunkelhaarig auch. Aber die Nase, die stimmt nicht. Und um die Hüften rum war er fülliger, nicht so muskulös."

„Was ist mit meiner Stimme?" wollte Alec wissen. „Du hattest doch sicher Gelegenheit, mit Braden zu sprechen. Glich seine Stimme der meinen? Sprach er gebildet?"

Murphy überlegte. „Ich kann's nicht genau sagen. Er schwafelte zwar dauernd so gespreizt daher, Sir, doch die Stimme ... Ist schließlich lange her. Bitte um Nachsicht, Sir", meinte er zu Alec. „Ich kann mich eben nicht mehr erinnern."

„Habt ihr zwei uns sonst noch was mitzuteilen?" fragte der Sheriff. „Hat sich irgendetwas Ungewöhnliches ereignet, bevor das Schiff abgelegt hat? Habt ihr etwas gehört oder gesehen?"

Den Blick zu Boden gerichtet, schüttelte die Frau den Kopf, während Murphy sich den Bart kratzte und nickte. „Vor der Abreise wurde Braden vom Flecktyphus befallen und hatte mächtig Schüttelfrost, als er an Bord gebracht wurde. Konnte weder laufen noch essen, noch den Kopf gerade halten. Ich dachte noch, warum lassen die ihn nicht friedlich im Kittchen krepieren, statt ihn ausgerechnet hierher zu verfrachten? Einige von uns schworen später, Braden sei in der Nacht vor unserer Abreise gestorben; sie sagten, sie hätten ihn liegen sehen, wie er mit offenen Augen ins Nichts starrte. Ganz blau angelaufen sei er gewesen, habe keinen Piepser von sich gegeben. Und weil seine Fesseln am folgenden Morgen geöffnet waren, hab' ich's geglaubt. Doch eh' ich mich versah, meinte einer von der Besatzung, Braden habe auf der anderen Seite der Wand einen solchen Lärm gemacht, dass der Captain ihn auspeitschen ließ, und zwar gleich zwei oder drei Mal. Ich hab' damals geglaubt, dass er wegen des Fiebers den Verstand verloren hat."

Alec schloss die Augen. Bildfetzen zuckten vor seinem geistigen Auge auf: seine Hände über dem Kopf zusammengebunden; Dunkelheit; hämmernde Kopfschmerzen; ein übel riechender Lumpen als Knebel; unbarmherziger Durst; die beißenden Qualen der Peitsche, die wieder und wieder in seine Haut schnitt. „Das war nicht Nicholas Braden", bemerkte er nach einigen Sekunden, „sondern ich."

„Das heißt also", sagte Cassie an Murphy gewandt, „dass Ihr eines Morgens beim Aufwachen feststelltet, dass Mr. Bradens Fesseln geöffnet waren und man Euch mitteilte, er sei gestorben."

Murphy bestätigte nickend.

„Und am folgenden Tag erzählte Euch der Matrose, Braden befinde sich im Laderaum gleich nebenan?"

„Jawohl."

„Hat man Euch erklärt, warum er verlegt oder ausgepeitscht wurde?“

„Nein, Missy.“

„Habt Ihr ihn noch einmal wiedergesehen, nachdem …“

„Das führt zu nichts!“ Geoffrey durchmaß das Zimmer und stellte sich zwischen Cassie und den alten Mann. „Das Geschwätz einer dreckigen Hure, das Gebrabbel eines Diebs. Dies gesamte Theater war fruchtlos!“ Dabei schaute er zu Sally hinüber, die sich zitternd gegen die Wand drückte, während Murphy auf seine Stiefelspitzen blickte.

Sheriff Hollingsworth stand auf. „Ich fürchte, ich muss dem jungen Master Crichton zustimmen. Obgleich gewiss viele Fragen offen geblieben sind, reicht das heute Gehörte weder für Eure Entlassung aus der Dienstpflicht, Braden, noch als Beweis dafür, dass Ihr lügt. Somit werden wir wohl leider Gottes die Nachricht aus London abwarten müssen, ehe wir die Sache abschließen können. Bis dahin bleibt es bei Nicholas Braden.“

Alec sah alle Hoffnungen schwinden. „Zum Teufel, Sheriff!“ Nur mit Mühe bewahrte er Haltung, da ihn glühender Zorn ergriff. „Nicholas Braden starb und wurde durch mich ersetzt! Das ist doch offensichtlich!“

„Möglich“, räumte der Sheriff ein. „Trotzdem brauche ich einen Beweis.“

„Sieh dich vor, Zuchthäusler!“ Crichtons graue Augen stierten drohend unter dem vorderen Rand der Perücke hervor. Seine Oberlippe kräuselte sich verächtlich.

„Ach, schert Euch zum Teufel!“ Alec machte kehrt und marschierte hinaus.

12. KAPITEL

Cassie schlenderte mit Geoffrey zum Küchengebäude und beobachtete dabei verstohlen, wie Cole die Stute zum Stall führte. Bei dem Gefühlswirrwarr, der in ihrem Inneren tobte, fiel es ihr schwer, sich mit Geoffrey zu unterhalten. Murphys Bericht von den Vorgängen an Bord des Transportschiffes ließ Sallys Aussagen in einem dubiosen Licht erscheinen und hatte Cassie aufs Neue davon überzeugt, dass Coles Behauptungen offenbar doch der Wahrheit entsprachen.

„Catherine! Hörst du mir überhaupt zu?"

„Entschuldige, Geoffrey! Bitte erzähl weiter!" Sie strahlte ihn mit ihrem herzlichsten Lächeln an, bemüht, wie eine gute Gastgeberin zu wirken, der einzig das Wohl der Gäste ihres Vaters am Herzen lag.

„Ich erzählte gerade, dass meine Lieblingshündin Junge geworfen hat, und fragte, ob Jamie wohl einen der Welpen haben möchte."

„Ach, wie lieb von dir. Ganz bestimmt möchte er einen."

„Also abgemacht. Bis zu meiner Geburtstagsfeier müssten sie eigentlich der Mutter entwöhnt sein. Dann könnt ihr einen aussuchen und mit nach Hause nehmen."

Im Küchenhaus lud Cassie, von Nan unterstützt, ihre beiden Gäste zu einem Imbiss ein, obgleich sie hoffte, dass die zwei sich nach dem Essen so rasch wie möglich verabschieden würden. Elly, die junge Zwangsverpflichtete, saß am Tisch und nähte einen Knopf an Jamies Hemd an.

„Vielleicht setzt du dich mit deiner Arbeit nach draußen", bat Cassie.

„Aber es regnet doch gleich!" Ganz offensichtlich hatte das Mädchen es darauf abgesehen, mit Geoffrey im selben Raum zu sein. Schon seit Weihnachten führte es sich bei seinen Besuchen und in seiner Gegenwart recht taktlos und aufdringlich auf. Cassie hatte die junge Frau deswegen eigentlich längst ins Gebet nehmen wollen, war jedoch noch nicht dazu gekommen. Jetzt musste sie die Gelegenheit beim Schopf ergreifen.

„Komm, ich helfe dir schnell!“ Sie entriss der verdutzten Elly das Nähkörbchen, eilte hinaus und wartete, bis das Mädchen auf der Bank Platz genommen hatte, die im Schatten hinter dem Backhaus stand. „Willst du wohl aufhören, Master Geoffrey schöne Augen zu machen!“ schalt sie mit leiser Stimme. „Höchst ungehörig ist so etwas! Du benimmst dich wie eine liebestolle Geiß!“ Sie knallte der sprachlosen Magd das Nähkörbchen auf den Schoß und begab sich zum Backofen.

Als sie kurze Zeit später mit einem warmen, knusprigen Brotlaib in der Schürze ins Küchengebäude zurückkehrte, fand sie Geoffrey und Hollingsworth ins Gespräch vertieft vor. Der Fall Cole Braden schien längst vergessen.

„Drei sind schon auf der Plantage der Walkers gestorben. Alles Kinder“, erzählte der Sheriff gerade. „Noch keins hat sich an das Klima hier in den Kolonien gewöhnt. Und in Jamestown soll das öffentliche Leben fast zum Erliegen gekommen sein.“

„Ja, ja, ’s ist Sterbenszeit“, seufzte Nan düster.

Cassie legte das Brot auf eine Holzplatte und stellte beides auf den Tisch. „Malaria?“ fragte sie, obwohl sie die Antwort bereits wusste.

„So ist es.“ Sheriff Hollingsworth ergriff das dargebotene Brotmesser und säbelte sich eine großzügig bemessene Scheibe vom warmen Laib ab. Ein appetitliches Hefearoma erfüllte den engen Raum.

Cassie wusste, dass jeden Sommer Hunderte an dem verheerenden Fieber starben. „Haben denn die Walkers keine Chinarinde?“ fragte sie mit einem unguten Gefühl.

„Quinquina? Doch, selbstverständlich. Wer aber möchte es schon für die Unfreien verwenden, wenn man's vielleicht bald für sich selbst braucht?“ In der Stimme des Sheriffs lag eine Gefühlskälte, die Cassie erstarren ließ.

„Gewiss ist es den Müttern ein Trost, dass ihre Kleinen sterben mussten, auf dass ihre Herrschaften ruhiger schlafen können“, bemerkte sie eisig.

„Hütet Eure Zunge, junge Dame!“ entgegnete der Sheriff heftig. „Was würde wohl Euer Vater sagen, hörte er Euch in diesem Ton zu einem Gast sprechen?“

„Vermutlich würde er es billigen oder gar noch ärgere Ungereimtheiten von sich geben.“ Grübchen erschienen in Geoffreys Wangen, als er lächelte. „Ihr kennt doch seine radikalen Ansichten.“

„Wahrhaftig“, stimmte der Sheriff mit vollem Mund zu. „Abraham hatte dauernd den Kopf voller weibischer Hirngespinste und dazu eine Schwäche für die Elenden der Kolonie.“

Obwohl sie zutiefst empört war, verkniff Cassie sich eine Antwort. Wäre sie ein Mann gewesen und der Erbe ihres Vaters, hätte sie mit ihrer Meinung nicht hinter dem Berg gehalten. Als Tochter jedoch war sie dem Wohlbefinden der Gäste verpflichtet. Ach, wenn sie doch bloß bald aufbrechen würden!

Draußen auf der Bank stach Elly aufgebracht mit der Nähnadel auf den Stoff ein. Am liebsten hätte sie das Hemd zu Boden geworfen und es mit Füßen getreten. Wenn jemand sich aufführte wie eine liebestolle Geiß, dann doch wohl die allgewaltige Miss Blakewell höchstpersönlich! Dass Miss Cassie ganz zappelig wurde und rot anlief, wenn der Sträfling in der Nähe war, mussten doch auch andere schon mitbekommen haben. Wahrscheinlich hegte die Missy Gefühle für Cole, so wie sie, Elly, für Zach!

Das Kreischen der Säge verriet ihr, dass Zach fleißig bei der Arbeit war; bestimmt war er schon verschwitzt und voller Sägemehl. Er war ein lieber Kerl, zweifellos, und als er sie mal geküsst hatte ... etwas Schöneres gab es nicht. Dennoch war er ein Leibeigener, ein Sägewerker und Hungerleider, der von der Hand in den Mund lebte. Und sie, Elly, hatte sich schließlich nicht nach Virginia verpflichtet, um dann nicht einmal satt zu essen zu haben. Auch wenn er ihr noch so oft schöntat, wusste sie doch, dass er ihr das, was sie für sich und ihre Kinder erwartete, nicht bieten konnte.

Sie griff in ihr Mieder und holte ein Blatt Papier hervor, das sie dort versteckt hatte.

„Warum hast du auf meine Briefe nicht geantwortet?" hatte Geoffrey sie vorhin gefragt.

„Es ziemt sich nicht für unsereiner, einem feinen Herrn zu schreiben, Sir!" Dass sie nicht lesen konnte und daher keine Ahnung hatte, was in seinen bisherigen drei Botschaften stand, hatte sie ihm aus Scham verschwiegen.

„Recht so, Eleanor! Und bitte, nenn mich doch Geoffrey. Ich denke, ich rufe dich lieber beim italienischen Namen – Eleanora. Oder griechisch vielleicht? Helena! Hast du schon einmal von der schönen Helena von Troja gehört?"

Verwirrt schüttelte sie den Kopf und brachte keinen Ton heraus.

„Bitte, Eleanor, Helen – setz dich doch! Iss ein paar Törtchen mit mir! Eine wahre Schande, wie du dich hier schinden musst! Eine so zarte Schönheit wie du müsste eigentlich ein eigenes Haus mit Dienern und Sklaven haben, die sie verwöhnen."

„Ach, Sir, ich glaube nicht ..."

„Doch! Komm her!" Er klopfte mit der flachen Hand auf das Polster neben sich. „Ich bestehe darauf. Es sieht uns ja niemand."

Doch das stimmte nicht. In einer Ecke hockte griesgrämig das alte Weiblein, das er mitgebracht hatte; außerdem lauerte Nettie im Flur und verfolgte Geoffrey mit missbilligenden Blicken. Trotzdem hatte Elly, da sie weder den Grübchen in seinem lächelnden Gesicht noch den Törtchen widerstehen konnte, neben ihm Platz genommen und geraume Zeit dort gesessen, bis die anderen eintrafen. Sogar unterhalten hatte sie sich mit ihm, überwiegend über die Plantage und den Sträfling. Auf Geoffreys zahlreiche Fragen hatte sie ihm erzählt, sie fürchte sich vor diesem Cole Braden. Das war zwar gelogen, doch sie wusste, Geoffrey konnte den Kerl nicht ausstehen, und er hatte ihr auch zu verstehen gegeben, er werde schon für ihre Sicherheit sorgen. Schließlich hatte er sie gebeten, sich mit ihm im Wald zu treffen. Entgeistert und ohne nachzudenken, hatte sie kopfschüttelnd abgewehrt, worauf Geoffrey sich prompt für den ungehörigen Antrag entschuldigt und sie stattdessen eingeladen hatte, doch mit ihrer Herrin zu seiner Geburtstagsfeier zu erscheinen. Danach war dann der Sheriff gekommen.

Miss Cassie mochte glauben, was sie wollte, aber Elly wusste, dass Master Crichton ein Auge auf sie geworfen hatte. Die Nähnadel gezückt, überließ sie sich wieder ihren Tagträumen von Festbanketten, schönen Kleidern und nachmittäglichem Müßiggang. Irgendwann, so ihre Überzeugung, würde der Traum schon Wirklichkeit werden. Dann aber mussten ihr jene, von denen sie momentan bloß als Dienstmagd und Dummchen betrachtet wurde, nämlich Miss Cassie und Nan und all die anderen auf Blakewell's Neck, ihre Ehrerbietung erweisen.

„Eleanora!“ wiederholte sie lächelnd.

Cassie saß in der guten Stube und stocherte lustlos in ihrem Essen herum. Drei Kandelaber erfüllten die Kammer mit einem strahlenden Licht, das so gar nicht zu Cassies Stimmung passen wollte. Obschon der Sheriff sich, sobald das Brot aufgegessen war, verabschiedet hatte, war Geoffrey noch geblieben, bis sie sich genötigt fühlte, ihn zum Dinner zu bitten. Er hatte darauf bestanden, im Herrenhaus zu tafeln, nicht im Küchengebäude.

Nettie trat in das Zimmer, das in letzter Zeit selten benutzt wurde, und servierte den beiden einen warmen Apfelstrudel. Der Duft von Zimt durchzog die Luft.

Dennoch rührte Cassie keinen Bissen an, obgleich Nan im Bemühen, Geoffrey einen Gefallen zu tun, sich selbst übertroffen und ein Festmahl kredenzt hatte, wie man es gewöhnlich nur zu Feiertagen auf Blakewell's Neck vorgesetzt bekam. Während er immer wieder sein Weinglas nachfüllte, hatte Geoffrey fortwährend über seine Pläne gesprochen und ihr erläutert, wie er sein Gut umgestalten wollte, wenn er einmal sein Erbe antreten würde. Beinahe klang es, als könne er gar nicht abwarten, bis sein Vater endlich das Zeitliche segnete.

Dabei konnte Cassie es ihm eigentlich nicht verübeln, denn sein Vater war ein herzloser Mensch. Nie hatte sie vergessen, wie Master Crichton sich seinerzeit weigerte, seinen schwer an Malaria erkrankten Sohn auch nur zu besuchen, wie er ihn sogar verachtete, als er hörte, dass der Junge womöglich nie wieder würde laufen können. Der Hinkefuß des Kleinen geriet zur Zielscheibe des Spotts vonseiten des eigenen Vaters, des grausamsten Menschen, dem Cassie je begegnet war.

„Das wird großartig!" murmelte Geoffrey, der sich gerade den letzten Kuchenkrümel in den Mund stopfte.

„Hm, bestimmt." Sie hatte kein Wort mitbekommen, war schläfrig vom Wein und ermattet von der vielen Konversation. Die Uhr schlug zehn.

„Es wird spät, und ich sehe, du wirst langsam müde, meine Liebe." Er stand auf und bot ihr den Arm. Erleichtert hakte sie sich unter und ging mit ihm nach draußen zur Kutsche, wo der Kutscher, ein junger Bursche, gleich auf den Bock kletterte und die Zügel ergriff.

Geoffrey wandte sich Cassie zu. „Weißt du überhaupt, dass ich dich liebe, seit ich ein kleiner Junge war? Und ich liebe dich immer noch. Ich möchte dich gern zur Frau nehmen."

„Geoffrey, ich ..."

„Ich will dich nicht zu einer Antwort drängen", unterbrach er. „Ja, im Grunde wollte ich das Thema gar nicht anschneiden. Doch in deiner Nähe konnte ich einfach nicht anders."

Cassie rang nach Worten, bemüht, ihn nicht zu kränken und ihn trotzdem über ihre Gefühle nicht im Unklaren zu lassen. „Wir können nicht heiraten." Trotz der Dunkelheit merkte sie, wie er erstarrte. „Wir denken zu unterschiedlich, wir zwei."

„Natürlich denken wir unterschiedlich." Seine Stimme hatte einen scharfen Unterton angenommen. „Sei wann urteilen Männer und Frauen gleich? Was für merkwürdige Sachen du sagst."

Sie spürte, dass seine Bemerkungen allmählich ihren Unwillen erregten. „Ich habe gar nicht den Wunsch zu heiraten."

„Da steckt doch dein Vater dahinter! Der hat dir Flausen in den Kopf gesetzt, die ganz und gar nicht der Stellung der Frau entsprechen!"

„Ich ..."

„Du siehst das anders, ich weiß. Die Geschichte der Menschheit aber hat Jahrhunderte hindurch bewiesen, dass der Platz einer Frau an der Seite ihres Gatten ist. Das ist die natürliche Ordnung. Als meine Gemahlin wirst du mich schon lieben lernen. Ich werde dich achten, beschützen, versorgen. Unsere Kinder werden wie die Fürsten leben."

Sie versuchte, ihren Zorn nicht zu zeigen, doch nach dem anstrengenden Abend wurde ihre Geduld auf eine harte Probe gestellt. „Ich kann dich nicht heiraten, Geoffrey. Ich liebe dich nicht."

In seinem Gesicht zuckte es. „Ich weiß mehr über dich, als dir lieb ist, meine Teure. Wenn ich dich ernsthaft um deine Hand bitte, dann wirst du nur allzu willig Ja sagen, sei versichert! Und nun wünsche mir eine gute Nacht!“ Abrupt umfasste er sie und presste gierig die Lippen auf ihren Mund.

Bestürzt, geschockt und auch irgendwie angewidert, ließ sie es widerstandslos über sich ergehen. Er zog sie noch näher, und seine Zunge zwängte sich fordernd zwischen ihre Lippen, sodass sie das Gesicht zur Seite drehte und versuchte, ihn abzuwehren.

„Hör auf!“ Sie entwand sich ihm und schlug ihm mit aller Kraft mit der flachen Hand ins Gesicht.

Sein Griff verstärkte sich nur. „Widersetz dich mir bloß nicht, Catherine!“ zischte er. Sein Atem stank nach Zwiebeln und Wein. „Gewinnen kannst du ohnehin nicht. Lass dir lieber beweisen, wie sehr ich dich liebe!“ Wieder neigte er den Kopf.

„Ich glaube, sie hat gesagt, du sollst aufhören, Crichton!“

13. KAPITEL

Cassie stockte der Atem.

Alec stand im Schatten der Kutsche, lässig gegen ein Rad gelehnt.

Geoffrey ließ sie jedoch nicht los. „Misch dich nicht in die Angelegenheiten von Gentlemen ein, Zuchthäusler!"

„Du bist kein Gentleman, Crichton!"

„Lasst nur!" Endlich hatte Cassie ihre Stimme wiedergefunden. „Geoffrey wollte ohnehin gerade gehen."

Sie spürte Geoffreys Zögern, den Hass, der zwischen den beiden Männern brodelte. Schließlich lockerte er seinen Griff, trat zurück und verabschiedete sich mit einem vollendeten Handkuss. „Gute Nacht, Catherine. Und denke an meine Worte." Damit bestieg er die Kutsche, jedoch nicht ohne den Kutscher anzuraunzen: „Was gaffst du und hältst Maulaffen feil, Kerl? Fahr zu!"

Das Gefährt ruckte an und verschwand in der Dunkelheit.

„Mir scheint, ich stehe erneut in Eurer Schuld."

Alec sah, dass sie zitterte. „Ihr solltet Euch hüten, mit ihm allein zu sein." Die Mahnung fiel schroffer aus als beabsichtigt. Eigentlich war er nicht gekommen, um Cassie vor Schwierigkeiten zu bewahren, sondern um die Wahrheit zu erfahren.

„Auf Eure Ratschläge kann ich verzichten!" Trotzig zuckte ihr Kinn hoch.

„Aha, Ihr meint, Ihr könnt Euch durchaus selbst verteidigen, ja? Oder wolltet Ihr vielleicht sogar, dass er Eure Schwäche ausnutzt?"

„So wie Ihr das tut?"

Alec lachte leise auf und bewegte sich wie ein Raubtier, das auf Beute aus ist, langsam auf sie zu, bis er nur wenige Zoll vor ihr stand. „Ich kann mich nicht erinnern, dass Ihr Euch meine Berührungen und meine Küsse verbeten habt. Sollen wir Eure Standhaftigkeit prüfen und seine Küsse mit den meinen vergleichen?"

„Ihr habt getrunken! Ihr riecht nach Alkohol!"

„Ganz recht, ich habe getrunken. Und ich verlange Antworten – die Wahrheit, und zwar auf der Stelle! Habt Ihr diese alte Vettel zu Falschaussagen über mich genötigt?"

„Das ist doch absurd!" Sie wandte sich um und schickte sich an, zum Haus zurückzugehen, doch er verstellte ihr den Weg, hob ihr Kinn an und zwang sie, ihn anzusehen.

„Antwortet!"

„Natürlich nicht! Wie kommt Ihr auf einen solchen Unfug? Wieso sollte ich Euch hier behalten wollen, obwohl mir inzwischen schon allein vor Eurem Anblick graut?"

„Warum lügt Ihr bezüglich Eures Vaters?"

Ihre Augen weiteten sich vor Verblüffung. „Was wisst Ihr schon von meinem Vater!"

„Zum Beispiel, dass niemand ihn seit Wochen zu Gesicht bekommen hat. Dass er seine Tochter und seinen Alleinerben schutzlos sich selbst überlässt, weil er angeblich nach Zuchtmaterial für seine Pferde sucht. Weiterhin weiß ich, dass er die Führung des Anwesens seiner Tochter überträgt, so als hätte sie die Hosen an."

Cassie erstarrte. „Was spielt es für eine Rolle, dass ich eine Frau bin? Meint Ihr etwa, Frauen sollten sich mit nichts anderem als mit Handarbeiten und sonstigem Firlefanz befassen?"

„Die Leitung eines Gutshofes ist Männersache."

„Warum? Wieso muss das so sein? Früher hat eine Frau ganz England regiert, und dennoch ist es Engländerinnen nicht einmal erlaubt, über sich selbst zu bestimmen."

„Frauen bestimmen eben auf ihre Weise. Sie erziehen die Kinder, führen den Haushalt …"

„Während die Männer für den Rest zuständig sind? Euer Leben

lag in meinen Händen! Ich habe es Euch gerettet, falls Ihr das noch wisst! Vielleicht tut das Dasein als Unfreier einem dünkelhaften Einfaltspinsel wie Euch ganz gut."

Mit diesen Worten zwängte sie sich an ihm vorbei, trat ins Haus und warf die Tür ins Schloss. Zum zweiten Mal innerhalb kürzester Zeit kam Alec sich wie ein ausgemachter Esel vor.

„Komm schon, Daniel, Kopf hoch! Du musst trinken!" drängte Cassie. Sie hielt den Kleinen im Arm, den schweißfeuchten Kopf an die Brust gedrückt. „Du willst doch gesund werden, oder nicht?"

Wie sollte man einem Vierjährigen erklären, dass sein Überleben von der übel riechenden Tinktur aus Chinarinde abhing, die ihm an die Lippen gehalten wurde? Einmal hatte der Junge den bitteren Apfeltrank mit dem eingerührten Rindenextrakt bereits probiert. Deshalb zögerte er jetzt, öffnete dann jedoch nickend die vom Fieber ausgedörrten Lippen, während sein kleiner Körper unter Krämpfen erschauerte.

Die Malaria hatte auch Blakewell's Neck am frühen Morgen heimgesucht und gleich vier Feldarbeiter sowie zwei Sklavenkinder, darunter den kleinen Daniel, mit Fieberkrämpfen und Anfällen von heftigem Schüttelfrost ans Bett gefesselt. Kurz vor Tagesanbruch war Cassie von Netties panischem Klopfen aus dem Schlaf gerissen worden, hatte bereits den ganzen Morgen alle Hände voll zu tun gehabt und Takotah bei der Krankenpflege geholfen. Wer das verabreichte Quinquina, dessen Wirkstoff das Fieber wie durch ein Wunder senkte, bei sich behalten konnte, würde binnen einer Woche wieder wohlauf sein. Erneut betete Cassie, dass der kleine Daniel zu diesen Glücklichen gehören möge.

Sie schloss den Lederbeutel, in dem die Indianerin das lebensrettende rote Pulver aufbewahrte, und gab dem Jungen einen Kuss auf die Wange. Der Kleine war jedoch längst in einen fiebrigen Schlummer gefallen.

„Er ist ein robustes Kerlchen“, bemerkte Nettie.

„Stimmt, er ist kräftig. Und er hat ja uns als Pflegerinnen.“ Cassie stand auf und drückte Nettie aufmunternd die Hand. Die Kehle war ihr wie zugeschnürt. „Wir werden ihn doch nicht sterben lassen.“

„Hab Dank, Cassie!“ Die Tränen, gegen die Nettie schon die ganze Zeit angekämpft hatte, strömten ihr nun übers Gesicht. Es war Jahre her, seit sie Cassie zuletzt beim Namen genannt hatte.

Ein sachtes Klopfen an der Tür verriet ihr, dass Luke mit dem Wasser kam. Cassie öffnete und trat zurück, damit er zwei große Krüge mit gesüßtem Wasser hereinschleppen konnte. Barfüßig, den breitschultrigen, muskulösen Oberkörper glänzend von Schweiß, trug er die Behälter, als wären sie leer, und stellte sie mühelos auf den Holztisch, der neben dem Bett stand. „Solltest du noch was brauchen – ich warte draußen“, sagte er zu Nettie, und seine tiefe Stimme klang merkwürdig sanft.

„Willst du etwa den ganzen Tag vor meiner Tür in der Sonne stehen?“ fragte Nettie kopfschüttelnd. Zum ersten Mal an diesem Morgen sah Cassie sie lächeln, auch wenn sie schniefte und sich mit dem Schürzenzipfel über die Augen wischte. „Unsinn! Hier drinnen ist es doch viel kühler. Setz dich! Daniel will dich bestimmt sehen, wenn er aufwacht.“

Lukes Blick wanderte erst zu dem Jungen, der friedlich auf der Pritsche lag, dann zum Gesicht der Mutter. Umständlich ließ er sich auf einem alten Melkschemel nieder, der viel zu klein für ihn war.

„Lasst mich holen, falls sich etwas ändert“, bemerkte Cassie, doch offenbar hörte sie keiner der beiden.

„Du hast doch bestimmt Durst.“ Nettie schenkte Luke ein Glas

Wasser ein. Dankbar nickte er und nahm einen gierigen Schluck, ohne den Blick von Nettie abzuwenden.

Das ist es also! dachte Cassie und schloss behutsam die Tür hinter sich. Wie hatte sie so blind sein können? Luke hatte sich in Daniels Mutter verliebt!

Trotz des bedeckten Himmels war es bereits drückend schwül, als Cassie sich zum Küchengebäude begab, wo das Mittagsmahl und ein paar Minuten Rast auf sie warteten. Schwere Wolken hingen gleich einer bleiernen Decke über dem Land; die Luft, zum Schneiden dick vom Gestank nach Mist und qualmenden Holzfeuern, war heiß und stickig. Schweißperlen sickerten Cassie zwischen die Brüste und rannen ihr den Rücken hinunter. Trotz des fröhlichen Gekreisches der Kinder, die einander zwischen den Hüttengassen jagten, überkam sie ein ungutes, unheilvolles Gefühl. Zuerst Geoffrey, und nun die Malaria! Obschon sie in Williamsburg ein beträchtliches Quantum des fiebersenkenden Mittels erstanden hatte, ahnte sie doch, dass ihr Quinquina möglicherweise nicht ausreichte, sollte die Krankheit sich ausbreiten. Und dann gnade ihnen Gott!

Unwillkürlich fuhr sie sich mit dem Ärmel über die Lippen, als wolle sie die Erinnerung an Geoffreys unerwünschte Küsse fortwischen. Fast geekelt hatte sie sich vor seiner Berührung. Wie erstaunlich anders ihr Körper dagegen auf Cole reagierte! Bei ihm … War es tatsächlich erst einen Tag her, seit sie beide am Flussufer gestanden und sich geküsst hatten?

Welche Frau gäbe sich wohl einem Mann hin, den sie für einen Frauenschänder hält?

Die ganze Nacht hatte diese Frage ihr keine Ruhe gelassen. Eine Antwort hatte sie jedoch nicht gefunden. Wenn sie ihn wirklich für einen Gesetzesbrecher hielt – warum sehnte sie sich dann nach seiner Berührung? Und falls sie andererseits glaubte, dass er die Wahrheit sprach – wieso behandelte sie ihn dann wie ihren Stallknecht?

Zwar konnte sie ihn ohne richterliche Genehmigung nicht aus seiner Leibeigenschaft entlassen, doch eins war ihr unbenommen: ihn von der körperlichen Arbeit zu entbinden und ihn aufzufordern, seinen kaufmännischen Sachverstand für sie einzusetzen, hatte er doch vorgegeben, Verwalter eines großen Besitzes zu sein.

Würde er ihr aber überhaupt helfen wollen? Oder würde er sie zur bloßen Nebenfigur degradieren? Wie jeder andere ihrer männlichen Bekannten hielt er nichts davon, dass sie die Geschäfte von Blakewell's Neck führte. Das hatte er am vergangenen Abend unmissverständlich deutlich gemacht. Sie konnte sich regelrecht ausmalen, wie er, die Stirn missbilligend in Falten gelegt, die Bücher prüfte und in herablassendem Ton jede ihrer Entscheidungen und jeden unkonventionellen Vorschlag kritisierte.

Die Leitung eines Gutshofes ist Männersache! Schon die bloße Erinnerung an diese Bemerkung brachte sie innerlich zur Weißglut.

Als sie in die Küche trat, ließ Nan sich gerade zum Essen nieder.

„Daniel ... ist er ...?"

„Er schläft, hat aber noch schrecklich hohes Fieber."

„Ach, schaut Euch nur an", sagte die Köchin. „Ihr seht ja halb verhungert aus! Setzt Euch, und dann schneidet die alte Nan Euch eine dicke Scheibe Brot und etwas Käse ab."

Cassie nahm Platz und ließ sich dankbar bedienen – nur um sofort festzustellen, dass ihr der Appetit vergangen war.

„Was ist?" Die Köchin legte ihr die Hand auf die Stirn. „Ich sehe Euch doch an der Nasenspitze an, dass etwas im Busch ist. Ihr habt doch nicht ebenfalls Temperatur?"

„Ach, Unsinn! Ich bin nur müde." Cassie zwang sich zu einem Bissen, kaute mühsam und schluckte. Nan hatte selbst ihr Päckchen zu tragen. Von Geoffreys absonderlichem Verhalten konnte sie ihr auch ein andermal erzählen.

„Autsch!“ Cassie entriss Elly die silberverzierte Haarbürste und massierte sich die schmerzende Kopfhaut. „Den Rest erledige ich schon selbst. Du darfst gehen.“

„Aber ...“ Elly warf ihr zwar einen flehentlichen Blick zu, gehorchte jedoch und schloss die Tür hinter sich.

Cassie schaute in den Spiegel und begann, ihr Haar oder das, was davon übrig geblieben war, zu kämmen. Die ganze Woche hatte Elly ihr keine Ruhe gelassen, mal himmelhoch jauchzend, mal schmollend, auf jeden Fall aber ganz versessen darauf, ihre Herrin nach Crichton Hall zu begleiten. Anfangs hatte Cassie den Gedanken rundweg abgelehnt, überzeugt, dass das Mädchen sich Geoffreys wegen zum Narren machen und sie beide blamieren würde.

Vielleicht aber, so ihre Befürchtung, ging sie zu hart mit dem armen Ding ins Gericht, konnte sie doch Ellys Tatendrang gut verstehen. Schließlich erschienen die Schönsten der Kolonie zu dieser Feier, dem ersten großen gesellschaftlichen Ereignis des Sommers, das an Prunk und Pomp nur von einem der Bälle bei King Carter oder dem Galaempfang des Gouverneurs übertroffen wurde.

Warum sie jedoch die konfuse Elly nach Crichton Hall mitnehmen sollte, war Cassie ein Rätsel. In der Küche konnte sie nicht eingesetzt werden, denn dies hätte zu einer Palastrevolution des Personals geführt. Ihren Bruder mochte sie ihr ebenfalls nicht anvertrauen. Somit blieb nur die Möglichkeit, Elly als eine Art Kammerzofe zu verwenden, eine Aufgabe, mit der sie ohnehin üblicherweise betraut war. Einen Versuch wollte Cassie dem Mädchen nicht verwehren.

Sie entwirrte die letzten zerzausten Strähnen und wand das Haar dann im Nacken zu einem schlichten Chignon, was zwar nicht der Mode entsprach, für einen Ausritt jedoch genügte. Die dunklen Schatten um ihre Augen, so stellte sie beim Betrachten ihres Spiegelbildes fest, verschwanden allmählich. Die Malaria auf

Blakewell's Neck hatte sich nicht weiter ausgebreitet und Cassie somit einige Nächte ordentlich durchschlafen lassen. Bis jetzt konnte man von Glück sagen. Insgesamt siebzehn Personen waren von der Krankheit heimgesucht worden, und dank Takotah sowie dem Extrakt der Chinarinde hatten alle das Fieber überstanden. Auch Daniel war wieder wohlauf. Obwohl ebenfalls vom Fieber hingestreckt, hatte Rebecca von einer kleinen Tochter entbunden – ein ganz besonderes Ereignis, hatten doch Takotah und Cassie bei der schweren Geburt geholfen.

Was Coles Identität anging, so war Cassie mehr denn je davon überzeugt, dass seine Geschichte der Wahrheit entsprach, so unglaubwürdig sie sich auch anhören mochte. Andererseits könnte es auch möglich sein, dass der Flecktyphus ihm den Verstand verwirrt hatte, sodass er sich tatsächlich für jemand anderen hielt. Ganz abgesehen vom Namen war Cassie sich sicher, dass Cole Braden keinesfalls einer war, der Frauen vorsätzlich Gewalt antat. Verführen – ja, das schon. Sie selbst war der beste Beweis für diese Fähigkeit. Doch entehren und misshandeln? Unmöglich!

In jüngster Zeit hatte sie einen Wandel an ihm festgestellt. Sah er sie an, lagen nicht mehr Hunger oder Feindseligkeit in seinem Blick, sondern distanzierte Höflichkeit. Ursache und Bedeutung dieser Wandlung waren ihr ein Rätsel. Die Frage nach dem Aufenthaltsort ihres Vaters schwebte nach wie vor zwischen ihnen; wiederholt hatte Cole anklingen lassen, er wolle der Sache auf den Grund gehen. Jedenfalls, so Cassies Empfinden, begehrte er sie offenbar nicht mehr, aus was für Gründen auch immer. Sie nahm es erleichtert zur Kenntnis, denn so sollte es im Grunde auch sein.

Sie stand auf und strich ihre Reitröcke glatt, bestrebt, auf andere Gedanken zu kommen. Nur noch zwei kurze Tage verblieben bis zur Abreise nach Crichton Hall, und vieles war noch unerledigt. Deshalb konnte sie es sich nicht leisten, herumzutrödeln und über einen Mann zu grübeln, der sie nicht wollte und für den in ihrem Leben kein Platz war.

Hinter einer Fichtengruppe verborgen beobachtete Alec, wie Cassie in einiger Entfernung vorbeiritt. Gut einen Monat verfolgte er nun schon, wie sie jeden Morgen diese Richtung nahm. Sein Entschluss stand fest. Heute musste er ihr Geheimnis lüften. Mit Eifersucht, so redete er sich ein, hatte dies nichts zu tun. Es kümmerte ihn nicht einen Deut, ob sie sich von einem Liebhaber den Hof machen ließ. Worum es ihm ging, war die Wiederherstellung seines guten Namens, und dazu blieben auf Blakewell's Neck schlechterdings zu viele Fragen offen.

Indem er ihr folgte, so taktlos es auch sein mochte, erhielt er vielleicht einige Antworten.

Mit einem Schenkeldruck trieb er Aldebaran an, bestrebt, ihr dicht genug auf den Fersen zu bleiben, damit er nicht die Orientierung verlor, allerdings mit genügend Abstand, dass die Stute den Hengst nicht witterte und den Verfolger womöglich verriet. Im weichen, feuchten Waldboden waren die Hufabdrücke leicht auszumachen, doch selbst ohne Spuren hätte er die ungefähre Richtung geahnt, folgte er Cassie doch nicht zum ersten Mal.

Allmählich entspannte er sich ein wenig. Nachdem es in der Nacht zuvor erneut geregnet hatte, war die Luft frisch und klar. Aus versteckten Tümpeln im Sumpf dröhnte das heitere Quaken der Frösche; hoch in den Bäumen schallten die Rufe der Vögel von Ast zu Ast, in Alecs Ohren ein nach wie vor exotischer Gesang, der durch eine schier endlose Wildnis hallte.

Dass auf diesem neuen Kontinent unbekannte Gefahren lauerten, stand außer Frage. Doch trotz seiner untergeordneten Stellung auf der Plantage spürte Alec, dass dies Land auch eine ungeahnte Freiheit bot. Hier musste man keine Termine einhalten, keine Perücken oder andere beengende Utensilien tragen, keine öden Dinner aushalten und dennoch so tun, als amüsiere man sich köstlich. Es entbehrte zwar nicht der Ironie, aber als Nicholas Braden war er weit unabhängiger als in seiner Zeit als Alec Kenleigh. Trotz alledem waren die Verpflichtungen daheim nun einmal das Los eines Gentleman, und je schneller er sich ihrer wieder annehmen konnte, desto besser.

Direkt vor Aldebaran flitzte ein Kaninchen aus der Deckung und huschte mit leuchtend weißer Blume tiefer ins Buschdickicht. Fast befürchtete Alec schon, der Hengst werde erschreckt aufwiehern und damit Cassie auf den Verfolger aufmerksam machen, doch das Pferd reagierte prompt auf Alecs resolute Führung und ließ sich nicht aus der Ruhe bringen. Das Tier war in bester Form, und nach Alecs Überzeugung konnte Aldebaran es mühelos mit sämtlichen Konkurrenten der Kolonie aufnehmen.

Er freute sich schon auf das Rennen auf Crichton Hall, hatte er doch von der lang anhaltenden Rivalität in puncto Pferderennen zwischen den Crichtons und den Blakewells gehört. Ebenso freute er sich auf den Anblick von Crichtons finsterer Miene, wenn sein müder Gaul bloß noch Aldebarans Hufe zu sehen bekam. Gewiss, eine Einladung von Cassie zu diesem Wettkampf lag noch nicht vor, aber Alec hatte auch nicht vor, auf ihre Gnade oder gar auf eine Genehmigung zu warten.

Allmählich ging es nun abwärts, sodass er sein Reittier zügeln musste, Cassies ferne Gestalt stets konzentriert im Blick. An dieser Stelle hatte er ihre Spur zuvor verloren. Alec wusste, dass das Gelände am Fuße des Hügels in dicht bewaldetes Sumpfland überging. Er hatte ihr zwar noch folgen können, doch dann hatten Brackwasser und Schlamm die Hufspuren verschluckt, und auch Cassie war im Halbdunkel nicht mehr auszumachen gewesen. Notgedrungen hatte er kehrtmachen müssen, denn sonst hätte er jegliche Orientierung verloren und im Moor nächtigen müssen. Diesmal jedoch wollte er besser Acht geben.

Mit einem kurzen Ruck der Zügel brachte Cassie Andromeda zum Stehen. Ein Prickeln jagte ihr über den Rücken. Seit sie ins Marschland hineingeritten war, hatte sie das unbestimmte Gefühl, dass sie beobachtet wurde. Über den Hals der Stute gebeugt, als wolle sie die Vorderhand auf mögliche Verletzungen untersuchen, warf sie verstohlen einen Blick zurück. Keine Menschenseele war zu sehen. Aufmerksam lauschend verharrte sie noch einen Augenblick und trieb ihr Pferd dann wieder an. Stumm verwünschte sie ihre Neigung, überall Gespenster zu sehen. Gewiss, sie schwärmte nicht eben für dies düstere, unwirtliche Sumpfgebiet, das mit seinen Schlangen, Insekten und Spinnen für Ross und Reiter gleichermaßen ungeeignet schien. Am allerschlimmsten war die Luft. Stickig, schwül und von Fäulnisgestank erfüllt, waren die Sümpfe bekanntermaßen die Brutstätte jener Krankheiten, die das Leben in den Kolonien so schwierig machten. Durch den Bau des Familiendomizils weit oberhalb des sumpfigen Flachlandes hatte ihr Vater zwar dafür gesorgt, dass der üble Gestank erst gar nicht bis zu dem Anwesen vordringen konnte, doch dessen ungeachtet war der Sommer stets eine Phase der Krankheiten gewesen. So grenzte es nahezu an ein Wunder, dass ihr Vater bislang verschont geblieben war, obwohl er inzwischen inmitten dieses Feuchtgebiets lebte. Offenbar machte ihm die Luft nichts aus. Nur ein oder zwei Mal im Leben hatte das Fieber ihn gepackt. Nicht einmal die nimmersatten Moskitos konnten ihm etwas anhaben – dank Takotahs Zitronenbalsam.

In der Ferne erhob sich die sandige Anhöhe, das Ziel ihres Ausritts. Takotah hatte die Insel vor langer Zeit schon entdeckt; sechs Personen nur wussten überhaupt von ihrer Existenz, darunter Micah, Zach sowie Nan. Den Weg dorthin und wieder zurück kannten jedoch allein Takotah, Cassie und Micah. Von undurchdringlichem Marschland umgeben, bot das Eiland das ideale Versteck, eine Oase aus festem Grund und Sonnenschein inmitten des schaurigen Moors.

Als Cassie endlich auf sicherem Boden angelangt war, saß sie ab und führte Andromeda zu dem provisorischen Unterstand, der als Stallung diente. Welche Erleichterung, wieder im Licht der Sonne zu stehen! Während die Stute sich genüsslich über die mitgebrachten Äpfel hermachte, trug Cassie den Proviantkorb zum Haus. Im Grunde nicht mehr als eine behelfsmäßige Baracke aus Bohlen und einer Sklavenhütte nicht unähnlich, schützte sie doch vor Regen und Wind und bot ihrem Vater Unterschlupf. Er hatte das Häuschen eigenhändig gebaut, als er merkte, wie seine geistigen Kräfte allmählich nachließen. Zwar hatte Cassie ihn angefleht, im Herrenhaus wohnen zu bleiben, doch hatte er sich jeglicher Diskussion verweigert und war gleich nach Beendigung der Bauarbeiten in die winzige Behausung umgezogen. Mitgenommen hatte er lediglich etwas Wäsche zum Wechseln sowie einen Laib Brot.

„Vater?“

Als sie eintrat, stand Blakewell mit dem Rücken zum Fenster. Sein Blick flackerte unstet über die Hüttenwände, als suche er etwas; die Knitterfalten verrieten, dass er in Hemd und Hose geschlafen hatte, und das weiße Haar hing ihm in struppigen Strähnen um die Schultern.

„Ich bringe dir Frühstück, Vater. Hoffentlich hast du ordentlich Appetit.“

Er gab keine Antwort, sondern starrte mit unstet flackernden Augen weiter die Wände an. Cassie stellte Brot und Käse auf den Tisch und fasste ihren Vater beim Arm. Da erst bemerkte er sie, doch der glasige Blick verriet, dass er sie nicht erkannte.

„Setz dich hierher!“ Mit sanfter Gewalt zwang sie ihn auf seinen

Stuhl und drückte ihm eine mit Butter bestrichene Brotscheibe in die Hand.

Zuerst sah es aus, als nehme er die Brotschnitte gar nicht wahr, doch schließlich begann er langsam zu essen. Sein Gesundheitszustand hatte sich rapide verschlechtert, und allmählich stellte Cassie sich darauf ein, dass sie ihn wohl bald würde füttern müssen. Wie sie das jedoch bewerkstelligen sollte, wusste sie beim besten Willen nicht. Schon jetzt brachte Takotah fast den ganzen Tag und häufig sogar auch die Nächte hier zu, um ihm bei der nötigen Körperpflege zu helfen. Bei all dieser Last war Cassie jedoch froh, dass ihr Vater nicht mitbekam, in welchem Maße er seine menschliche Würde verlor. Wäre er lediglich körperlich, nicht aber geistig hinfällig geworden – er hätte die Pflege als schmachvoll und unerträglich empfunden.

Nachdem er das erste Stück Brot gegessen hatte, drückte sie ihm eine Tasse mit Apfelwein in die Hand und führte sie an seine Lippen, um ihn zum Trinken zu nötigen. Danach reichte sie ihm einen Brocken Käse. Auf den ersten Blick wirkte er mit seinen vierundfünfzig Jahren kerngesund, auch wenn er im vergangenen Jahr bleicher und magerer und sein Haar inzwischen schneeweiß geworden war. Äußerlich war kein Anzeichen von Krankheit zu erkennen – bis man ihm in die Augen sah. Einst von einem schelmisch funkelnden Blau, blickten sie nunmehr leer und ausdruckslos. Nach Takotahs Ansicht war sein Geist seiner geliebten Amanda gefolgt. Falls dem so war, trüge Cassie ihrer Ansicht nach selbst zumindest einen Teil der Verantwortung für seinen Zustand. Hätte sie nicht in der Stunde der Not Takotah mit der todkranken Mutter im Stich gelassen, könnte diese noch leben und der Vater noch gesund sein, und ihr Leben wäre unkomplizierter und glücklicher. Seit seiner Erkrankung hatte sie jeden Morgen und jeden Abend für die Genesung des Vaters gebetet. Allem Anschein nach hatte der Herrgott jedoch Besseres zu tun.

Sie nahm dem Vater das angebissene Käsestück ab und machte sich daran, ihm das wirre Haar zu kämmen. Es war an der Zeit für seinen täglichen Spaziergang, auch wenn ihm das Gehen schwer fiel, da er offenbar den Boden vor den Füßen nicht sah und sich mit dem schlurfenden Schritt eines Greises vorwärts bewegte. Seine Hand indes war noch warm, und er klammerte sich an die der Tochter, als könne er sich ihr nur noch auf diese Weise mitteilen. Zumindest redete Cassie sich dies ein.

Sie band ihm das Haar mit einem Lederriemen und half ihm auf. „Es ist ein wunderschöner Tag heute, Vater. Nun warst du die ganze Nacht in dieser dunklen Hütte eingesperrt. Da kommt ein wenig Sonnenschein gerade recht."

Eine Stunde später hatte sie ihren Vater wieder versorgt und begab sich zu ihrem Pferd.

„Wie es scheint, bin ich nicht Euer einziger Gefangener!"

Mit einem erstickten Schreckenslaut wirbelte Cassie herum. Hinter ihr stand Cole, an einen Baumstamm gelehnt. „Ihr?"

14. KAPITEL

Cassies Herz pochte so heftig, dass sie kaum Luft bekam. Mit katzenhafter Geschmeidigkeit stieß Cole sich ab, packte mit eisernem Griff ihre Handgelenke und riss sie grob an seine Brust. „Contenance, Miss Blakewell! Ihr müsst Euch doch eine Ausrede einfallen lassen, und zwar schnell! Nicht ich bin eine Erklärung für diese Begegnung schuldig, sondern Ihr. Wie viele Menschen wissen, dass Ihr Euren Vater in diesem Sumpf gefangen haltet?“

„Lasst mich! Dann sollt Ihr Eure Erklärung haben!“

Sein Griff lockerte sich. Sie riss sich los und wich rasch einige Schritte zurück, um ausreichend Abstand zu ihm zu gewinnen. Was aber sollte sie sagen? Verriet sie ihm die Wahrheit, so würde sie ihn damit in die Lage versetzen, das Lebenswerk ihres Vaters zu zerstören. Gewiss, sie konnte den Sträfling wieder unter Bewachung stellen und so dafür sorgen, dass er niemandem etwas erzählte. Falls er jedoch wirklich Alec Kenleigh war, würde er bald schon ein freier Mann sein, dessen Handeln außerhalb ihres Einflusses lag.

„Ich warte, Mistress!“ Die Arme über der Brust verschränkt, gab er sich den Anschein, als habe er alle Zeit der Welt. Sein grimmiges Lächeln jedoch verriet, dass ihm allmählich der Geduldsfaden riss.

Sie atmete aus und nahm all ihren Mut zusammen. Schon immer hatte sie befürchtet, dass diese Stunde einmal kommen musste. „Mein Vater ist kein Gefangener!“ Ihre Stimme bebte; sie wich Alecs Blick aus, ahnte sie doch, dass ohnehin nur Verachtung in seinen Augen lag. „Kurz nach dem Tod meiner Mutter wurde er krank. Zuerst waren es nur Kleinigkeiten. So vergaß er beispielsweise, was er hatte sagen wollen. Wir glaubten damals, es handele sich um die Nachwirkungen der Trauer, doch bald schon fand er sich in den eigenen vier Wänden nicht mehr zurecht." Sie merkte, wie sie mit den Tränen kämpfen musste. „Ich flehte ihn an, einen Arzt kommen zu lassen, aber er lehnte ab, denn er war überzeugt, man würde ihn ins Irrenhaus sperren. Als er merkte, wie sehr es mit ihm bergab ging, baute er sich diese Hütte. Die anderen Pflanzer sollten ihn nicht in seinem Zustand sehen und womöglich auf den Gedanken kommen, seine Krankheit ausnutzen zu können, um sein Land aufzukaufen. Vor seinem Weggang teilte er ihnen schriftlich mit, dass er einige Zeit verreise und die Plantage in meinen Händen lasse. Ich musste ihm versprechen, sein Geheimnis nicht zu verraten und über Blakewell's Neck zu wachen, bis Jamie alt genug sein würde, um das Gut allein zu übernehmen. Ich hätte mir auch alles ganz anders gewünscht, aber ich muss doch mein Versprechen halten."

Für einen quälend langen Augenblick stand Alec wortlos da. Dann applaudierte er mit spöttischer Miene. „Bravo, Miss Blakewell. Eine bühnenreife Vorstellung!"

„Es ist die Wahrheit, und Ihr tut gut daran, sie für Euch zu behalten!" Cassie wischte sich die Tränen fort und schritt zu ihrem Pferd. „Einen Mann in Ketten zu legen widerspricht ganz und gar meinen Grundsätzen, genauso wie denen meines Vaters. Sollte aber meine Familie nicht anders zu schützen sein, werde ich nicht zögern, Euch wieder hinter Schloss und Riegel zu sperren!"

„Davon bin ich überzeugt."

Sie saß auf und lenkte Andromeda ins Sumpfland, ohne auch nur ein einziges Mal zurückzuschauen. *Zum Teufel mit dem Kerl!* Er war ihr bis hierher nachgeschlichen; mochte er doch versuchen, ihr nach Hause zu folgen!

So ein durchtriebenes Stück!

Was immer Alec erwartet haben mochte – auf diese Wendung war er nicht gefasst. Hätte er es nicht mit eigenen Augen gesehen, er hätte es nicht für möglich gehalten. Was musste das für eine Frau sein, die ihren eigenen Vater krank und einsam in einem modrigen Sumpf einkerkerte? Der Mann gehörte in die Hand eines erfahrenen Arztes, nicht aber in die Gesellschaft von Schlangen und Wasserratten! Dennoch hockte er da in dieser Hütte, während die Tochter das Anwesen führte, als stünde es ihr von Natur aus zu!

Schnell trat er zu dem Baum, an dem er Aldebaran angebunden hatte, schwang sich in den Sattel und ritt Cassie nach. Sie sprengte fast im Galopp daher, doch er konnte ihre Gestalt gerade noch im Dunkeln erkennen und trieb seinen Hengst zu schnellerer Gangart an. Soeben war sie in einer Baumgruppe verschwunden, als Alec ihre Stute erschreckt wiehern hörte. Zuerst nahm er an, das Tier sei über eine Baumwurzel gestolpert oder in ein morastiges Loch getreten, dann jedoch tauchte es wieder auf – mit leerem Sattel und schleifenden Zügeln.

Alec hieb die Fersen in Aldebarans Flanken. „Cassie!"

Tief über den Hals des Hengstes gebeugt, jagte er Aldebaran mit halsbrecherischem Tempo voran, ohne auf tückische Wurzeln oder Bodenlöcher zu achten. Schlamm und Wasser spritzen hoch auf und besudelten ihm die Kleidung, tief hängende Zweige peitschten ihm durchs Gesicht. Als er die Baumgruppe schließlich erreichte, sah er zunächst nichts. Dann aber erkannte er die rotgoldenen Locken, die auf der Oberfläche der brackigen Brühe trieben.

„Cassie!" Mit einem Satz sprang er aus dem Sattel, rannte zu dem Gewässer und zog die Ohnmächtige aus dem knietiefen Morast. Sie blutete stark aus einer seitlich klaffenden Kopfwunde und atmete nicht. Ohne lange zu überlegen, drehte Alec sie auf den Bauch, umschlang ihren Brustkorb kurz unterhalb der Rippen und drückte fest – erst einmal, dann wieder und wieder. „Los, verdammt! Atme!"

Aufs Neue presste er, heftiger als zuvor, bis Wasser aus ihren

Lungen quoll. Zunächst glaubte er, er habe sich ihr gurgelndes Husten bloß eingebildet, doch dann hörte er es erneut. Ihr ganzer Körper erbebte vor Anstrengung, und nun spürte Alec, wie sie tief und stockend Atem holte.

Sein Pulsschlag dröhnte ihm in den Ohren, als er sie abermals umdrehte und an seine Brust drückte. Für einen Augenblick konnte er sie nur so halten. Sie lebte!

Ja, sie hatte überlebt, wenn auch schwer verletzt. Nachdem er sie sanft auf Aldebarans Rücken gebettet hatte, kletterte er in den Sattel und überdachte seine weiteren Schritte. Entweder könnte er zur Inselhütte ihres Vaters zurückkehren oder aber versuchen, auf eigene Faust in der von ihr eingeschlagenen Richtung weiterzureiten, und hoffen, dass er durchkäme. Ohne die Sonne würde ihm die Orientierung allerdings schwer fallen. Verirrte er sich dort draußen, müsste er gar in den Sümpfen übernachten – und dies könnte das Todesurteil für Cassie bedeuten. Kurz entschlossen wendete er seinen Hengst und ließ ihn im Schritt marschieren. Wie erhofft, trottete die Stute folgsam hinter ihm her.

An der Hütte angekommen, saß er rasch ab, überließ die Pferde sich selbst und bettete Cassie auf eine Pritsche, die in der Ecke stand. Ohne auf ihren Vater zu achten, der stumm in einem Schaukelstuhl am grob gezimmerten Tisch hockte, zog er ihr hastig Stiefel und Strümpfe, danach die durchnässte Reitkleidung, Mieder sowie Hemd aus und ließ die Sachen achtlos zu Boden fallen. Dann untersuchte er den unbekleideten Körper nach Verletzungen. Ihre Brust hob und senkte sich gleichmäßig mit jedem Atemzug, obwohl Alec überzeugt war, dass sich noch Wasser in ihren Lungen befand. Die Haut war kalt und leichenblass; auf den kurzen Rippen, wo Alec gepresst hatte, bildeten sich blutunterlaufene Male. Schnell zog er ihr eine Decke über, die am Fußende lag, und wickelte sie warm darin ein. Zuletzt riss er einen Streifen vom Bettlaken ab und verband damit behutsam die Kopfwunde, die zwar nicht mehr blutete, aber sauber gehalten werden musste.

Wie, so fragte er sich, hatte das passieren können? Doch er wusste es genau. Selbst jetzt noch verrieten ihre rot geschwollenen Lider, dass sie geweint hatte.

Verdammt noch mal, es war seine Schuld!

Tatsächlich? Er war ihr gefolgt, hatte sie erschreckt, sie zu einer Erklärung genötigt und sie dann der Lüge bezichtigt.

Aber gelogen hatte sie doch tatsächlich! Ihr Vater war nicht in England! Seinen Aufenthalt hier in der Hütte hatte sie mit derart abwegigen Begründungen verteidigt, dass es Alec beinahe noch immer lächerlich vorkam. Ein Vater verliert den Verstand, wird zum Eremiten und überlässt seinen Besitz der Herrschaft der Tochter? Nie und nimmer, selbst in dieser gottverlassenen Kolonie nicht!

Aber ihre Geschichte war auch nicht grotesker als seine, und trotzdem erwartete er, dass sie ihm glaubte!

Die Augen geschlossen, versuchte Alec vergeblich, die mahnende Stimme in seinem Innern zu vertreiben. Hatte er es etwa nicht immer gleich gemerkt, wenn Cassie log? Plötzlich fiel ihm ein, was die Köchin ihm einmal im Vertrauen zugeflüstert hatte: *Der Master war vor Trauer so außer sich, als seine geliebte Amanda verstarb – der hat nie mitgekriegt, wie Miss Cassie sich deswegen gequält hat. Und als dann der Vater auch dahinsiechte …*

Während er dastand und auf ihr schlafendes Gesicht hinabsah, fuhr ihm die Reue wie ein Messerstich durch den Leib. Es mochte ja durchaus sein, dass sie log, wenn es ihr zweckmäßig erschien. Denkbar auch, dass sie eigensinniger und strenger auftrat, als es einer Frau anstand. Doch dass sie einem ihr anvertrauten Menschen etwas antat, das hatte er nie erlebt. Ganz im Gegenteil: Sie arbeitete auf dem Feld mit und pflegte kranke Sklaven und Dienstboten, als gehörten sie zur Familie.

Sie stöhnte und zuckte im Schlaf, als durchlebe sie einen Albtraum. Alec zog ihr die Decke bis unters Kinn und ließ dabei kurz seine Finger an ihrer Wange verweilen. Wahrscheinlich hatte er glauben wollen, dass sie log – wäre es doch ein Leichtes, sie zu vergessen, sollte sich das Begehren, dass ihn Tag und Nacht quälend heimsuchte, einmal in Abscheu verwandeln. Dann würden ihre äußeren Reize schnell vor ihren unverzeihlichen Charakterschwächen verblassen; er selbst wäre dann frei und könnte sich ausschließlich seiner Rückkehr nach England widmen. Gewiss, er hätte sie gern gehasst, wollte es geradezu. Denn wenn er es nicht konnte, dann ...

Er stand auf und ging zur Tür. Die Pferde mussten versorgt werden.

London

Als Socrates auf das ungeduldige Pochen hin die Haustür öffnete, stand dort ein Bursche mit hellbraunen Augen, allem Anschein nach einer von Londons verwaisten Gassenjungen, der ein Schreiben in der schmutzigen Hand hielt.

„Aus den Kolonien, Sir!“ Mit ungläubigem Staunen starrte der Junge in Socrates' schwarzes Gesicht – ein Verhalten, das dieser mittlerweile mit gutmütiger Gelassenheit zu ertragen gelernt hatte.

„Verbindlichsten Dank, junger Mann“, erwidert Socrates übertrieben hoheitsvoll. Nachdem er dem Burschen ein paar Münzen in die schmutzige Hand gedrückt hatte, schloss er die Pforte und warf einen Blick auf den Brief. Er war an den Lieutenant adressiert, der soeben zu Frau und Kindern aufs Land aufgebrochen war. Was immer auch in dem Schreiben stehen mochte, es musste also warten.

Schon schickte Socrates sich an, die Nachricht ins Studierzimmer zu bringen, als sein Blick nochmals auf das Papier fiel. Zwar war es nicht seine Art, in Privatangelegenheiten seiner Herrschaft herumzuschnüffeln, doch irgendetwas an diesem Brief machte ihn stutzig. Dass er zerfaltet und verknittert überbracht wurde, war angesichts des Boten nichts Besonderes, doch sein Absender war außergewöhnlich, erhielten die Kenleighs doch selten Post aus Übersee. Ja, sogar Master Alec, der mit halb Europa korrespondiert hatte, der …

Socrates war, als bliebe ihm schlagartig die Luft weg. Die Handschrift! Mit zitternden Fingern drehte er den Brief noch einmal um. Das plumpe Siegel auf der Rückseite war ihm zwar fremd, aber die Schrift … Unmöglich! Master Alec war doch tot und begraben! Sowohl der Lieutenant als auch Philip hatten die Leiche beziehungsweise die sterblichen Überreste identifiziert.

Mit klopfendem Herzen ließ der alte Mann sich an Lieutenant Matthews Schreibtisch nieder, bemüht, die Fassung zu bewahren. Fünfzig Jahre stand er nun in Diensten des Hauses Kenleigh, und kein einziges Mal hatte er sich aus der Ruhe bringen lassen. Da wollte er auch diesmal nicht vorschnell seinen Gefühlen oder wilden Spekulationen nachgeben.

Doch er hatte Recht! Er wusste es!

„Socrates, du alte Nachteule! Was hast du denn da?“

Master Philip, der noch im Nachthemd war, stand im Flur und hielt eine Weinflasche in der Hand. Socrates war so mit dem Brief beschäftigt gewesen, dass er ihn nicht hatte kommen hören.

„Eine Depesche an Euren Herrn Schwager, Sir“, entgegnete er, entschlossen, sich seine Aufregung nicht anmerken zu lassen, wollte er sein Gegenüber doch keinesfalls in seine Gedanken einweihen. Master Philip triezte ihn bei jeder sich bietenden Gelegenheit und erklärte ihn womöglich für verrückt, wenn er behauptete, es sei ein Schreiben von Master Alec eingetroffen. Mochte er sich gefälligst selbst einen Reim auf die Schrift machen!

„Her damit!“ Philip riss ihm den Brief aus den Fingern und öffnete ihn. „Lass sehen, wer da unserem teuren Schwager Lord Holzbein schreibt." Kaum hatte er einen Blick auf das Pergament geworfen, lief sein Gesicht hochrot an. Hastig faltete er das Schreiben zusammen, drehte sich um und ging über den Flur zum Salon hinüber.

Kurz darauf vernahm Socrates von dort ein Brüllen und dann ein lautes Klirren wie von zersplitterndem Glas. Danach trat Stille ein. Obwohl an Master Philips Jähzorn gewöhnt, war Socrates doch überrascht über diesen Wutausbruch. War es möglich, so fragte er sich, dass er sich bezüglich der Handschrift geirrt hatte? Alter und Kummer konnten dem Verstand übel mitspielen.

Als Philip eine Stunde später wieder auftauchte, war er erstaunlich nüchtern und in sich gekehrt. Mit der wortkargen Bemerkung, er gehe aus, zog er sich rasch an und verließ das Haus, ohne gegessen zu haben. Socrates betrat den Salon. Ein Feuer glomm noch im Kamin; Asche vermischte sich mit verkohlten Pergamentfetzen.

Aufs Höchste befremdet, stocherte Socrates in den verglimmenden Resten herum und rettete, was noch zu retten war. Eins stand für ihn fest: Das musste Lieutenant Matthew unbedingt erfahren!

Alec blickte auf von dem Buch, aus dem er Cassie, die auf der Pritsche schlief, vorgelesen hatte. Die flammenden Verse Catulls ermüdeten ihn allmählich. Schon zwei Mal war Cassie aufgewacht, nur um gleich wieder in die Bewusstlosigkeit zurückzusinken. Nach Takotahs Ansicht würde sie sicher genesen, doch es wäre ihm lieber gewesen, sie hätte die Augen aufgeschlagen und mit ihm gesprochen. Er ließ sich neben ihr auf der Bettkante nieder und betastete ihre Stirn. Zum Glück hatte sie kein Fieber.

Zwei Mal war Takotah bereits gekommen und wieder gegangen; beim ersten Besuch hatte sie Master Blakewell verpflegt, beim zweiten Cassies Wunde versorgt und anschließend den alten Herrn in die Hütte mitgenommen, die sie sich in der Nähe errichtet hatte.

Ob Takotah sich über Alecs Gegenwart freute oder nicht, hatte sie sich nicht anmerken lassen – im Gegensatz zu Micah, der fuchsteufelswild geworden war. Alec, der etwas Ähnliches erwartet hatte, konnte es dem Aufseher nicht verübeln, ließ sich doch nicht abstreiten, dass er, Alec, Cassie gefolgt und nunmehr über den Zustand ihres Vaters informiert war. Auch an seiner Mitschuld an dem Reitunfall gab es keinen Zweifel. Micah hätte ihn wohl zur Plantage zurückgeschleppt und in Ketten gelegt, hätte Takotah nicht beharrlich darauf bestanden, dass Alec bleiben und ihr bei der Pflege der Verunglückten helfen müsse.

Sowohl der schwarze Aufseher als auch die Indianerin hatten Cassies Geschichte bestätigt, wobei Micah abwechselnd Lobeshymnen auf seine Herrin und Drohungen gegen Alec aussprach. Dann aber war etwas vorgefallen, das Micahs Zorn ganz und gar von Alec ablenkte. Durch Zufall hatte er Henry, den alten Schotten, aufgegriffen, der offenbar orientierungslos im Sumpf herumirrte und zunächst stur bei der Behauptung blieb, er habe sich beim Austernsuchen verlaufen. Schließlich gab er jedoch zu, einen Fluchtversuch unternommen zu haben. Mit der Warnung, man werde ihn im Wiederholungsfall nach Crichton Hall zurückschicken, hatte Micah ihn mitgenommen und zur Strafe in der Unterkunft eingesperrt.

Noch immer sah Alec Micahs besorgte Miene vor Augen, und auch er selbst hatte bei Henrys Ausreden ein ungutes Gefühl. Ob der alte Schotte die Insel entdeckt hatte?

Nachdenklich wandte er sich wieder dem Buch zu, das er in Händen hielt.

Cassie hatte einen höchst sonderbaren Traum. Sie war in der Hütte ihres Vaters und stritt sich mit Cole. Sie war wütend auf ihn, wütend und gekränkt. Was hatte er nur gesagt? Sie musste sich doch erinnern! Sie musste doch fort von ihm, wegreiten, so schnell sie konnte …

Sie spürte, wie eine warme, schwielige Hand ihre Wange streichelte, und vernahm, wie sie selbst vor Schmerzen stöhnte.

„Cassie?"

Coles Stimme! Angestrengt versuchte sie, die Augen zu öffnen und klar zu sehen. Sie war tatsächlich in der Hütte, und neben ihr auf dem Bett saß Cole. Mit besorgter Miene sah er auf sie herab.

„Was ..." Sie stützte sich auf, bemüht, eine verständliche Frage zu formulieren.

„Nur die Ruhe, mein Herz! Du bist beim Reiten mit dem Kopf gegen einen Ast gestoßen und wärst um ein Haar ertrunken. Ich habe dich hierher gebracht."

„Du bist ... mir gefolgt?"

„So ist es!"

„Frechheit!" Es war also doch kein Traum!

„Wie fühlst du dich?"

„Der Kopf tut mir weh." Beklommen ließ sie den Blick durch die Hütte schweifen, nahm aber alles nur verschwommen wahr. Irgendetwas stimmte nicht. Könnte sie bloß klar denken!

Und dann ging ihr ein Licht auf. „Wo ist mein Vater?" Von Sorge getrieben, fuhr sie aus den Kissen auf.

„Langsam, Liebes! Takotah hat ihn zu ihrer Hütte mitgenommen. Sie meint, du wirst bald wieder wohlauf sein, sollst aber das hier trinken." Sanft stützte er ihren Kopf ab und hielt ihr eine Tasse an die Lippen.

Angewidert verzog Cassie das Gesicht, als ihr ein Geruch nach Kräutern und Rum in die Nase stieg, doch sie nahm trotzdem von dem Trunk, wohl wissend, dass er Mohn enthielt und stark schmerzlindernd wirkte. „Wirst du's ... verraten?" fragte sie.

„Das mit deinem Vater?"

Sie nickte.

„Ich weiß es nicht. Was du getan hast, was dein Vater von dir verlangt, das ist nicht recht“, sagte er nach einem Augenblick nachdenklich.

„Ich bitte dich inständig, verrate uns nicht!“

„Wie du möchtest, Mistress!“

Diesmal war es nicht spöttisch gemeint. Das Funkeln in seinen blauen Augen sagte ihr, dass er sie lediglich ein wenig necken wollte.

„Wann hörst du auf, mich Mistress zu nennen?“ Obwohl nach besten Kräften bemüht, seine raue Stimme zu imitieren, konnte Cassie sich ein Lächeln nicht verkneifen. Der Kopfschmerz ließ allmählich nach, und ein seltsam euphorisches Gefühl ergriff von ihr Besitz.

„Wann hörst du auf, mich Cole zu nennen?“

Gerade überlegte sie sich angestrengt eine gewitzte Antwort, da wurde sie durch einen schockierenden Anblick abgelenkt. Ihr Hemd und ihre Strümpfe hingen über der Lehne des Schaukelstuhls, der ihrem Vater gehörte. Von Panik ergriffen fuhr sie mit den Händen unter die Decke. Sie war vollständig nackt!

„Leider sah ich mich in meiner Funktion als dein Lebensretter gezwungen, dich deiner Kleider zu entledigen“, erklärte Alec, der schmunzelnd ihrem Blick folgte. „Jetzt sind wir quitt.“

Cassies Wangen liefen flammend rot an. Wie typisch für ihn, sie daran zu erinnern! Gewiss, sie hatte ihn nackt gesehen, doch das war etwas anderes. Damals war er ihr fremd gewesen, und es gehörte zu ihren Pflichten als Eigentümerin, sich um die Gesundheit der Leibeigenen zu kümmern. „Bestimmt hast du Hunderte von Frauen entkleidet“, sagte sie hitzig.

„Tausende“, gab er lächelnd zurück.

Ihr stockte der Atem, bis sie merkte, dass er wieder seinen Schabernack mit ihr trieb. Sein Blick ließ ihr Herz schneller schlagen. „Küss mich“, hörte sie sich sagen.

Mit dem Finger zeichnete er den Bogen ihrer Lippen nach.

Dann ließ er sich wieder auf seinem Stuhl nieder und schlug das Buch auf, das in seinem Schoß lag. „Du kannst dir nicht vorstellen, wie gern ich deiner Bitte entsprechen würde. Doch leider, mein Herz, ist dir wohl Takotahs übler Sud in dein hübsches Köpfchen gestiegen."

Sie seufzte, gleichermaßen enttäuscht und fasziniert. Er hatte „mein Herz" gesagt! Gähnend reckte sie sich, schläfrig und doch entschlossen, sich gegen den Schlaf zu wehren. Bisher hatten sie sich noch nie ungestört unterhalten können. Dabei war es viel interessanter als ständiges Gezänk. Und sein Lächeln gefiel ihr auch. „Was liest du mir vor?"

„Catull. Latein oder Übersetzung?"

„Englisch natürlich." Sie lachte.

Alec lächelte – ein recht trauriges Lächeln nach Cassies Gefühl – und begann nach kurzem Zögern zu rezitieren.

„Lass uns leben und lieben, meine Lesbia! Achten wir nicht auf das Geschwätz verbitterter alter Männer! Mögen Sonnen aufgehen und wieder untergehen, doch wenn das Licht unseres kurzen Lebens verlöscht, dann erwartet uns der Schlaf der ewigen Nacht. Gib mir tausend Küsse ..."

Unfähig weiterzulesen, hielt Alec inne und sah auf Cassie herab. Sie war wieder eingeschlafen, und ihr Atem ging tief und gleichmäßig. Sein Blick wanderte zurück zum Buch und zum nächsten Vers.

„*Odi et amo* ... Ich hasse und ich liebe. Du magst fragen, warum dies so ist. Ich weiß es nicht, doch ich fühle es, und es bereitet mir Seelenqualen."

Er klappte den Band zu und betrachtete die Frau, die neben ihm schlief. Hassen? Nein. Seelenqualen litt er trotz alledem. Allmächtiger! Wann hatte er begonnen, sie zu lieben?

15. KAPITEL

„Seid Ihr sicher, dass Ihr Euch die Reise zumuten wollt, Missy?" fragte Nan, das runde Gesicht ob der unerträglichen Hitze voller Schweißperlen.

„Es geht schon." Cassie stützte sich auf Micahs Hand und stieg in die stickige Kutsche.

In Wirklichkeit war Cassie sich ganz und gar nicht sicher, ob sie auch tatsächlich fahren sollte. Zwei Tage erst waren seit ihrem dummen Missgeschick vergangen, und noch immer setzten ihr Kopfweh und Schwindelanfälle zu, wenn auch weniger schlimm. Falls sie jedoch Geoffrey über ihre Verletzung in Kenntnis setzen und ihm absagen ließ, stattete er ihr womöglich einen Besuch ab und schnüffelte wieder einmal herum. Danach stand ihr keinesfalls der Sinn, erst recht nicht nach dem unerquicklichen Vorfall bei seinem letzten Besuch. In Zukunft, so ihr Entschluss, würde sie es tunlichst vermeiden, mit ihm allein zu sein. Seine Heiratsabsichten und erst recht sein plumper Annäherungsversuch hatten sie aufgerüttelt. Höflich würde sie sein, auch lächeln, doch keinesfalls unter vier Augen mit ihm bleiben. Ein Risiko wollte sie gar nicht erst eingehen.

Sie hob den zappelnden Jamie neben sich auf die Sitzbank, sodass Elly, die den beiden gegenübersitzen sollte, noch ausreichend Platz hatte. Cassie hatte nachgegeben und dem Mädchen gestattet, zur Feier mitzukommen. Ob sie diesen Gesinnungswandel noch würde bereuen müssen, das musste sich erweisen. Elly sollte als ihre Kammerzofe fungieren, zumindest dann, wenn es um Hilfe beim Anlegen von Garderobe und Schmuck ging. Um die Frisur wollte Cassie sich selbst kümmern, da es nicht einfach war, das Haar zu bürsten, ohne dabei an die Schramme über der Schläfe zu stoßen. Jedenfalls hatte sie das Elly so erklärt. Tatsächlich wollte sie jedoch nur vermeiden, dass ihr die Haare mitsamt den Wurzeln ausgerissen wurden.

„Wir heben ein paar Hornfliegen extra für Euch auf, Missy“, versprach Micah mit schelmischem Grinsen. Dann half er Elly in die Kutsche und schloss die Tür. Cassie lachte über den Scherz und hob die Hand zum Adieu; die Kutsche ruckte an und rumpelte holpernd über das Kopfsteinpflaster. Elly, die noch nie zuvor in einer Kutsche gefahren war, klatschte entzückt in die Hände, während Jamie zum Abschied seinen Freunden zuwinkte, die sich beim Brunnen versammelt hatten, um ihm beim Aufbruch zu seinem ersten großen Abenteuer Glück zu wünschen. Der kleine Daniel weinte herzzerreißend, weil er nicht mitfahren durfte.

Auch Cassie war den Tränen nahe. Viel lieber wäre sie zu Hause geblieben, statt an Geoffreys Geburtstagsfeier teilzunehmen, selbst wenn das bedeutet hätte, den ganzen Tag Tabak auf Madenbefall zu überprüfen. Es gab noch so viel zu erledigen, dass es an Zeitverschwendung grenzte, drei Tage lang zu verreisen, nur um sich das ständig gleiche Geschwätz der immer gleichen alten Leute anzuhören.

Als die Außengebäude von Blakewell's Neck allmählich zurückblieben, wurde Cassie das Herz schwer. Drei volle Tage sollte sie Cole nun nicht sehen! Nachdem Takotah ihr bestätigt hatte, dass sie gesund genug für den Heimritt wäre, hatte Cole ihr in den Sattel geholfen und sie den ganzen Weg begleitet, ohne sie auch nur ein einziges Mal aus den Augen zu lassen, so als fürchte er, sie könne jeden Moment ohnmächtig werden und ins Wasser stürzen.

Wenn sie jedoch erwartet hatte, bei der Heimkehr auf dieselbe zwanglose Weise mit ihm scherzen und plaudern zu können wie in der Hütte, so wurden ihre Hoffnungen enttäuscht. Sobald die ersten Gebäude in Sicht kamen, wurde Cole verschlossen wie ein zugeklapptes Buch. Wortlos war er mit ihr bis zum Stall geritten, um ihr dort beim Absitzen behilflich zu sein. Als dann Nan und die anderen angestürzt kamen, um sie mit großem Hallo willkommen zu heißen, hatte er sich still und heimlich davongestohlen. Daher hatte sie sich nicht einmal dafür bedanken können, dass er ihr das Leben gerettet hatte.

„Halt, hier geblieben, junger Mann!" rief Cassie. Gegen die Kutschentür gelehnt, steckte Jamie verwegen den Kopf durchs Fenster. „Willst du etwa hinausfallen?"

Jamie verzog schmollend das Gesicht und hätte wohl kaum nachgegeben, wäre er nicht, als die Kutsche durch ein Schlagloch rumpelte, in Ellys Schoß gefallen, womit Cassies Mahnung nachdrücklich unterstrichen wurde.

Jetzt erst fiel Cassie wieder auf, wie blutjung das Mädchen noch war – erst siebzehn, und schon mutterseelenallein! Gerade dies hatte Cassie bewogen, Ellys Leibeigenschaft und Verpflichtungszeit zu erwerben. Außerdem wurde ihr nun klar, wieso Zach so von ihr hingerissen war. Grazil, mit langem Blondhaar und fein geschnittenen Gesichtszügen, glich sie einer Porzellanpuppe. Weshalb Elly die Gefühle des Sägewerkers nicht erwiderte, war Cassie hingegen ein Rätsel. Als er am Morgen gekommen war, um ihr Lebewohl zu sagen, hatte Elly ihn kaum eines Blickes gewürdigt.

Mittlerweile war Jamie wieder hinüber zur Tür gerutscht und bestaunte die vorübergleitende Landschaft. Gerade wollte Cassie ihn erneut tadeln, als sie am Hufschlag vernahm, dass sich ein Reiter näherte. Strahlend quietschte der Kleine auf. „Aldebaran!"

Cassies Herz tat einen Sprung.

„Guten Tag, junger Herr!" hörte sie Cole rufen.

Abrupt riss sie Jamie vom Fenster weg und klatschte zum Zeichen, dass der Kutscher anhalten möge, mit der flachen Hand auf die Außenseite der Tür.

„Ihr habt es Euch wohl zur Gewohnheit werden lassen, mich zu verfolgen", bemerkte sie, als die Kutsche zum Stehen kam. Gereiztheit und Freude über sein unerwartetes Erscheinen fochten einen Streit miteinander aus.

Übermütig lachte er sie an, und seine weißen Zähne blitzen auf, während der Hengst temperamentvoll unter ihm tänzelte. „Schon vergessen? Ihr habt mich doch gebeten, mit Aldebaran am morgigen Rennen zu starten."

„Ich? Nie und nimmer!"

„Das liegt sicher an dem Schlag, den Euer Kopf abbekommen hat. Ich fragte mich schon, wieso Ihr ohne mich aufgebrochen seid."

Cassie funkelte ihn zwar zornig an, verkniff sich jedoch eine Antwort. Sie wusste genau, dass sie ihn nie aufgefordert hatte, ihren Vater in dem besagten Wettkampf zu vertreten. Was führte er wohl im Schilde?

Alec ließ das Pferd ganz dicht an die Kutsche heranrücken und senkte die Stimme, sodass nur Cassie ihn hören konnte. „Sei unbesorgt, meine Teuerste, meine Absichten sind ehrenwerter Natur", raunte er. „Indem ich beweise, dass dieser Hengst der schnellste im ganzen County ist, werde ich die Rechnung begleichen, die dein Vater noch mit Crichton offen hat. Für ein gutes Pferderennen bin ich immer zu haben, und an das morgige wird man noch lange denken."

„Bist du wahnsinnig? Für diese Leute bist du ein Nichts, ein Sträfling! Oder hast du das etwa vergessen? Man wird das als Beleidigung auffassen und niemals erlauben!"

„Das überlasse getrost mir."

Obwohl sonst an Pferderennen nicht interessiert, wusste sie doch, dass es ihr eine Freude sein würde, Aldebaran als Sieger zu sehen. Zwei Jahre zuvor hatte der Hengst die gesamte Konkurrenz im Bezirk geschlagen, und seitdem verlangte der ältere Master Crichton lauthals nach einer Gelegenheit, die Scharte auszuwetzen, und ging fast so weit, Cassies Vater Betrug zu unterstellen. Als dieser im vorigen Jahr nicht teilnehmen konnte, hatte Master Crichton ihm öffentlich vorgeworfen, er, Abraham Blakewell, kneife wohl vor der Revanche und habe Angst vor einer Niederlage.

„Also meinetwegen, doch unterlass bitte alles, was meine Familie in Misskredit bringt! Sonst wirst du an den Ohren nach Hause gezerrt!“ wisperte sie zurück.

Inzwischen hatte Jamie sich ans Fenster gedrängelt, um dem Tier den Hals zu tätscheln.

„Na, komm schon, du Kaulquappe!“ Alec zog den Knirps kopfüber durchs Fenster und setzte ihn vor sich in den Sattel. Ein Zungenschnalzen, und schon schoss der Hengst vorwärts.

Als die Kutsche eine Stunde später auf Crichton Hall anlangte, hatte Jamie schon weit Aufregenderes hinter sich, als er an einem einzigen Morgen verkraften konnte, und war reif für den Mittagsschlaf. Cassie dröhnte der Kopf, und der an moderne Fortbewegungsmittel nicht gewöhnten Elly war ein wenig mulmig zu Mute.

„Catherine!“ rief Geoffrey von der Pforte.

Das Lächeln verging ihm jedoch, als er Alec erblickte, der Aldebaran an der Kutsche angebunden hatte und Cassie beim Aussteigen half.

Nur mit Mühe vermochte sie ein Schwindelgefühl zu unterdrücken. Ein kühles Getränk wäre ihr jetzt höchst willkommen gewesen. „Geoffrey!“ erwiderte sie und zwang sich bewusst dazu, ohne Alecs Hilfe zu stehen, wollte sie Geoffrey nicht noch zusätzlich reizen, indem sie seine Eifersucht erregte.

„Fehlt dir etwas? Du bist schrecklich blass!“

„Mir ist ein wenig schwindlig.“

„Sie ist vor zwei Tagen beim Reiten mit dem Kopf gegen einen Ast gestoßen und vom Pferd gestürzt“, erklärte Alec.

Geoffrey musterte ihn gehässig. „Was sucht denn dieses Stück Dreck hier?“

„Er …“

„Ich bin hier, um endgültig zu zeigen, dass Aldebaran der schnellste Hengst im gesamten County ist.“

„Mein Vater …“

„Du willst dich mit Gentlemen messen? Ein Zuchthäusler?“ Geoffreys Gelächter war bar jeder Wärme und jeden Humors.

„Geoffrey! Mr. Braden! Bitte!“

„Ich vertrete Master Blakewell auf dessen ausdrücklichen Wunsch hin. Es sei denn, Ihr und Euer Herr Vater, Crichton, fühlt Euch dieser Herausforderung nicht gewachsen.“

Geoffreys Gesicht wurde verkniffen; ein Muskel zuckte in seiner Wange.

Cassie merkte, wie sie den Atem anhielt. Mit leisem Aufstöhnen ließ sie die Knie einknicken und sich bewusst zu Boden sacken. Auf keinen Fall durfte es hier zum Äußersten kommen!

Rasch fing Alec sie auf.

„Pfoten weg von ihr, Zuchthäusler!“

„Sie braucht Ruhe!“ Sanft bettete er sie auf die Arme. Einen Augenblick lang standen die Männer sich wortlos gegenüber.

„Nun gut. Mir nach“, brummte Geoffrey schließlich mürrisch.

Cassie vernahm, wie Jamie zu weinen begann und nach ihr rief. Er hörte sich so ängstlich und kläglich an, dass sie ihre kleine Scharade sogleich bereute, hatte sie doch nicht bedacht, wie sie auf den Kleinen wirken würde.

„Hab keine Bange, Kaulquappe. Sie schläft nur“, beschwichtigte Alec ihn. „Hilfst du mir, Aldebaran abzusatteln?“

Sie hörte ein Schniefen, gefolgt von einem zögerlichen, doch zustimmenden Brummen.

„Dann warte hier. Bin gleich wieder da.“

Sie merkte, wie sie die Treppe hinauf- und dann durch die Eingangstore hinein ins Foyer getragen wurde, denn plötzlich wärmte kein Sonnenschein mehr ihr Gesicht und ein Geruch von frisch geschnittenen Rosen und frisch geschrubbtem Parkett stieg ihr in die Nase. Crichton Hall war ihr recht vertraut, hatte sie doch in Kindertagen oft hier gespielt. Deshalb erkannte sie auch mit geschlossenen Augen, wohin Geoffrey sie führte: die große Haupttreppe hinauf und dann nach rechts, zu den Gästezimmern.

Absichtlich ließ sie den Kopf ein wenig zur Seite fallen, sodass ihre Wange sich an Alecs Brust schmiegte. Der Duft von Leder und Fichtenseife kitzelte ihre Nase. Sie konnte seinen Herzschlag hören, und durch den Hemdenstoff fühlte sie die Wärme seiner Haut. Der erschlichene Ausflug auf seinen Armen näherte sich dem Ende, denn sie vernahm, wie Geoffrey eines der Zimmer öffnete. Kurz darauf merkte sie, wie sie behutsam aufs Bett gelegt wurde.

„Wenn sie wach wird, braucht sie etwas Kühles zu trinken", bemerkte Alec.

„Du kannst von Glück sagen, Zuchthäusler", zischte Geoffrey mit vor Wut heiserer Stimme, „dass meine Sorge um Miss Blakewells Sicherheit größer ist als der Wunsch, dich zu bestrafen. Trotzt du mir noch ein einziges Mal, so wird es dir bitter Leid tun! Und nun hinaus!"

„Kümmert Euch lieber um sie, Crichton!"

Cassie zuckte zusammen. Wieso war Cole bloß so erpicht darauf, Geoffrey zu provozieren? Begriff er denn nicht, dass er sich durch solch dreistes Gebaren nur ins eigene Fleisch schnitt? Der Teufel mochte sie holen, die Männer! Da sank sie ohnmächtig zu Boden, dramatisch noch obendrein, und die beiden hatten nichts Besseres zu tun, als sich Beleidigungen an die Köpfe zu werfen! Wie lange wollten sie das noch durchhalten?

Als Cassie eine Stunde später ihre Schlafkammer verließ, fühlte sie sich schon besser, erfrischt durch die Limonade, die man ihr aus der

Küche geschickt hatte. Auch die Kopfschmerzen waren nahezu abgeklungen.

Den Klängen eines Kammerorchesters sowie lautem Stimmengewirr folgend, ging sie die Treppe hinunter und schaute hinaus auf die Veranda, die sich über die gesamte Breite der Gebäuderückseite erstreckte. Gäste in Perücken hatten dort Zuflucht vor der Nachmittagssonne gesucht und tranken Limonade, während sie auf weitere Besucher warteten.

„Catherine!" Geoffrey entschuldigte sich bei einigen Umstehenden, trat auf Cassie zu und hakte sie unter. „Darfst du denn schon wieder auf den Beinen sein, meine Liebe?"

„Es geht mir gut, Geoffrey, danke."

„Ich begreife nicht, weshalb du dich so bald nach deinem Unfall schon auf Reisen begibst", bemerkte er, während er sie durch die breiten Flügeltüren hinaus auf die Veranda geleitete. „Bist du ganz sicher, dass du dir das zutrauen kannst?"

„Wie du wohl weißt, lasse ich mich durch nichts aufhalten, wenn ich mir einmal etwas in den Kopf gesetzt habe", erwiderte sie liebenswürdig, ließ sich dabei neben Lucy Carter auf der bemalten hölzernen Sitzbank nieder und glättete ihre Röcke. „Ich war fest entschlossen, an deiner Geburtstagsfeier teilzunehmen. Davon konnte mich nichts abhalten, erst recht keine alberne Beule am Kopf."

„Beule am Kopf?" wiederholte Lucy Carter überrascht. „Was ist denn passiert, Liebes?"

Lucy, die jüngste der fünf Töchter von Robert „King" Carter, zählte zu den wenigen jungen Damen, mit denen Cassie gern zusammentraf. Sie und ihre ältere Schwester Mary, die beide jünger waren als Cassie, hatten sich ihr gegenüber immer nett verhalten und nie die Nase über ihre zuweilen etwas altmodische Garderobe oder die unkonventionelle Erziehung gerümpft. Zwar hatten sie sich in der gesamten Jugendzeit nicht öfter als zwei oder drei Mal gesehen, doch für Cassie waren sie echte Freundinnen, die ebenfalls früh die Mutter verloren und sich schon aus diesem Grunde nach dem Tod von Cassies Mutter als Quelle des Trostes erwiesen hatten.

„Ich bin beim Reiten mit dem Kopf gegen einen Ast gestoßen und vom Pferd gefallen."

Die versammelte Damenwelt keuchte erschreckt auf. Entsetzt bedeckte Lucy die leicht getönten Lippen mit einer zarten weißen Hand. Cassies Hände hingegen waren voller Sommersprossen vom Arbeiten in der Sonne und die Nägel weder lang noch sorgsam manikürt. Der Unterschied war Cassie noch nie wichtig gewesen. Wozu hätte er ihr jetzt etwas ausmachen sollen?

„Tut es weh?" fragte Lucy, wobei sie mit den kühlen Fingern sanft die Schramme an Cassies Schläfen berührte.

„Ein bisschen."

„Was treibt denn dein Vater dieser Tage?" erkundigte Geoffrey Carter senior sich. „Ist er nach wie vor auf der Jagd nach frischem Zuchtmaterial?"

Cassie vernahm ein hämisches Kichern und zwang sich, die in der Frage mitschwingende Zweideutigkeit zu überhören. „Es geht ihm gut, obschon seine Suche nicht so reibungslos verläuft wie erhofft."

„Habe ich eigentlich erwähnt, Vater", mischte sich Geoffrey ein, wobei er an seinen Rüschenmanschetten zupfte, „dass Blakewell seinen Sträfling als Jockey von Aldebaran geschickt hat?"

Master Crichtons Kopf zuckte vom Kartenspiel hoch. „Wie bitte?" Er starrte Cassie missbilligend an.

„Vater wollte sich nicht erneut Feigheit vorwerfen lassen." Sie hob trotzig das Kinn. Geoffreys Vater war ihr noch nie sympathisch gewesen. Irgendetwas an dem Mann war ihr nicht geheuer.

Der Nachmittag und das Dinner verliefen ohne besondere Vorkommnisse. Nach und nach waren auch die übrigen Gäste eingetroffen; Cassie indes war zerstreut und nicht recht bei der Sache, auch nicht, als sie Jamie nach einem für ihn ereignisreichen und aufregenden Tag zu Bett brachte. Was, so fragte sie sich auf dem Weg zu ihrer Kammer, machte wohl Cole? Wahrscheinlich stellte er sich darauf ein, zum ersten Mal im Leben bei den Pferden nächtigen zu müssen! Ob er nun Cole Braden war oder Alec Kenleigh – seine ganze Art verriet den Mann, der an Federbetten und exquisiten Cognac gewöhnt war, nicht an einen Strohballen mit einer Pferdedecke darüber. Die Vorstellung, wie er im Pferdestall sein Nachtlager aufschlug, reizte sie regelrecht zum Lachen.

Sie öffnete die Tür. Entgegen ihrer Erwartung lag Elly nicht schlafend auf ihrer Pritsche, sondern drehte sich ganz in Gedanken vor dem Spiegel, während sie sich Cassies bestes Abendkleid hinhielt.

„Oh!“ Starr vor Schreck ließ sie das Kleid zu Boden gleiten, besann sich jedoch rasch, hob es auf und hängte es umständlich in den Kleiderschrank.

„Das hier habe ich dir aus der Küche mitgebracht.“ Cassie tat so, als habe sie nichts gesehen, und faltete auf der Kommode ihr Taschentuch auseinander, in dem sich einige Bissen von ihrem eigenen Teller befanden, darunter eine Scheibe Kalbsbraten und ein Stück weißer Zuckerkuchen.

Schüchtern näherte Elly sich diesen Leckerbissen, schnappte sich dann die Essensreste und aß sie mit Heißhunger auf.

„Morgen gibt es noch mehr“, bemerkte Cassie und strahlte das Mädchen mit ihrem liebreizendsten Lächeln an. Irgendwie, so Cassies Gefühl, schien Elly sie nicht zu mögen, aus was für Gründen auch immer, trotz allem, was sie für das junge Ding getan hatte. Vielleicht würde der Aufenthalt auf Crichton Hall ja dazu beitragen, ihre Beziehung ein wenig zu verbessern. Das hoffte Cassie zumindest.

Das dumpfe Dröhnen im Kopf hatte wieder eingesetzt, und allmählich sehnte sie sich nach dem bequemen Bett. Sie musste unbedingt einmal richtig ausschlafen. Vorsichtig führte sie die Bürste durchs Haar. Morgen, so ihre feste Hoffnung, würde sie erquickt und erholt aufwachen und wieder guter Dinge sein, ohne belastende Gedanken an einen dunkelhaarigen Spitzbuben.

Denn ein Räuber war Cole Braden allemal, selbst wenn sich herausstellen sollte, dass er in Wirklichkeit Alec Kenleigh hieß. Er hatte ihr das Herz gestohlen.

Auf der Fensterbank hockend, führte Elly den letzten Kuchenkrümel zum Mund und beobachtete, wie Miss Cassie sich das Haar bürstete und ihr Nachtgewand anlegte. So etwas Leckeres hatte sie noch nie gegessen! So süß – und so flockig! Wie ein Wölkchen! Als Gattin eines reichen Pflanzers könnte sie jeden Tag solche Köstlichkeiten probieren. Es war ja durchaus nett von Miss Cassie, dass sie an ihre Zofe gedacht hatte. Dennoch brachte Elly es nicht über sich, sich auch nur mit einer Silbe zu bedanken. Miss Cassie, da war Elly sicher, hielt sie nach wie vor für ein dummes Dienstmädchen. Allmählich jedoch hatte sie genug davon, sich herumkommandieren zu lassen. Miss Cassie war nämlich gar nicht so bedeutend, wie sie alle Welt glauben machen wollte!

Und die Lady, als die sie sich dauernd ausgab, die war sie ebenfalls nicht. An diesem Nachmittag hatte Elly die Carter-Schwestern gesehen. Die waren wirkliche Damen, mit Seidenkleidern wie für Prinzessinnen geschneidert, mit hübschen Gesichtern und wunderbar zurechtgemachten blonden Frisuren. Ach, ein einziges Mal würde sie auch gern so aussehen! Sie liefen nicht barfuß im Dreck herum wie Miss Cassie, spülten auch kein Geschirr auf dem Feld!

Langsam begriff Elly, dass bei Weitem nicht alles so war, wie sie anfänglich gedacht hatte. Als sie in Virginia angekommen war, hatte sie Blakewell's Neck zunächst für etwas ganz Großartiges gehalten. Verglichen mit Crichton Hall aber war Cassies Elternhaus ein jämmerliches Loch. Die Decken hier waren so hoch, dass man die Spinnweben nicht sah, die Holzfußböden spiegelblank, die Treppen so lang, dass sie direkt in den Himmel zu führen schienen – ein wahrer Palast!

Und eines Tages würde sie selbst vielleicht Herrin in diesem prächtigen Schloss sein. Denn Geoffrey liebte sie. Erst am Nachmittag hatte er ihr dies verraten. Als sie gerade für Miss Cassie Limonade holte, hatte er sie abgefangen, in ein leeres Zimmer gezerrt und versucht, sie zu küssen. Zwar hatte sie zunächst protestiert, doch dann hatte er ihr hoch und heilig gelobt, sie tatsächlich zu lieben, vom ersten Augenblick an. Und wenn sein Kuss sie auch nicht so entflammte, wie es die Zärtlichkeiten von Zach vermochten, so lag das daran, dass Geoffrey ein Gentleman war und es nicht darauf anlegte, sie dermaßen zu erregen. Aber er liebte sie, und darauf kam es an!

Am nächsten Morgen war es kühl und regnerisch. Cassie hatte sich einen Schal schützend um den Kopf gewunden und begab sich zu den Stallungen – vorgeblich, um nach Aldebaran zu schauen. Doch sie wusste, dass dies nur eine Ausrede war. Sie wollte zu Cole.

Als sie eintrat, striegelte er gerade den Hengst, die Ärmel aufgekrempelt, das Hemd am Hals noch aufgeschnürt. Falls er über ihr Erscheinen überrascht war, ließ er es sich nicht anmerken.

„Miss Blakewell“, sagte er nur mit flüchtigem Nicken.

„Wie geht es unserem Aldebaran, Mr. Braden?“ Sie kraulte dem Tier den Widerrist.

Es kam ihr seltsam vor, in solch formalem Ton mit dem Mann

zu sprechen, den sie schon mehr als ein Mal geküsst und der sie vor Kurzem erst nackt gesehen hatte. Doch angesichts der übrigen, nur wenige Yards entfernt stehenden Pferdeknechte hätte ihr eine intimere Anrede wohl übel angestanden.

„Er ist schon ganz zappelig."

Wie zur Bestätigung schnaubte der Hengst und warf unruhig den Kopf hin und her.

„Habt Ihr Euch von dem gestrigen Schwächeanfall erholt?" erkundigte Alec sich.

„Doch, danke der Nachfrage", sagte sie, ganz verwirrt über den Anflug des Lächelns, das seine Lippen umspielte.

„Ich wusste ja gar nicht, welch fähige Schauspielerin du bist", raunte er im Flüsterton, wobei das Lächeln in ein lausbübisches Grinsen überging.

„Das hast du gemerkt?"

„Aber sicher!"

„Und trotzdem hast du ..."

„... mitgespielt? Selbstverständlich! Ich konnte dich doch nicht einfach umfallen lassen! Im Übrigen bietet sich einem Mann selten die Gelegenheit, ein solch liebreizendes Wesen wie dich auf Händen zu tragen."

Der warme Glanz in seinem Blick verriet ihr, dass das nicht nur eitel dahergesagt war.

„Eins nur würde ich gern wissen", fuhr er fort, wobei er das Pferd mit rhythmischen Zügen striegelte. „Wen wolltest du mit deiner Ohnmacht schützen? Falls es meinetwegen war, dann unterschätzt du bedauerlicherweise meine Fähigkeiten. Sei versichert, ich bin durchaus in der Lage, mit diesem Hanswurst fertig zu werden."

Cassie spürte, dass die Bemerkung nur beruhigend gemeint war. Dennoch brauste sie auf. „Du verkennst den Ernst deiner Lage, Cole Braden! Geoffrey hätte dich verprügeln oder auspeitschen lassen können. Ich habe selbst erlebt, wie grausam er und sein Vater sein können. Du befindest dich auf ihrem Grund und Boden. Ich könnte nur wenig gegen sie ausrichten."

Mit plötzlich ernst gewordener Miene wandte er sich zu ihr um. „Der Tag mag kommen, an dem die Feindschaft zwischen Crichton und mir in offene Gewalt umschlägt. Wenn dieser Augenblick da ist, dann halte dich heraus!" Unverwandt blickte er sie an.

Sie spürte, wie ein Schatten sich über sie legte, und fröstelte unwillkürlich. „Das meinst du doch nicht im Ernst!"

„Zuweilen ist ein Mann zu gewissen Dingen gezwungen, falls er ein Mann bleiben will, Cassie. Ich erwarte nicht, dass du das verstehst."

„Das ist auch gut so, denn ich verstehe es tatsächlich nicht, Mr. Braden. Zum Henker mit Eurem Stolz!" Sie wirbelte herum und marschierte, weit übler gelaunt als beim Eintreten, zum Tor hinaus.

16. KAPITEL

Am frühen Nachmittag ließ der Regen nach, und das Wetter klarte auf. Die Damen legten ihr Stickzeug nieder und begaben sich auf die Veranda zu ihren Männern, Brüdern und Söhnen, die gerade von einem Jagdausflug zurückgekehrt waren. Bemüht, jede weitere Konfrontation zu vermeiden, hielt Cassie sich zurück und sah zu, wie Jamie auf dem Rasen mit den anderen Kindern und seinem neuen Gefährten spielte, einem Hündchen, das Geoffrey ihm wie versprochen geschenkt hatte. Der Junge hatte das niedliche Fellknäuel auf den Namen Pirat getauft. Im Hintergrund legten Sklaven letzte Hand an die Rennstrecke, ein flaches Stück Feld, eine Viertelmeile lang, das gerade mit Harken geglättet wurde.

Als Cassie etwas später aus dem Kinderzimmer trat, in das sie Jamie zu seinem Nachmittagsschläfchen gebracht hatte, strebten die Gäste, einige der Damen gar in Kutschen, bereits in Scharen der provisorischen Rennbahn zu. Der Augenblick, den die Herren herbeigesehnt hatten, war gekommen. Einer nach dem anderen tauchten auch sie nun auf, entweder bereits hoch zu Ross oder aber ihr Lieblingspferd am Zügel führend.

Mühsam verdrängte Cassie das unruhige Flattern im Bauch. Dass ein Gentleman sich in einem Derby durch einen Bediensteten vertreten ließ, dazu noch durch einen Strafgefangenen, war an sich unerhört. Selbst ihr Vater, zweifellos ein unkonventioneller Mann, hätte wohl kaum gegen die ungeschriebene Regel verstoßen, die Cole hier übertreten wollte. Noch immer hoffte Cassie, er werde doch nachgeben und ihr eine Szene ersparen. Wollte er mit dem Kopf durch die Wand, so stand das Schlimmste für ihn und sie selbst zu befürchten.

Sie schloss sich den anderen Damen an, die sich gerade über den heutigen Ballabend unterhielten.

„Am besten legst du dich vor dem Dinner noch ein wenig hin, Mary", hörte sie Priscilla Carter sagen. „Soll der junge George Braxton auf dich aufmerksam werden, darfst du doch nicht wie ein verwelktes Gänseblümchen daherkommen!"

„Da hast du Recht", stimmte Mary zu.

„Ist das da drüben nicht dein Sträfling?" fragte Lucy flüsternd.

Cassie sah auf. Gerade führte er Aldebaran quer über das Feld zur Rennstrecke. *Dein Sträfling!* Bei Lucys Worten pochte ihr Herz vor Aufregung ein wenig schneller. „Ja, stimmt." Beide beobachteten sie, wie er auf Geoffrey traf, der seinen Rappenhengst am Zügel hielt.

„Du bist hier unerwünscht", sagte er zu Alec. „Zum Rennen sind nur Gentlemen zugelassen."

„So?" Alec musterte ihn mit einem verächtlichen Blick, während ringsum jedes Gespräch verstummte und alle sich zu ihm umwandten. Cassie hätte sich am liebsten die Augen zugehalten.

„Na, dann eben nicht", bemerkte Alec und wendete seinen Hengst, als wolle er ihn zum Stall zurückbringen. „In seinem Schreiben hat Blakewell mir schon so etwas angekündigt."

„Was angekündigt?" wollte Geoffrey wissen.

„Dass Ihr kneift."

Empörtes Gemurmel wurde laut.

„Augenblick mal, Zuchthäusler! Hier kneift niemand ..."

„Halt den Mund, Junge!" befahl Geoffreys Vater, der sich durch die Zuschauer bis zu Alec durchdrängte. „Wir nehmen Blakewells Herausforderung an. Der Sieger aus den Vorentscheidungen im letzten Stechen gegen Aldebaran. Ich habe den alten Blakewell schon so oft einen Lügner gescholten, dass ich's gar nicht mehr zählen kann. Über mich soll er nicht dasselbe sagen können."

Geoffreys Protest wurde beiseite gewischt, und der Wettkampf konnte beginnen. Im Handumdrehen waren die ersten Duelle vorüber. Von Anfang an stellte sich heraus, dass alles auf ein Stechen zwischen Geoffreys Hengst und dem neuen Pferd hinauslief, das von King Carter erst kürzlich gekauft worden war und von seinem Sohn Robert geritten wurde.

Hektisches Wettfieber brach aus, als jedermann in der Menge auf seinen persönlichen Favoriten setzte. Die Pferde durften sich nach den Vorrennen noch ein wenig erholen, um dann von ihren Jockeys erneut an den Start geführt zu werden. Auf den Knall der Starterpistole stoben die Gäule los, dass die feuchten Erdklumpen unter den galoppierenden Hufen nur so flogen. Unter dem ohrenbetäubenden Geschrei der Zuschauer lag mal dieser, mal jener vorn. Schließlich gewann Geoffrey um eine Nasenlänge.

„Pah, reines Glück!“ brummte Carter verdrossen und händigte Master Crichton den Wettgewinn aus, einen Frachtbrief über eine bestimmte Menge Tabak. „Uns blieb ja keine Zeit, den Zossen ordentlich zu trainieren.“

„Von wegen Dusel!“ prahlte Master Crichton. „Besseres Pferdematerial!“

Inzwischen hatte Alec Aldebaran am Start aufgestellt und wartete darauf, dass Geoffreys Hengst wieder zu Atem kam. Cassie spürte, wie ihr das Herz schneller schlug. Hoffentlich würde er siegen! Nicht allein um ihres Vaters, sondern auch um ihrer selbst willen. Nach all den Kränkungen wäre dies nur der gerechte Ausgleich.

„Lust zu einer Wette?“ fragte Master Crichton mürrisch.

Cassie merkte zunächst gar nicht, dass er sie angesprochen hatte.

„Frauen wetten nicht, Vater!“ wandte Geoffrey ein.

„Blakewell behandelt doch seine Tochter ohnehin wie einen Sohn“, entgegnete der Alte. „Also, Mädchen, was sagst du dazu?“

„Catherine kann nichts dafür“, mahnte Geoffrey. „Sie ist eben Leibeigene ihres Vaters.“

Cassie spürte, wie sich sämtliche Augenpaare auf sie richteten. „Ein Fass auf Orinoco“, sagte sie, das Kinn trotzig gereckt. Sie war niemandes Leibeigene!

Empörungsrufe und erschrecktes Aufkeuchen erfüllte die Luft.

„Die ist genauso verrückt wie ihr Vater!“

„Eine Frau, die auf Pferde wettet? Eine Schande, so etwas!“

Crichton schlug ein. Es war eine Wette, die Cassie sich eigentlich nicht leisten konnte, und sie bereute auch schon, dass sie sich hatte hinreißen lassen. Ein Fass enthielt über tausend Pfund Tabak, doch aufbringen konnte sie höchstens die Hälfte. Sollte Aldebaran verlieren, war sie bis zur nächsten Ernte Schuldnerin der Crichtons.

Jetzt ritt Geoffrey zum Start und wartete darauf, dass auch Alec sich in den Sattel schwang.

„Auf ein faires Rennen“, rief der Starter, die Pistole schon feuerbereit. „Einverstanden?“

Alec nickte zustimmend. Auch Geoffrey nickte, jedoch mit widerwilliger Miene.

Mit lautem Knall ging die Pistole los. Cassie mochte kaum hinschauen, stand aber dennoch wie festgenagelt, unfähig, sich abzuwenden. Der Puls dröhnte ihr dermaßen in den Ohren, dass sämtliche anderen Geräusche um sie herum übertönt wurden. Obwohl Geoffreys Pferd den besseren Start erwischte, wurde es doch rasch eingeholt, und bei der Hälfte der Strecke lag Alec eine halbe Länge in Führung.

Was danach passierte, nahm Cassie nur wie durch einen Schleier wahr. Sie sah, wie Geoffrey die Reitgerte hob, wie sein Arm herunterfuhr und Cole im Sattel erstarrte, als der Hieb sein Hemd zerfetzte.

„Nein!“ Sie schrie auf, doch ihre Stimme ging im allgemeinen Getöse unter.

Aufs Neue holte Geoffrey aus, und diesmal sauste die Gerte nieder auf Aldebarans Flanke. Der Hengst geriet aus dem Tritt, und für einen Augenblick fürchtete Cassie schon, er werde stolpern und stürzen. Geoffrey schoss an ihm vorbei, um die Führung zurückzuerobern.

Ehe Cassie auch nur Luft holen konnte, hatte Cole den Hengst wieder in den Galopprhythmus gebracht und holte rasch auf. Geoffrey warf einen Blick über die Schulter, sah ihn heranpreschen und zog sein Pferd nach links, um Aldebaran den Weg abzuschneiden. Genau das musste Cole wohl geahnt haben. Er lenkte den Hengst nach rechts und fegte mit solch furiosem Endspurt vorbei, dass Geoffrey keine Gelegenheit mehr hatte dagegenzuhalten und sich im Ziel um mehr als eine Länge geschlagen geben musste.

Cassie hörte sich vor Begeisterung jubeln. Ein Stein fiel ihr vom Herzen, doch die Erleichterung währte nur kurz.

Kaum hatten die beiden Reiter die Ziellinie überquert, sprang Alec, das Gesicht eine steinerne Maske, mit einem Satz aus dem Sattel, zerrte Geoffrey von seinem Hengst herunter und stieß ihn grob in den Schmutz. „Du erbärmlicher Hund! Hätte ich meinen Namen wieder, dann würdest du dafür bezahlen!“

„Nicht, Cole!“ schrie Cassie auf und zwängte sich mit aller Kraft durch die Zuschauer, voller Furcht, Cole könne etwas tun, was die Ketten oder gar Schlimmeres noch zur Folge haben könnte. Als sie jedoch völlig außer Atem und von Panik ergriffen im Zielbereich ankam, hatte er Geoffrey schon den Rücken gekehrt und stapfte zu Aldebaran zurück.

Umständlich rappelte Geoffrey sich auf, die Perücke verrutscht, das Gesicht eine wutverzerrte Fratze. „Haltet ihn!“ brüllte er. Niemand rührte eine Hand; alles schüttelte den Kopf oder schaute befremdet weg. Ohne seinen Kontrahenten noch eines Blickes zu würdigen, nahm Alec seinen Hengst beim Zügel und marschierte mit ihm auf die Stallungen zu.

„Was immer du sein magst, Geoffrey Crichton – ein Gentleman bist du jedenfalls nicht!“ schrie Cassie, die nur mit Mühe die Fassung wahren konnte, denn am liebsten hätte sie ihm ins Gesicht geschlagen. Als sie sich abwandte, um Alec zu folgen, tauchte Master Crichton auf, die Mundwinkel grimmig nach unten gezogen.

„Vater“, rief Geoffrey ihm zu. „Hast du das gesehen? Das Stück Dreck hat mich angegriffen!“

Doch Master Crichton blickte an ihm vorbei.

Alec nahm die Schreckenslaute und die schockierten Blicke, die ihm folgten, nicht zur Kenntnis, ebenso wenig wie die Männer und Frauen, die hastig beiseite traten, um ihn und Aldebaran vorbeizulassen. Er kochte vor Zorn, sodass er die schmerzenden Striemen auf dem Rücken kaum spürte. Dieser Crichton konnte von Glück sagen, dass er ihm nicht das Fell über die Ohren gezogen hatte!

Er führte Aldebaran zu seiner Standbucht, streifte die Zügel ab und fuhr mit der Hand über die Flanke des Hengstes. Zu seiner Erleichterung stieß er auf keinerlei Hautabschürfungen oder Schwellungen.

„Und trotz allem hast du's ihm gezeigt, mein Junge!“ Alec kraulte dem Tier die Mähne und tätschelte ihm die samtweiche Nase. „Wusste ich's doch!“

Gerade hatte er den Sattel abgenommen, da kam Cassie herein. Sie sah verängstigt aus und war außer Atem. Zunächst brachte sie kein Wort heraus. „Danke“, sagte sie dann.

„Wofür?“ Dass er so aufgebracht klang, lag nicht in seiner Absicht.

„Für den Sieg!“ Ihre Lippen verzogen sich zu einem scheuen Lächeln, das seine Wut sofort abkühlte.

Alec nahm dem Pferd das Zaumzeug ab und hängte es an die Stalltür. „Gern geschehen.“

„Ich wollte nach den Striemen auf deinem Rücken sehen."

„Ist nicht so schlimm."

„Ach was, Unsinn!" Sie trat zwischen ihn und Aldebaran und hielt ihm, mit einem entschlossenen Funkeln in den Augen, ein Töpfchen Salbe hin. „Von mir aus schau nur böse, aber ich gehe erst wieder, wenn deine Wunden behandelt sind."

„Na, meinetwegen!" Alec begab sich zu einer Bank, zog sich das Hemd über den Kopf und merkte zu seiner Überraschung, dass er doch ziemliche Schmerzen hatte. Er hörte, wie Cassie leise aufkeuchte, und fühlte dann, wie ihre Fingerspitzen ganz sanft den Balsam über der zerfetzten Haut verteilten. Es brannte höllisch.

„Entschuldige, ich wollte dir nicht wehtun."

„Tust du auch nicht." Er merkte, wie sie sich mit einer Hand auf seiner Schulter abstützte. Bei der Berührung verkrampften sich seine Muskeln.

„Wo stecken denn die anderen Pferdepfleger?" fragte sie betont zwanglos.

„Die feiern anscheinend." Aus der Ferne klang lustiges Gefiedel herüber. Wahrscheinlich würden sie bis spät in die Nacht tanzen und trinken.

„Eins steht fest. Du kehrst mit einem derart interessanten Sammelsurium von Narben nach England zurück, dass selbst die Herren von höchstem Rang gern einen Blick riskieren würden." Plötzlich stockte ihr der Atem. „Oh, ich … verzeih!"

Alec lachte kopfschüttelnd. „So schlimm sehe ich aus?"

„Na ja …"

„Zeig mal, wo."

Er merkte, wie sie zögerte, und spürte dann, wie warme Finger über seine Haut glitten.

„Die meisten verlaufen hier", erklärte sie. „Hier auch."

Ihm blieb die Luft weg. Ihre Finger bewegten sich langsam zu seinen Schultern empor, dann zum Hals.

Abrupt stand er auf und drehte sich zu ihr um, und ihre Blicke begegneten sich. Ihre grünen Augen schauten mit unverhüllter Sehnsucht zu ihm auf. Sein Finger folgte den Konturen ihrer Lippen. „Mistress, es ist besser, wenn Ihr jetzt geht!"

Hastig ergriff sie die Salbe, machte auf dem Absatz kehrt und floh.

Eine Stunde später saß Cassie vor ihrer Frisierkommode und bürstete sich die Knoten aus dem Haar – ein letzter Versuch, wie sie sich schwor. Drei Mal hatte sie angesetzt, bemüht, es zu Zöpfen zu flechten, und immer war bloß ein verfilztes Durcheinander dabei herausgekommen. Warum nur war sie so durcheinander? Dass Elly ungeduldig seufzend mit den Füßen wippte, erschwerte ihre Aufmerksamkeit noch zusätzlich. Cassie hatte sie angewiesen, sich still zu verhalten, was das Mädchen auch prompt tat – nur um kurz darauf aufs Neue herumzuzappeln. Offenbar war Elly ihre neuen Pflichten bereits leid, was Cassie nicht weiter verwunderte.

Sie gab ihren Versuch auf, ließ das Haar in ganzer Länge fallen und türmte es dann zu einem losen Knoten auf, wobei je eine gewundene Strähne zu beiden Seiten des Gesichts herunterfiel, dazu ein paar im Nacken. Auf den Puder, der ihren sommersprossigen Teint nur noch bleicher erscheinen ließ, verzichtete sie, öffnete stattdessen einen Tiegel mit Rouge und tupfte sich ein wenig davon auf die Wangen.

Warum hat er dich weggeschickt? Sie sah im Spiegel, wie sie die Lippen mit Rouge nachzeichnete, und erinnerte sich an das Gefühl, das sein Finger auf ihrem Mund hervorgerufen hatte. Wahrscheinlich sollte sie ihm noch dankbar sein. Aber weit gefehlt! Eigentlich hatte sie einen Kuss erwartet, ja, wenn sie ehrlich war, sogar noch mehr. Denn bekäme sie ein Kind von ihm, dann hätte sie wenigstens etwas von ihm, wenn er wieder nach England zurückfuhr. Dass er tatsächlich fortgehen würde, davon war sie überzeugt. Nicht mehr lange, dann musste das Schreiben aus Newgate kommen und er wäre nicht länger Cole Braden.

Mit aller Macht wehrte sie sich gegen die aufkommende Schwermut, die sie fast zu ersticken drohte. Sie nahm die Perlenkette ihrer Mutter sowie deren Ohrringe aus dem Lederbeutelchen und legte den Schmuck an. Im Stockwerk unter ihr stimmten anscheinend die Musiker bereits ihre Instrumente, und bald würde man die Gäste zum Dinner rufen. „Wenn du willst, kannst du heute Abend mit den anderen Bediensteten zum Freudenfeuer gehen", sagte sie zu Elly, während sie aufstand und ihre Röcke glättete.

„Danke", murmelte das Mädchen gehorsam, den Blick zu Boden gerichtet.

„Ich bringe dir auch etwas vom Dinner mit." Damit nahm Cassie ihre Seidenhandschuhe vom Frisiertisch, öffnete die Tür und trat in den Flur hinaus. Sie ging die Treppe hinunter und dann in Richtung des Billardzimmers, wo sich zu dieser Tageszeit üblicherweise der Großteil der jüngeren Herren aufhielt, darunter vermutlich auch Geoffrey, mit dem sie ein ernstes Wort zu reden hatte – ganz gleich, ob Cole sich von ihr helfen ließ oder nicht. Was Geoffrey sich heute geleistet hatte, war beschämend!

Dem Gewirr männlicher Stimmen folgend, gelangte sie zum Billardzimmer, dessen Tür einen Spalt weit offen stand. Sie zögerte kurz, unschlüssig, ob sie anklopfen oder einfach eintreten sollte. Im Allgemeinen wagten junge Damen sich nicht in die Bereiche, die ausschließlich den Herren der Schöpfung und ihrem Zeitvertreib vorbehalten waren.

„Dieser Lump hat es geradezu darauf angelegt, das sage ich euch!"

Cassie erkannte Geoffreys Stimme und erstarrte.

„Aber du hast eingewilligt, dass es ein faires Rennen sein soll, Geoffrey. Du hast nicht nur deinen Vater bloßgestellt, sondern Master Blakewell dazu. Da kannst du deinem alten Herrn die Entrüstung nicht verdenken!“ Das war Landon Carter, Lucys zwanzigjähriger Bruder.

„Dann soll er mir aber nicht vorwerfen, dass ich mir jetzt etwas einfallen lasse. Dieser Hurensohn hat mich vor aller Augen misshandelt. Das wird er mir büßen. Seid ihr dabei?“

Cassie merkte, wie ihr Herz schneller schlug.

„Klar“, meldete sich eine ihr unbekannte Stimme.

„Der Plan ist gut“, sagte eine andere. „Ich will auf keinen Fall, dass dieser verrückte Blakewell aus England zurückkehrt und sich dann bei meinem Vater beschwert! Dann ist nämlich der Teufel los!“

„Der Zuchthäusler befindet sich auf unserem Grund und Boden. Ich brauche bloß ein paar Zeugen und ein zu allem bereites Frauenzimmer.“

„Aha, eine Falle also?“

Als mehrere Männer in Gelächter ausbrachen, drehte Cassie sich der Magen um.

„Bei solch krummen Sachen mache ich nicht mit“, bemerkte Landon. „Er mag ja ein Zuchthäusler sein und ein Parvenü obendrein, aber mir hat er nichts getan. Wenn es so wäre, würde ich das mit Blakewell persönlich regeln.“

Cassie zuckte erschreckt zusammen, als sie vernahm, dass Landon sich der Tür näherte. Blitzschnell wandte sie sich zur Treppe, doch es war zu spät! Als sie die unterste Stufe erreichte, war Landon bereits in den Flur getreten. Ihr Puls raste, während sie vorgab, gerade die Treppe heruntergekommen zu sein.

„Guten Abend, Landon“, sagte sie mit liebenswürdigstem Ton,

wobei sie hoffte, er möge nicht merken, dass sie errötete und wie ihr die Hände zitterten.

Offenbar verwirrt, schloss er hastig die Tür zum Billardzimmer hinter sich. „Miss Blakewell!“

„Ich glaube, ich könnte etwas Kühles zu trinken vertragen. Diese Hitze ist ja unerträglich.“

„Soll ich Euch ein Glas Limonade holen?“

„Ach, das wäre reizend.“

Cole war in Gefahr! Irgendwie musste sie ihn warnen.

17. KAPITEL

Cassie würgte noch einen Bissen Roastbeef hinunter und spülte mit einem Schluck Rotwein nach. Ging dieses Dinner denn überhaupt nicht zu Ende? Gerade erst hatte sie die Vorspeise gegessen – Austern, in der Schale zubereitet, dazu eine Art Fischsuppe –, und nun wurde der erste Gang serviert, fünfzehn verschiedene Fleischgerichte vom Kalbskopf bis hin zu Spanferkel sowie gewaltigen Batzen Wildbret und Rindfleisch, alles köstlich auf den Tischen drapiert. Doch Cassie war der Appetit vergangen. Viel zu viele Schmetterlinge schienen in ihrem Bauch herumzuflattern.

„Er soll ja behauptet haben, er sei verschleppt worden", raunte eine der älteren Matronen einer benachbarten Dame zu.

„Nicht zu fassen!"

„Doch! Und ein Gentleman will er obendrein sein!"

Den ganzen Abend schon hatte sich sämtlicher Klatsch ausschließlich um Cole gedreht, auch wenn niemand gewagt hatte, sich offen über seine Person oder das Rennen zu äußern, um nur ja nicht den Hausherrn noch weiter in Verlegenheit zu bringen. War es für Cassie schon peinlich genug, all das Gerede unfreiwillig mit anhören zu müssen, so wuchs ihre Unruhe mit jeder Minute. Sie musste zum Pferdestall! Nur wie?

Anfänglich hatte sie erwogen, Geoffrey zur Rede zu stellen und ihn mit dem zu konfrontieren, was sie vor dem Billardzimmer erfahren hatte. Womöglich aber hätte das seine Intrige nur beschleunigt und ihre Chancen, Cole noch rechtzeitig in Sicherheit zu bringen, zunichte gemacht. Danach hatte sie überlegt, ob sie Geoffreys Vater ins Vertrauen ziehen solle. Geoffrey aber hätte sicherlich alles schlichtweg abgestritten, und sein Wort wog zweifellos schwerer als das ihre.

„Also, Form und Stil eines Gentleman beweist er allemal."

„Von seiner Haltung heute Nachmittag kann sich ein gewisser junger Herr getrost eine Scheibe abschneiden."

„Und hübsch wie der Teufel selbst ist er obendrein!"

Cassie schaute vom Teller auf, und für einen kurzen Augenblick begegnete ihr Blick dem von Geoffrey. Auch er hatte die Bemerkung wohl nicht überhört. Obwohl er ihr zulächelte, förmlich und gezwungen allerdings, las Cassie doch kalte Wut in seinen grauen Augen.

Als knappe zwei Stunden später der Nachtisch verzehrt war, konnte Cassie ihre Unruhe kaum noch bezwingen. Was immer Geoffrey auch im Schilde führen mochte – allmählich musste er handeln! Es war bereits dunkel, und die meisten Herren hatten sich zu Zigarren und Cognac ins Billardzimmer begeben. Die Damen zogen sich auf ihre Zimmer zurück, um sich noch schnell für den Ball frisch zu machen.

Cassie schloss sich ihnen an, floh jedoch dann durch die Flügeltüren und die Treppe hinunter in den tiefer gelegenen Garten. Geigenklänge schwebten ihr nach, doch die getragenen Melodien standen im scharfen Kontrast zum rasenden Pochen ihres Herzens. Geleitet vom bleichen Licht der schmalen Mondsichel, hastete sie am Rosengarten vorbei in Richtung des Pferdestalls.

„Wie ich sehe, habe ich die schönste Rose im Garten erwischt."

Mit einem erstickten Laut wirbelte sie herum.

Aus dem Schatten einer Weide tauchte Alec auf. Trotz der ernsten Lage konnte sie nicht anders als ihm zulächeln. Wie hatte sie diesen Mann jemals für einen Verbrecher halten können?

„Cole, du musst sofort aufbrechen! Nimm Aldebaran und reite heim!"

Ein spitzbübisches Lächeln umspielte seine Lippen. „Was? Wo ich doch die Musik gerade so genieße?"

Zum Teil stimmte das sogar. Seit fünf Monaten hatte er nichts anderes gehört als auf groben Fiedeln gespielte Volksweisen. Wie sehr er die Kammermusik vermisste, merkte er erst jetzt, da er sie von ferne vernahm. Allerdings war er nicht wegen der Musik zum Herrenhaus geschlichen, sondern in der Hoffnung, Cassie vielleicht zu Gesicht zu bekommen. Nun stand sie vor ihm, wie durch Gedankenübertragung herbeizitiert. Zarte Löckchen umrahmten ihr Gesicht und ließen ihre Wangenknochen höher erscheinen. Ihre leicht rougegeschminkten Lippen waren halb geöffnet, wie in Erwartung eines Kusses, rot und reif wie Kirschen. Ihr Kleid aus spitzengesäumter, elfenbeinfarbener Seide mochte zwar nicht der neuesten Mode entsprechen, setzte jedoch ihre Formen nur allzu vorteilhaft ins Licht und hätte in London so manch eifersüchtigen Blick der Damenwelt auf sich gezogen. Das eng anliegende, wenn auch nicht allzu gewagt dekolletierte Mieder ließ ihren weich schwellenden Busen erahnen; die ausgestellte Hüftpartie, von unten der Mode entsprechend durch ein Reifrockgestell gestützt, betonte ihre gertenschlanke Taille. Ein einziger tränenförmiger Anhänger, der von einem Halsband aus kleineren Perlen gehalten wurde, ruhte zwischen den Brüsten. Doch was ihm schier den Atem raubte, waren ihre Augen. Beseelt von einer ergreifenden Mischung aus Furcht und Entschlossenheit, schlugen sie ihn in ihren Bann.

„Cole, du musst auf mich hören!" wiederholte sie zitternd. „Geoffrey will dich hereinlegen und dir eine Falle stellen. Eine gestellte Schändung oder etwas Ähnliches. Ein paar von seinen Freunden machen mit. Er will dich am Galgen sehen. Du musst auf der Stelle nach Hause reiten!"

„Ich verdrücke mich nicht wie ein Feigling!"

„Bitte, Alec! Reite sofort los! Ich würde es nicht ertragen, wenn man dir etwas antäte."

Für einen Moment begriff er nicht ganz, was sie da gesagt hatte.

Dann aber kam es ihm zu Bewusstsein. Sie hatte ihn mit seinem richtigen Namen angesprochen! Sie hatte Alec zu ihm gesagt! „Nun gut", willigte er nach einer Schrecksekunde ein, wobei er merkte, dass er offenkundig ein wenig dümmlich lächelte. „Aber nur deinetwegen, Mistress!"

„Folge der Straße nach Süden!" riet sie und wies in die entsprechende Richtung. „Halte dich rechts, dann bist du in einer Stunde daheim. Sollten Reiter erscheinen, versteck dich im Wald."

„Versprochen. Sobald ich sehe, dass du wieder sicher im Haus bist, reite ich los, in Windeseile." Er nahm ihre Hand und führte sie an die Lippen. „Sag das noch einmal!"

„Was denn?"

„Meinen Namen."

Verwirrt sah sie ihn an. Dann verzog sie lächelnd die Mundwinkel. „Ach! Ich habe dich Alec genannt."

„Genau! Noch einmal, bitte."

„Gute Nacht, Alec! Und viel Glück!"

Fahrig stapfte Elly in der Bibliothek hin und her. Ihr war, als würden die Augen der an den Wänden hängenden Portraits ihr auf Schritt und Tritt folgen. Ein Prickeln überlief ihre Haut. Flackerndes Kerzenlicht huschte über die verbrämten Buchrücken und spiegelte sich in den Stuhllehnen; unheimliche Schatten lauerten in den Zimmerecken. Er hatte gesagt, er würde sich hier um Schlag neun mit ihr treffen, doch die Uhr hatte schon vor zwanzig Minuten geschlagen. Wo blieb er nur?

Was Geoffrey ihr wohl mitzuteilen hatte? Sie wusste es nicht, doch schon beim bloßen Gedanken verkrampfte sich ihr der Magen. Ihr Blick schweifte erneut zu den Gemälden hinüber. Bildete sie sich vielleicht nur ein, dass sie angestarrt wurde? Schnell und mit pochendem Herzen wandte sie sich ab, doch wohin sie auch ging, die Augen starrten hinter ihr her, die Gesichter im Kerzenschein zu unmenschlichen Fratzen verzerrt. *Ich muss hier raus!* Sie stürzte zur Tür und sah, wie die Klinke niedergedrückt wurde. Schon wollte sie aufschreien, da legte sich eine Männerhand über ihren Mund.

Geoffrey! Endlich!

„Warum so schreckhaft?“ Er lächelte.

„Die Augen!“ sagte sie, halb ohnmächtig vor Erleichterung, und wies auf die Portraits. „Hier ist es mir nicht geheuer.“

„Mir auch nicht. Lass uns woandershin gehen, ja?“ Er warf einen Blick in den Flur, um sich zu versichern, dass niemand in der Nähe war, nahm Elly bei der Hand und zog sie hinter sich her, erst durch den Flur und dann die Hintertreppe hinunter.

Am Fuß der Stiege blieb er stehen und spähte um die Ecke, um zu sehen, ob jemand käme. Dann zerrte er Elly in eine Kammer direkt auf der gegenüberliegenden Seite. Es war ein Schlafgemach.

Elly wusste, dass sie hier nichts verloren hatte. Das gehörte sich nicht!

„Geoffrey, ich …“

„Elly, Liebes – ach, Helena – verzeih mir, doch mein Zimmer ist das einzige, das mir einfiel, wo wir ungestört sein können. Ich habe uns eine Flasche vom besten Madeira meines Vaters entkorkt. Hast du schon mal einen guten Madeira gekostet?“

Sie schüttelte den Kopf. Sie war nicht einmal sicher, ob sie wusste, was das war.

„Dann musst du unbedingt probieren, mein Herz. Sorge dich nicht. Ich würde nie etwas tun, das dich in Verruf bringt. Das weißt du doch, oder?“

Noch immer rang sie mit der inneren Stimme, von der sie zur Flucht gedrängt wurde. Aber Geoffrey war ja schließlich ein Gentleman! Ihm konnte man sich doch anvertrauen!

„Außerdem werden wir schon bald verlobt sein. Das versetzt mich in die Lage, schwatzhafte Zungen zum Schweigen zu bringen."

„Wie bitte, Geoffrey?" Was hatte er da gesagt?

„Habe ich meine Absichten nicht klar genug dargelegt, meine Liebe? Dann verzeih! Ich möchte, dass wir ein Paar werden." Er füllte ein kleines Glas mit einer bernsteinfarbenen Flüssigkeit und reichte es ihr. „Natürlich wird es einige Zeit dauern, die Genehmigung meines Vaters einzuholen, doch er ist ja kein unvernünftiger Mensch. Eines Tages wird er uns schon seinen Segen geben, und dann werde ich deine Leibeigenschaft aufkaufen und dich herführen, damit du Herrin auf Crichton Hall wirst."

„O ja!" Sie traute ihren Ohren nicht.

„Dann lass uns auf unsere Zukunft trinken. Auf unser Glück", sagte er, hob das Glas und kippte den Inhalt in einem Zug hinunter.

„Auf unser Glück", wiederholte Elly. Von einem Gefühlswirrwarr überwältigt, führte sie das Glas an die Lippen und nippte. Der Inhalt schmeckte zwar süß, brannte jedoch in der Kehle.

„Halt, nicht so, Liebes! Du musst es bis zur Neige austrinken, so wie ich."

Elly hob das Glas erneut an die Lippen und leerte es in einem Zug. Als der Madeira ihr scharf durch die Kehle und wie sengend weiter hinunter in den Magen rann, musste sie sich unwillkürlich schütteln, und ehe sie das Glas absetzen konnte, hatte Geoffrey schon nachgeschenkt.

„Auf deine Schönheit." Er goss auch sich selbst noch einmal ein.

Das zweite Glas brannte schon nicht mehr so heiß wie das erste. Beim dritten und vierten war Elly bereits überzeugt, dass dieser Tropfen, egal, wie er hieß, gar nicht so übel schmeckte. Ihr war ganz warm geworden.

„Du bist ein reizendes Kind, Elly." Er tätschelte ihr die Wange.

Schon recht unsicher auf den Beinen, schlang sie die Arme um ihn und lehnte sich Halt suchend an ihn an.

„Komm“, sagte er, legte einen Arm um ihre Taille und drängte sie durchs Zimmer. „Du hast wohl einen kleinen Schwips.“

Sie hörte sich kichern und spürte, wie sie auf etwas Weiches gebettet wurde, was ihr nicht unangenehm war, da ihr vor Müdigkeit dauernd die Augen zufielen. Geoffrey, so merkte sie noch, streckte sich neben ihr aus und streichelte über ihre Wangen, ihr Haar. Plötzlich spürte sie seine Lippen an ihrem Hals, während er an den Schnüren ihres Kleides nestelte. Wie durch einen Nebel begriff sie, was er vorhatte. „Nein!“ stammelte sie, bemüht, ihn zurückzustoßen. „Das geht nicht!“

„Warum nicht?“ Er hielt ihre Hände fest und küsste sie auf den Hals.

„Wir sind doch noch nicht verheiratet!“

„Ist es denn nicht schön?“

„Doch, aber …“

„So entspann dich doch und genieße es!“ Inzwischen hatten seine Finger sich zu ihren Brüsten gestohlen und liebkosten ihre Knospen. Dann schob er ihr die Röcke bis über die Hüften hoch. Sie spürte, wie er ihre Schenkel anhob und spreizte. Etwas in ihr schrie auf, mahnte sie voller Verzweiflung, ihn wegzustoßen, doch sie konnte sich nicht bewegen, brachte kein Wort hervor. Plötzlich fühlte sie, wie Geoffrey sich schwer zwischen ihre Schenkel wälzte, wie sich etwas in sie hineinzwängte, sie durchbohrte, anfüllte, und sie hörte, wie sie aufschrie, als Geoffrey in sie hineinstieß, immer und immer wieder, bis er dumpf ächzend auf ihr zusammensackte, schlaff und außer Atem.

„Keine Angst, mein Schatz“, sagte er nach einigen Augenblicken, als er sich von ihr herunterwälzte und aufstand, um sich die Hosen heraufzuziehen. „Wehtun soll es nur beim ersten Mal. Aber nun muss ich dich rasch zum Zimmer deiner Herrin zurückbringen, damit ich mich wieder meinen Gästen widmen kann. Es gibt da noch etwas zu erledigen."

Ehe sie wusste, wie ihr geschah, stand Elly in Miss Cassies Schlafgemach und starrte die Wände an. Geoffrey war verschwunden, ohne Gruß und ohne Kuss. Ihr dröhnte der Schädel; zwischen den Schenkeln verspürte sie ein wundes Gefühl. Jetzt würde Geoffrey sie ganz bestimmt heiraten, hatte er ihr doch soeben beigewohnt. Ein Traum wurde Wirklichkeit!

Warum aber fühlte sie sich dann so jämmerlich und verlassen?

Während ihr Tanzpartner sie im Kreise drehte, schaute Cassie über seine Schulter hinweg zu der Uhr, die im Foyer stand. Alec war doch gewiss inzwischen daheim, nicht wahr? Die nächste Drehung, und schon sah sie in eine andere Richtung, vor sich eine Wand aus goldumrahmten Spiegeln, in denen sich ein wogendes Meer aus gepuderten Perücken und vielfarbiger Seide spiegelte.

Alec Kenleigh! Im Stillen wiederholte sie den Namen, ließ ihn sich auf der Zunge zergehen. Zunächst war ihr nicht aufgefallen, dass sie seinen richtigen Namen benutzt hatte. Überrascht, sogar erschrocken war sie gewesen. Ob er wohl rechtzeitig hatte entkommen können?

Der Tanz ging zu Ende, und ihr Tanzpartner Charles Braxton, ein wohl erzogener junger Mann, eloquent und mit guten Manieren, dankte ihr mit einer Verbeugung. „Darf ich Euch etwas Kühles zu trinken holen, Miss Blakewell?" fragte er und wand sich durch das Gedränge zur anderen Seite des Saals, wo Erfrischungen gereicht wurden, Krüge mit Limonade und Apfelwein sowie Kuchen und kandierte Früchte.

„Pardon, Cassie, aber ich muss dich sofort sprechen!" Wie aus dem Nichts tauchte Geoffrey neben ihr auf. Wo mochte er bloß gesteckt haben? Kurz nachdem sie Alec gewarnt hatte, war er verschwunden, und seitdem hatte sie ihn nicht mehr gesehen. Nunmehr nahm er sie beim Arm, wobei er den Ausdruck klammheimlicher Schadenfreude, der auf seinem Gesicht lag, nicht verbergen konnte.

Sofort begann ihr Herz dumpf gegen die Rippen zu schlagen, sodass ihr regelrecht übel wurde. Hatte sie Alec zu spät alarmiert? Hatte man ihn gefasst? Lag er womöglich verwundet oder gar tot am Wegesrand, irgendwo im Wald?

„Was ist denn los, Geoffrey?" Von würgendem Entsetzen ergriffen, folgte sie ihm in den Flur, wo bereits mehrere andere junge Männer warteten, denen die Spannung schon auf den Gesichtern geschrieben stand. Kein Zweifel, das musste das Häuflein sein, von dem Geoffrey bei seinem Schurkenstück unterstützt wurde. Cassie verabscheute sie, allesamt, Mann für Mann.

„Wie's aussieht, ist der Zuchthäusler mit Aldebaran getürmt und über alle Berge!" sagte Geoffrey.

Cassie fiel eine solch schwere Last von der Seele, dass sie kaum einen Ton hervorbrachte. Alec war in Sicherheit!

„Was höre ich da?" tönte lauthals Crichton senior, der ihr, von King Carter begleitet, nachgegangen war.

„Der Sträfling, Vater! Fort! Mitsamt dem Hengst!" Geoffrey schnippte am Spitzenbesatz seiner Manschetten. „Wir haben schon Suchtrupps gebildet. Nehmen die Bluthunde erst seine Fährte auf, kommt der nicht weit."

Obwohl ihr die Knie zitterten, riss Cassie sich zusammen und blickte Geoffrey geradewegs ins Gesicht. „Du würdest furchtbar gerne eine Treibjagd veranstalten, nicht wahr, Geoffrey? Ihn hetzen wie ein Stück Wild, wie? Leider muss ich dir diesen Spaß verderben. Ich habe ihn nämlich nach Blakewell's Neck zurückgeschickt. Vor einer Stunde schon." Als sie Geoffreys konsternierte Miene sah, wäre sie am liebsten in lautes Gelächter ausgebrochen.

„Kommt mir so vor", sagte nun King Carter, „als hätten sich ein paar Hitzköpfe vorgenommen, diesem Braden heute Abend ordentlich eins auszuwischen. Nicht wahr, Geoffrey, mein Junge? Landon hat mir alles erzählt. Ich wäre schon eingeschritten, wenn es hart auf hart gekommen wäre, doch wie ich sehe, hat Miss Blakewell bereits die notwendigen Schritte unternommen."

„Ich höre wohl nicht richtig!" brüllte Master Crichton los, wobei er zunächst Carter, dann seinem Sohn einen zornigen Blick zuwarf.

In Geoffreys Gesicht zuckte es. „Ein Missverständnis, Vater. Wirklich!" Man sah, dass er außer sich vor Wut war, hatte er doch zum zweiten Mal an diesem Tag den Kürzeren gezogen.

„Aber sicher, ein Missverständnis!" rief Carter, doch sein Unterton verriet, das er genau das Gegenteil meinte. „Das wird es wohl sein, ganz bestimmt! Kommt, Miss Blakewell, ich glaube, Master Crichton und sein Filius haben einiges zu bereden." Er fasste sie beim Ellbogen und geleitete sie zu den Tanzpaaren zurück. „Äußerst unsympathischer Patron, dieser Bursche! Euer Vater täte gut daran, Euch solcherlei Angelegenheiten nicht allein regeln zu lassen. Höchste Zeit, Verehrteste, dass Ihr Euch einen Ehemann sucht, einen, der Euch beschützt und Eure Interessen wahrnimmt."

Cassie hörte nur mit einem Ohr zu. „Ja, gewiss", murmelte sie, vor Erleichterung nahezu schwindlig.

„Fehlt dir etwas, Cassie?" fragte Lucy. Begeistert wedelte sie mit ihrem kleinen ovalen Fächer, wobei ihre Augen vor Freude leuchteten.

„Nein, nein. Alles ist wunderbar, einfach wunderbar."

Geoffrey trank den letzten Rest des Madeira und pfefferte die leere Flasche, rein aus Freude am Klirren von zerplatzendem Glas, in den Kamin. War dieser Hasenfuß Landon doch gleich zu seinem Vater gewetzt und hatte ihm alles verraten! Teufel auch, da konnte man nichts machen, denn gegen die Carters konnte er nichts ausrichten. Sein Vater himmelte diesen King regelrecht an und hütete sich, ihm in die Quere zu kommen.

Und Catherine ... Geoffrey hatte es in ihren Augen gesehen: Zorn, Hass! Mehr als alles andere, mehr als King Carters dünkelhafte, herabsetzende Standpauke und mehr noch als die Drohungen seines Vaters quälte ihn die Verachtung in Catherines Blick. Er liebte sie doch, hatte sie immer geliebt. Begriff sie das denn nicht? Er war doch nur bemüht, sie zu beschützen!

Möglich, dass dieser Braden seinen Heldenmut trug wie ein Pfaffe die schwarze Soutane, doch das war pure Maskerade. Ein verlogener Galgenstrick, das war er, sonst nichts, einer, der sich bei seinen Oberen einschleichen wollte. Offensichtlich hatte er mit seinem Rührstück vom verschleppten Gentleman Cassies Mitleid erregt, und jetzt klatschten und tratschten sämtliche Matronen in Virginia über ihn, als wäre er ein leibhaftiger verschollener Prinz von England! Doch Geoffrey durchschaute dieses Spiel. Sie beide, er und Cole Braden, waren gar nicht so verschieden. Jeder war auf etwas aus und zu allem bereit, um es zu erlangen.

Geoffrey aber hatte alles durch das Vorzugsrecht seiner Geburt verdient. Cole hingegen war ein Nichts.

Inzwischen begann der Morgen zu dämmern. Schwankend stemmte Geoffrey sich aus dem gepolsterten Sessel hoch, wankte hinüber zum Bett und ließ sich der Länge nach in die weichen Kissen fallen. Ein moschusartiger Geruch stieg ihm in die Nase und erinnerte ihn an das Dienstmädchen, dem er hier vor ein paar Stunden die Unschuld geraubt hatte. War die Mühe wert gewesen, die Kleine! Er verspürte ein Ziehen in den Lenden und wünschte, er hätte ein bisschen mehr Zeit mit ihr statt mit seinem Vater verbracht.

Der Alte hatte ihm lautstark die Leviten gelesen und sich dabei in eine derartige Raserei gesteigert, dass er kurz vor dem Herzversagen stand, was Geoffrey schon befürchtet oder – besser gesagt – erhofft hatte. So ein verdammter Heuchler! Hätte Geoffreys Plan nämlich geklappt, dann hätte sein Vater ihm lobend auf die Schulter geklopft. Doch der äußere Schein musste gewahrt bleiben! Man konnte sich getrost alle möglichen Schandtaten erlauben, solange man sich nicht erwischen ließ und den Namen der Familie nicht in Misskredit brachte. Das war eine Lektion, die ihm sein Vater schon als kleinem Jungen mit dem Rohrstock eingebläut hatte.

Aber nun hatte Geoffrey einen neuen Plan ausgeheckt, der mit Sicherheit funktionieren würde. Zwar konnte Henry bislang noch keinen Erfolg vorweisen, aber das war nur eine Frage der Zeit. Unfälle passierten schließlich jeden Tag! Angetrieben von Angst und der Aussicht auf Freiheit, hatte Henry versprochen, er werde die Sache schon deichseln. Jetzt musste er, Geoffrey, sich eben in Geduld üben.

18. KAPITEL

Mit einem Bündel frischer Laken auf dem Arm betrat Cassie Jamies Kammer, wo Nettie gerade das Bettzeug zum Lüften über das Fenstersims breitete. In der Woche seit ihrer Rückkehr von Crichton Hall hatte es fast ununterbrochen geregnet; nun wollte Cassie den Sonnenschein nutzen, solange er andauerte.

„So, hier sind die letzten." Sie übergab Nettie die Bettlaken und ging dann in ihr eigenes Reich. Einen Blick ins leere Arbeitszimmer ihres Vaters vermied sie bewusst.

Alec saß dort schon den ganzen Morgen über den Büchern – um ihr zu helfen, so seine Begründung. Warum sie es ihm erlaubt hatte, wusste sie selbst nicht. Mit Zahlen konnte sie ebenso gut umgehen wie ein Mann; außerdem kannte sie sich ohnehin erheblich besser mit der Führung einer Tabakplantage aus, als Alec es je tun würde. Das hatte sie ihm auch gesagt, mit dem Resultat, dass er prompt auf dem Absatz kehrtmachte und sie verärgert stehen ließ.

In den vergangenen Tagen hatten sie kaum ein Wort gewechselt, und wenn überhaupt, dann nur in hitzigen Wortgefechten. Traute sie sich in seine Nähe, fand er stets einen Vorwand, um sich zu entfernen. Lächelte sie ihm zu, wandte er den Blick ab. Sprach sie ihn an, reagierte er mit höflichem Desinteresse. Für sie lag der Grund auf der Hand. Es passte ihm nicht, dass sie das Anwesen führte.

„Es steht einem Mann schlecht an, sich ständig hinter der Tochter zu verstecken", hatte er bemerkt. „Er hat dich zur Urkundenfälschung oder gar Schlimmerem genötigt und dir gleichzeitig das Glück einer eigenen Familie versagt. Und nur wegen seines verfluchten Stolzes! Eigentlich müssten gestandene Pflanzer wie dein Vater die Bürde dieser Plantage schultern, nicht du."

Bei dieser Predigt war ihre Wut erneut aufgeflammt. „Nicht die

Arbeit selbst erschwert meine Aufgabe, sondern die männliche Missachtung der Frau! Wie kommst du darauf, dass ich einen Ehemann haben möchte? Vielleicht macht mir das Arbeiten im Dreck ja viel mehr Spaß, als für irgendeinen aufgeblasenen Bauerntölpel die Ehefrau zu spielen, der mich wahrscheinlich doch nur behandelt wie Zuchtvieh?“

„So siehst du das also? Dann kann dein Vater vielleicht doch nichts dafür! Wahrscheinlich liegt alles nur an dem unnatürlichen Ehrgeiz seiner Tochter! Musst du unbedingt beweisen, dass eine Frau auch etwas leisten kann, Cassie?“ Damit war er davonmarschiert.

Während sie die angenehm duftenden Laken über ihr Bett breitete, versuchte sie zum wiederholten Mal, die quälende Schwermut zu verdrängen, indem sie sich einredete, es sei möglicherweise besser, dass sie sich kaum sahen, denn auf diese Weise geriet sie nicht in Versuchung, dass sie sich versprach und ihn vor dem Gesinde mit Alec anredete statt mit Cole. Außerdem müsste in den kommenden sechs Wochen die Antwort aus London eintreffen; danach würde er ohnehin abreisen und für immer aus ihrem Leben verschwinden. Irgendwie musste sie also einen Weg finden und aufhören, ihn zu lieben. Da konnte sie auch gleich damit anfangen.

Wenn es nur nicht so wehtun würde!

„Elly! Eleanor!“

Unten vom Hof hallte Nans Stimme herauf. Offenkundig war das Mädchen wieder einmal unauffindbar. Seit dem Ausflug nach Crichton Hall war Elly nicht etwa zugänglicher geworden – nein, im Gegenteil. Keine ihr übertragene Aufgabe war ihr gut genug; zudem entfernte sie sich unerlaubt von der Arbeit, bisweilen gar über einen längeren Zeitraum. Ja, sie behandelte sogar die anderen Bediensteten von oben herab. Und Zach, der sie ganz offensichtlich liebte, wurde von ihr nicht einmal mehr eines Grußes gewürdigt.

Von der Treppe her erschallten trappelnde Kinderschritte, begleitet vom scharrenden Kratzen von Hundepfoten. Kurz darauf war Netties entsetzter Schrei zu hören. „Halt, stehen geblieben, ihr zwei! Nein!“

Hastig eilte Cassie herbei, doch es war zu spät.

Mitten im frisch gemachten Bett hockte ihr kleiner Bruder, daneben, freudig mit dem Schwanz wedelnd, sein verdreckter Hund. Über den Fußboden und das weiße Leinen zog sich eine deutliche Pfotenspur.

Die Arme in die Hüften gestemmt, funkelte Nettie den Jungen in gespielter Entrüstung an, wobei ihre Mundwinkel jedoch verdächtig zuckten.

„Was habe ich dir gesagt, Benjamin Hamilton Blakewell?“ schimpfte Cassie. „Darfst du Pirat mit ins Haus bringen?“

„Entschuldigung.“ Der Kleine, dem wohl schwante, dass die Nennung seines vollen Namens nichts Gutes verhieß, packte betreten seinen vierbeinigen Kameraden und zerrte den widerstrebenden Hund in den Flur hinaus. Kaum hatte er das Fellknäuel dort losgelassen, fegte Pirat schon durch den Korridor, hinein in Cassies Kammer und sodann, nachdem er seine Pfotenabdrücke auf ihrem Bett hinterlassen hatte, ins Arbeitszimmer.

„Halt!“ schrie Cassie hinter ihm her.

Als sie das Arbeitszimmer erreichte, musste sie feststellen, dass die Situation heillos verfahren war. Nettie jagte hinter Jamie her und der hinter dem Hund, der das Ganze offenbar für ein Spiel hielt und sich kläffend unter den Schreibtisch verzogen hatte. Mitten in dem Durcheinander stand Alec mit einer Kladde in der Hand und wirkte nicht sonderlich verblüfft.

„Jamie, hierher! Auf der Stelle!“ rief Cassie, deren Befehlston allerdings in Jamies Gekicher und dem lauten Hundegekläff unterging. Sie sah Alec an und zuckte wie zur Entschuldigung die Schultern. Er reagierte mit einem schiefen Grinsen, die blauen Augen stillvergnügt funkelnd. Ach, wie hatte ihr dies Lächeln in den vergangenen Tagen gefehlt! Sie erwiderte es, machtlos gegen die Röte, die ihr langsam über die Wangen kroch.

Alec wandte den Blick ab und legte die Kladde auf den Schreibtisch. Dann bückte er sich, und mit einem Arm schnappte er sich den Kleinen, mit dem anderen den zappelnden Welpen. „Was haben wir denn hier?“ fragte er, wobei sich sein voller Bariton bewusst noch eine Oktave tiefer schraubte. „Erbarmen! Das ist doch der gefürchtete schwarze Korsar nebst seinem Höllenhund Pirat! Der Allmächtige stehe uns bei!“

Wieder ließ er sein verschmitztes, strahlendes Lächeln aufblitzen und polterte dann, Jamie auf den Schultern, die Treppe hinunter und durch die Hintertür nach draußen, auf den Fersen den kleinen Kläffer.

Als Cassie kurz darauf das verschmutzte Bettzeug zum Waschen nach draußen trug, waren Alec und Jamie schon in ein säbelschwingendes Schaugefecht verwickelt – sehr zum Entzücken der versammelten Kinderschar, die der Darbietung belustigt folgte.

„Gib auf, Schwarzbart! Dein Schiff wird gekapert! Diesmal entkommst du dem Galgen nicht!“ Alec fuchtelte mit einem Stöckchen herum, als wäre es ein Degen.

„Pah! Du kriegst mich nicht!“ Auch Jamie hatte einen Stock gezückt und ging mit wildem Gebrüll auf seinen Gegner los, begleitet vom Gelächter der Zuschauer, darunter auch Cassie, die vom Verandageländer aus zusah. Wie er da gleich einem barfüßigen Degenfechter über das Kopfsteinpflaster tänzelte, die Schenkelmuskeln unter der eng anliegenden Hose in ständiger, geschmeidiger Bewegung, das weiße Baumwollhemd am Halsausschnitt offen, sodass das dunkel gekräuselte Brusthaar hervorlugte, glich Alec selbst einem waschechten Freibeuter, und einem sehr männlichen obendrein. Sosehr sie es auch versuchte, sie konnte einfach nicht vergessen, wie weich sich diese Brustlöckchen unter ihrer Handfläche angefühlt hatten, wie hart dagegen die Schenkel, als sie sich an die ihren pressten. Ach, wenn doch nur ...

Nein, sagte sie sich! Nur gut, dass es nicht zum Äußersten gekommen war. Denn eins stand für sie fest: Hätte sich ihr Körper mit dem seinen vereinigt, würde sie nie aufhören können, ihn zu lieben.

„Elender Seeräuber! Deine Klinge – mein Tod!" Theatralisch ließ Alec sich auf die Knie sinken. Die Hände auf die vermeintlich tödliche Wunde gepresst, stöhnte er wie in Todesnot auf und sackte dann unter lautem Applaus zu Boden.

Den Degen hoch in die Luft gereckt, stand Jamie triumphierend über dem niedergestreckten Gegner. Der Hund war völlig aus dem Häuschen durch den Lärm sowie offenkundig überzeugt, das ganze Spektakel gelte allein ihm. Wild kläffend fegte er durch die Runde, um dann plötzlich anzuhalten und Alec zum Beweis seiner Gunst liebevoll das Gesicht abzulecken.

Mit einem grollenden Schrei erwachte Alec urplötzlich zum Leben, hob Jamie hoch in die Luft und ließ ihn, an Arm und Bein gepackt, wie einen Kreisel durch die Luft segeln. „So, Schluss für heute, du Kaulquappe", schnaufte er und ließ den Kleinen auf den sicheren Boden herab.

Erst als Cassie sich unwillkürlich die Tränen aus den Augenwinkeln wischte, merkte sie erschrocken, dass sie weinte. Hastig wandte sie sich um und eilte über den Hof. Die Arbeit wartete!

Gedankenverloren studierte Alec die Zahlen auf der vor ihm aufgeschlagenen Seite. Dass Cassie eine Frau mit verblüffenden Fähigkeiten war, das war ihm nicht neu, doch mit dem, was ihm die Kladde verriet, hatte er nicht gerechnet. Es war beeindruckend, auf welch kluge Weise sie die wirtschaftliche Lage des Anwesens, die sich, gelinde gesagt, nur als prekär bezeichnen ließ, abgesichert hatte!

Soweit Alec es beurteilen konnte, hatte Abraham Blakewell bei den Einkünften ausschließlich auf Tabak gesetzt und Getreide lediglich zum Eigenbedarf für das Personal angebaut. In guten Jahren war er, jedenfalls in Anbetracht seiner finanziellen Mittel, nicht knauserig gewesen und hatte das Geld mit vollen Händen ausgegeben – für Bücher, Pferde sowie Geschenke für Frau und Tochter. Oftmals waren trotz guter Ernten Schulden die Folge. In schlechten Jahren war der Schuldenberg dann schlicht gewachsen – bis Cassie das Ruder übernahm.

Obwohl sie bei der Buchführung versucht hatte, die Schrift ihres Vaters zu imitieren, waren ihre Eintragungen doch sauberer, gleichmäßiger und nicht mit so vielen Korrekturen versehen wie die von Abraham Blakewell. Somit konnte Alec unschwer erkennen, wann genau sie diese Aufgabe übernommen hatte. Als Erstes hatte sie überflüssige Ausgaben gestrichen, danach den Anbau von Weizen, Gerste und Hanf eingeführt und so der Plantage eine zweite, wenn auch bescheidene Erwerbsquelle verschafft. Zudem hatte sie beträchtliche Mengen Nutzholz an Händler in Williamsburg verkauft, die es ihrerseits an die Marine weiterveräußerten. All diese Aktivitäten hatten Cassie natürlich gezwungen, weitere Sklaven und Leibeigene zu beschaffen, denn das Bestellen von Äckern, das Dreschen und Mahlen von Getreide sowie der Holzeinschlag erforderten zahlreiche kräftige Rücken und zupackende Hände. Mehraufwendungen für Arbeitskräfte zehrten folglich einen Großteil ihres Gewinns wieder auf. Auf lange Sicht, so Alecs Eindruck, würde sich ihre Strategie allerdings mit einiger Sicherheit auszahlen. Nach seinen Berechnungen könnte das Gut, obschon gefährlich nah am Rande des Ruins, in fünf bis sieben Jahren schuldenfrei sein, je nachdem, wie die Tabakernten ausfielen. Sollte

Blakewell's Neck überleben, hatte Jamie dies allein seiner Schwester zu verdanken.

Als Alec das Rascheln von Röcken drüben im Korridor vernahm, schaute er bewusst nicht auf. Die Arbeit in Cassies unmittelbarer Nähe kam einer neuen Foltermethode gleich. Mit geschlossenen Augen holte er tief durch die Nase Luft, überzeugt, Cassies Duft riechen zu können. Seit einer Woche nun ging er ihr aus dem Weg, indem er sich in alle möglichen Aufgaben stürzte und schuftete, bis ihm die Muskeln schmerzten. Dann wieder sehnte er sich die Auseinandersetzungen herbei wie ein zum Tode Verurteilter, der auf eine Begnadigung in letzter Minute hofft. Trotzdem wagte er es nicht, mit ihr allein zu sein, besonders seitdem sie die letzte Barriere, die er zwischen sich und ihr aufgebaut hatte, durch den Gebrauch seines wirklichen Namens niedergerissen hatte. Er begehrte sie mit jeder Faser seines Körpers und befürchtete, dass der letzte Rest von Selbstbeherrschung inzwischen aufgezehrt war. Sollte er jemals wieder mit ihr allein sein, dann ... Nein, das durfte einfach nicht geschehen, jedenfalls nicht, solange er noch kein freier Mann war.

Wieder wurden seine Grübeleien durch herannahende Schritte und das sanfte Rascheln von Stoff unterbrochen, sodass er unwillkürlich zur Tür schaute. Cassie trat ein, zögerlich, wie es schien, in den Händen ein Silbertablett mit einem kleinen Imbiss.

„Ich dachte, du hast vielleicht Hunger." Sie stellte das Tablett auf den Schreibtisch.

„Ah ja! Danke!"

Sie rührte sich nicht vom Fleck, sondern stand da und sah ihn an, die Arme über der Brust verschränkt. Offenbar wollte sie wissen, wie er den Zustand der Plantage beurteilte.

„Wahrscheinlich bist du gespannt, was ich zu alldem hier zu sagen habe." Er wies auf die Buchhaltungskladden, die sich auf dem Schreibtisch stapelten.

Sie nickte, wobei ihre Augen kämpferisch funkelten.

Mittlerweile wünschte er, er hätte sich nicht mit solcher Hartnäckigkeit zu dieser Aufgabe gedrängt. Dass Cassie ihm so hautnah zu Leibe rückte, hatte ihm gerade noch gefehlt. „Ich muss gestehen, dass ich ziemlich beeindruckt bin“, sagte er, entschlossen, sich strikt an das Sachliche zu halten. „Deine Buchführung ist gründlich und fachgerecht; du hast dich um neue Einkommensquellen bemüht und bist sparsam mit deinen Mitteln umgegangen. Ich bezweifle, dass irgendein gleichaltriger Mann hier in den Kolonien das besser gemacht hätte als du.“

Als ihr sein Kompliment richtig bewusst wurde, wich die Spannung aus ihrem Gesicht. „Danke!“ Ihre Augen strahlten.

„Ich war so frei und habe die Bücher auf den letzten Stand gebracht. Und dabei ist mir etwas Interessantes aufgefallen.“ Er griff nach der obersten Kladde. „Dein Holzhändler in Williamsburg haut dich übers Ohr.“

„Wie bitte?“

Mit einer Handbewegung bedeutete Alec ihr, auf dem Stuhl Platz zu nehmen, legte die aufgeschlagene Kladde vor sie hin und wies auf die markierten Seiten. „Beim Durchsehen der Eintragungen ist mir aufgefallen, dass beim Tabak schon vor dem Verkauf ein Verlust von zirka zehn Prozent pro Jahr und Ernte anfällt.“

„Das ist üblich.“

„Ein bisschen Schwund gibt es immer, gewiss.“ Er zog ein weiteres Heft heran. „Allerdings betrug der bei deinem Vater nur durchschnittlich zwei Prozent – ehe er den jetzigen Großhändler in Williamsburg beauftragte. Und das ist ein Unterschied wie Tag und Nacht!“

Sie beugte sich vor und studierte aufmerksam die Eintragungen, eine nach der anderen. Ihre Wimpern warfen Schatten auf ihre Wangen. „Stimmt“, sagte sie schließlich und hob den Blick, um Alec anzusehen. „Entweder sind wir beim Bau oder beim Abfüllen der Fässer etwas sorglos geworden, oder …"

„… oder der Bursche nimmt dich aus und steckt sich acht Prozent deiner Ernte in die eigene Tasche. Über die Jahre summiert sich das auf …"

„… ein kleines Vermögen. So ein verdammter Lumpenhund!" Sie stand auf und wandte sich ihm mit entschlossener Miene zu. „Was schlägst du vor?"

Ihre Wortwahl brachte ihn zum Schmunzeln. „Unterschlagung kannst du ihm nicht nachweisen, jedenfalls nicht ohne Zeugen und Beweise. Aber du könntest Nachforschungen anstellen und einen vertrauenswürdigen Abnehmer finden. Vielleicht wendest du dich an Robert Carter. Außerdem habe ich festgestellt, dass du in jüngster Zeit erhebliche Summen in den Kauf von Sklaven oder Leibeigenen investiert hast, Sklaven wohl in der Hauptsache. Dabei könnte man die vorhandenen Arbeitskräfte zu einer höheren Arbeitsleistung anspornen, statt neue hinzuzukaufen."

Sie machte ein verdutztes Gesicht und wollte etwas erwidern, doch Alec unterbrach sie mit einer Handbewegung. „Wie wäre es, den Sklaven einen Anreiz zu mehr Leistung zu bieten – die Freiheit beispielsweise? Oder ihnen zu gestatten, einen kleinen Teil von dem zu vermarkten, was sie selbst jedes Jahr anbauen? Den Erlös könnten sie dazu verwenden, sich freizukaufen."

„Heutzutage ist es nahezu ausgeschlossen, Sklaven freizulassen. Es gibt Gesetze …"

„Gesetze lassen sich umgehen oder ignorieren. Sklaverei ist Unrecht, Cassie! Es reicht nicht, dass man sagt, man sei dagegen. Man muss etwas unternehmen, um sie zu beenden."

„Ich wüsste nicht, wie ich das anstellen sollte. Die Gesetzgebung …" Sie stockte, doch Alec erkannte, dass er Cassie zumindest ins Grübeln gebracht hatte.

„Und noch etwas. Du solltest erwägen, ob du nicht dein eigenes Schiff bauen willst."

Ihre Augen weiteten sich vor Überraschung. „Ein Schiff?"

„Ja. Überleg doch nur, wie viel du dadurch an Transportkosten einsparen könntest! Sicher, dafür würden zwar andere Kosten entstehen, etwa für die Schiffsbesatzung, doch diese ließen sich leicht decken, indem man Fracht für andere Pflanzer befördert – gegen Entgelt natürlich."

Alec bemerkte, wie es hinter ihrer Stirn arbeitete, und sah ihr die nächste Frage schon an der Nasenspitze an, bevor sie sie überhaupt gestellt hatte. „Wie, in aller Welt, soll ich denn etwas derart Kompliziertes wie den Bau eines Schiffes zu Stande bringen?"

„Zufällig verfüge ich über beste Beziehungen zu einer gewissen Londoner Werft. Dort werden Schiffe für die Royal Navy gefertigt. Der Eigner soll tief in deiner Schuld stehen, wie man hört. Ich bin sicher, da ließe sich etwas deichseln."

„Das würdest du für uns tun?"

Er streichelte ihre Wange und sah ihr in die Augen. „Nein – aber für dich!"

Tief bewegt saß sie eine Weile stumm da. „Alec, ich danke dir", flüsterte sie schließlich, eine Hand auf seine Brust gelegt, sodass ihm war, als versenge sie ihm die Haut durch den Hemdenstoff hindurch.

Er war drauf und dran, sie von sich zu schieben, sich wieder an seinen Platz zu begeben und zum Thema zurückzukehren. Doch ehe er sich versah, ließ Cassie sich gegen ihn sinken, schlang ihm die Arme um den Nacken und zog seinen Kopf zu sich herab, bis seine Lippen die ihren berührten.

Instinktiv reagierte er auf ihre Umarmung, hielt Cassie eng an sich geschmiegt, sein Begehren dem ihren gleich. Mit einer Hand glitt er über den Schwung ihres Rückens, während er mit der anderen durch das seidigweiche Haar fuhr. Wie gut sie schmeckte! Wie weich sie sich anfühlte! Er hörte ihren leisen Klagelaut, vernahm, wie er ihren Namen raunte.

Ihre Zungen vereinigten sich, streichelten sich. Er spürte, wie sein Körper machtvoll reagierte; ein letzter Rest von klarem Verstand gebot ihm Einhalt, ehe alles zu spät war. Es war doch helllichter Nachmittag und die Tür sperrangelweit offen! Himmel, und noch dazu waren sie im Arbeitszimmer ihres Vaters!

„Cassie!“ flüsterte er heiser. „Wir müssen aufhören!“

„Komm heute Abend zu mir, Alec!“ In ihrem Blick spiegelte sich dasselbe verzweifelte Sehnen, das auch ihm selbst durch und durch ging. Die weichen Kurven ihres Körpers waren wie mit dem seinen verschmolzen. „Bitte!“

Aufstöhnend löste er sich aus ihrer Umarmung und trat beiseite. „Ich gebe mir doch solche Mühe, das Rechte zu tun“, wisperte er, nach den passenden Worten ringend.

„Ich will gar nicht, dass du das Rechte tust.“

Ihre Augen verrieten ihm, dass es ihr bitterernst war. Ohne ein weiteres Wort wandte er sich um und verließ das Zimmer.

19. KAPITEL

Verzagt warf Cassie ihre Bürste auf das Frisiertischchen, sank auf ihr Bett und ließ endlich der Tränenflut, gegen die sie den ganzen Abend angekämpft hatte, freien Lauf. Sie hatte sich Alec doch nicht an den Hals werfen wollen! Und küssen wollte sie ihn auch nicht! Aber dennoch hatte sie ihn buchstäblich in ihr Bett eingeladen! *Was denkt er jetzt wohl von dir? Und wie stehst du nun vor dir selbst da? Allmächtiger! Was ist das für eine Frau, die sich dermaßen nach einem Mann verzehrt, dass sie sich ihm so schamlos anbietet?*

Dabei hatte er auf dem Absatz kehrtgemacht und sie kommentarlos stehen lassen. *Geschieht dir ganz recht! Denn wenn das Schreiben aus England eintrifft, wird er zu seinem ursprünglichen und gewohnten Leben zurückkehren und dich vergessen. Er liebt dich nicht! Nie hatte er ihr zu erkennen gegeben, dass er über rein körperliches Begehren hinaus Gefühle für sie hegte.*

Ja, reichte Verlangen denn nicht?

O doch! Für eine Nacht mit Alec gäbe sie alles hin!

Ja, was denn? Jamies Zukunft etwa? Ihre eigene Sicherheit? Die Familienehre?

Alec erfasste die Risiken, wusste genau wie sie, was auf dem Spiel stand. Dennoch hatte er einen klaren Kopf behalten und nicht vor der Wollust die Waffen gestreckt. Wenngleich Cassie sich insgeheim wünschte, er hätte sich nicht so vernünftig verhalten, wusste sie doch, dass er Recht hatte.

Mit grellweißen Lichtblitzen und fernem Donnergrollen kündigte sich das herannahende Gewitter an. Eine feuchtheiße Bö peitschte jäh die Gardine und schmetterte die einen Spaltbreit geöffneten Balkontüren scheibenklirrend gegen die Wand – ein Krachen, das selbst Tote hätte aufwecken können. Verstört, so als sei sie soeben aus einem Traum erwacht, erhob Cassie sich vom Bett und schob den Riegel vor.

Alec nahm erneut einen Schluck Whiskey – ein Versuch, den Teufel mit dem Beelzebub auszutreiben. Wenn er Cassie weder besitzen noch vergessen konnte, dann blieb nur die Flucht in den Schnaps.

Vergessen? Mitnichten, aber sinnlos war all das, ohne Sinn und Verstand – das traf schon eher den Punkt!

Denn nicht eine einzige Sekunde war an diesem Tag vergangen, in der sich seine Gedanken nicht um Cassie gedreht hatten! Den Nachmittag über hatte er einen großen Bogen um sie gemacht, so weit, wie es eben ging, zunächst mit einem Parforceritt durch die Wälder auf Aldebarans Rücken, danach beim Holzeinschlag mit Zach, der offenbar genauso übel gelaunt war wie er selbst. Doch sosehr Alec sich auch in die Arbeit stürzte – Cassie ging ihm einfach nicht aus dem Sinn.

Ich will gar nicht, dass du das Rechte tust!

Ob sie überhaupt wusste, was sie ihm da antat? Verzweifelt hatte er sich bemüht, ein Gentleman zu sein und sich ehrenhaft zu verhalten. Doch irgendwann war selbst bei dem anständigsten Mann die Grenze erreicht!

Aufs Neue zerriss ein gezackter Blitz den sternenlosen Nachthimmel, gefolgt von einem ohrenbetäubenden Donnerschlag. Das Unwetter, so Alecs Eindruck, entsprach ziemlich genau dem Orkan, der momentan in seinem Innersten tobte. Der bleiernen Schwüle zum Trotz waren alle schon früher als gewohnt vor dem heraufziehenden Unwetter in die schützenden Unterkünfte geflüchtet – bis auf Alec, der nun auf der Schwelle zu seiner Hütte hockte, allein mit seiner Erbitterung und einem Krug Maiswhiskey.

Von seinem Platz konnte er hinübersehen zu ihrem Schlafgemach. Gedämpftes Kerzenlicht glomm gelblich hinter den Gardinen der Balkontüren – ein deutliches Zeichen dafür, dass auch sie keinen Schlaf fand.

Verdammt! Ein Kinderspiel wäre es …

Wolkenbruchartiger Regen ergoss sich nun aus dem nachtschwarzen Himmel. Im Handumdrehen bis auf die Haut durchnässt, ließ Alec den Whiskeykrug in den Schlamm fallen, stand auf und zog sich das nasse Hemd vom Leib. Das Gesicht gen Himmel gerichtet, ergab er sich ganz der erquickend kühlen Flut.

Erneut erzitterte das Haus unter einem rollenden Donnerschlag.

Weinte da Jamie, oder war es nur der Wind? Cassie nahm eine Kerze, öffnete die Tür ihrer Schlafkammer und eilte über den Flur zum Zimmer ihres Bruders. Wieder das zuckende, blendende Weiß, wieder das grollende Dröhnen! Regen trommelte aufs Dach, prasselte klatschend gegen die Fensterscheiben, übertönte Cassies Schritte und auch das Knarren der Tür zum Kinderzimmer. Warmes Licht erfüllte die kleine Kammer, als Cassie den Schein der Kerze hineinfallen ließ. Jamie, so sah sie erleichtert, schlummerte tief und fest, ein Ärmchen über den jungen Hund gelegt, der ob Cassies Eindringen kurz mit den Pfoten zuckte. Lautlos schloss sie die Tür und huschte auf Zehenspitzen zurück in ihre Schlafkammer.

Gerade hatte sie die Tür hinter sich geschlossen und die Kerze auf dem Nachttischchen abgestellt, da rüttelte das nächste markerschütternde Donnergetöse an dem Gebäude, und es schien, als wollten schier die Dachbalken bersten. Holz knackte, dann fegte ein heftiger Windstoß durchs Zimmer und blies die Kerze aus.

Überzeugt, der Sturm müsse die Balkontür aufgestoßen haben, fuhr Cassie herum und erstarrte. Der Schrei erstarb ihr in der Kehle.

Alec!

Ein grell flackernder Blitz erhellte die Kammer und warf einen bläulich fahlen Schein auf Alecs Gesicht, das von wilder Gier gezeichnet war. Das Haar fiel ihm in tropfnassen Strähnen auf die Schultern; Rinnsale aus Regenwasser bahnten sich ihren Weg über die bloße Brust und den nackten Bauch. Die Hose klebte ihm an den Schenkeln gleich einer zweiten Haut.

Zersplittertes Holz lag in der Lache zu seinen Füßen, Reste des hölzernen Riegels der Balkontür. Den Blick unverwandt auf Cassie gerichtet, klappte er wortlos die Türflügel hinter sich zu. Schlagartig verstummte das Toben von Regen und Wind.

„Du hättest nicht kommen dürfen …" Die Stimme ein kaum wahrnehmbares Wispern, wandte sie sich ab, machtlos gegen seinen durchdringenden Blick.

„Ich bin gekommen, um dein Angebot anzunehmen."

„Aber … aber du hattest doch abgelehnt …" Schützend hielt sie die Arme vor die Brust und merkte plötzlich, dass sie nur mit einem Nachthemd bekleidet war.

„Ich habe es mir anders überlegt." Ein einziger schneller Schritt nur, und er stand unmittelbar vor ihr. Sanft folgte sein Finger dem Schwung ihrer Wange. „Du brauchst keine Angst zu haben!"

„Ich weiß."

„Wirklich?" Seine Hände umfassten ihre bloßen Schultern. „Du zitterst ja."

Ehe sie sich versah, zog er sie zart an sich. Sein Mund verschloss ihre Lippen mit einem sengenden Kuss; seine Nässe durchdrang sie bis auf die Haut. Er roch nach Fichten und Regen, schmeckte entfernt nach Whiskey, und für einen entsetzlichen Augenblick war ihr, als sei sie der Ohnmacht nahe. Ihre Knie gaben nach, als sie gegen ihn sackte.

Ihre Schwäche mit Hingabe verwechselnd, stöhnte er auf und riss sie ungestüm an sich. Mit der Zunge erforschte er ihren Mund, worauf die ihre, wie Cassie bestürzt bemerkte, es der seinen gleichtat. Dann aber fühlte sie, wie seine Hände unter den Saum ihres Hemdes glitten, sie anhoben und heftig an seinen Körper pressten.

Ein greller Blitz! Donner! „Mein Gott, Cassie! Was hast du mit mir gemacht?“

Selbst wenn sie ein Wort hätte hervorbringen können, so wusste sie nichts zu antworten. Wie gebannt von seinem Duft und seiner männlichen Ausstrahlung konnte sie nicht mehr denken, nicht mehr sprechen. Als dann seine Lippen sacht den empfindlichsten Teil ihres Halses streiften, hörte sie, wie sie aufstöhnte, und wie von selbst legten ihre Hände sich auf seine Brust. Allmählich verflog ihre anfängliche Furcht.

„Wenn du mich zuerst entkleidest, hast du noch weniger Grund zur Angst“, raunte er.

„Dich entkleiden?“ Einem Krächzen gleich quälten sich ihre Worte über die Lippen. „Ich glaube nicht …“

„Doch, mach nur!“ Er nahm ihre Hände und führte sie an die Öffnung seiner Hose.

Aus geweiteten Augen schaute sie zu ihm auf. *Das geht zu schnell! So weit bist du noch nicht! Aber du hast es doch darauf angelegt. Also – was ist mit dir los?* Schließlich senkte sie den Blick, und mit zitternden Händen nestelte sie an dem Band, das seine Hose in der Taille hielt. Beruhigend umschloss er mit seinen festen Fingern die ihren, lenkte ihre Bemühungen, bis das Beinkleid endlich zu Boden glitt.

Ein erneuter Blitz, und gleich einer flüchtig bestrahlten Skulptur offenbarte er sich in seiner Nacktheit, bewegungslos und nicht im Mindesten bemüht, seine Blöße zu bedecken. Zwar hatte sie ihn bereits zuvor ohne Kleidung gesehen, doch da war er bewusstlos gewesen und krank dazu. Mit aller Macht hatte sie damals den Blick abgewandt. Nun aber stand er vor ihr, kerngesund und kräftig, sein Geschlecht sichtlich erregt. Nie zuvor hatte sie einen Mann so erblickt.

„Hab keine Angst!“ Erneut zog er sie an sich; durch das dünne Nachthemd spürte sie seine harte Männlichkeit, und als er den Saum ihres Hemdes ergriff und es ihr über den Kopf streifte, ließ sie es ohne Widerstreben geschehen. Er umschloss sie mit den Armen, und alles Denken stob davon. Ihre Brüste drängten sich an seinen mächtigen Brustkorb, Haut verschmolz mit weicher Haut, Fleisch mit fiebrigem Fleisch. Wieder schlossen seine Lippen sich über den ihren, wieder vereinigten sich ihre Zungen. Seine Hand streichelte zart die weiche Unterseite ihrer Brust, seine Finger fanden die Knospe, massierten und lockten. Cassie stockte der Atem; Keuchen verwandelte sich in lustvolles Stöhnen, als die zarte Spitze sich unter der Berührung straffte. Er umfasste die andere Brust, schloss sie zur Gänze ein; gemächlich kreiste er mit dem Daumen um die fester werdende Spitze. Flüssige Hitze durchflutete ihren Körper und sammelte sich tief in ihr.

„O Alec!“ Zögernd ließ sie die Hand über seine Brust gleiten, fuhr durch die weichen Löckchen, folgte der festen Form seiner Muskeln. Sie vernahm, wie er nach Luft rang, spürte, wie sein Körper sich unter ihrer Berührung verkrampfte.

Die Knie leicht angewinkelt, hob er Cassie auf die Arme, bettete sie sanft aufs Lager und streckte sich neben ihr aus. Sie sah auf zu dem Mann, der ihr zum Führer in unbekannte Gefilde geworden war, und ihr Herz begann dumpf zu pochen, so eindringlich schaute er ihr in die Augen.

„Cassie, mein Liebling!“ Aufs Neue eroberte er ihren Mund, ließ seine Lippen in feurigen Küssen über ihr Gesicht, den Hals streifen, und als sie sich über einer aufgerichteten Knospe schlossen und daran sogen, erschauerte ihr ganzer Körper vor Wonne. Völlig aufgelöst in ihrem Empfinden, spürte sie, wie seine Lippen sich erst einer Brust widmeten, um dann zur anderen zu wandern, knabbernd, saugend, ein Gefühl, erschreckend und prickelnd zugleich, das geradewegs von ihren Brustspitzen hinunterströmte zum vor Sehnsucht schmerzenden Fleisch zwischen den Schenkeln. Die Hände in sein nasses Haar verkrampft und keuchend seinen Namen flüsternd, wand sie sich unter ihm. Schier unerträglich wurde das Pulsieren zwischen ihren Beinen, die sich wie von allein spreizten.

Quälend langsam strich er mit der Hand über ihren Bauch, dann über die Innenseite ihrer Schenkel, hinein in das gekräuselte Vlies, das ihre Scham bedeckte, um sie zu erforschen und zu öffnen. Scharf keuchte sie auf, als müsse sie sich ihm verwehren. Doch aufmunternd bedeckte er ihr Gesicht, die Lippen, die Brüste mit Küssen; aufs Neue ergründeten seine Finger ihre Weiblichkeit, streichelten zart ihre empfindlichsten Stellen und strichen dann über ihr empfindsames Juwel.

Machtlos, überwältigt von diesem neuen, unbeschreiblichen Gefühl, krampfte sie sich zusammen. Die Glut, die er in ihr entfacht hatte, entflammte zu einem lodernden, unersättlichen Brand, und sie bäumte sich auf, wölbte den Leib seiner Hand entgegen, als flehe sie um Erlösung. Spiralen der Wonne erwachten bei dieser lustvollen Qual, und die Laute, die aus ihrer Kehle drangen, glichen kaum noch der Stimme, die sie als ihre eigene kannte.

Über sie hingestreckt, spreizte er weit ihre Beine mit den seinen und richtete sich auf, bis er auf den eigenen Fersen hockte. Wieder verschlug es Cassie den Atem, als sein Blick sich zu ihren intimsten Stellen senkte. Ihr ganzer Körper färbte sich purpurrot. Noch nie hatte jemand diesen Teil ihrer selbst erblickt, und gewiss hätte sie die Schenkel zusammengepresst, hätte er sie nicht gehalten und zärtlich die Innenseiten gestreichelt. Dann streckte er sich über ihr aus, nahm ihre Hände in die seinen und zog ihr die Arme über den Kopf. Sein Gewicht presste sie in die weichen Daunen, und ihrer beider Blicke bohrten sich ineinander. Cassies Augen wurden dunkel, die Pupillen weit vor Begehren.

Immer noch drang er nicht ganz in sie ein. Zögernd, tastend erforschte seine Männlichkeit ihr Tor, zog sich wieder zurück, um aufs Neue vorzustoßen, bis schließlich ihre Jungfräulichkeit jeden weiteren Zugang verwehrte.

Cassie fühlte sich ganz und gar schutzlos, gefesselt von ihrer eigenen lodernden Leidenschaft, von der Macht seines Körpers und seiner Sinnlichkeit. Ihr Atem ging kurz und stoßweise.

Unverwandt schaute er sie an, während er ihren Namen flüsterte. Dann stieß er zu – und durchbrach ihre Barriere. Überrascht von dem plötzlichen, scharfen Schmerz, schrie sie auf. Ihr ganzer Körper erstarrte.

Mit den Lippen erstickte er ihren Schrei, hauchte Laute der Liebe, küsste ihre Brauen. „Es tut nicht mehr weh. Ich verspreche es!"

Als er sich langsam zu bewegen begann, strömten tausend Wonnen durch ihren Leib. Verloren in ihm, ergab sie sich rückhaltlos der Fieberglut ihrer Vereinigung, der süßen Qual seines rhythmischen Wiegens. Jeder Stoß, wenngleich nur Antwort auf ihr Sehnen, verstärkte noch ihre Gier. Dass etwas so herrlich sein konnte, hätte sie nie im Leben geglaubt, während er sie weiter erfüllte, Stoß um Stoß. Wie von selbst hoben ihre Hüften sich ihm entgegen; immer und immer wieder rief sie seinen Namen, hörte ihn antworten, die Stimme gepresst. Eng verwoben sich beider Finger, als Cassies Körper hemmungslos wie auf einen Abgrund zuraste.

„Alec!" Sie wölbte sich ihm entgegen, während die Welt um sie herum wie in einem Funkenschauer explodierte und unvorstellbare Wonnen jeden Zoll ihres Körpers durchfluteten. Sie schrie auf, als er sie über den Gipfel trug und die Glückseligkeit sie überschwemmte, Welle um Welle. Sie spürte, wie er erschauerte, vernahm sein Stöhnen, als er mit letztem wuchtigen Stoß mit ihr eins wurde und sich in ihr verströmte.

Alec schlug die Augen auf und sah hinab auf die Frau, die sich schlafend in seine Armbeuge schmiegte, ein Bein vertraut zwischen die seinen gelegt, den Kopf an seine Brust gebettet, während das weiche Haar üppig über den Arm floss, mit dem er sie hielt. Ihm war, als sei sie wie geschaffen für seine Umarmung. Der Anflug eines Lächelns umspielte seine Lippen, als er Cassie eine lose Strähne von der Wange strich und sie sich bei der Berührung leise regte.

Das Unwetter draußen hatte sich verzogen; Donner und Wind waren dem sanften Plätschern des Regenwassers gewichen, das von der Dachtraufe hinab in die Pfützen tropfte. Die Wolkendecke war aufgerissen; der Mond und vereinzelte Sterne leuchteten am dunklen Himmel und warfen ihren matten Schein durch die Vorhänge auf das Bett.

Eigentlich hätte er sich hassen müssen für sein Tun, doch das Einzige, was er zu spüren vermochte, war ein tief empfundenes Glücksgefühl. Merkwürdig, dass ihn eine Frau so sehr anrührte.

Und was, wenn sie nun schwanger ist? Als Cole Braden stellte er sogar eine Gefahr für sie dar. Glaubten die Leute erst, sie erwarte ein Kind von einem Zuchthäusler, würden sie und das Kleine des Lebens nicht mehr froh werden. Entehrt und geächtet, würde man sie womöglich gar auspeitschen. Aber es könnte ja nicht mehr lange dauern, bis sein Name wiederhergestellt war – Wochen höchstens, vielleicht auch nur Tage. Selbst wenn sie ein Kind der Liebe gezeugt haben sollten, wäre er längst wieder Alec Kenleigh, ehe sich ihre Schwangerschaft bemerkbar machte. Und trug sie erst seinen Namen, dann würde es niemand mehr wagen, sie zu verhöhnen.

Die Augen wieder geschlossen, ließ er sich in den Schlummer zurücksinken, noch erfüllt vom Duft ihres Liebesspiels. Nur ganz kurz war er eingenickt, als er spürte, dass sie sich in seinen Armen drehte und ihre kühlen Fingerspitzen eine Spur über seine Brust zeichneten. Durch halb geschlossene Lider hindurch beobachtete er, wie sie seinen Körper erforschte, offenbar ohne zu ahnen, dass er wach war. Mit unschuldiger Neugier schweifte ihr Blick von seinem Gesicht über die Brust hin zu seinem flachen Bauch, um schließlich auf jenem Teil zu verweilen, das so neu für sie war. Alec spürte, wie ihm heiß wurde unter ihren musternden Augen, und sein Atem ging schneller. Erregt verfolgte er das Spiel der Gefühle auf Cassies Gesicht.

„Er merkt, dass du schaust", sagte er, bemüht, nicht zu lachen, obwohl er mehr als amüsiert war.

Verwirrt blickte sie zu ihm auf, erschrocken zuerst, dass er sie beobachtet hatte. Dann aber, kühner geworden, setzte sie ihre Forschungsreise fort. Tiefer kroch ihre Hand; Neugier und Begehren wetteiferten mit mädchenhafter Scheu. Zärtlich zog Alec sie an seine Brust.

„Warum hast du's dir anders überlegt? Warum bist du doch zu mir gekommen?" fragte sie leise.

„In meiner Hütte hat es schrecklich durchgeregnet. Das Dach ist undicht."

„Ach!" Sie setzte sich auf und gab einen empörten Protestlaut von sich, auch wenn sie lachen musste über den Scherz. „Nein, den wirklichen Grund. Heraus damit!"

„Den wirklichen Grund?" Er zog sie wieder in seine Arme und gab ihr einen Kuss auf die Nase, unschlüssig, wie er ausdrücken sollte, was in ihm vorging. „Ich brauchte dich mehr als die Luft zum Atmen."

„Das freut mich." Bei ihrem Lächeln begann ihm das Blut zu sieden.

„Du, mein Herz", raunte er, wobei er ihr eine widerspenstige Locke aus der Stirn wischte, „bist die personifizierte Versuchung! Eine wunderschöne Verführerin!"

Verlegen wand sie sich unter seinem Blick. Sie glaubte ihm nicht, das erkannte er nun.

Sanft bettete er sie auf den Rücken. „Wahrscheinlich“, sagte er, „brauchen die Londoner Gentlemen nur einen Blick auf dich zu werfen, und schon wird ein jeder zum lüsternen Satyr. Und ich habe dann alle Hände voll zu tun, um sie dir vom Leib zu halten.“ Den Ellbogen angewinkelt, das Kinn in die Hand gestützt, sah er auf sie herab.

„London?“

20. KAPITEL

Cassie setzte sich auf und sah ihn verdutzt an. Dort, wo Alec sie geküsst hatte, schimmerten die straffen Spitzen ihrer Brüste in feuchtem Glanz.

„Ja, London!“ Lachend strich er über ihre weiche Haut. „Du hast doch nicht etwa geglaubt, ich würde ohne dich heimfahren? Schau mich an. Eins verspreche ich dir“, fuhr er fort, als sie den Blick hob, die Augen voller Argwohn. „Ich werde dich nie verlassen.“

„Alec, ich ...“

Er unterbrach sie, indem er ihr den Finger auf die Lippen legte. „Ich weiß, wir haben uns keine Versprechen gegeben, doch ich schwöre bei Gott, dass ich dich zu meiner Frau machen werde, so bald es geht.“

„Zu deiner Frau?“ Entgeistert starrte sie ihn an.

„Ja, zu meiner Frau. Denn es ist ja nicht ausgeschlossen, dass du nun mein Kind in dir trägst.“ Er glitt mit der Hand über die sanfte Wölbung ihres Leibes und verharrte auf ihrem Bauch. Wieder begegneten sich ihre Blicke, und erstmals vermochte er die Empfindung in ihren Augen nicht zu ergründen. War es Zweifel? Furcht?

„Küss mich“, flüsterte sie, leicht vornübergeneigt, bis sie mit den Lippen die seinen streifte.

Er fügte sich, drückte sie sanft in die Kissen zurück und erforschte ihren Mund. Während sein Kuss inniger wurde, koste er zärtlich die milchweißen Unterseiten ihrer Brüste, massierte sacht ihre volle Brust. Diesmal wollte er sich Zeit nehmen, sie in die Geheimnisse ihres Körpers einführen, und dann ...

Er hörte, wie sie seufzte und ihr Atem hastiger ging, als er gemächlich ihre Knospen liebkoste und sie im Wechsel mit den Lippen umschloss. Sie fuhr durch sein Haar und zog ihn enger heran; je mehr ihre Lust zur Quelle der eigenen wurde, desto hingebungsvoller folgte sein Fühlen der weichen Wölbung von Hüften und Bauch, tastete er sich hinab zu dem Dreieck aus goldroten Löckchen zwischen den Schenkeln. In bedächtig kreisenden Bewegungen drückte sein Handballen sich in ihren Venushügel. Von ihren Seufzern betört, verlockt vom Moschusduft ihrer Erregung, tauchte sein Finger ein, sanft und drängend zugleich, und ein lustvolles Stöhnen war seine Belohnung. Alec spürte, wie sie wohlig erschauerte, von einer Gänsehaut überzogen. Sein Blick versenkte sich in dem ihren; tief in ihren Augen erkannte er ein Verlangen, das dem seinen an Macht gleichkam. Über ihr ausgestreckt, ließ er sich zwischen ihre Schenkel gleiten; behutsam drang er in sie ein, zog sich zurück, stieß aufs Neue vor, tiefer diesmal, um sogleich wieder innezuhalten und ihr Zeit zu geben, sich ihm zu öffnen. Himmlisch war sie – so feucht und eng! Nur mit Mühe konnte er an sich halten, denn fast wäre schon alles für ihn vorbei gewesen.

Quälend langsam bewegte er sich in ihr, angespornt von ihrem leisen Stöhnen. Oft hatte er sich gefragt, wie es wohl sein mochte, Cassie zu lieben, zu erleben, wie sie sich hüllenlos unter ihm wand, doch all seine Fantasien waren nichts im Vergleich zur Wirklichkeit. Wie sie sich hingab, ungekünstelt und hemmungslos, sich unter ihm wand und wölbte, klagend seinen Namen wimmernd, das war erregender als alles, was er sich je hätte erträumen können. Und als sie ihn mit den Beinen umschlang und sich ihm rückhaltlos öffnete, da war ihm, als verlöre er sich ganz und gar.

„Alec! Bitte!“ Sie fuhr mit den Händen über seinen Rücken, und ihre Finger krampften sich in seine Schultern. Sein Tempo beschleunigend, spürte er, wie ihre Muskeln sich spannten, wie ihr ganzer Körper sich in ekstatischem Rhythmus verkrampfte. „O Gott, Alec!“

Als ihr Gipfel vorüber war, hielt auch er in ihr inne und wartete, bis ihr Leib sich entspannte. „Meine wunderschöne Cassie“, raunte er, während er mit den Lippen über ihre Wangen und die Stirn streifte.

Mit bebenden Lidern schlug sie die Augen auf. „Dass es so sein könnte, hätte ich nie geglaubt."

„Ach, das war noch nicht alles!" flüsterte er. Tief in ihr verharrend, presste er den Unterleib in quälend langsamen Kreisen gegen den feuchten Hügel. Ihre Haut war rosig und schweißbedeckt, ihre Brust vor Wollust geschwollen, sodass Alec nicht anders konnte, als an den Knospen zu saugen, bis er merkte, wie sie unter seinen Lippen aufs Neue erregt reagierte, wie sie klagend seinen Namen rief. Doch noch versagte er ihr die Erlösung, sondern setzte seine gemächlich kreisenden Bewegungen fort, unablässig und gnadenlos, bis sie die Fingernägel in seinen Rücken bohrte. „O Alec, ich sterbe!"

Ihre Verzweiflung spürend, saugte er heftiger an ihren Brüsten, knabberte zärtlich mit den Zähnen, beschleunigte seine Bewegungen, bis er es spürte – das keuchende Atemholen, das Erschauern in ihrem Leib, ihre Muskeln, die sich um ihn verkrampften. Aufschreiend wölbte sie sich ihm entgegen, hob ihn fast mit sich empor, als sie ein zweites Mal in Seligkeit versank.

Als dann ihr Höhepunkt abgeklungen war, fasste er ihre Beine, legte sie sich über die Schultern und versank in ihrer berauschenden Wärme, härter, schneller, tiefer, und als er die Wonne in ihren Augen sah, ließ er alle Zurückhaltung fahren, bis er schier zu bersten glaubte und sich in ihren Tiefen ergoss.

„Ich fürchte, mein Liebe", keuchte er kurz darauf und küsste ihr die Feuchtigkeit von den Brauen, „du hast mich erschlagen!"

Obwohl ihr Alecs Gegenwart nur zu bewusst war, studierte Cassie aufmerksam das Tabakblatt, das Micah in der Hand hielt. Die Farbe, ein gelbliches Grün mit einem Stich ins Graue, war genau richtig, und als der Aufseher es durchbog, brach das Blatt knackend in zwei sauber gekantete Hälften.

„Es ist so weit“, bemerkte Micah, die Stirn voller Schweißperlen. Er drehte sich um und pfiff scharf auf zwei Fingern, das Signal für die Erntearbeiter, ihre Messer zu holen und mit dem Schneiden zu beginnen.

Cassie schirmte die Augen gegen die heiße Augustsonne ab und ließ den Blick über das Tabakfeld schweifen. Bis weit zum Horizont erstreckte sich Reihe um Reihe von Pflanzen. Eine gewaltige Aufgabe, die da vor ihnen lag.

„Dann ans Werk!“ Die letzte Liebesnacht noch im Herzen und in frischer Erinnerung, bedachte sie Alec mit einem zurückhaltenden Lächeln, wandte sich ab und bahnte sich den Weg durch die hüfthoch wogenden Pflanzen zum Küchengebäude zurück, wo leere Krüge darauf warteten, mit gesüßtem Wasser und Apfelwein gefüllt zu werden. Ein letzter verstohlener Blick über die Schulter verriet ihr, dass Alec bereits, den muskulösen Rücken geschmeidig vornüber gebeugt, die Tabakstängel durchschlug und sie zum Welken beiseite warf. So tun zu müssen, als sei er ihr gleichgültig, grenzte an blanke Folter. Bislang hatte offenbar niemand außer Takotah und möglicherweise Nan ihre Zuneigung zueinander bemerkt. Eines Nachmittags hatte die Indianerin wortlos ein Beutelchen mit Kräutern auf Cassies Bett gelegt. Erst als Cassie es öffnete und am Inhalt schnupperte, wurde ihr Takotahs Absicht bewusst. Diese besonderen Kräuter sollten verhindern, dass eine Frau vom Samen eines Mannes empfing. Unschlüssig, ob sie sie einnehmen sollte oder nicht, hatte Cassie die Kräuter vorerst beiseite gelegt. Ihre Regel war, wie nicht anders erwartet, im vergangenen Monat gekommen; zwischen Erleichterung und bitterer Enttäuschung hin- und hergerissen, wusste sie nun, dass sie kein Kind von Alec unter dem Herzen trug. Und schon bald würde er abreisen!

Bei dem Gedanken legte sich ein Schatten auf ihre Seele. Obwohl sie gezwungen war, ihm mit Gleichgültigkeit zu begegnen, bedeutete er ihr doch alles. Sie zählte sie längst nicht mehr, die vielen Male, die sie sich in den vergangenen sechs Wochen geliebt hatten, heimlich des Nachts, im Stall, in seiner Hütte, in der Bucht am Fluss.

Eins jedoch hatte er immer noch nicht gesagt: dass er sie liebte. Und sie hatte die Worte ebenfalls nicht über die Lippen gebracht, fehlte ihr doch der Mut, ihm ihr Herz zu öffnen, obwohl sie jedes Mal, wenn er lächelte, sie berührte oder ihren Namen sprach, kurz davorstand.

Als sie um die Ecke des Küchengebäudes bog, schweifte ihr Blick zur Veranda. Sie war leer – ein Anblick, der sie zunächst verblüffte, doch dann fiel es ihr ein, und ihr war, als stecke ihr ein Kloß im Hals.

Der alte Charlie war nicht mehr da. Mit aller Macht hatte die Malaria sich zurückgemeldet, nachdem die Regenfälle der vergangenen Tage dem fauligen Moderdunst der Sümpfe neue Nahrung verschafft hatten. Diesmal hatte das Fieber seinen Tribut gefordert, als Erstes ein Sklavenkind von knapp einem Jahr. Charlie, der so plötzlich erkrankte, dass Takotah keine Zeit mehr für eine Behandlung blieb, war als Nächster gestorben. Man hatte ihn vor etwa zwei Wochen beerdigt.

Vier weitere Opfer lagen zurzeit danieder, doch laut Takotah bestand die Hoffnung, dass sie durchkamen. Cassie betete darum. Der Sommer war so gut wie vorbei; bald schon würde die sumpfige Luft sich abkühlen und ihre todbringende Wirkung verlieren. Wenn bloß alle bis dahin gesund blieben! Denn der Vorrat an Chinarinde ging gefährlich zur Neige.

Kaum hatte sie die Tür zum Küchengebäude geöffnet, vernahm sie ein heftiges Würgen. Als sie eintrat, sah sie, wie Elly, von Nan gestützt, den Kopf über den Kupferbottich hielt und ihr gesamtes

Frühstück erbrach. „Ja, hat der Herrgott dir denn keinen Verstand mitgegeben, Kind?“ schimpfte die Köchin dabei. „Jeder von uns weiß, dass er die Finger von unbekannten Beeren lässt! Willst du unbedingt frühzeitig ins Grab?“

Keuchend und nach Luft ringend, das Gesicht ungewöhnlich bleich, wischte Elly sich den Mund mit einem Tuch ab.

„Wie sahen die Beeren denn aus?“ fragte Cassie beunruhigt und befühlte Ellys Stirn. Temperatur hatte das Mädchen anscheinend nicht.

„Das waren Brombeeren, Missy. Ich schwöre es!“ Ellys blaue Augen waren so rund wie die eines verängstigten Kindes. „Sonst hätte ich sie doch nicht gegessen. Geht sowieso jeden Morgen schon so, dass mir übel ist“, fügte sie würgend hinzu.

Bestürzt versuchte Cassie, sich an Erkrankungen mit ähnlichen Symptomen zu erinnern.

„Wann hattest du deine letzte Monatsregel?“ fragte die Köchin ernst.

Cassie erschrak. Genau dieses Thema hatte sie zu vermeiden gesucht.

„Los!“ wiederholte die Köchin. „Wann?“

Elly lief purpurrot an. „Im Juni.“

Ohne auf das protestierende Kreischen des Mädchens zu achten, griff Nan in Ellys Kittel und befühlte ihr die Brust. „Du bist nicht krank, Schäfchen. Du bist in Umständen!“ Ernüchtert schüttelte sie den Kopf, bückte sich und trug den Bottich mit dem übel riechenden Inhalt hinaus.

„Wer ist der Vater?“ fragte Cassie streng.

„Ein Kind!“ flüsterte Elly. Mit trotzig vorgerecktem Kinn starrte sie Cassie an.

„Nun, dann eben nicht. Ich weiß die Antwort sowieso!“ Damit machte Cassie auf dem Absatz kehrt und stürmte aus dem Küchengebäude hinaus, um sich auf die Suche nach Zach, dem Säger, zu machen, der die Gardinenpredigt seines Lebens zu hören bekommen sollte. Seit Wochen war der Bursche nicht wiederzuerkennen, betrank sich mutterseelenallein bis in die frühen Morgenstunden, kam dann bei Tagesanbruch nicht pünktlich aus den Federn und war den ganzen Tag nicht zu genießen. Laut Alec war Elly der Grund für diesen Wandel. Offenbar hatte er Recht.

Als sie Zach endlich fand, war er gerade Schulter an Schulter mit Alec bei der Tabakernte, eine Bahn aus frisch geschnittenen Pflanzen bereits hinter sich. „Zachariah Bowers!“ rief Cassie und beschleunigte ihre Schritte.

Überrascht schauten die beiden Männer auf, und Cassie musste all ihre Kraft aufwenden, um sich von dem hinreißenden Anblick zu lösen, den Alec bot. Schweißgebadet stand er da, die sonnengebräunte Haut im Licht der Morgensonne glänzend.

„Wenn ein Frauenzimmer einen schon so anspricht, dann schwant einem Übles“, murmelte der Säger Alec zu, der seinerseits zustimmend nickte. „Äh, Miss Cassie – wenn es wegen der Sauferei ist …“

„In gewisser Hinsicht durchaus“, unterbrach sie ihn und musterte ihn mit einem strafenden Blick. „Jetzt wirst du wohl endlich den Schnaps aus dem Leib lassen, wo du nun Vater wirst!“

„Wie bitte?“ Zach stierte sie ungläubig an. „Was werde ich?“

„Das Kind in Ellys Bauch, das stammt doch von dir, oder nicht?“

Erst jetzt verrieten seine Augen, dass er verstand, um was es ging. „Elly? Nein! Großer Gott!“ Er sackte in die Knie wie von einem Faustschlag getroffen, eine Reaktion, auf die Cassie ganz und gar nicht gefasst war. „Nein, Mistress“, beteuerte er kurz darauf mit brüchiger Stimme. „Das Kind ist nicht von mir.“

Verdutzt blickte Cassie ihn an. „Bist du sicher?“

„Und ob! Wenn es mir gelungen wäre, Elly ins Bett zu locken, dann würde ich mich dran erinnern!“ Bitter auflachend rang er nach Fassung und rappelte sich hoch, die Augen dunkel vor Verzweiflung.

„Dann … dann bitte ich um Entschuldigung“, stammelte Cassie verlegen. Mit einem Mal begriff sie, warum er in letzter Zeit so schlecht gelaunt war und sich ständig betrank. Elly hatte ihn ignoriert und sich mit einem anderen eingelassen. Wie konntest du ihm diese Hiobsbotschaft nur so taktlos überbringen?

Zach allerdings war schon wieder bei der Arbeit. Fast wie in Trance hieb er auf die Tabakstängel ein.

Nachdem sie einen letzten besorgten Blick mit Alec gewechselt hatte, machte Cassie sich auf den Rückweg.

Wenn Zach nicht der Vater war – wer dann?

Alec sah Cassie nach, voller Bewunderung für den weichen Schwung ihrer Hüften unter dem blauen Arbeitskittel. Elly war also schwanger! Er selbst war darüber nicht sonderlich überrascht, aber Zach offenkundig umso mehr. Vor wenigen Monaten noch hätte er den Sägewerker für einen Einfaltspinsel gehalten, weil der sich in eine Frau verliebt hatte, die anscheinend nichts von ihm wissen wollte. Aber jetzt? Er versetzte sich in die Lage von Zach, der alles in allem doch ziemlich gefasst reagiert hatte. Wie würdest du dich fühlen, bekäme Cassie ein Kind von einem anderen? Das wollte er sich lieber gar nicht erst vorstellen.

Er überließ sich wieder dem Rhythmus der Arbeit und merkte nicht, wie die Zeit verging. Dass er allmählich Durst bekommen hatte, spürte er erst, als Zach ihm ein wenig später auf die Schulter tippte und ihm einen Krug kühlen Apfelweins reichte. Aufrecht stehend, den Rücken gedehnt, trank er in gierigen Schlucken.

Der Schussknall einer Steinschlossmuskete zerriss die Luft.

Das Gefäß in Alecs Händen zerbarst.

21. KAPITEL

Instinktiv ließ Alec sich fallen und riss Zach mit sich in Deckung. Warnrufe der anderen Arbeiter erschallten aus allen Richtungen.

„Da drüben!“ Alec wies zum Waldrand hinüber. Offenbar war der Schuss von dort abgefeuert worden.

„Hab’ ich richtig gehört, oder war das bloß Einbildung?“ Gebückt huschte Micah durch die Pflanzenreihe.

Alec ließ den Blick über die Männer schweifen, die mit eingezogenen Köpfen zwischen den Tabakpflanzen kauerten. „Jemand verletzt?“

Alle schüttelten verneinend die Köpfe.

„Ich schaue mich mal um“, sagte Alec.

„Ich komme mit.“

In gebückter Haltung überwanden Alec und Zach zügig die Distanz zum Waldrand, gefolgt von Micah und den übrigen Erntearbeitern. Ein dichter Filz aus Fichtennadeln auf dem Waldboden ließ keinerlei Spuren erkennen, doch beißender Geruch von Pulverdampf lag noch in der Luft.

„Da hinten!“ Der Ruf kam von Henry. Weit auf der anderen Seite des Suchtrupps stehend, wies er vom Waldrand weg in die Tiefe der Tannen. „Junge Spunde, ’ne ganze Meute. In Jagdkleidung. Gaben Fersengeld wie die Karnickel, als sie uns sahen!“

Alecs Blick folgte der angegebenen Richtung, doch er konnte nichts entdecken.

„Die lassen sich unter Garantie nicht wieder blicken!“ Henry wirkte beunruhigt. Sein Gesicht war vor Anstrengung gerötet, die Stirn tropfnass von Schweiß. „War nur ’n Jagdunfall. Glück gehabt, ist glimpflich ausgegangen.“

„Alles zurück an die Arbeit!“ rief Micah, dessen bedenkliche

Miene verriet, dass er von einem vermeintlichen Jagdunfall keineswegs überzeugt war. Aber die Tabakernte rief. „Vor Sonnenuntergang haben wir noch 'nen Riesenberg Tabak zu schneiden."

Auch Henry marschierte zum Feld zurück. Alec sah ihm nach. Rechnete man den Hinterhalt mit dem umstürzenden Baum hinzu sowie die Mokassinschlange in seiner Hütte – er hatte das Reptil unter der Bettdecke lauernd entdeckt und es am Schwanz nach draußen gezerrt, ohne ihm die Decke vom Kopf zu ziehen –, dann hatte ein Unbekannter bereits den dritten Anschlag auf sein Leben verübt. Wer immer auch hinter den Attentaten stecken mochte, so war eines klar: Sie sollten wie Unfälle aussehen. Allmählich jedoch schien der Meuchelmörder am Ende seines Lateins, denn am hellichten Tage auf jemanden zu feuern – das musste Verdacht erregen!

Nachdem er Micah und Zach gebeten hatte, Miss Cassie nichts von dem Schuss zu erzählen, konzentrierte Alec sich wieder auf die Arbeit. Es fiel ihm nicht leicht, war er doch nach wie vor erschüttert über die Tiefe der Gefühle, die er für Cassie hegte. Ein Mann wie er, der einst Liebe und Ehe achtlos verworfen und weit von sich gewiesen hatte, war nun bereit, nein, geradezu versessen darauf, vor den Traualtar zu treten – eine Wandlung, die Matthew zweifellos höchst amüsant finden würde, hatte er doch stets vorausgesagt, dass der Tag einmal kommen werde.

Etwas indes stimmte Alec nachdenklich. Sobald er die Sprache auf Heirat oder auf die Rückkehr nach London brachte, zog Cassie sich zurück und vermied es, überhaupt an Zukunftspläne zu denken. Möglicherweise nahm sie ihm nicht ab, dass er es ehrlich meinte, denn es hatte den Anschein, als ginge sie davon aus, dass er, war die Zeit erst reif, ihr Bett verlassen und nicht ein einziges Mal zurückschauen würde. Etwas Ähnliches hatte sie sogar einmal zugegeben.

„Glaube an mich, Cassie!" hatte er sie an diesem Morgen gedrängt. „Mehr verlange ich nicht. Ich habe versprochen, dich nie zu verlassen, und dazu stehe ich auch!“

Außer Stande, ihm in die Augen zu schauen, hatte sie den Blick abgewandt.

Dass sie ihm unvermindert mit Argwohn begegnete, schmerzte mehr, als er sich einzugestehen gewillt war. Ob sie bezüglich seiner wahren Identität wohl nach wie vor ihre Zweifel hatte? Wollte sie ihn vielleicht gar nicht heiraten? Aus ihrer Abneigung gegenüber dem Ehestand und der Rolle als Ehefrau hatte sie schließlich nie ein Hehl gemacht. Doch mit der Möglichkeit, sie könne seinen Heiratsantrag ablehnen, hatte Alec sich vorher nie auseinander gesetzt. Und das Gefühl, das ihn bei dieser Überlegung jetzt beschlich, gefiel ihm ganz und gar nicht.

„Diesen Halunken Landon Carter habe ich gestern Abend beim Kartenspiel um fünfzig Pfund Sterling erleichtert“, prahlte Geoffrey, während er sich die Hose hochzog und seine stickereiverzierte Joppe gerade rückte. „Der arme Tropf! Hat nicht ein Fitzelchen Skrupellosigkeit in den Knochen, hält sich aber für ’nen gewitzten Spieler!“

Elly zog ihre Röcke über die Taille herab, heilfroh, dass es vorbei war, denn Lust, so musste sie sich eingestehen, hatte sie wahrlich nicht empfunden. Hoffentlich hatte das Kind keinen Schaden genommen! Sie hatte Geoffrey noch nichts davon erzählt, da sie auf den passenden Augenblick wartete. Sie hoffte, dass er sich genauso freute wie sie.

„Bist wohl mit den Gedanken woanders, was?“ fragte er, nahm einen Apfel aus dem mitgebrachten Korb und ließ sich neben ihr im Gras nieder.

„Ich muss dir was sagen …“

„So? Was denn?“ Er biss in die Frucht.

„Ich bekomme ein Kind von dir." Sie hielt den Atem an.

Geoffrey lachte auf. „Das musste vermutlich früher oder später so kommen. Noch ein Crichton-Bastard!"

„Freust du dich? Du wolltest doch Kinder, hast du gesagt."

„Schon, aber dieses zählt leider nicht. Ich werde es wohl nicht als meines anerkennen können. Das würde mein Vater nie erlauben."

Ellys Herz begann zu rasen. „Aber du sagtest doch …"

„Was?" Seine Augen wirkten kalt.

Sie bekam kaum Luft. „Du hast mir versprochen, dass du mich heiratest."

„Kannst du auch Zeugen für dieses Eheversprechen anführen?" Er biss mehrmals in den Apfel und schleuderte das abgenagte Gehäuse über die Schulter.

Zeugen? Sie hatten sich doch immer heimlich getroffen! Wie sollte sie da einen Zeugen benennen? „Geoffrey! Das ist nicht dein Ernst! Das kannst du mir nicht antun!"

„Ich fürchte, mein Schatz, das kann ich sehr wohl." Er stand auf und fuhr ihr mit dem Finger über die Wange. „Schade. Bist ein süßes kleines Ding."

„Geoffrey!"

„Wenn dir daran liegt, können wir uns auch weiterhin treffen. Macht mir nichts aus, wenn dein Bäuchlein rund wird. Aber jetzt entschuldige mich, ich muss noch Dringendes erledigen. Hab' keine Zeit für Plaudereien heute, mein Schatz." Er ging zu seinem Pferd, saß auf und lenkte es auf den Weg.

„Was soll ich denn tun?"

„Sieh zu, dass du es loswirst. Aber sei auf der Hut! Dem Vernehmen nach ist das nicht ungefährlich." Er gab seinem Wallach die Sporen und war kurz darauf im Wald verschwunden.

Wie betäubt und völlig gefühllos hockte Elly für einen Augenblick da, bis die schreckliche Tragweite des soeben Gehörten mit aller Gewalt über sie hereinbrach. Sie fiel auf die Knie, das Herz wie in tausend Scherben, und brach unter lauten, herzzerreißenden Schluchzern in Tränen aus.

Wie lange sie geweint hatte, wusste sie nicht. Es dunkelte bereits, als sie hörte, wie jemand von ferne ihren Namen rief. Nettie!

Elly hätte sich wohl versteckt, doch Nettie hatte sie bereits entdeckt und eilte mit raschen Schritten auf sie zu. Schon stellte Elly sich auf eine Schimpfkanonade ein, weil sie fortgelaufen war, doch Nettie sagte nichts, sondern stand nur da, die Arme verschränkt, die Miene verschlossen. „Zum Flennen ist es jetzt zu spät, Kind", sagte sie und sah auf das Mädchen herab. „Du musst an das Kleine denken. Los, auf!"

Damit streckte sie Elly die Hand hin.

Geoffrey lenkte das Pferd vom Waldweg herunter zum vereinbarten Treffpunkt, wo er absaß und wartete. Bald würde es dunkel werden, und ihm stand nicht der Sinn danach, nach Sonnenuntergang noch durch den finsteren Wald zu irren.

Lautes Rascheln und Knacken in den Büschen kündigte Henrys Ankunft an.

„Du bist spät dran!"

„Is' nich' so leicht, unbemerkt abzuhauen."

„Und?"

„Knapp danebengeschossen."

„Menschenskind, Kerl!" Verärgert stampfte Geoffrey mit dem Fuß auf. „Kann doch nicht so schwer sein, einen einzigen Mann ins Jenseits zu befördern."

„Ich musste um mein Leben rennen. Fast hätten sie mich erwischt!"

„Henry, du solltest nur einen simplen Auftrag ausführen. Und einen guten Grund dafür habe ich dir ebenfalls geliefert – deine Freiheit! Du kennst doch unsere Abmachung?“

„Ja, schon, aber neuerdings is’ es schwierig, ihn allein zu fassen zu kriegen. Wo er’s doch mit der Mistress treibt und so …“

Geoffrey erstarrte. Hatte er sich verhört? „Was redest du da?“

„Er schleicht sich fast jeden Abend in ihr Bett. Hab’ ja mitgekriegt, wie er sich kurz vor Tagesanbruch aus ihrer Kammer stiehlt. Die beiden denken, es weiß keiner, aber ich hab’ aufgepasst, wie Ihr es verlangt.“

Bittere Galle stieg in Geoffreys Kehle auf. „Bist du sicher?“ Er legte seinem Gegenüber einen Arm um die Schulter.

„Ja, Sir! Hab’s mit eigenen Augen gesehen.“

„Saubere Arbeit!“ Er versetzte Henry einen heftigen Schlag auf den Rücken, obwohl er dem Kerl am liebsten den Schädel eingeschlagen hätte. „Das ändert alles.“

„Ja?“ Henry wandte sich um und sah ihn an. Sein Blick irrte unstet hin und her.

„Allerdings. Gut gemacht!“ Abrupt zuckte Geoffrey herum, schnappte den Mann mit beiden Händen an der Kehle und drückte zu. „Und keinen Laut von der Sache! Zu keiner Menschenseele! Verstanden?“

Stammelnd und nach Luft ringend, versuchte Henry sich zu befreien. Die Augen quollen ihm aus den Höhlen, als er panisch nickte. Geoffrey aber verstärkte den Griff; seine Finger bohrten sich in Henrys wettergerötetes Fleisch. „Verrätst du jemandem auch nur ein Sterbenswörtchen, lasse ich dir bei lebendigem Leib das Fell über die Ohren ziehen! Dann lebst du gerade noch so lange, dass du deines eigenen Jammergeheuls überdrüssig wirst!“ Damit ließ er los und stieß den Leibeigenen beiseite, der, die Hände am Hals, hustend und würgend auf die Knie sackte.

Währenddessen stapfte Geoffrey ruhelos auf der Lichtung hin

und her. Seine Gedanken rasten. Zur Hölle mit diesem Braden! Und zum Teufel auch mit Catherine!

„Da wäre noch was, Sir." Furchtsam rappelte Henry sich hoch, wobei er sich immer noch den Hals massierte. „Hab' Blakewell gesehen. Haust auf 'ner Insel im Sumpf, der Alte. Nich' leicht zu finden. Is' völlig wirr im Kopf, der Kerl, kennt nicht mal seine eigene Tochter."

Geoffrey lächelte. „Also ist er doch nicht in England. Genau wie ich's vermutet habe. So, und nun sperr die Ohren auf. Folgender Auftrag ..."

Während er im Takt mit dem Fuß wippte, trank Alec einen Schluck Whiskey und reichte den Krug an Luke weiter. Der hünenhafte Schwarze schluckte gierig, den Blick unverwandt auf Nettie gerichtet, die mit aufreizenden Bewegungen um den brennenden Holzstoß tanzte, völlig verzückt von der Musik. Dass die zwei ein Paar geworden waren, war inzwischen kein Geheimnis mehr.

In einiger Entfernung stand Cassie, die Rebeccas Säugling auf dem Arm hielt. Der Lichtschein von Rebeccas Kochfeuer flackerte schemenhaft über ihr Gesicht. Dass er sich so von ihr fern halten musste, bereitete Alec wahre Höllenqualen. Den ganzen Abend schon hatte er sie beobachtet, wie sie sich von Familie zu Familie begab, von einem Lagerfeuer zum anderen, wie sie freundlich mit allen plauderte, ob mit Sklaven oder sonstigen Bediensteten, wie sie von deren Kost probierte. Von Zeit zu Zeit suchte ihr Blick den seinen und verhielt einen Wimpernschlag lang auf ihm, ehe sie mit gespielter Gleichgültigkeit weiterwanderte. Allmählich führte ihre Runde sie auch in seine Nähe – ein Spiel, das sie in den letzten Wochen perfekt zu beherrschen gelernt hatten.

„Kommt, Miss Cassie, tanzt mit uns!" rief eine der Sklavinnen atemlos, als Cassie sich näherte.

„O nein, auf keinen Fall! Das geht nicht." Sie schüttelte den Kopf und zog sich den Schal enger um die Schultern.

„Warum nicht?" neckte Nettie, ganz außer Atem. „Vergessen, wie's geht? Oder schickt es sich nicht?"

Um ein Haar hätte Alec laut aufgelacht. Netties Stichelei würde gewiss dazu führen, dass Cassie nicht anders konnte, als einzuwilligen, waren die zwei als Kinder doch enge Freundinnen gewesen.

„Also, ich ... Na schön!" Cassie ließ den Schal zu Boden fallen und schlüpfte aus ihren Schuhen.

Zwar dauerte es eine Weile, bis sie den Rhythmus richtig erfasste, doch schon bald tanzte sie wie die anderen, unbeschwert lachend, den Kopf in den Nacken gelegt, die Augen glänzend vor Euphorie. Nicht lange, und sie und Nettie ahmten einander nach, spornten sich an zu kühnen Schrittfolgen, die Hüften wiegend in einem natürlichen Gleichmaß, das keiner Erklärung bedurfte.

„Missy!" Mitten hinein in den Tanz erscholl Nans Ruf; die Köchin kam angehastet, so schnell ihre dicklichen alten Beine sie trugen, das Gesicht vor Aufregung verzerrt. Cassie, die viel zu sehr in das Tanzen vertieft war, hörte sie nicht.

„Missy!" wiederholte die Köchin unter heftigem Gestikulieren.

Cassie winkte ihr zu, hielt dann, als sie den Ausdruck auf Nans Gesicht sah, in der Bewegung inne und eilte zu ihr.

Irgendetwas, so merkte Alec, musste geschehen sein. Angespannt erhob er sich und sah, wie Cassie herumwirbelte und ihm mit aufgeregter Stimme etwas zurief.

Doch im Trommelgetöse ringsum verstand Alec nur ein einziges Wort: London.

22. KAPITEL

Der Brief lag auf dem Küchentisch, und das rote Wachssiegel schillerte im Kerzenlicht. Doch weder brachte Cassie es über sich, den Verschluss aufzubrechen, noch vermochte sie die Wehmut abzuschütteln, die in dem Moment, als Nans Worte ihr Ohr erreichten, von ihr Besitz ergriffen hatte. Seit Wochen war ihr bewusst, dass dieser Augenblick kommen würde, und seit Wochen hatte sie sich darauf einzustellen versucht. Dennoch traf die Situation sie nun unvorbereitet. Der Brief musste Alecs Namen wiederherstellen und ihm damit gleichzeitig auch zur Freiheit verhelfen. Was nach dem heutigen Abend passieren würde, das wusste Gott allein.

Statt wie erwartet nach dem Schreiben zu greifen und den Umschlag aufzureißen, zog Alec Cassie an sich und legte ihr die Finger unters Kinn. „Ich verlasse dich nicht", flüsterte er, die blauen Augen so voller Zärtlichkeit, dass ihr die Tränen über die Wangen liefen.

„Nun lies!" Sie rang sich ein Lächeln ab, zog den gestrickten Schal eng um die Schultern und sah zu, wie er den Brief öffnete und zu lesen begann. Kerzenschein flackerte über die Kupferkessel und Kochlöffel, die an den Wänden hingen, doch die anheimelnde Wärme der Küche stand im krassen Gegensatz zu der kalten Leere, die Cassies Herz ergriffen hatte.

„Allmächtiger!"

Erschreckt keuchte Cassie auf, als Alec seine Faust mit ohrenbetäubendem Knall auf die Tischplatte schmetterte.

„Was ist?"

„So eine bodenlose Schweinerei!" Derart wutverzerrt hatte sie sein Gesicht noch nie gesehen. „Philip war es!" rief er mit belegter Stimme. „Mein Bruder steckt dahinter! Großer Gott! Hier, lies selbst!“ Entsetzt reichte er ihr das Schreiben und wandte ihr den Rücken zu.

Cassie wagte kaum zu atmen. Nur mit Mühe zwang sie den Blick auf das Blatt Papier in ihrer Hand.

Verehrter Herr,

zu meinem Leidwesen muss ich erfahren, dass sich in Eurer Mitte ein Strafgefangener aufhält, der sich als mein innigst geliebter älterer Bruder Alec Kenleigh ausgibt. Ich muss Euch mitteilen, dass mein lieber Bruder schon einige Monate tot ist, ermordet von Räubern im März dieses Jahres, als er sich spät in der Nacht auf dem Heimweg befand. Mir oblag die traurige Pflicht, seine Leiche identifizieren zu müssen. Daher kann ich Euch mit Fug und Recht versichern: Wer auch immer dieser ehrlose Lump ist, den man Euch bedauerlicherweise untergeschoben hat, so handelt es sich keinesfalls um meinen Bruder, sondern um einen Lügner der niederträchtigsten Sorte.

Als ich nach Erhalt des empörenden Schreibens dieses Hochstaplers persönlich beim Direktor des Zuchthauses zu Newgate vorstellig wurde, erfuhr ich, dass es sich bei besagtem Nicholas Braden um einen begnadeten Betrüger handelt, der sich vortrefflich auf infamste Täuschung und Irreführung versteht. Dem Vernehmen nach soll er sich die Verbannung in die Kolonien auch dadurch eingehandelt haben, dass er sich das Vermögen einer Tochter aus höchsten Adelskreisen erschlichen hat. Die Zuchthausverwaltung beteuert, dass Mr. Braden in der Nacht, in der mein Bruder auf so grausame Weise beseitigt wurde, in sicherer Verwahrung war. Ich kann Euch, Sir, daher nur anempfehlen, bei diesem gemeinen Halunken allergrößte Vorsicht walten zu lassen. Bedenkt, dass seine Machenschaften bei meiner Familie die gerade heilenden Wunden der Trauer aufs Neue aufgerissen haben. Läge es in unserer Macht, so würden wir Sorge tragen, dass diese Niedertracht ihn an den Galgen bringt.

Eigenhändig unterzeichnet heute, am dreiundzwanzigsten Tage des Monats Juni, im dritten Jahr der Herrschaft unserer Majestät, König George II.

Philip Kenleigh

Zwei Mal las Cassie die Zeilen, bis sie ihr vor den Augen verschwammen. Das Blut stieg ihr zu Kopf, und wie Donner dröhnte ihr der Herzschlag in den Ohren. „Nein! Das darf doch nicht wahr sein!"

Das Blatt glitt ihr aus den Fingern und flatterte unbeachtet zu Boden. Alec trat auf sie zu und streckte die Hand nach ihr aus.

„Fass mich nicht an!" hörte sie sich schreien und zuckte zurück, um sich ihm zu entziehen.

„Cassie, so beruhige dich doch!"

„Beruhigen?" Ihre Beine zitterten so arg, dass sie ihr fast den Dienst versagten. „Mich beruhigen, wenn ... wenn all deine Worte nur Lügen sind?"

„Du glaubst doch nicht ernsthaft ..."

„Was soll ich denn glauben? Diesem Schreiben zufolge kannst du unmöglich der sein, als der du dich ausgibst!"

„So hör mir doch zu ..."

„Zuhören? Dir? Ich habe dir zugehört! Dir geglaubt! Mein Gott, ich habe mit dir das Bett geteilt!"

„Was geschehen ist, liegt doch auf der Hand", sagte er leise, wie um sie zu besänftigen, und streichelte ihr übers Haar. „Als Nicholas Braden starb, schaffte man seine Leiche als Ersatz für die meine beiseite. Und mein Bruder Philip, der das alles von Anfang an ausgeheckt hat, behauptete dann, es handele sich um meine sterblichen Überreste – damit man mich für tot erklärte."

Die Leiche von Nicholas Braden als Ersatz für die von Alec? Alecs Angehörige getäuscht? Und sein Bruder der Anstifter des Ganzen? Cassie hatte Mühe, sich einen Reim auf Alecs Erklärung zu machen. Ihr Herz schrie geradezu auf: Ja, so musste es sein! Es musste eine Erklärung geben! Wie anders wären ihre Gefühle für diesen Mann zu begreifen? Denn wenn der Inhalt des Briefes der Wahrheit entsprach, dann ...

„Geh!" wisperte sie, bemüht, ihn von sich zu stoßen, ihre Stimme kaum hörbar, selbst für die eigenen Ohren nicht. „Lass mich allein!"

Für einen kurzen Augenblick offenbarte sein Blick eine Verzweiflung, die der ihren in nichts nachstand. Dann war sie verschwunden, verborgen hinter steinerner Unbeugsamkeit.

„Sehr wohl, Miss Blakewell", sagte er leise und ließ sie los. Ohne ein weiteres Wort ging er hinaus.

Nachdem sie die Kerze ausgeblasen hatte, ließ Cassie sich erschöpft in die Kissen sinken und lauschte dem Chor der Zikaden, die vor dem Fenster ihren zirpenden Singsang anstimmten. Wie in einem Nebeldunst waren die letzten sieben Tage vergangen. Kopfüber hatte Cassie sich in die Arbeit gestürzt, sich abgerackert und die Fieberkranken gepflegt, bis das letzte Tageslicht verglühte. Sie hatte Tabakblätter zum Welken aufgehängt, den Küchengarten abgeerntet, Kräuter zum Trocknen gesammelt. Jeden Ziegelstein in der Küche hatte sie geschrubbt, jede Bodendiele im Herrenhaus, und selbst die Teppiche hatte sie zum Ausklopfen nach draußen geschleppt. Dennoch konnte sie nicht vergessen, was geschehen war, sodass sie sich, obwohl todmüde, Nacht für Nacht in den Schlaf weinte, nur um dann von fiebrigen Träumen heimgesucht zu werden. Tag und

Nacht fraßen Reue und Furcht an ihr wie eine im Leib wühlende Kolik.

Dass sie an jenem Abend töricht reagiert hatte, sah sie inzwischen ein. Wieder einigermaßen bei Verstand, hatte sie die Situation durchdacht und begriffen, was Alec von Anfang an gewusst hatte. Es war die Leiche von Nicholas Braden gewesen, die in besagter Nacht gefunden worden war und nun in einem Grab in London moderte. Es konnte nicht anders sein. Obschon Cassie ohne Weiteres zugegeben hätte, dass es für diese Annahme nicht den geringsten Beweis gab, ließ sie doch nichts anderes gelten. Denn es schien unmöglich, dass alles, was Alec in den vergangenen Monaten gesagt und getan hatte, bloßer Schwindel war, Teil eines infamen abgekarteten Spiels. Sein liebevoller Umgang mit Jamie und den anderen Kindern, sein Fleiß, die Hilfsbereitschaft, seine Küsse und Zärtlichkeiten, wenn sie sich liebten ... Kein Mann, und sei er ein noch so brillanter Schauspieler, konnte die Herzensgüte vortäuschen, die Alec Tag für Tag unter Beweis gestellt hatte.

Und was gab es auf Blakewell's Neck schon für ihn zu holen? Jedenfalls keine Reichtümer, die er hätte rauben können, denn davon hatte er sich bei der Durchsicht der Buchführung ihres Vaters selbst überzeugen können. Cassies Mitgift, nach den Maßstäben der Großgrundbesitzer des Northern Neck ohnehin eher bescheiden, wäre lediglich in den Händen eines Pflanzers von Wert gewesen, und ein Pflanzer war Nicholas Braden nun einmal nicht. Auch konnte er keinesfalls seine Freilassung erschleichen, indem er Cassie verführte, denn weder sie noch ihr Vater verfügten über die Erlaubnis, ihn aus seiner Verpflichtung als Zwangsarbeiter zu entlassen. Und obwohl ein Mann minderen Charakters sicher ein intimes Verhältnis zur Herrin als Mittel genutzt hätte, um Privilegien zu erreichen, etwa um sich vor der unerbittlichen Schinderei eines Sträflings zu drücken, war er keiner Arbeit ausgewichen, und war sie auch noch so schwer. Ja, zuweilen hatte er sogar für zwei geschuftet.

Er sprach die Wahrheit, davon war ihr Herz überzeugt. Schon vor Tagen hätte sie ihn um Verzeihung gebeten, wäre ihr nicht allmählich noch etwas anderes bewusst geworden. Er bereitete seine Flucht vor, und sie musste ihn ziehen lassen.

Von ferne hatte sie beobachtet, wie er allmorgendlich seinen Ausritt auf Aldebaran unternahm, täglich länger fortblieb und so die Ausdauer des Hengstes steigerte. An diesem Tag war er beinahe vier Stunden unterwegs gewesen. Lange konnte es nun nicht mehr dauern. Eines Morgens, so ihre Vermutung, würde er ausreiten, aber nicht zurückkehren, sondern auf Aldebarans Rücken geschwind wie der Wind den nächstgelegenen Hafen zu erreichen suchen und auf dem erstbesten Schiff anheuern, das auslief und Kurs nahm auf England.

Es wäre ihr gutes Recht gewesen – mehr noch, ihre Pflicht vor dem Gesetz sogar –, ihn wieder bewachen zu lassen, ja, ihn sogar in Fesseln zu legen, doch das brachte sie nicht über sich. Ihn anzuketten wie einen Hofhund, das zu tun ging über ihre Kraft. Zudem müsste er, falls ihm die Flucht misslang und er seinen Angehörigen in England nicht beweisen konnte, dass er noch lebte, vierzehn lange Jahre Fronarbeit ertragen. Gott bewahre! Sie liebte ihn doch! Das konnte sie ihm nicht antun!

Für den Rest der Gesellschaft in Virginia galt er nun endgültig als Nicholas Braden. Nachdem die Antwort aus London eingetroffen war, hatte der Sheriff tags darauf eine Depesche an ihren Vater gesandt und ihn aufgefordert, ihm den Inhalt des Briefes aus London mitzuteilen; er wolle nämlich die Sache ad acta legen, ehe er mit Master Crichton für den Winter nach Williamsburg aufbrach. Cassie hatte ihm ausweichend geantwortet und lediglich verlauten lassen, Alec werde von seiner Familie für tot gehalten. Noch am selben

Tag hatte der Sheriff sie schriftlich wissen lassen, er betrachte die Sache als erledigt.

Sollte Alec den Hengst getrost nehmen! Sollte er fortreiten! Schnell! Fasste man ihn, so drohte ihm sicher der Galgen.

Cassie legte eine Hand auf den Bauch und versuchte, das unruhige Kribbeln zu dämpfen. Bestimmt erreichte er wohlbehalten einen Hafen, war doch Aldebaran das schnellste Pferd im Bezirk, wenn nicht gar in der ganzen Kolonie. Und wenn sie seinen Ausbruch mit Verzögerung meldete und ihm dadurch einen knappen Tag Vorsprung verschaffte, bewahrte sie ihn vor der Gefangennahme und kam dennoch offiziell ihrer gesetzlichen Pflicht nach. Wenn nur nicht ...

Es gab so vieles, das ihm widerfahren könnte! So konnte der Hengst womöglich ein Eisen verlieren, lahmen oder Alec abwerfen und ihn verletzen. Zudem konnte sie nicht ausschließen, dass Ross und Reiter erkannt und verraten wurden. Was, wenn die Nachricht von seiner Flucht die Runde machte, bevor er Gelegenheit fand, auf einem Schiff anzuheuern? Zwar trug er kein Brandmal, doch mit einem gewöhnlichen Seemann war er auch nicht zu verwechseln. Haltung und edle Züge verrieten seine gesellschaftliche Herkunft so eindeutig, als stünde es ihm auf der Stirn geschrieben. Würde ein Kapitän einen solchen Mann an Bord nehmen? Würde man nicht sogleich vermuten, dass da etwas nicht mit rechten Dingen zuging? Und wenn er sich verirrte und einen Hafen erst gar nicht erreichte? Sicher, Blakewell's Neck und die angrenzenden Wälder kannte er wie seine Westentasche, aber trotzdem war er ein Neuling in den Kolonien. Ob er überhaupt wusste, welche Richtung er einschlagen musste?

Ruckartig fuhr Cassie hoch und setzte sich auf. Mit einem Satz sprang sie aus dem Bett, warf den Schlafrock über und eilte über den dunklen Flur zum Arbeitszimmer ihres Vaters. Hier irgendwo musste es sein! Beleuchtet allein vom Licht des Halbmonds, tastete sie forschend über die auf dem Schreibtisch gestapelten Buchführungskladden, räumte eine nach der anderen beiseite.

Fast der Verzweiflung nahe, stieß sie endlich auf das Gesuchte – ein zusammengefaltetes Blatt aus grobem Pergament, dünn und ungebunden. Hastig riss sie das Dokument aus dem Stapel heraus und eilte zum Fenster, um sich von der Richtigkeit ihres Fundes zu überzeugen. Auf der auseinander gefalteten Karte erkannte sie schwach die vor langer Zeit in blauer, roter und schwarzer Tinte gezeichneten dünnen Linien – die Windungen des Rappahannock River und all der anderen Flüsse, und zwischen den Strömen, winklig und unregelmäßig, die Grundstücksgrenzen, die den Grundbesitz eines jeden Pflanzers markierten.

Behutsam, ohne auf knarrende Bodendielen zu treten, wandte sie sich dem Bücherschrank zu, stellte sich auf die Zehenspitzen und zog eine alte Schachtel aus dem obersten Fach. Sie wischte die dicke Staubschicht vom Deckel und verließ die Kammer.

Mit fliegendem Puls huschte sie auf Zehenspitzen die Treppe hinab und öffnete geräuschlos die Hintertür. Nachdem sie sich vorsichtig umgeschaut und niemanden gesehen hatte, trat sie hinaus ins Mondlicht und hastete auf die Stallungen zu, um dort die Schachtel nebst Karte für Alec zu hinterlegen. Er würde sie sicher gleich am Morgen finden und wissen, was damit zu tun war.

Das Kopfsteinpflaster rieb kalt und rau an ihren nackten Fußsohlen, und in der kühlen Brise überlief sie eine Gänsehaut. Kaum hatte sie die Stalltore erreicht, schienen die Türflügel sich wie von Geisterhand aufzutun, und eine Hand schloss sich über ihren Mund. Starke Arme zogen sie ins Innere, während sich hinter ihr die Tür schloss. Pechschwarze Dunkelheit hüllte sie ein.

„Was, in Gottes Namen, treibst du hier draußen?“ Er ließ sie los.

„Du hast mich zu Tode erschreckt!“ Noch immer raste ihr Puls; der Schrei war ihr im Hals erstickt.

„Beantworte meine Frage!“

„Falls du’s vergessen haben solltest: Ich bin hier die Hausherrin! Eigentlich müsste ich hier die Fragen stellen!“

„Jawohl, Herrin!“ Seine Stimme verriet einen frostigen Unterton.

Sie vernahm, dass er beiseite trat, und sah dann, wie sein Gesicht allmählich aus der Dunkelheit auftauchte, beleuchtet vom gelblichen Glanz einer Kerze, die er aus einem Versteck unter einem umgestülpten Eimer hervorgeholt hatte. Seine Augen blickten hart und undurchdringlich.

„Alec, ich …“ *Ich liebe dich! Bitte verzeih mir!* „Ich wollte dir das hier bringen. Du kannst die Sachen besser gebrauchen als ich.“ Sie hielt ihm die Landkarte und die Schachtel hin. Beides hatte sie in Aldebarans Stallecke verbergen wollen.

Nachdenklich runzelte Alec die Stirn und hob zunächst den Deckel von der Schachtel. Der verblüffte Ausdruck, der sich beim Anblick der beiden Steinschlosspistolen auf sein Gesicht legte, ließ Cassie leise lächeln. Oh, wie hatte er ihr in dieser Woche gefehlt! „Die … die haben meinem Vater gehört.“

Nachdem er die Schatulle auf einer Bank abgestellt hatte, faltete er hastig die Karte auseinander. Eilig überflog er die Zeichnung und verweilte dann mit ernstem Blick auf Cassies Gesicht. „Das kann ich nicht annehmen. Sollte ich gefasst werden …“

„… dann behaupte ich, du hättest sie geraubt“, vollendete sie mit einer Ruhe, die sie ganz und gar nicht fühlte. Denn jetzt wusste sie, dass seine Anwesenheit hier nur eines bedeuten konnte. Er wollte in aller Herrgottsfrühe aufbrechen.

„Morgen?“ Sie versuchte erst gar nicht, gegen die Tränen anzukämpfen, die in ihren Augen aufwallten.

„Ja. Ich gebe dir Nachricht, sobald ich in London bin.“

Ungehindert flossen die Tränen und rannen ihr über die Wangen; mit bebenden Schultern suchte sie das Schluchzen zu unterdrücken, das sie erschütterte. Sie spürte, wie Alecs Arme sie umfingen, wie er sie an sich zog und sein Atem heiß ihre Schläfe streifte, während er tröstend auf sie einflüsterte. Das Gesicht in den Stoff seines Hemdes geschmiegt, klammerte sie sich an ihn wie eine Ertrinkende.

Ihre Lippen berührten sich sanft, als Alec sie an sich drückte und dann zärtlich ihr Antlitz küsste. Cassie wand die Finger durch sein Haar, ließ ein letztes Mal auf sich einwirken, wie er schmeckte, wie er sich anfühlte. Nur zu bewusst spürte sie seine Berührung, als seine Hand in ihren Schlafrock glitt, als seine von harter Arbeit schwieligen Finger sich um ihre Brust legten und sacht ihre aufgerichtete Knospe liebkosten. Ein heißer Schauer durchfuhr sie und ließ sie aufstöhnen.

Dann hob er sie auf die Arme, trug sie zu einem leeren Stallwinkel und bettete sie auf einen Strohballen. Mit zitternden Fingern löste Cassie die Kordel, die seine Hose hielt; mit den Händen seine Männlichkeit umschließend, geleitete sie ihn in ihre Tiefe. „Liebe mich, Alec!“

Sie wölbte ihm die Hüften entgegen, und als er sich mit einem einzigen, gleitenden Stoß tief in ihr versenkte und sie gänzlich erfüllte, konnte sie einen Seufzer der Lust nicht unterdrücken. Wie hatte sie ihn vermisst, sich nach ihm gesehnt! Doch nun war er da, in ihr, streichelte sie, ließ sie so nach Erfüllung gieren, dass sie es kaum noch auszuhalten vermochte. Sie bog sich ihm entgegen; fahrig fuhr sie mit den Händen über die Muskelstränge auf seinem Rücken, während er sich sanft in ihr bewegte. Er wusste genau, was er tun musste, wie er sie berühren musste, bis sie fast wahnsinnig war vor Wonne. Dann, plötzlich, überkam es sie, und Spiralen von süßer

Lust schraubten sich durch ihren Leib. Sie spürte, wie sein Mund ihre Lippen gefangen nahm, doch noch erklomm er nicht den eigenen Gipfel der Lust. Noch nicht! Erneut führte er Cassie zur Seligkeit, bedächtig und zärtlich, und mit jedem Kuss, mit jeder Liebkosung bewies er ihr, dass sie sein war. Schließlich verströmte er sich ihn ihr, und erschauernd fand nun auch er die Erfüllung.

Alec hielt den unruhigen Hengst fest an den Zügeln und zerrte ein letztes Mal am Sattelgurt. „Reite nach Norden, auf Maryland zu", hatte Cassie tränenerstickt geflüstert, als er sich von ihr gelöst und noch einmal ihr Haar geküsst hatte. Nun schnaubte Aldebaran unruhig und scharrte rastlos mit den Hufen im Stroh, als merke er instinktiv, dass der Aufbruch bevorstand.

Nachdem er sich die Landkarte in den Hemdärmel geschoben und die beiden Pistolen sicher in den Satteltaschen verwahrt hatte, führte Alec Aldebaran hinaus in die Morgenluft und saß auf. Kühl und klar brach der Tag an; hellrosa erstrahlte der östliche Himmel im Licht der aufgehenden Sonne. Schon brannten die Kochfeuer; Rauchgeruch lag in der Morgenbrise, während die Frauen ihr Tagwerk begannen.

An den Ställen vorbei schaute Alec zu den Hüttenreihen hinüber, den Unterkünften der Leibeigenen und Sklaven, und weiter hinaus zu den dahinter liegenden abgeernteten Feldern. In der Ferne ragte der Waldrand auf – gezackte schwarze Konturen, die sich vor dem Morgenhimmel abhoben.

Den Blick konzentriert nach rechts auf den Wald gerichtet, der im Osten die Grenze des Gutes bildete, setzte er sein Pferd in Trab. Nach Norden zu! hatte Cassie gesagt. Hell klappernd tönten die Hufe über den gepflasterten Hof. Eine Rauchfahne wand sich aus dem Schornstein des Küchengebäudes. Nan war bereits fleißig.

„Gott sei Dank! Ihr seid schon auf!"

Die Stimme kam nicht aus der Küche, sondern vom Eingang zum Herrenhaus.

„Miss Cassie hat mir aufgetragen, Euch keinesfalls zu stören!" rief die Köchin atemlos. Ihr Gesicht war gramverzerrt, und sie nestelte unruhig an der Schürze. „Aber ich hab' gemeint, Ihr wollt ihr bestimmt in solch einer Lage zur Seite stehen."

Er zog dem Hengst die Zügel an. „Was ist passiert?"

„Ach, Mr. Braden! Jamie! Er hat das Sumpffieber!"

23. KAPITEL

Alec sprang aus dem Sattel und band Aldebaran am Geländer fest. Mit wenigen Sätzen durchmaß er die Veranda, stürmte ins Haus und eilte, zwei Stufen auf einmal nehmend, die Treppe hinauf. Vor der Tür zur Kammer des Jungen blieb er stehen.

Blass und von heftigen Krämpfen geschüttelt, lag Jamie in seinem Bett. Seine Schwester, die auf dem Bettrand saß und ihm mit inniger Fürsorge über die schmale Stirn streichelte, bemerkte er offenbar nicht. Gedämpft summte Cassie ihm ein Schlaflied vor. Sie weinte.

„Cassie, kann ich irgendetwas …"

Erschrocken fuhr sie herum, noch in Nachtgewand und Schlafrock, die Augen verweint und geschwollen. „Was machst du denn hier? Ich dachte, du seist inzwischen längst unterwegs."

Sie wandte ihm wieder den Rücken zu und befühlte die Wange des Jungen.

„Wie geht es ihm?" Alec ließ sich nicht beirren. Furcht und Kummer ließen sie so zu ihm sprechen.

„Er ist sehr, sehr krank", flüsterte sie mit tränenerstickter Stimme. „Ich habe nicht ausreichend Rindenextrakt für ihn. Auch Zach liegt seit letzter Nacht mit dem Fieber danieder."

Dazu drei weitere Leibeigene und das Sklavenkind, von dem Alec am Vortage vernommen hatte, sowie Rebecca mit einem Rückfall – mithin insgesamt sieben Erkrankte.

„Kein Mensch wird dir verargen, wenn du dem Jungen gibst, was er braucht, Liebes. Er ist dein Bruder und Erbe des Anwesens. Es steht ihm zu!"

Cassie schüttelte den Kopf. „Ich kann doch nicht den letzten Rest für meinen Bruder nehmen und zusehen, wie alle anderen leiden und sterben!“ Unterdrücktes Schluchzen erschütterte ihre Schultern, und Tränen rannen ihr über die Wangen.

„Dann lass noch mehr von dem Mittel holen.“

Sie lachte bitter. „Um diese Zeit ist nichts mehr davon in den Kolonien übrig – außer dem Rest, den reiche Pflanzer horten. Und die teilen ihren Vorrat gewiss nicht mit uns, nicht einmal für klingende englische Münze.“

Alec ließ sich neben ihr nieder und zog sie an sich. Sie lehnte sich an ihn an, und das warme Nass ihrer Tränen durchtränkte sein Hemd. Dann rückte sie abrupt von ihm ab und zog dem Jungen die Decke liebevoll bis unters Kinn.

„Du musst fort! Schon bald werden alle auf sein!“

„Cassie, ich …“

„Nein! Geh! Reite los, solange noch Zeit ist! Mein Herz ist heute Nacht zur Genüge in Stücke gerissen worden. Dich hier wiederzusehen … das ist eine Qual! Ich ertrage es nicht, dir aufs Neue Lebewohl zu sagen.“ Sie hob den Blick und schaute ihn an.

„Ja.“ Damit stand er auf und verließ die Kammer.

„Wirf sie hinaus!“

Die Augen geschlossen, kämpfte Elly mit den Tränen. Sie konnte es Zach nicht verübeln, dass er sie hasste, denn es geschah ihr ganz recht.

„Zachariah!“ Allmählich platzte Nan der Kragen. „Wenn du dich nicht zusammenreißt und dieses Mittelchen trinkst, wie deine gute Herrin verlangt, dann verabreiche ich dir eine Tracht Prügel, die du nie wieder vergisst!“

„Ich trinke höchstens, wenn du dafür sorgst, dass die da geht.“

Von namenloser Angst ergriffen, konnte Elly nur hilflos zusehen, wie Zach sie zornerfüllt anfunkelte, bis er langsam und zitternd in die Kissen zurücksank. Es ist deine Schuld, dass er so schrecklich krank ist! Dunkle Ringe um die tief in den Höhlen liegenden Augen ließen seine Haut noch bleicher erscheinen. Das sonst blonde Haar, jetzt dunkel und nass geschwitzt, klebte ihm am Schädel.

„Wieso deine Herrin so kostbare Arznei für 'nen Hagestolz wie dich verschwendet, wo man's für bessere Seelen gebrauchen könnte, das will mir nicht in den Kopf", schimpfte Nan. „Los, trink schon! Und dass du mir bloß nicht über den Geschmack nörgelst! Hast du dir selbst zuzuschreiben, das Fieber! Bei deiner ständigen Sauferei, draußen in der Nachtluft!"

„W...wieso? W...wer ist denn sonst noch krank?" fragte Zach zähneklappernd. „Ist denn nicht genug Pulver da?"

„Ach, du ... du sturer Bock, du", stotterte Nan verstimmt und ließ noch ein paar deftige Kraftausdrücke folgen. „Es ist nur noch ganz wenig Chinarinde übrig, und das hier ist die letzte Portion. So, also! Entweder du schluckst das jetzt hinunter, oder ich wasche meine Hände in Unschuld und bestelle schon mal die Totengräber für dich!"

Der Anflug eines Grinsens legte sich über Zachs Gesicht. „Du wusstest immer schon, wie man ein Mannsbild rumkriegt, was, Nan? Wer ist sonst noch krank? Los, raus mit der Sprache! Ich sehe es dir an den Augen an, dass du mir was verschweigst!"

Kopfschüttelnd seufzte Nan auf. „Nun gut, aber es ändert sowieso nichts. Trinken musst du trotz alledem."

„Die Wahrheit, Frauenzimmer!"

„Als Miss Cassie heute Morgen aufwachte, fand sie Jamie mit Fieberkrämpfen vor. Malaria, bei Gott!"

„Allmächtiger!" Zach schloss die Augen. „Und du hättest mir das letzte bisschen Chinarinde eingetrichtert und nichts für das Kind zurückbehalten?" Die Brauen zusammengezogen, schüttelte er den Kopf. „Ich nehme keinem Kind die Medizin weg! Bring das dem Jungen!"

„Wusste ich's doch, dass du so was sagst – so 'n ehrpusseliger Galgenstrick wie du!" erwiderte Nan kopfschüttelnd. „Doch im Ernst, Zach. Dein Verhalten ist aller Ehren wert! Möge Gott es dir vergelten!"

„Aber Zach! Wenn du nicht …" Ehe sie wusste, wie ihr geschah, kniete Elly neben seinem Lager und umklammerte krampfhaft Zachs Hand.

„Dann sterbe ich womöglich? Wäre das so schlimm, Elly, mein Schatz?" Sein Blick war hart und kalt, als er ihr ruckartig die Hand entriss.

„Ja", antwortete sie kleinlaut, die Stimme nicht mehr als ein Wispern. „Zach, ich …"

„Ich bin dir gut, bin deine süße Elly? Ich liebe dich?" Er lächelte spöttisch. „Hinaus!"

Erst als sie das eigene Schluchzen vernahm, begriff Elly, dass sie weinte.

„Komm, Schäfchen", sagte Nan tröstend. „Es wird das Beste sein, wenn du die Medizin zur Mistress zurückbringst. Und Luke soll für frisches Wasser und Bettzeug sorgen."

Mit dem Schürzenzipfel wischte das Mädchen sich das verweinte Gesicht ab und stand auf. „Nein", schniefte Elly und verbiss sich die Tränen. „Ich bleibe, ob er's will oder nicht. Ich verlasse diese Hütte erst, wenn es Zach wieder besser geht." Selbst überrascht über den unerwartet energischen Ton, straffte sie die Schultern und glättete ihre Schürze. „Ich lasse mich doch nicht herumkommandieren wie ein dummes Kind!"

„Na", bemerkte Nan nach kurzer Pause, „ist ohnehin zu schlapp, der Kerl, um sich mit dir herumzukabbeln." Damit machte sie kehrt und stapfte zur Tür hinaus.

„Wenn du dich da bloß nicht irrst!" schrie Zach ihr nach.

Nach der Landkarte, die Cassie ihm gegeben hatte, musste er mittlerweile ein beträchtliches Stück auf Carters Grund und Boden zurückgelegt haben. Corotoman konnte nicht mehr weit sein. In der Hoffnung, mit einer Abkürzung durch den Wald Zeit zu sparen, hatte Alec die Straße verlassen. Irgendwo hier am Flussufer musste Carters Pier liegen, wo die Fracht, die dem Großgrundbesitzer sein Vermögen eingebracht hatte, umgeschlagen wurde.

Alec gab Aldebaran die Zügel frei. Trittsicher verfolgte der Hengst seinen Weg – durch Fichtendickichte, über umgestürzte Baumstämme und Uferabschnitte voll Treibgut, das bei Ebbe liegen geblieben war. Schon fragte Alec sich sorgenvoll, ob er etwa die falsche Richtung genommen hatte, da lichtete sich der Wald, und er erblickte sie in der Ferne: Boote, die sich in eine schmale, natürliche Bucht schmiegten. Emsig wimmelten Männer herum, die Kisten schleppten oder mit Behältern beladene Rollwagen zogen. Mit einem Schenkeldruck trieb Alec den Hengst an und ritt auf die geschäftigen Arbeiter zu.

„Heda!“ rief eine Stimme. „Anhalten!“

Alec zog die Zügel an, und während er absaß, sah er, wie ein Mann im Laufschritt die Landungsbrücke verließ und auf ihn zurannte. Seine Kleidung war durchgeschwitzt, und je näher er kam, desto strenger stieg Alec der säuerliche Geruch von ungewaschener Haut in die Nase.

„Du bist doch der Zuchthäusler drüben von Blakewell's Neck!“ Der Mann, offenbar der Aufseher, musterte Alec mit scharfem Blick.

„Richtig. Ich habe in Blakewells Auftrag mit Master Carter zu reden.“

Der Aufseher blieb einen Moment stumm. Nach einigem Nachdenken sagte er: „Und was sollte einer wie du von meinem Herrn und Meister wollen?“

„Steckt Ihr immer die Nase in die Angelegenheiten Eurer Herrschaft? Ich könnte mir nämlich vorstellen, dass der Master so etwas an seinen Bediensteten nicht sonderlich schätzt."

Unruhig fuhr der Mann sich mit der Zungenspitze über die sonnenverbrannte Lippe. „Dann Marsch, Zuchthäusler! Komm mit! Und lass deine Hände da, wo ich sie sehen kann!"

Über die Kaianlage hinweg marschierten die beiden, Alec mit Aldebaran am Zügel, auf die Außengebäude zu – Trocknungs- und Lagerschuppen, Unterkünfte für Sklaven und anderes Personal, insgesamt ein komplettes Dorf von recht ansehnlichen Ausmaßen. Im Hintergrund lag das dreigeschossige Herrenhaus, nach in Virginia herrschenden Maßstäben ein gewaltiges Bauwerk, das erheblich größer war als Crichton Hall, doch verglichen mit den Häusern in England eher einem bescheidenen Landpfarrhaus ähnelte.

Vor einem der Lagerhäuser blieb der Aufseher stehen, gebot Alec zu warten und verschwand in dem Gebäude. Kurze Zeit später erschien er wieder, mit Fesseleisen in den Händen. Zwei Negersklaven folgten ihm auf den Fersen. „Haltet den Kerl fest", befahl er den beiden.

Am liebsten hätte Alec wild um sich geschlagen, doch er beherrschte sich, schüttelte die Sklaven ab und streckte dem Aufseher die Handgelenke hin. „Bitte, nur zu!" sagte er kalt lächelnd. „Wenn Ihr Euch dadurch sicherer fühlt!" Die Schwarzen brachen in Gelächter aus, offenbar amüsiert darüber, dass ihr Aufseher anscheinend vor jemandem Angst hatte, der überhaupt keinen Widerstand leistete.

Mit hochrotem Gesicht legte der Aufseher einen der aneinander geketteten Eisenringe um Alecs Handgelenk, den anderen um das Holzgeländer. „Ihr passt auf ihn auf!" brummte er den Schwarzen zu und verschwand dann hinter einem anderen Schuppen.

Alec lehnte sich an die Schuppenwand, versuchte sich zu entspannen und der sengenden Sonne zu entgehen. Der Schweiß rann ihm den Rücken hinunter. Doch kaum war der Aufseher gegangen, da tauchte er schon wieder auf, gefolgt von Carter persönlich. Trotz der Hitze war der Alte makellos angezogen, auch wenn ihm die Schweißperlen im Gesicht standen. Sein kritischer Blick wanderte über Alec, um dann auf den Handfesseln zu verweilen.

„Warum ist dieser Mann in Fesseln?“ wollte er von dem Aufseher wissen, der sich bei der gestrengen Frage unbehaglich wand.

„Der ist ein Zuchthäusler, Master! Kam mir nichts, dir nichts aus dem Wald zum Kai geritten. Ich dachte, vielleicht reißt er aus. Das wollte ich verhindern. Eine Karte hat er nämlich auch.“

„Ja, ja, schon gut, aber es versteht sich ja wohl von selbst, nicht wahr, dass er auf meinen Grund und Boden kommen muss, wenn er mich persönlich sprechen will. Los, runter mit den Fesseln! Und nun zu Euch“, fuhr er an Alec gerichtet fort, nachdem dieser umständlich von den Eisen befreit worden war. „Was führt Euch denn eigentlich her?“ Mit einer ungeduldigen Handbewegung entließ er seine Männer.

„Ich komme in Blakewells Auftrag und soll Euch etwas Chinarinde abkaufen.“

„Malaria, was?“

„Ja.“

„Und wie kommt Blakewell auf den Gedanken, ich hätte etwas von dem Zeug übrig? Meine Leute hat's diesen Sommer böse erwischt, und ich muss mich um viel mehr Köpfe kümmern als er.“

Alec lächelte. Dieses Spiel gedachte er nicht mitzumachen. „Er bietet Euch etwas sehr Wertvolles als Gegenleistung.“

„Was Ihr nicht sagt. Und was soll das sein?“

„Er leiht Euch Aldebaran zu Zuchtzwecken.“

Carters Augen weiteten sich vor Überraschung. „Vielleicht

muss ich Euch doch in Fesseln legen. Das sieht Blakewell nämlich ganz und gar nicht ähnlich."

„Diesmal steht für ihn einiges auf dem Spiel."

„Ist seine Tochter erkrankt?"

„Sein Sohn. Und es ist kein Rindenpulver da."

„Sein einziger Sohn und Erbe! Das ist allerdings ein Problem."

Carters braune Augen musterten Alec unverwandt. „Kommt, Braden, sehen wir zu, dass wir dieser verfluchten Hitze entkommen. Wir haben einiges zu bereden."

„Stimmt. Und wenig Zeit."

Mit einem kühlen, feuchten Tuch wischte Cassie über die heiße Stirn des Kleinen, dessen Schüttelfrost inzwischen fiebrigen Schweißausbrüchen gewichen war. Von Zeit zu Zeit schlug er ruhelos um sich. Vor weniger als einer Stunde hatte Cassie ihm die zweite Dosis Quinquina verabreicht, das von Zach abgelehnte Quantum. Zunächst hatte sie es nicht annehmen wollen und Nan mit der Arznei zur Hütte des Sägers zurückgeschickt, doch stur wie immer hatte der sich strikt geweigert, die lebensrettende Tinktur auch nur anzurühren.

„Cassie?" Mit zuckenden Lidern schlug Jamie die Augen auf und streckte wimmernd die Hand nach seiner Schwester aus.

„Schon gut, mein Kleiner, ich bin ja da." Sie nahm das weinende Kind in die Arme und wickelte es in eine Decke. Den Jungen so hinfällig zu sehen, das schnürte ihr schier die Kehle zu.

„Mir ist heiß!" Er zappelte kraftlos, bemüht, sich die Decke vom Leib zu strampeln.

„Das bist du auch, mein Schatz. Aber ich muss dich warm einpacken, sonst fröstelst du in der Luft."

Die Augen fielen ihm zu, sodass Cassie schon glaubte, er sei wieder eingeschlafen.

„Wo ist Pirat?“ Er hob den Kopf und schaute nach seinem kleinen Hund.

„Der treibt seinen Unfug heute mal draußen. Ich wollte vermeiden, dass er dich aufweckt.“

Das Gesicht an ihre Brust gebettet, schmiegte der Kleine sich an sie. Seine Haut war aschfahl, die Lippen spröde und farblos. „Erzähl mir eine Geschichte. Die vom schwarzen Korsaren.“

„Leider kenne ich die nicht sonderlich gut, mein Schatz.“

„Cole, der kennt sie.“

Plötzlich fiel Cassie das Sprechen schwer. „Ja, schon, aber er ist … ausgeritten.“

„Wenn er wieder da ist, kann er sie mir dann erzählen?“

Heiße Tränen schossen ihr in die Augen. Als sie am Morgen vernahm, wie der Hufschlag des Hengstes sich entfernte, war ihr zu Mute gewesen, als müsse sie sterben, als breche ihr das Herz entzwei, sodass ihr nichts mehr blieb als Schmerz. Allein Jamies Leiden hatte dafür gesorgt, dass sie nicht ständig an Alec denken musste.

Bald schon, so ihre Befürchtung, müsste sie seine Flucht zur Anzeige bringen. Seltsam, dass bislang noch niemand die Sprache auf seine Abwesenheit gebracht hatte, war doch die Abendbrotzeit schon lange vorbei.

Eine Stunde wollte sie ihm noch geben, höchstens zwei, dann musste sie die zuständigen Behörden unterrichten. „Das kann dauern, Liebling, bis er zurück ist.“ Rasch wischte sie sich die Tränen von den Wangen und lächelte. „Hilfst du mir denn beim Erzählen?“

„Ja.“

„Es war einmal ein Seeräuber namens Schwarzbart, die Geißel der sieben Meere“, begann sie, wobei sie ein feuchtes Tuch auswrang und Jamie auf die Wangen drückte.

„Und der Kolonien“, ergänzte Jamie mit kraftloser Stimme.

Gerade wollte Cassie ihre Version nachbessern, da wurde sie von Hufgetrappel und dem aufgeregten Gekläff von Pirat unterbrochen. Das Klappern kam näher, bis es klingend auf dem Kopfsteinpflaster des Hofes widerhallte. Ein bekanntes Wiehern, eine nur zu vertraute tiefe Stimme! Mit stockendem Atem stand Cassie auf. Ausgeschlossen! Und doch …

Aufgewühlt eilte sie zum Fenster. Unten im Hof stand Alec, ins Gespräch mit Nan vertieft. „Lasst Takotah holen", hörte sie ihn sagen.

Was war geschehen? Warum war er umgekehrt?

Sie hatte kaum Zeit, sich über diese Frage den Kopf zu zerbrechen, denn schon stürmte er die Treppe hinauf und erschien im Türrahmen. Cassie traute ihren Augen nicht. Wortlos starrte sie ihn an. Das Hemd durchgeschwitzt, stand er da und atmete schwer, sodass seine Brust sich hob und senkte. Sein Blick suchte den ihren; in seinen blauen Augen spiegelte sich dieselbe Besorgnis, dieselbe Bangigkeit, die auch sie schon den ganzen Tag überwältigt hatte.

„Cole!" rief der Kleine, dessen blasses Gesichtchen bei Alecs Anblick förmlich aufleuchtete. „Erzähl mir die Geschichte von Schwarzbart, dem Korsaren!"

„Aber ja, Kaulquappe." Er trat an Jamies Bett und tätschelte dem Kleinen die verschwitzten Locken, ehe sein Blick wieder zu Cassie zurückkehrte. „Ich habe gebetet, dass ich nicht zu spät komme." Damit drückte er ihr etwas in die Hand. Stumm starrte Cassie auf einen Lederbeutel.

„Quinquina", sagte er.

Cassie keuchte auf. „Wie das?" fragte sie bestürzt. „Woher?"

„Auf völlig ehrliche und legale Weise besorgt", erklärte er. „Doch dazu später. Es soll ja hier, wie ich höre, mehrere Kranke geben, darunter ein kleiner Hosenmatz und ein sturköpfiger Holzwurm, die dringend dieser Arznei bedürfen."

Cassie ging das Herz auf, als sie den Beutel öffnete und darin so viel Chinarindenextrakt fand, dass es für ein Dutzend Malariafälle gereicht hätte. Die Knie gaben ihr nach, und sie setzte sich vorsichtshalber zurück auf das Bett. „Ich dachte, ich sehe dich nie mehr wieder." Ihre Stimme glich einem kaum hörbaren Wispern.

„Ich konnte einfach nicht aufbrechen, solange Jamie nicht über den Berg ist. Wie geht es ihm?"

Cassie warf einen Blick auf den Kleinen, der die beiden unter schweren Augenlidern hervor beobachtete. „Schwach ist er, doch es geht ihm nicht ganz so schlecht wie befürchtet. Obwohl ich schon Angst hatte, dass er ohne das Pulver …"

„Pst, Liebes!" Alec legte ihr den Finger auf die Lippen. „Wir haben jetzt reichlich, und nun wird er ordentlich versorgt, wie es sich gehört. Ich werde persönlich sicherstellen, dass du ein wenig Schlaf bekommst. Doch nun zu Schwarzbart, dem Freibeuter." Er ließ sich neben Jamie auf der Bettkante nieder und senkte die Stimme zu einem tiefen, theatralischen Bass. „Blackbeard, so heißt es, sei die Geißel der sieben Meere gewesen und eine Heimsuchung für seiner Majestät Kolonien. Nie wieder hat die Welt einen so grausigen Seeräuber gesehen. Ja, man sagt gar, er habe sich, wenn er Schiffe enterte, Haupthaar und Bart angezündet …"

24. KAPITEL

Binnen drei Tagen hatte Jamie sich zumindest so weit erholt, dass er Nans Hühnerbrühe nicht mehr verweigerte. Innerhalb einer Woche war er wieder auf den Beinen, wenn auch noch zu schwach, um mit den Spielgefährten herumzutollen. Während der Krankheit war Cassie ihm nicht von der Seite gewichen. Alec hatte ihm Geschichten erzählt und Cassie ein wenig aufgemuntert, wenn sie mutlos wurde. Als das Fieber bei dem Kleinen dann endlich sank, hatte Alec sie zu Bett gebracht, wo sie in seinen Armen sogleich erschöpft einschlief.

Zach war ebenfalls auf dem Wege der Besserung, wenn die Genesung auch nicht ganz so schnell verlief. Er hatte, als Alec mit dem Mittel eintraf, bereits im Fieberwahn zu fantasieren begonnen und sich zunächst gegen die Einnahme gesperrt, da er annahm, die Frauen wollten ihn nur dazu verleiten, die für Jamie bestimmte Dosis einzunehmen. Erst als er bewusstlos und für Widerstand zu schwach war, hatten sie ihm das Mittel einflößen können. Elly hatte ihn gesund gepflegt – laut Takotah sogar recht geschickt – und Tag und Nacht am Krankenbett ausgeharrt, bis die Krise überwunden war.

Nur zwei weitere Personen waren seitdem erkrankt. Dank des zusätzlichen Quantums an Quinquina hatten sie überlebt. Jetzt, da der Sommer zu Ende ging und die Sumpfluft sich abkühlte, ließ auch die Malariagefahr nach. Da außerdem die Tabakernte nahezu eingebracht war, herrschte nunmehr auf Blakewell's Neck beinahe so etwas wie Festtagsstimmung. Es galt, für die kalte Jahreszeit vorzusorgen. Äpfel mussten zu Wein gekeltert, Gurken eingelegt und die Gebäude winterfest gemacht werden.

Cassie hockte auf den Treppenstufen des Küchengebäudes, enthülste die geernteten Erbsen und sah dabei den Eichelhähern zu, die sich mit den Hennen um das Hühnerfutter balgten, das auf dem Hof verstreut worden war. Schon roch man den herannahenden Herbst, die Jahreszeit, die ihr von jeher die liebste gewesen war. Bald würde das Laub sich verfärben, die Tage würden kürzer werden; ein Gefühl der Ruhe und Zufriedenheit legte sich dann über alles, und ganz allmählich würde die Welt in den Winterschlaf versinken.

„Lass mich in Ruhe, Weib!“

Zach! Begleitet von Elly, schlurfte er mit langsamen Schritten auf den Brunnen zu.

„Du warst mit einem Bein im Grab, Zachariah Bowers! Kommt nicht infrage, dass du draußen herumläufst, wenn du eigentlich ins Bett gehörst!“

Natürlich hatte Elly Recht. Obwohl er es mannhaft zu verbergen suchte, war Zach doch arg geschwächt, und der kurze Gang von seiner Hütte zum Hof hatte ihn außer Atem gebracht. Sein Gesicht war abgezehrt und bleich.

„Erzähl du mir nicht, was ich zu tun und zu lassen habe!“

Cassie wandte sich wieder ihren Erbsen zu. Sie war unangenehm berührt, da sie den Eindruck hatte, Zeugin einer Privatangelegenheit geworden zu sein. Nach Nans Voraussage würde Zach bald über seinen Schmerz hinweg sein und Elly gewiss verzeihen – ungeachtet der Tatsache, dass sie ein Kind von einem anderen erwartete. Eine Versöhnung wäre Cassie mehr als recht, obschon dies, sah man das ungleiche Paar zusammen, eher unwahrscheinlich erschien. Takotah, so wusste Cassie, hatte dem Mädchen ihre Hilfe für den Fall angeboten, dass es das Kind abtreiben wolle. Das allerdings hatte Elly abgelehnt; auch wenn es ein Bastard sei, so Elly, werde das Kind seine Mutter doch lieb haben. In dieser Einstellung wurde sie von Nettie unterstützt – ein höchst merkwürdiger Gesinnungswandel, denn noch vor Wochen hatte Nettie die blutjunge Leibeigene nicht ausstehen können. Inzwischen war sie offenbar Ellys einzige Freundin.

„Das ist weit genug!“ Mittlerweile klang Elly ernsthaft erzürnt. „Wenn's nicht anders geht, hole ich Luke hinzu; der schleppt dich ins Bett zurück wie 'nen Sack Hafer!“

Von ihrem Platz aus konnte Cassie beobachten, wie das Mädchen, das mindestens einen Kopf kleiner war, dem blonden Sägewerker den Arm um die Taille schlang und ihn in Marschrichtung auf die Hütten herumdrehte. Cassie widmete sich erneut den Erbsen, doch schon bald schweifte ihr Blick hinüber zum Pferdestall, wo Alec mit Jamies Hilfe Aldebaran gerade seine Haferration vorsetzte. Schon zum zweiten Mal in dieser Woche war Alec mit dem Hengst nach Corotoman aufgebrochen, um dort seinem Versprechen gemäß den Beutel Chinarindenextrakt mit einem von Aldebaran gezeugten Fohlen zu begleichen. Auf den vermeintlichen Sinneswandel von Cassies Vater war Master Carter nur zu bereitwillig eingegangen, indem er nicht bloß eine, sondern gleich vier rossige Stuten, die er einer so edlen Nachkommenschaft für würdig hielt, zum Decken vorführte. Allerdings ließ der Tabakbaron sich nicht lumpen und bot für die drei zusätzlichen Fohlen einen angemessenen Preis.

Zunächst hatte Cassie, als Alec ihr von diesem Handel berichtete, zornig reagiert. Allerdings war ihr Ärger schon bald verraucht, denn immerhin hatte Alec sein Leben und seine Zukunft aufs Spiel gesetzt, um Jamie zu retten. Hätte man ihn bei seinem Ritt durch den Wald gesehen und erkannt, so hätte dies übel für ihn ausgehen können.

Dass er nun noch ein wenig länger blieb, machte sie glücklich. Doch da es nur eine Gnadenfrist war, versuchte sie, ihre Freude zu zügeln. Denn wenn er dann schließlich endgültig abreiste, würde ihr Kummer so bitter sein wie zuvor und ihr das Herz zerreißen.

Daran indes wollte sie noch nicht denken, jedenfalls nicht an diesem Tag.

Seit Jamies Genesung hatte Alec jede Nacht in ihrem Bett verbracht. Ihr Monatsfluss, der eigentlich mittlerweile längst hätte einsetzen müssen, ließ auf sich warten; ihre Brüste waren empfindlich und schwer geworden. Für eine sichere Aussage aber war es noch zu früh. Schon ein oder zwei Mal zuvor hatte die Regel sich verspätet, so beispielsweise nach einer Fiebererkrankung, ein andermal nach dem Tod ihrer Mutter. Folglich hieß es hoffen und warten – und schweigen.

Mittlerweile war sie mit dem Enthülsen fertig und hatte gerade begonnen, Nan beim Schrubben von Kartoffeln zu helfen, als sie vernahm, wie Jamies Gekicher hell wie ein Glöckchen durch den Hof perlte. Alec ließ ihn auf den Schultern reiten.

„Cassie, guck mal!“ rief der Kleine, die Wangen wieder von einem gesunden Rosa gefärbt, und hielt mit den fleischigen Händchen seinem menschlichen Reittier die Augen zu.

„Ah! Ich kann nichts mehr sehen!“ jammerte Alec theatralisch, worauf der Junge vor Vergnügen quietschte, während Alec bewusst unsicher vorwärts stolperte und so tat, als gerate er ins Straucheln und werde ihn abwerfen. Geschickt aber ließ er den Jungen nach vorn über den Kopf purzeln und mit den Beinchen voraus auf festem Boden landen.

„Das war gelungen!“ rief Cassie und sah Alec in die Augen. Sein Lächeln wärmte wie Sonnenschein, und Jamies Kinderglück verschaffte ihnen beiden einen Augenblick gemeinsamer Freude.

„Ich durfte Aldebaran füttern!“ rief der Knirps begeistert. „Cole hat's erlaubt!“

„So?“

Jamie nickte so heftig, dass seine Locken hüpften. „Er sagt, Andromeda ist rossig und Aldebaran will sich mit ihr paaren!“

„Tatsächlich?“ Erbost funkelte sie Alec an.

Er wich ihrem Blick zwar aus, doch sie sah genau, dass seine Mundwinkel verdächtig zuckten.

„Ja, und Cole hat auch gesagt, ich kriege das Fohlen!“

„Ist das wahr?“

„Verräter!“ flüsterte Alec dem Kleinen ins Ohr.

„Jamie, geh und wasch dir vor dem Abendbrot die Hände! Und was Euch angeht, Sir“, raunte sie Alec zu, „so sprechen wir uns noch! Nan, würdest du dich bitte um den Jungen kümmern?“

„Ja, Missy.“ Nans Augen blitzten vor unterdrücktem Schalk, was Cassie nur noch mehr in Rage versetzte.

„Was fällt dir ein, solche Sachen mit einem Vierjährigen zu besprechen?“ schalt Cassie, sobald Nan und Jamie im Küchengebäude verschwunden waren. „Und meinst du nicht, dass du mich erst fragen müsstest, bevor du ihm ein Fohlen von meiner Stute versprichst? Dir ist doch wohl klar, dass das Ärger für dich bedeutet?“ flüsterte sie, von Verlangen nach ihm schier überwältigt.

„Ärger?“

„Aber natürlich! Du musst für deinen Ungehorsam bestraft werden!“

„Und wer soll die Strafe vollstrecken?“

„Ich. Komm heute Nacht in meine Kammer! Dann wirst du erfahren, was ich mit Dienern mache, die sich mir widersetzen!“

„Zu Befehl, Herrin!“

Ein Hund jaulte auf, Holz splitterte, etwas krachte berstend zu Boden.

Noch halb im Schlaf vernahm Cassie, wie sie gellend aufschrie. Mit einem Ruck fuhr sie im Bett auf. Das Herz hämmerte ihr wie rasend in der Brust. Ein Albtraum!

„Den Bengel und den Köter in meine Kutsche! Und Vorsicht!“

Es war kein Albtraum, sondern Wirklichkeit!

„Alec!“

Männer – sechs, vielleicht sieben – stürzten durch die klaffende Öffnung, wo Cassies Schlafkammertür gewesen war, die nun zertrümmert auf dem Fußboden lag.

Obwohl noch nackt, war Alec bereits vom Lager gesprungen und hatte einen der Eindringlinge niedergestreckt. Ein zweiter sackte in die Knie, getroffen vom Stuhl vor Cassies Frisiertisch, den Alec ihm auf dem Rücken in Stücke hieb. Dennoch – die Übermacht war zu groß. Binnen Sekunden fielen vier Männer mit Fäusten und Prügeln über Alec her, der schließlich unter dem Hagel von Schlägen zu Boden ging. Unter den Schlägern befand sich auch Henry, der alte Schotte, der jetzt, das Gesicht zu einem hämischen Grinsen verzogen, den Blick lüstern über Cassies unbekleideten Körper wandern ließ.

Ungeachtet ihrer Nacktheit sprang Cassie aus dem Bett, um Alec beizustehen, wurde jedoch von hinten gepackt und festgehalten. Sich windend und um sich tretend setzte sie sich zur Wehr, doch vergebens.

„Du kommst mit mir!“

Nun erkannte Cassie die Stimme. Sie erstarrte.

„Schon besser!“ Eine Hand legte sich über ihren Mund, während die andere langsam über ihre nackte Haut fuhr, sodass sich Cassie vor Ekel schier der Magen umdrehte. „Hätte ich's nicht mit eigenen Augen gesehen, ich hätte es nicht für möglich gehalten. Cassie, wie konntest du?“

Unter den Augen der Umstehenden wehrte sie sich aufs Neue nach Leibeskräften, wurde jedoch aufs Bett gestoßen. Geoffrey stand über ihr, die Miene eine Mischung aus Wollust und Abscheu, während sein Blick über ihren Körper glitt. „Zieh dich an!“

Haltlos zitternd tastete Cassie nach ihrem Hemd, streifte es sich hastig über den Kopf und griff nach dem Schlafrock. Ihre Gedanken galten allein Alec. Hoffentlich war er nicht schwer verletzt.

„Mein Vater wird dies nicht hinnehmen!“ Ihre Stimme bebte ebenso heftig wie ihre Beine. „Wenn er …“

Geoffrey lachte sie aus. „Dein Vater stellt keine Gefahr dar – außer für sich selbst!“

Cassie spürte, wie ihr das Blut rauschend zu Kopf stieg. Er wusste Bescheid! Aber wie konnte das sein?

„Hast du gedacht, du könntest mich mit deinem Spielchen auf den Leim führen, mein Schatz? Du vergisst, wie gut ich dich kenne!“

„Wo ist Jamie?“

Und wo war Micah? Warum war niemand zu Hilfe geeilt? Das durfte doch alles nicht wahr sein!

„Der wartet in meiner Kutsche auf uns, mein Liebchen. Ich würde dem Knaben doch nie etwas antun.“ Geoffrey wandte sich an seine Schergen. „Hoch mit dem da!“

Die Kerle, die sich auf Alec gestürzt hatten, wichen auseinander. Zerschlagen und zerschunden, eine klaffende, blutende Wunde an der Stirn, wurde Alec von derben Fäusten gepackt und vom Boden gezerrt, wobei Henry ihn an den Haaren hochriss.

„Stellt den Kerl auf die Füße, und macht ihn wach“, befahl Geoffrey. „Er soll schließlich mitbekommen, was ihm blüht!“

Mit einiger Mühe hielten die Männer den halb Bewusstlosen aufrecht und lachten grob, als Geoffrey sein Jagdmesser zückte.

„Nicht, Geoffrey! Was hast du vor mit ihm?“ fragte Cassie, von würgender Angst und Übelkeit gepackt.

„Wirst du gleich sehen, mein Schatz!“

Zuckend öffneten sich Alecs Lider; verwirrt irrte sein Blick durchs Zimmer, ehe er zärtlich auf Cassie verweilte. „Bist du verletzt?“

„Nein."

Und dann erkannte er Geoffrey. Unverhüllter Hass ließ das Blau in Alecs Augen zu einem stählernen Grau werden. „Rührst du sie auch nur an, bringe ich dich eigenhändig um!" Seine Stimme klang unbeirrt, doch Cassie spürte, dass er Schmerzen litt.

„Spar dir deine leeren Drohungen, Zuchthäusler! Im Übrigen liegt mir keineswegs daran, dass Cassie zu Schaden kommt, soll sie doch meine Braut werden!"

Cassie wollte widersprechen, kam jedoch nicht zu Wort.

„Solange der Priester ein anständiger Kerl ist und auf der Zustimmung der Braut besteht, wirst du weiter allein schlafen, Crichton!"

Einer von Geoffreys Strolchen rammte Alec die Faust in den Magen, sodass ihm die Luft wegblieb.

„Lasst ihn!" Cassie stürzte vor, wurde jedoch schmerzhaft zurückgerissen und an Geoffreys Brust gepresst.

„Hast du solchen Respekt vor mir, dass sieben Kerle die Drecksarbeit für dich verrichten müssen?" keuchte Alec, nach Luft ringend. „Und du vergreifst dich inzwischen an einer Frau?"

Geoffrey bohrte die Finger tiefer in Cassies Arm. „Jemand von meinem Stand braucht sich nicht die Hände mit so etwas schmutzig zu machen. Will ich ein Schwein schlachten, lasse ich den Metzger rufen!" Mit einem Wink beorderte er Henry nach vorn.

Kreischend suchte Cassie sich zu befreien, schlug um sich, kratzte und biss, doch Geoffrey hielt ihr nur umso gröber und rücksichtsloser die Arme fest. „Nicht so stürmisch, mein Schatz! Er wird ja nicht umgebracht, denn dann würdest du ihn dein Leben lang beweinen. Und ich habe nicht die Absicht, mir einen Geist zum Nebenbuhler zu machen. Nein, ich lasse ihn am Leben, allerdings nicht als Mann. Siehst du ihn dann in Zukunft, eine gebeugte, gebrochene Jammergestalt, dann wirst du nur noch Verachtung für ihn verspüren und den Tag bereuen, an dem er zum ersten Mal das Bett mit dir teilte!“

Von Entsetzen gepackt sah Cassie, wie Henry vortrat, das Messer abwägend in der Hand. „Was … was willst du damit, um Gottes willen?“

„Ihn kastrieren.“

25. KAPITEL

„O Gott, nein!" schrie Cassie auf. Das Herz hämmerte ihr dermaßen in der Brust, dass sie fürchtete, es müsse zerspringen.

„Tu, was du willst, Crichton! Trotzdem bin ich mehr Mann als du!"

Ehe sie begriff, was sie tat, warf Cassie sich mit dem ganzen Gewicht gegen Geoffrey und rammte ihm den Kopf unter die Kinnspitze, sodass er rücklings zu Boden ging. Von seinem Griff befreit, stürzte sie an den Männern vorbei, die um Alec herumstanden, fiel vor ihm auf die Knie und schirmte seine Blöße mit dem eigenen Körper ab.

„Nein!" Tief aus der Kehle dringend, klang ihre Stimme auf einmal völlig fremd. „Du rührst ihn nicht an! Denn sonst, Geoffrey, werde ich mein Leben lang danach trachten, dir dasselbe anzutun, das schwöre ich! Auf immer wirst du in Angst und Schrecken leben!"

Langsam raffte Geoffrey sich auf und massierte sich das Kinn. Verblüffung und Wut standen ihm deutlich ins Gesicht geschrieben, als er Cassie ansah. Fast glaubte sie schon, er wolle sie schlagen.

„Krümm ihr ein Haar, Crichton, und du bist ein toter Mann!"

„Ich denke nicht dran, Zuchthäusler! Dein Leben lang sollst du wissen, dass ich mich ihrer bediene, wann immer mir danach ist." Grob packte Geoffrey zu, zerrte Cassie an den Haaren auf die Füße und riss sie an sich, ohne auf Alecs Verwünschungen zu achten. „Peitscht ihn aus!"

„Geoffrey! Nein! Das darfst du nicht!" Einen Arm mit schmerzhaftem Griff auf den Rücken gebogen, wurde Cassie derart unsanft die Treppenstufen hinuntergestoßen, dass sie beinahe gestrauchelt wäre.

„Das darf ich sehr wohl, und ich tue es auch. Ich bewege mich durchaus im gesetzlichen Rahmen und könnte ihn streng genommen sogar hängen lassen, weil er dich verführt hat. Das aber würde ihn leider in deinen Augen bloß zum Märtyrer machen."

„Mich verführt? Ich versichere dir, dass ich mich ihm aus freien Stücken hingegeben habe."

Geoffrey achtete nicht auf ihr Betteln und Flehen, riss sie beiseite, um seinen Helfershelfern Platz zu machen, die Alec draußen an den Brunnenpfosten binden sollten.

„Alec!" Sie trat Geoffrey gegen das Schienbein und biss ihm in den Arm, mit dem er sie umklammert hielt. „Geoffrey, du Bastard!"

Sie spürte einen Schlag gegen die Schläfe. Rasender Schmerz durchzuckte ihren Kopf; die Welt drehte sich um sie, und die Beine gaben unter ihr nach.

„Zwing mich nicht dazu, dich zu bestrafen!"

Mit aller Kraft hob Cassie den Kopf, und für einen Wimpernschlag begegneten sich Alecs Blick und der ihre. Nackte Wut lag in seinen Augen.

Ich liebe dich! Wortlos formten ihre Lippen den Satz.

Doch zu spät. Geoffreys Schergen hatten ihn schon durch die Tür gestoßen und die Verandatreppe hinuntergezerrt.

Draußen stand mindestens ein Dutzend mit Musketen bewaffnete Männer, und hinter ihnen, im flackernden Schein brennender Fackeln, sah Cassie die entsetzten Mienen der Plantagenbewohner, die Gesichter halb im Schatten. Nan weinte, Micah blutete aus einer Stirnwunde, und Zachs Gesicht war grün und blau geschlagen. Man hatte sie, so vermutete Cassie, aus dem Schlaf gerissen und dann gefügig gemacht. Nun mussten sie Zeugen des Schauspiels sein.

Cassie wurde von Geoffrey, der ihre Taille umklammert hielt und ihr einen Arm schmerzhaft nach hinten winkelte, bis zum Verandageländer gestoßen. „Damit du auch einen ungehinderten Blick genießt, mein Schatz!"

„Sir! Der Bengel ist weg!"

Jamie! Cassies Herz tat einen Sprung. O Gott! War er entkommen? Wie verängstigt er sein musste!

„Weg?"

Bestimmt würde Takotah ihn finden und verstecken! Tief holte Cassie Luft, erleichtert, dass zumindest dem Kind dieses entsetzliche Spektakel erspart blieb.

„Ja, Sir! Hab' nur ein Mal ganz kurz weggeschaut, und schon war er verschwunden!"

„Takotah!" stieß Geoffrey zwischen zusammengebissenen Zähnen hervor. „Seht zu, dass ihr diese Indianerhexe findet!"

Genau in diesem Moment wurde die Nacht jäh von einem scharfen Knall zerrissen, als Geoffreys Vollstrecker seine Armmuskulatur lockerte und die Peitschenschnur klatschend durch die Luft zucken ließ.

Ein Schauer des Entsetzens jagte Cassie über den Rücken. Die Arme über dem Kopf ausgestreckt, wurde Alec an den Handgelenken ans Holzgerüst des Brunnens gefesselt, wehrlos und völlig nackt, Rücken und Gesäß schutzlos dem Fackellicht preisgegeben. Tränen rannen über Cassies Wangen, während sie jedes Gebet, das ihr noch einfiel, und seien es nur Bruchstücke, gen Himmel sandte.

„Geoffrey, das darfst du nicht zulassen! Tu ihm nichts! Ich gehe mit dir und tue, was du willst!"

„Nun macht schon!" schrie er und ließ Cassie völlig unbeachtet. Als der erste Hieb mit schneidendem Klatschen auf Alecs bloße Haut niedersauste, entfuhr Cassies Kehle ein gellender Schrei. Ihre Knie gaben nach.

Schmerzhaft presste ihr Peiniger ihr die Hand auf den Mund

und hielt ihr grob den Kopf aufrecht. „Still, mein Schatz. Es ist doch nicht deine hübsche Haut, die die Peitsche zu spüren kriegt."

Aufs Neue erscholl das grässliche Klatschen, wieder und wieder, bis Cassies Kopf von den eigenen stummen Schreien widerhallte.

Beißende Schmerzen zerfetzten Alec den Rücken; seine Haut stand in Flammen.

„Dem wird die Lust am Aufbegehren vergehen!"

„Jawohl!"

Der nächste Hieb landete zwischen seinen Schulterblättern; ein Stöhnen entrang sich seiner Kehle, doch seine Peiniger lachten nur hämisch. Der Boden rollte und stampfte unter den Füßen. Eisen schnürte ihm Handgelenke und Knöchel zusammen. Sein Kopf dröhnte.

Wo bin ich? Wieder hob sich der Boden unter ihm. Befinde ich mich vielleicht an Bord eines Schiffes?

Entführt! Genau, das war es! Jetzt erinnerte er sich!

Wieder ein Hieb; Todesqualen raubten ihm den Atem, alles drehte sich im Kopf.

Dann ein Schrei. „Alec!"

Cassie! Das Lumpenpack hatte auch sie in seiner Gewalt!

„Krümm ihr ein Haar, Crichton, und du bist ein toter Mann!"

Doch Crichton lachte nur.

„Nein! Geoffrey, bitte!"

Wieder Cassies Stimme! Wo aber war sie?

Alec verdrehte den Kopf, bemüht, sie zu erblicken. Er musste sie finden! Nur – es war alles dunkel! So angestrengt er auch schaute – seine Augen vermochten die Schwärze nicht zu durchdringen.

Erneut ein Peitschenhieb. Alecs Mund füllte sich mit dem Geschmack des eigenen Blutes.

„Still liegen bleiben." Takotah! „Trink!"

Aus den Tiefen des Albtraums kämpfte Alec sich an die Oberfläche, bestrebt, die Augen zu öffnen.

Er lag auf dem Bauch. Takotah hob ihm den Kopf an und hielt ihm etwas Kühles an die Lippen. Er erkannte den Geschmack von Laudanum, das zwar den Schmerz betäubte, doch den Verstand ebenso. Dabei musste er dringend etwas erledigen! Würde ich doch nur aufwachen! Wenn ich mich bloß erinnern könnte!

„Nein!“ Um nicht schlucken zu müssen, wandte er den Kopf zur Seite und wehrte Takotahs Hand ab.

„Willst du ihr helfen, musst du gesund werden!“

Erinnerungen stürzten auf ihn ein: Männer, welche die Schlafkammertür einschlugen, Crichton, wie er Cassie bei den Haaren hochzerrte; höllische Qualen, als die Haut unter der Peitsche aufplatzte, der Geschmack von Blut, weil er sich auf die Zunge biss, um nicht vor Schmerzen laut aufzuschreien. Er hat sie in seiner Gewalt, dieser Lump! Ich muss sie retten! Aber wo bin ich? Und wie viel Zeit ist seitdem vergangen?

Unter Aufbietung aller Kräfte öffnete er die Augen und erkannte das Bett, das Regal. Die Hütte auf der Insel im Sumpf!

„Wie bin ich hierher gelangt?“

„Ich habe den Wachposten ein Mittel in den Apfelwein gemischt. Als sie eingeschlafen waren, konnte Luke deine Fesseln zerschneiden und dich auf Aldebarans Rücken betten. Micah hat dich dann hierher gebracht.“

„Und Jamie?“

„Der Junge ist hier. Sorge dich nicht um ihn.“

Von irgendwo in der Nähe klang helles Kinderlachen. Gott sei Dank! Der Kleine war in Sicherheit!

„Wie spät ist es?“

„Du hast zwei Tage geschlafen.“

„Zwei Tage?“ wiederholte er bestürzt. Gott allein mochte wissen, was Cassie in dieser Zeit hatte erleiden müssen! Er versuchte, sich aufzurichten, um sogleich wieder in einem Nebel aus Schmerz zurück in die Kissen zu sinken. Der Kopf dröhnte. Sämtliche Rippen taten ihm weh, und das Fleisch auf dem Rücken brannte wie Feuer.

„Sie werden dich mit Hunden hetzen. Ehe du deine Reise antreten kannst, musst du zu Kräften kommen", mahnte Takotah, die ihm aufs Neue die Tasse an die Lippen drückte. „Ruhe dich aus!"

Widerwillig ließ Alec sich das Laudanum einflößen.

Crichton war ihm also auf der Spur. Zumindest machte er wohl den Versuch, ihn zu jagen. Allerdings bestand wenig Risiko, hier gefunden zu werden. Denn der Sumpf, der die kleine Insel umgab, war von dichter Vegetation bewachsen und so morastig, dass selbst die besten Spürhunde aufgeben mussten. Eins aber stand trotzdem fest: Sobald er sich aus dem Schutz des Marschlandes wagte, bot er den Hunden wieder die Möglichkeit, seine Witterung aufzunehmen. Die Verfolger würden Marschrichtung und Ziel ahnen und ihn unterwegs abfangen.

Doch Cassie brauchte ihn, und zwar unverzüglich. Er durfte sie nicht im Stich lassen. So schnell wie möglich musste er sich etwas einfallen lassen.

Aus blicklosen Augen starrte Cassie aus dem Fenster. Das Mittagessen, das ein Sklavenmädchen ihr gebracht hatte, stand unberührt auf dem Tisch. Sie wusste, dass sie etwas zu sich nehmen musste, wenn schon nicht um ihretwillen, so doch dem Ungeborenen zuliebe, aber sowohl Magen als auch Herz verweigerten sich ihr. Schon seit zwei Tagen war sie in diesem verfluchten Zimmer eingesperrt und hatte weder essen noch schlafen können.

Hätte sie nur gewusst, ob Alec in Sicherheit war! Ob er wohl leiden musste? War jemand da, der seine Pein linderte, seine Wunden versorgte? Sie konnte ja nicht einmal sicher sein, dass er noch lebte! Ganz gleich, was er sagen würde – Geoffrey trachtete ihm nach dem Leben, wollte ihn tot sehen, früher oder später. Ob er bereits am Ziel seiner Wünsche war?

Sie schloss die Augen, bemüht, die furchtbaren Erinnerungen zu verscheuchen, die ihr dann doch keine Ruhe ließen. Das heftige Klatschen der Peitsche, als sie Alecs Haut zerfetzte, sein Körper, der sich mit jedem Hieb vor Schmerzen verkrampfte, das Blut, das ihm den Rücken hinunterströmte.

Man hatte ihn ausgepeitscht, bis er ohnmächtig zusammenbrach. Obwohl er sicher unmenschliche Schmerzen erlitt, war kein Laut über seine Lippen gedrungen, sehr zu Geoffreys offensichtlichem Verdruss. Als der seinem Henkersknecht schließlich Einhalt gebot, hatte Cassie ihn angefleht, er möge erlauben, dass man Alecs Wunden behandele, da sie befürchtete, er könne an Fieber oder Schock sterben. Geoffrey hatte abgelehnt und sie zu seiner Kutsche gezerrt, während Alec nackt, ohnmächtig und an den Händen gefesselt am Brunnenpfosten hängen blieb. Cassie hatte sich nach Leibeskräften zur Wehr gesetzt, hatte getreten und gekreischt, doch Geoffrey hatte ihr einen solchen Schlag versetzt, dass ihr schwarz vor Augen geworden war.

Und wo mochte der arme, süße Jamie wohl sein? Zwar hatte man ihn in jener Nacht nicht gefunden, aber später? Nach Cassies Überzeugung hatte Takotah den Jungen mitgenommen, wahrscheinlich zur Hütte im Sumpfland. Dort war er wohl sicher. Dennoch – diese völlige Hilflosigkeit, diese Ratlosigkeit, sie waren eine Qual.

Am Abend der Ankunft hatte Geoffrey einigen weiblichen Leibeigenen aufgetragen, Cassie zu baden, ihr die Haut abzuschrubben, bis es schmerzte, und sie grob zwischen den Beinen zu waschen – um, wie er sich ausdrückte, den Makel ihres Fehltrittes zu tilgen. Außer mit diesen Frauen sowie mit dem Sklavenmädchen, das ihr das Essen brachte und ihren Nachttopf leerte, war ihr jeglicher Kontakt verwehrt. Bislang hatte Geoffrey sie noch nicht persönlich aufgesucht, zumindest etwas, wofür Cassie dankbar sein durfte.

Warum nur hatte er dies getan? Er selbst hatte angegeben, dass er sie, seine zukünftige Braut, nur beschützen wolle. Verflucht sollte er sein! Sie hatte ihm mitgeteilt, dass sie nicht die Absicht habe, ihn zu ehelichen – niemals! Er liebe sie, hatte er behauptet, doch wie bei den meisten Pflanzersöhnen ging es ihm wohl mehr um die Mitgift. Vielleicht spekulierten er und sein Vater auch darauf, als Treuhänder für Blakewell's Neck eingesetzt zu werden!

Dass Geoffrey zuweilen zu Grausamkeiten neigte, war Cassie nicht neu, doch selbst in den ärgsten Albträumen hätte sie sich nicht ausmalen können, dass er zu solcher Herzlosigkeit fähig war. Nun mussten all ihre Lieben für ihren Fehler bezahlen, Alec womöglich mit dem Leben. Ob Geoffrey sich wohl auch an dem Jungen vergreifen würde, dem einzigen Erben ihres Vaters? Denn stürbe ihr Bruder, würde das gesamte Gut ihrem Gatten zufallen! Zielte Geoffrey etwa darauf ab?

Und was war mit dem Kind, das sie in sich trug? Lange konnte sie ihren Zustand nicht mehr verheimlichen. Schützend legte Cassie die Hand auf den Bauch, vor Angst von würgender Übelkeit erfasst. Möge Gott verhüten, dass Geoffrey dem Ungeborenen etwas antat! Oder dass er ihr später das Neugeborene aus den Armen riss und es weggab, auf dass es Meilen von hier von irgendeiner Farmerfrau großgezogen werde. Der bloße Gedanke war Cassie unerträglich.

Menschen, die sie um Hilfe hätte bitten können, gab es nicht. Weder den Sheriff noch das Gericht, noch Geoffreys Vater – niemand hätte Geoffrey für seine Untat zur Rechenschaft gezogen. In den Augen der meisten war er sogar ein Held, weil er eine gefallene

Frau vor sich selbst schützte und auch vor dem Sträfling, der sie ins Elend gestürzt hatte. So mancher hätte ihn für töricht gehalten, weil er das Weibsbild trotzdem heiraten wollte, ein Frauenzimmer, das man zur Strafe eigentlich vor die Tür setzen musste.

Tränen der Trauer liefen Cassie nun ungehindert die Wangen hinab; wie Nebelschwaden legte sich betäubende Erschöpfung über ihre Gedanken. Sie wusste nicht, wie viel Zeit vergangen war, als sie plötzlich vernahm, wie sich Schritte der Kammer näherten. Leicht und in schneller Folge, konnten es nicht die von Geoffrey sein. Ein Schlüssel drehte sich im Schloss, und das Negermädchen trat ein, auf dem Arm diesmal ein Kleid samt einem Unterrock. „Der Herr lässt Euch sagen, Ihr sollt das anziehen und zum Dinner erscheinen.“ Das Mädchen legte das Kleid aufs Bett. Liebevoll verweilte sie mit der Hand noch einige Zeit auf der smaragdgrünen Seide, die mit winzigen goldenen Bienchen bestickt und nach der neuesten Mode geschnitten war. Doch all das war Cassie völlig einerlei.

„Sag ihm, ich fühle mich unpässlich und kann nicht mit ihm dinieren.“

Die junge Schwarze zögerte kurz, den Blick sehnsüchtig auf das Kleid gesenkt. Dann wandte sie sich um und ging hinaus. Mit einem Klicken schnappte der Riegel ins Schloss.

Cassie blieb einige Zeit stocksteif stehen und begab sich dann zum Bett. Versuchte sie zu schlafen, wurde sie dermaßen von Albträumen heimgesucht, dass sie vor Angst kein Auge mehr zutat. Aber jetzt war sie todmüde! Mit einer Handbewegung wischte sie Kleid und Unterrock vom Bett und kroch unter die Laken.

Bemüht, den in ihm brodelnden Grimm zu bezähmen, schritt Geoffrey über den Flur zu der ärmlichen Dienstbotenkammer, in die er Cassie eingeschlossen hatte. Was fiel dem Weib ein, seine Einladung zum Dinner einfach abzulehnen? So ein undankbares kleines Luder! Dabei hatte er so viel für sie getan! Beispielsweise einen sicheren Wutanfall seines Vaters riskiert, nur um sie vor dem Kerl zu bewahren, der sie entehrt hatte, diesem Abschaum, der weniger wert war als der Schmutz unter ihren Schuhen. Ja, er, Geoffrey, hatte dem Strolch sogar noch das Leben gelassen, von seinem Gemächte ganz zu schweigen! Aber diese Entscheidung bereute Geoffrey bereits.

Statt wie erwartet den Geist aufzugeben, war der Halunke entwischt – dank dieser indianischen Hexe. Irgendwie war es ihr gelungen, Geoffreys Männern etwas ins Essen zu mischen, dann dem Zuchthäusler die Handfesseln durchzuschneiden und mit ihm in den Wald zu verschwinden, ungesehen und ungehört sowie ohne fremde Hilfe. Auch den Jungen und seinen Köter hatte kein Mensch gesehen, als habe der Bengel sich schlichtweg in Luft aufgelöst. Zweifellos hockten sie alle auf diesem vermaledeiten Eiland, irgendwo draußen im Sumpf. Trotz wiederholter Bemühungen hatte Henry den Weg zu dem Schlupfwinkel noch nicht wiedergefunden, doch Geoffrey hatte sich vorgenommen, dem schottischen Tölpel keinen Moment Ruhe zu gönnen, bis er es geschafft hatte. Schon jetzt lief eine groß angelegte Suche mit Spürhunden am Rand des Marschlandes. Es war nur eine Frage der Zeit, bis einer der Vierbeiner Witterung aufnahm und die ganze Bande zur Strecke gebracht wurde.

Nach Geoffreys Ansicht konnte Cassie wahrlich von Glück sagen, dass er sich bislang zurückgehalten hatte. Als er sie dort hatte liegen sehen, splitternackt mit diesem Hurensohn, da hätte er sie am liebsten umgebracht, ihr eigenhändig das Genick gebrochen, nur um zu spüren, wie ihr Lebensfunke verlöschte. Aber nein, er hatte seinen Zorn gezügelt und sie gleichsam mit Samthandschuhen angefasst, bis sie ihm keine andere Wahl mehr ließ. Ja, er war sogar bereit, darüber hinwegzusehen, dass sie sich von dem Zuchthäusler hatte beschlafen, genauer gesagt verführen lassen, denn wäre sie bei klarem Verstand gewesen, hätte sie sich nie im Leben diesem Kerl hingegeben.

Im Grunde musste sie Geoffrey dankbar sein, dass er sie trotz alledem noch heiraten wollte. Es gab schließlich genügend junge Damen, begüterter als Cassie und mit besseren Beziehungen, die liebend gern die Ehe mit ihm eingegangen wären. Doch Catherine, nein, die nicht. Nicht Catherine, die für einen Zuchthäusler die Beine breit machte, die Seite an Seite mit Sklaven arbeitete und sich auch nicht viel besser kleidete, die von ihrem Vater ohne Respekt für die Regeln der Gesellschaft erzogen worden war. Catherine, die ihm Tag und Nacht nicht aus dem Sinn ging.

Statt ihm auf Knien zu danken, hatte sie sich gewehrt und gekreischt wie eine Furie, hatte das Essen verschmäht, das er ihr bringen ließ. Und jetzt weigerte sie sich, mit ihm zu tafeln! Glaubte sie etwa, sie könne ihn herumkommandieren, indem sie schmollte wie ein verhätscheltes Luxusweibchen? Ihr Leben sowie alles, was sie erhielt, hingen von seinem guten Willen ab. Sie tat gut daran, sich das endlich einmal zu merken!

Aber er durfte sich nicht gehen lassen. Catherine hatte nun einmal merkwürdige Ansichten, wenn es um menschliche Verhaltensweisen ging, die ihr der verwirrte Vater eingebläut hatte. In jener Nacht vor zwei Tagen hatte sie ihm unmissverständlich klar gemacht, dass sie ihn, Geoffrey, für einen charakterlosen Barbaren hielt. Was hatte sie ihm noch an den Kopf geworfen? Widerlicher Lump, barbarisches Schwein, viehisches Stück Dreck und was sonst nicht alles! Er hatte ordentlich zulangen müssen, damit endlich Schluss war mit dem Gejammer.

Geoffrey holte tief Luft, schloss die Tür auf und trat ins Zimmer. Catherine schlief tief und fest, das Haar eine wirre, kupferrot über das Kissen gefächerte Masse. Auch wenn ihre Augen geschlossen waren, konnte er erkennen, dass sie geweint haben musste. Ihr

Gesicht war leichenblass, abgesehen von den dunklen Rändern unter den Augen und den tiefroten Malen von Schlägen auf der Wange, sodass Geoffrey kurz einen Stich von Reue empfand. Doch er wischte die Aufwallung beiseite. Diese Unannehmlichkeiten hatte sie sich schließlich selbst zuzuschreiben.

Er rief ihren Namen, doch sie rührte sich nicht. War es möglich, dass sie nicht bloß schmollte, sondern tatsächlich krank war? Äußerlich sah sie durchaus so aus. Er legte ihr die Hand auf die Stirn und stellte fest, dass sie kein Fieber hatte.

Und in diesem Augenblick erblickte er auf dem Fußboden einen zusammengeknüllten Haufen aus grüner Seide. Eine heiße Welle durchflutete ihn. „Steh auf!“

26. KAPITEL

Cassie schreckte auf und fuhr ruckartig hoch, die Augen vor Furcht geweitet.

„Aufstehen, habe ich gesagt!"

„Nein!" Die Angst in ihrem Blick schlug in Hass um.

Geoffrey packte sie bei den Handgelenken und riss sie auf die Knie. „Ich warne dich!" fauchte er, befriedigt keuchend. „Tu, was ich sage! Bis jetzt habe ich Milde walten lassen, doch meine Geduld hat Grenzen!" Abrupt ließ er sie los und wandte sich ab. Erneut wollte sie ihn provozieren, darauf aus, ihn so zu reizen, dass er die Beherrschung verlor. Diesmal wollte er ihr den Gefallen nicht tun.

„Du stehst jetzt auf und ziehst dich an! Auf der Stelle!" Er hob das Kleid auf und warf es aufs Bett.

„Und wenn ich mich weigere? Wirst du mich dann wieder schlagen? Auspeitschen lassen womöglich?"

Die Hände zu Fäusten geballt, drehte er sich zum Fenster. „Mir liegt nichts daran, dich zu schlagen." Er würgte die bittere Galle hinunter, die ihm in der Kehle aufstieg.

„So? Dann lass mich in Ruhe! Weder putze ich mich heraus für dich, noch spiele ich deine Mätresse, die dir beim Dinner Gesellschaft leistet!" Ihre Stimme zitterte.

Nackte Wut brodelte in Geoffrey auf, doch dann, gleich einer langsamen Schneeschmelze, überkam ihn eine unheimliche Ruhe. Er brauchte gar nicht handgreiflich zu werden, um sie zur Vernunft zu bringen. „Vielleicht können dich ja die neuesten Nachrichten von daheim ein wenig aufmuntern!"

„Hast du etwas gehört?" Sie hob den Kopf.

Ein prickelndes Gefühl des Triumphs überlief Geoffrey. Er wandte den Blick ab, um sein Lächeln zu verbergen, und überlegte sorgsam, was er nun sagen sollte. Im Grunde spielte es keine Rolle, denn sie konnte die Wahrheit ohnehin nicht herausfinden. „Nun, lass mich überlegen ... Nach Aussage des neuen Aufsehers überwacht die Köchin gerade das Keltern des Apfelweins und das Einkochen ...“

„Neuer Aufseher? Was ist denn mit Micah?“

„Und der Tabak trocknet offenbar recht ordentlich. Ich habe der Plantage deines Vaters zwei Böttcher zur Verfügung gestellt, die beim Herstellen von neuen Fässern helfen sollen. Eine beindruckende Ernte, mein Schatz. Man kann dir nur gratulieren.“

„Du lässt mich vorsätzlich schmoren! Was ist mit Micah? Und mit Jamie?“

Geoffrey ahnte, wessen Name ihr nun auf der Zunge lag, nahm jedoch befriedigt zur Kenntnis, dass sie sich hütete, ihn auszusprechen. „Den Mohren habe ich entlassen. Schau nicht so entsetzt! Er bleibt ja trotz alledem ein freier Mann. Ich habe ihn seine Siebensachen packen lassen und mit so viel Tabak, wie er tragen konnte, Richtung Norden geschickt, mitsamt seinen Papieren, alle in bester Ordnung. Freust du dich nicht?“

„Aber was ...?“

„Was Nachrichten von den Übrigen angeht, den Zuchthäusler eingeschlossen ...“‘, er spie das Wort Zuchthäusler regelrecht aus, „... da wirst du mich wohl beim Dinner beehren müssen.“ Mit einem Gefühl tiefer Genugtuung drehte er sich um, stolzierte aus dem Zimmer und verschloss von außen die Tür.

Cassie kam sich wie eine Hure vor. Dirnenhaft musste sie aussehen, in dem tief ausgeschnittenen Kleid, dessen Dekolletee schon schamlos wirkte. Als sie vor einem goldverbrämten Spiegel im Korridor stehen blieb, hätte sie angesichts ihres Spiegelbildes beinahe vor Schreck aufgekeucht. Obwohl ihr Haar ordentlich frisiert war, die zerzausten Strähnen waren von einer verschlossenen Negersklavin schmerzhaft durchgebürstet und gelegt worden, schaute ihr doch das Gesicht einer Fremden entgegen. Hager und bleich, mit tiefroten Malen auf den Wangen und dunklen Ringen um die Augen, sah sie aus wie eine von ständiger Angst Verfolgte, um Jahre gealtert, furchtsam und kraftlos.

Bemüht, den Saum des Ausschnitts über die entblößten Brustspitzen zu zupfen, fragte sie sich, was Geoffrey an diesem Abend wohl von ihr wollte. Würde er sich damit zufrieden geben, dass sie zum Dinner erschienen war? Würde er den Preis für die Nachrichten von daheim noch weiter in die Höhe treiben? Und wenn ja, wie sollte sie darauf reagieren?

Sollte sie ihm zu Willen sein?

Nein, auf keinen Fall! Das konnte sie nicht. Bestrebt, einen erneuten Anfall von Übelkeit zu unterdrücken, verdrängte sie diese Gedanken. Sie glättete ihre Röcke und ging die Haupttreppe hinunter zum Esszimmer.

„Da bist du ja, Catherine! Nein, siehst du reizend aus!“ Geoffrey erhob sich, als sie eintrat. Sein Blick glitt musternd über sie hinweg und verweilte auf ihren Brüsten. „Ich wusste, die Farbe würde dir stehen. Gefällt sie dir?“

Cassie begriff, dass er eine Antwort erwartete – als habe sie in ihrer Situation nichts Besseres zu tun, als sich über die Farbe eines Kleides Gedanken zu machen. „Ja.“ Dass sie überhaupt ein Wort mit ihm wechselte, grenzte in ihren Augen schon an Verrat.

Nachdem sie auf dem Stuhl, den er ihr zurechtrückte, Platz genommen hatte, entfaltete sie ihre Serviette und legte sie sich auf den Schoß, die Finger um den Saum des Leinens verkrampft. Dampfende Fleischgerichte auf Silbertabletts, dazu eine Suppenterrine waren einladend auf der Tafel angerichtet, doch bei den bloßen Gerüchen drehte sich Cassie schon der Magen um. Kerzenschein aus riesigen Messingleuchtern flackerte zuckend in den Facetten eines Kristallpokals, den eine junge Sklavin mit Rotwein füllte.

„Hörst du mir überhaupt zu, Catherine?"

„Entschuldige, ich … ich war wohl gerade mit den Gedanken woanders …"

„Ich sagte, ich habe die Küche angewiesen, dein Lieblingsgericht zuzubereiten. Roastbeef. Ich hoffe, es mundet dir!"

„Gewiss." Sie hob das Weinglas an die Lippen und nippte an dem Getränk, das so widerlich süß war, dass ihr regelrecht schlecht wurde. Tief holte sie Luft und kämpfte gegen den würgenden Brechreiz an.

Falls er gespürt haben sollte, wie übel ihr war, ließ er sich nichts anmerken, sondern suchte die saftigsten Stücke aus und füllte damit ihren Teller, ganz der vorbildliche Gastgeber. Dabei schwatzte er in einem fort und erläuterte lang und breit, welche Mühe er sich gegeben habe, ihr ein ausgesuchtes Mahl zu kredenzen. Sein unverbindlicher Plauderton zehrte noch weiter an Cassies ohnehin strapazierten Nerven.

Wie betäubt in ihrem Roastbeef herumstochernd, hörte sie nur mit einem Ohr hin, als Geoffrey eine selbstgefällige Schilderung seiner jüngsten Jagderfolge zum Besten gab. Obwohl sie überzeugt war, dass sie keinen Bissen herunterbekommen würde, führte sie einen winzig kleinen Brocken zum Mund und stellte zu ihrer Verblüffung fest, dass sie völlig ausgehungert war. Dem ersten Bissen folgte ein zweiter, und ehe sie sich versah, hatte sie ihre gesamte Portion verzehrt.

Geoffrey lachte wieder. Aufdringlich unterbrach seine schadenfrohe Stimme Cassies Gedanken.

„Wusste ich doch, dass du Hunger hast, meine Süße!" Er drohte ihr mit dem Finger. „Lass dir das eine Lehre sein! Weist du meine Großzügigkeit zurück, schneidest du dir ins eigene Fleisch!"

„Die unverzeihlichen und grauenhaften Ereignisse der letzten Tage haben mich angegriffen.“

„Wie ich sehe, fühlst du dich jetzt besser.“

Ganz offensichtlich schenkte er ihr keinen Glauben und vermutete wohl nach wie vor, sie habe die Speisen nur verweigert, um ihn zu provozieren. Doch es war ihr einerlei. Nun erhielt zumindest das Ungeborene ein wenig Nahrung. Geoffrey ahnte ja nicht, dass er auch Alecs Kind nährte, indem er sie zwang zu essen – ein Gedanke, der ihr ein wenig Genugtuung verschaffte. Wenn es ging, dann wollte sie essen, und zwar reichlich – um ihres Kindes willen.

Die Sklavin räumte Cassies Teller ab und legte einen sauberen auf. Der zweite Gang wurde aufgetragen; den Fleischspeisen folgten nun Pudding und Pasteten, Brot und Butter, Konfekt und Obst. Was war nur mit dem Brot? Weizenbrot! Cassie schluckte; ihr war, als stecke plötzlich ein Kloß in ihrem Hals. Wieso hatte sie es nicht gleich gemerkt? Der Geschmack, der Duft – es war Nans Brot, weich und süß! *Hat Nan es gebacken, wohl wissend, dass ich es essen würde? Gott, wie ich sie alle vermisse!* Ein Schluchzen drängte sich in ihre Kehle, doch sie nahm sich fest vor, nicht zu weinen. Nicht vor Geoffreys Augen! Nie wieder!

Währenddessen faselte Geoffrey ungerührt weiter, prahlte mit seinem Triumph über Landon Carter und fing sogar an, seine Spielgewinne in diesem Monat aufzurechnen. Eine halbe Ewigkeit ging dies so. Dann mäkelte er an seinem Vater herum, offenbar ohne zu merken, dass Cassie, die eine Brotscheibe mit Butter bestrich, ihm nicht zuhörte. Schwer und grau lastete ein Gefühl der Niederlage auf ihrem Herzen. Allem Anschein nach dachte Geoffrey nicht daran, ihr etwas von zu Hause zu erzählen. Dass sie es anfänglich geglaubt hatte, bewies nur, welche Närrin sie war.

„Ich habe ein paar Laibe von Nans Brot bringen lassen, weil ich dachte, es würde dir vielleicht schmecken“, bemerkte er und wies auf die Scheibe, die sie gerade zum Mund führte. „Die Köchin meinte, du wärst sicher dankbar dafür. Bist du doch auch, nicht wahr? Und sicherlich freust du dich auch zu hören, dass man Jamie gefunden hat. Er ist wohlauf."

Cassie war zwar bemüht, ihren Schreck und ihr Entsetzen nicht zu zeigen, doch die Nachricht traf sie wie aus heiterem Himmel. „Wo ... wo hat man ihn denn gefunden?"

„Er hatte sich im Stall versteckt. Mach nicht so ein enttäuschtes Gesicht, mein Schatz! Es ist doch besser, der Bengel ist wohlbehalten daheim, statt mit der bemalten Hexe im Wald herumzustreunen."

„Ist er gesund? Fragt er nach mir?"

„Ich sagte doch, er ist wohlauf." Geoffrey biss in eine Pastete und begann zu kauen. Nach längerem Schweigen, das Cassie wie eine Ewigkeit vorkam, fuhr er fort. „Ich meine mich zu erinnern, dass er sich ein oder zwei Mal nach dir erkundigt hat. Ich habe ihm gesagt, es gehe dir gut und du seiest bei mir, und damit hat er sich offenkundig zufrieden gegeben. Er tollt umher und spielt, wie das kleine Jungen eben tun."

Der arme Jamie! Sie hatte ihn in Sicherheit gewähnt, weit außerhalb von Geoffreys Reichweite. Doch nun wurde er ebenfalls von ihm gefangen gehalten. Wie gerne hätte Cassie den Kleinen umarmt, sein süßes Lächeln gesehen, sich davon überzeugt, dass er außer Gefahr war. „Ich würde ihn gern sehen", sagte sie und fügte im Nachhinein noch ein „Bitte" hinzu.

„Vielleicht. In ein, zwei Wochen."

„Warum nicht morgen? Du hättest ihn neulich nachts doch ohnehin hierher gebracht, wäre er nicht fortgelaufen!"

„Stimmt." Geoffrey tupfte sich mit der Serviette die Mundwinkel ab. „Aber dein Benehmen in jüngster Zeit lässt einiges zu wünschen übrig. Vielleicht hast du in zwei Wochen meine Gunst wieder gewonnen. Bis dahin ..."

„Er ist doch noch ein Kind, und ich bin für ihn stets so etwas wie eine Mutter gewesen."

„Richtig, du hast ihn nach Strich und Faden verhätschelt, so wie alle anderen auch. Wird ihm gut tun, wenn er sich mal von deinem Schürzenzipfel löst."

Cassie wurde von neuerlicher Furcht ergriffen. Geoffrey behandelte Kinder nicht viel anders als Tiere oder Sklaven. „Du wirst ihm doch wohl kein Haar krümmen ..."

„Da ihr zwei jetzt in meiner Obhut steht, werde ich mit euch verfahren, wie ich es für angebracht halte." Er klatschte in die Hände und rief nach einer Flasche Portwein.

Fast erstickt vor Wut und voller Verzweiflung angesichts ihrer Hilflosigkeit, konnte Cassie weder denken noch atmen, während Geoffrey weiter über Sinnlosigkeiten plauderte.

„Hast du schon einmal einen guten Madeira gekostet, mein Schatz? Du hast deinen Wein ja kaum angerührt. Komm, lass uns stattdessen ein Glas von diesem Tropfen hier probieren. Das wird dich beruhigen."

Cassie ignorierte das Glas, das er ihr reichte.

„Wie ich sehe, gefällt dir meine Entscheidung nicht."

„Nein", gab sie zurück, bemüht, ihre bebende Stimme und ihre Wortwahl zu beherrschen. „Wahrhaftig nicht. Sie ist so grausam, wie du grausam bist."

„Mancher würde mich als gnädig einschätzen", entgegnete er und nippte an seinem Portwein. „Du hast ja noch gar nicht gefragt, ob es Neues von dem Zuchthäusler gibt. Hat dein flatterhaftes Frauenherz ihn etwa bereits vergessen?"

Cassie stockte der Atem. „Würdest du mir denn eine ehrliche Antwort auf meine Frage geben?"

Laut auflachend leerte Geoffrey das Glas in einem Zug und schenkte sich nach. „Zu einem gewissen Preis schon."

Cassie merkte, wie ihr eng um die Brust wurde, hatte sie doch gewusst, dass dieser Moment kommen musste.

„Verrate mir, wie man durchs Sumpfgebiet zur Insel deines Vaters gelangt, und ich verrate dir, ob dein Zuchthäusler noch lebt." Seiner Miene nach musste er sich seiner Sache vollkommen sicher sein.

„Gar nichts werde ich dir verraten!" Henry hatte also doch etwas mitbekommen. Ihr Puls raste in hektischen Schlägen.

Geoffrey beugte sich vor und streichelte ihr über die Wange. „Mit der Zeit wirst du genau das tun, was ich von dir verlange. Sonst müssen andere unter deiner Halsstarrigkeit leiden."

„Du bist abscheulich!" Sie spürte, wie blanke Wut in ihr aufkochte und dass ihr Zorn sich vorerst noch als stärker erwies als die Hoffnungslosigkeit.

„Nun, ganz wie's dir beliebt", sagte Geoffrey lächelnd. „Seine Qual fällt auf dich zurück."

„Dann lebt er also?" fragte sie, voller Hass auf die Schwäche, die in ihrer Stimme mitschwang.

„Vorläufig noch. Aber morgen?" Geoffrey trank seinen Portwein aus und füllte das Glas aufs Neue. „Komm, meine Liebe, du hast ja noch keinen Tropfen probiert."

„Ich fürchte, mir steht heute Abend nicht der Sinn nach Wein." Alec lebte!

„Ach was." Er kam näher. Sein Blick senkte sich in ihr Dekolletee, die Augen dunkel vor Begierde. „Ein Schlückchen Wein wird dir gut tun."

In der Hoffnung, seine Aufmerksamkeit von sich abzulenken, hob Cassie den kleinen Kristallpokal und nippte.

„Na, siehst du." Er streckte die Hand aus und streichelte ihren Arm.

Cassie merkte, wie sich ihr der Magen umdrehte, und entzog sich hastig Geoffreys Zärtlichkeiten.

„Wir könnten so glücklich miteinander sein, Catherine, würdest du bloß deinen Starrsinn überwinden. Dann würdest du ganz gewiss lernen, mich so zu lieben, wie ich dich liebe.“ Er lehnte sich vor und versuchte, sie zu küssen.

Cassie zuckte zurück und wehrte ihn ab. „Nicht!“

Sein Gesicht wurde starr. In seinen Wangen arbeitete es. „Für den Zuchthäusler machst du die Beine breit, und mir gönnst du nicht einmal einen Kuss?“

„Ich liebe dich nicht.“

„Früher, da hast du mich geliebt. Weißt du das nicht mehr?“

„Ich war ein Kind und wusste nicht, was für ein Rohling einmal aus dir werden würde.“

„Ich habe nur das getan, wozu du mich gezwungen hast.“ Er schob seine Hand zu ihren Fingern. „Eines Tages wirst du das einsehen.“

Sie versuchte, ihm ihre Hand zu entziehen, doch er umklammerte ihre Finger und hielt sie fest. „Um dir das zu verzeihen, was du mir angetan hast, reicht nicht einmal die Ewigkeit aus.“

Für einen Moment hatte sie den Eindruck, als habe sie ihn tatsächlich aus dem Konzept gebracht. Sein Gesicht verzog sich zu einer verächtlichen Fratze. „Ich könnte dich hier auf der Stelle nehmen, in diesem Zimmer, und kein Mensch könnte mich daran hindern.“

„Was du tust, hier und jetzt oder später, ist ohne Belang. Mein Hass auf dich kann gar nicht größer werden, als er ohnehin schon ist.“

„Du sprichst im Zorn. Mit der Zeit aber wirst du meine Berührung als angenehm empfinden. Das ist so bei den Frauen.“

„Freiwillig werde ich mich dir niemals hingeben, Geoffrey. Jedes Mal, wenn du mich anfasst, wird es so sein, als tätest du mir Gewalt an.“

Seine Miene verhärtete sich; schmerzhaft umklammerten seine Finger Cassies Hand. Mit einem verächtlichen Schnauben ließ er sie plötzlich los, stand auf und kehrte ihr den Rücken zu. „Du irrst dich, Catherine, mein Schatz! Von wegen Gewalt! Heute in einer Woche wirst du meine Frau werden, und von da an hast du in dieser Hinsicht nichts mehr zu sagen. Wenn mir danach ist, dann nehme ich dich, und das Gesetz lächelt beifällig."

Cassie sprang auf. „Wer sollte denn eine solch heuchlerische Scheinzeremonie zelebrieren? Welcher Scharlatan gibt sich dafür her?"

„Ein Mann, der weiß, was gutes Geld wert ist – und der dich zudem wirklich vor dir selbst schützen will. Er glaubt nämlich, du seiest von mir schwanger, und möchte dir Schande ersparen."

Es lag ihr auf der Zunge, ihm entgegenzuschleudern, dass es nicht *sein* Kind war, das sie trug, doch sie hielt sich im Zaum, überzeugt, er werde sonst ihr oder dem Ungeborenen etwas antun. Dann aber dämmerte ihr allmählich die schreckliche Wahrheit. Falls ihr nicht schnellstens die Flucht gelang, würde sie sich ihm ergeben müssen, damit er, wenn ihr Bauch schließlich anschwoll, davon überzeugt war, dass er der Kindesvater war. Davon hing vielleicht das Leben des Ungeborenen ab.

Doch sie konnte und wollte es nicht. „Nein! Verdammt sollst du sein, Geoffrey! Niemals werde ich in die Ehe mit dir einwilligen, weder in diesem Leben noch im nächsten."

Als er sich zu ihr umwandte, lag ein Lächeln auf seinem Gesicht. „O doch, du wirst. Denn weigerst du dich, wird der Zuchthäusler dafür bezahlen."

Ihr war, als drehe das Zimmer sich im Kreise. Sie sank auf den Stuhl zurück und vernahm Geoffreys Stimme lediglich gleich einem dröhnenden Tosen. Verzweifelt rang sie nach Luft, bemüht, ihren Magen zu beruhigen und einen klaren Kopf zu behalten.

„Aber, aber, Catherine! Wer wird denn gleich in weibische Hysterie verfallen!“

Ihre Fassung jedoch war nun vollends dahin. Vornüber geknickt, erbrach sie sich auf den Boden des Esszimmers.

Alec striegelte Aldebarans Fell, bestrebt, nicht auf die Schmerzen zu achten, die ihm mit jeder Armbewegung über den kaum verheilten Rücken jagten. Zwar war er noch nicht wieder voll bei Kräften, doch immerhin hatte zwei Nächte zuvor das Fieber nachgelassen, sodass auch Takotahs Mahnungen ihn nunmehr nicht länger auf dem Krankenlager hielten, hatte er doch ohnehin nach seinem Gefühl bereits viel zu viel Zeit verloren. Gott allein mochte wissen, welche Hölle Cassie in den vergangenen acht Tagen hatte durchleben müssen.

Die Augen geschlossen, atmete er tief durch und zwang sich, so kalt und hart zu sein wie eine Klinge. Konnte er sich nicht im Zaum halten, dann nützte er Cassie nicht viel. Seine Gefühle hatten ohnehin bereits eine Art Spießrutenlauf hinter sich – von flammender Wut bis hin zur Selbstanklage. Wohl wissend, dass seine Liebe sie ins Verderben stürzen konnte, hatte er dennoch seinen Trieben nachgegeben. Was sie nunmehr erdulden musste, das erlitt sie allein seinetwegen.

Bei Sonnenuntergang wollte er aufbrechen.

Aldebaran schnaubte und stampfte unruhig mit den Hufen. Nur zu gern hätte Alec den Hengst gesattelt, doch Takotah hatte ihn gedrängt, das Pferd im Stall zu lassen, da es mit Sicherheit die Witterung der Bluthunde auf sich ziehen würde. Wollte er unentdeckt zu Crichtons Schlupfwinkel vordringen, dann musste er sich zu Fuß durchkämpfen; von der Insel aus war es gut ein Tagesmarsch, falls er sich Takotahs Empfehlung entsprechend durch Marschland und Wald schlug.

Die Indianerin war ihm eine unschätzbare Hilfe gewesen. Während Alec bewusstlos daniederlag, hatte sie selbst sich auf den Weg gemacht und von einer von Crichtons Küchensklavinnen erfahren, dass Cassie in einer Kammer im zweiten Stock gefangen gehalten wurde. Im Sand hatte Takotah dann eine Landkarte gezeichnet und ihm verraten, wie man am besten den Spürhunden auswich. Danach hatte sie ihm einen Lederbeutel in die Hand gedrückt, in dem sich ein Mittel befand, das ihn, wie sie erklärte, bei Erschöpfung wach hielt und die Schmerzen betäubte.

Alecs Plan war einfach. Er wollte sich im Schutz der Nacht anpirschen, Cassie befreien und noch vor Sonnenaufgang wieder im Wald verschwinden. Laut Takotah hatte er keinen Widerstand vonseiten Crichtons Sklaven zu befürchten. Diese wurden so schlecht behandelt, dass ihre Herren ihnen auf den Tod verhasst waren. Niemand würde daher Alarm schlagen oder sich Alec in den Weg stellen. Andererseits durfte er aber auch keine Hilfe erwarten. Mit einem Quäntchen Glück konnte es ihm gelingen, noch vor dem Abend des kommenden Tages zusammen mit Cassie wieder den Unterschlupf auf der Insel zu erreichen. Hatten sie sich von den Strapazen erholt, würden Cassie, Jamie und er nach Norden aufbrechen und sich gen England einschiffen.

Er legte die Striegelbürste beiseite und gab dem Hengst einen Klaps auf die glänzende Flanke. Draußen tasteten letzte Sonnenstrahlen, rosa- und orangefarbenen Ranken gleich, über den herbstgrauen Abendhimmel; der Tag ging zu Ende. Als Alec sich umwandte, sah er Micah kommen, in den Händen die Schatulle mit den Pistolen, die Cassies Vater gehört hatten. Zwar hatte Crichton den schwarzen Aufseher vertrieben und ihm gedroht, ihn wieder zum Sklaven zu machen, doch Micah hatte nur vorgegeben, sich auf den Weg nach Norden zu machen, und war stattdessen im Schutz der Dunkelheit auf die sichere Insel im Sumpf geflüchtet. Seltsam, dass dieser schmale Sandstreifen ihnen allen inzwischen zur Zuflucht geworden war.

„Hab' sie beide gereinigt und eingeölt“, bemerkte Micah. „Ich hoffe zwar, du musst sie nicht benutzen, aber falls doch, ist das Pulver frisch und trocken.“

Mit dankbarem Kopfnicken nahm Alec die Schachtel entgegen und schlug den Deckel auf, um die beiden auf Hochglanz polierten Waffen zu inspizieren.

„Heute Nacht geht's los?“

„Ja.“

Das Abendessen kam Alec wie eine Ewigkeit vor. Fisch und Maisbrot schmeckten ihm fade und wurden ohne Appetit hinuntergeschlungen; mit jeder Sekunde, die verstrich, verkrampfte sein Körper sich mehr und mehr vor gespannter Erwartung. Einhellig war man übereingekommen, Jamie nicht in die geplante Befreiungsaktion einzuweihen, da die Gefahr eines Fehlschlags nicht ausgeschlossen werden konnte. Der Junge plapperte vergnügt während des Essens, offenbar unbeeindruckt von den düsteren Gesichtern um ihn herum. Den alten Blakewell, seinen Vater, an den er sich nicht erinnern konnte, behandelte er mit einer Sympathie und Zuwendung, wie sie einzig einem Kind eigen sind. Er krabbelte ihm sogar auf den Schoß, um ihm von jüngsten Abenteuern zu erzählen, wobei zuweilen die Fantasie mit ihm durchging. Dass der Vater nicht auf ihn einging, machte ihm offenbar nichts aus.

Gut eine Stunde später watete Alec bereits durch das eiskalte, knietiefe Brackwasser. Hinter ihm in der Finsternis erlosch allmählich der behagliche Schein der Hütte. Breiiger Schlamm zerfloss ihm unter den Zehen und saugte ihm fast die von Takotah gefertigten Mokassins von den Füßen. Wie von einem ständig drängender werdenden Zwang getrieben, stapfte er durch den Morast, so schnell es ging, Augen und Ohren in der beklemmenden Schwärze ringsum besonders geschärft, um sie früh genug zu erkennen oder zu hören, die gespenstischen Umrisse von Bäumen und Stümpfen, die Laute unsichtbarer Nachtwesen. Mehrmals glitt er aus, stolperte über rutschige Felsen oder strauchelte über verstecktes Wurzelwerk. Vom eiskalten Wasser durchnässt, schmerzten ihm selbst die Knochen; sein Körper, von tagelangem Fieber und kaum verheilten Wunden geschwächt, wehrte sich gegen die Strapazen, die Alec ihm abverlangte.

Er musste zu Cassie, musste sie in Sicherheit bringen! Nur das allein zählte!

Bis zu den Hüften klatschnass und gefühllos vor Kälte, drängte er alle Qual an den äußersten Rand des Bewusstseins und griff in den Beutel, den Takotah ihm mitgegeben hatte. Er zog ein Blatt heraus, steckte es in den Mund und zerkaute es. Obwohl ihm der Bittergeschmack zunächst die Luft raubte, fühlte er sich doch rasch wohler und stärker. Der Schmerz löste sich auf, und so zog er weiter, angetrieben von einem einzigen Vorsatz, einem einzigen Verlangen, bis er auf einmal merkte, dass der Untergrund fester wurde und das Gelände anstieg. Durch eine Lücke zwischen den Bäumen vor ihm blinkte das bleiche Silber des Mondlichts.

Und dann vernahm er es in der Ferne: Hundegeheul.

27. KAPITEL

Von quälenden Magenkrämpfen geplagt, blickte Cassie durch das Seitenfenster der Kutsche. Ach, hätte sie doch einfach die Tür aufstoßen, hinausspringen und fort in den Wald rennen können!

Doch Geoffrey hielt sie am Arm und hatte die Finger besitzergreifend in ihr Fleisch gekrallt. Er würde sie an der Flucht hindern, noch ehe sie überhaupt den Türgriff berührte. Zudem hatte er ihr zu verstehen gegeben, dass Alecs Leben, und vielleicht auch Jamies, von ihrer Gefügigkeit abhing. Ihr blieb keine Wahl, als aufs Wort zu gehorchen.

Stets hatte sie sich vorgestellt, dass ihre Trauung einmal der glücklichste Tag ihres Lebens sein würde, nicht aber der hoffnungsloseste. Niemals hätte sie mit dem gerechnet, was nun ihrer harrte, denn bald sollte sie Geoffreys Frau werden, sein Eigentum – eine Vorstellung, bei der ihr regelrecht übel wurde. Beim bloßen Gedanken daran, sie müsse nur eine Nacht, womöglich gar ihr ganzes Leben lang, das Bett mit ihm teilen, überlief sie das kalte Grausen. Mit ihm zu speisen, die Feiertage zu verbringen oder seine Gäste zu bewirten, all das übertraf ihre Vorstellungskraft, und vollends unerträglich erschien ihr die Möglichkeit, Alecs Kind könne „Vater“ zu Geoffrey sagen. Doch so abscheulich sich dies alles auch ausnahm: Genau das hielt die Zukunft für sie bereit – wenn nicht noch ein Wunder geschah!

Seit jenem schrecklichen Abend, als sie notgedrungen mit ihm dinieren musste, hatte Geoffrey kein Wort mehr mit ihr gewechselt. Zähneknirschend hatte er angewidert mit ansehen müssen, wie sie sich im Speisezimmer übergab, und das Ganze als persönliche Beleidigung aufgefasst. Danach war sie in ihre Kammer verbannt worden, wo sie, gepeinigt von ihren Ängsten, den Rest der Woche allein verbracht hatte. Wie es wohl Jamie und Alec ging und all ihren anderen Lieben?

Ihr hatte vor diesem Tag gegraut wie einem zum Tode Verurteilten vor der Hinrichtung. Und genau so dünkte sie diese Fahrt: wie ein Gang zum Schafott. Dann aber war er angebrochen, der Tag, vor Morgengrauen schon, als der Schlüssel sich im Schloss drehte und Geoffrey im Schlafrock eintrat. Zunächst hatte er ihr befohlen, zu baden und sich anzukleiden, um ihr dann ein Gewand aus roséfarbener Seide zu präsentieren, das er als ihr Brautkleid ausersehen hatte.

Der grimmige Ausdruck in seinen Augen hatte ihren Widerstand schon im Keim erstickt, sodass sie wortlos gehorchte – um Alecs und ihres Kindes willen.

„Wir sind gleich da“, kündigte Geoffrey an und unterbrach ihre Betrachtungen. „Schau nicht so trübsinnig drein, sondern mehr wie meine Braut, mein Schatz. Schließlich fahren wir zu deiner Hochzeit.“

Rumpelnd nahm die Kutsche die letzte Straßenbiegung; der Wald lichtete sich, und vor ihnen lag die vertraute, weiß getünchte Fassade von St. Mary's White Chapel mitsamt den verschiedenen Außengebäuden. Cassie packte das kalte Entsetzen, als der Kutscher vor der Treppe zum Kirchenportal hielt.

„Komm, meine Liebe.“ Geoffrey stieg aus, drehte sich um und bot ihr die Hand.

Halt suchend krampften ihre Finger sich um den Türgriff, als sie die Kutsche verließ. Sie fühlte sich zwar unsicher, und ihre Knie zitterten, doch sie nahm Geoffreys Hilfe nicht an.

Vor dem Portal wartete bereits Reverend Dinwiddie mit verschränkten Händen, die buschigen Brauen gewichtig zusammengezogen. Sein rundes, gerötetes Gesicht bildete einen auffallenden Kontrast zu dem samtenen Weiß seines Ornats.

„Einen guten Morgen, Reverend." Geoffrey geleitete Cassie die Stufen hinauf. „Ich nehme an, es geht Euch gut."

„Guten Tag, Geoffrey, Catherine." Der Reverend musterte Cassie mit einem missbilligenden Blick.

Energisch legte Geoffrey die Hand in Cassies Rückenbeuge und schob sie durch den Eingang ins Innere. Gedämpftes Sonnenlicht drang durch die kleinen Luken zu beiden Seiten des Gotteshauses, und das Farbglasfenster über dem Altar verstreute bunte Tupfer über die gebohnerten Fußbodendielen. Etwas weiter seitlich flackerte eine Hand voll Kerzen, jede einzelne eine Fürbitte an den Allmächtigen, doch endlich einzugreifen. Von Geoffrey vorwärts gedrängt, folgte Cassie dem Geistlichen den Mittelgang hinauf und schickte stumm ihre Stoßgebete zum Himmel.

„Offen gestanden, Geoffrey, die Sache behagt mir nicht. Deinen Vater zu hintergehen, das widerstrebt mir. All die Jahre hat er großzügig für diese Kirche gespendet, und ich täusche ihn äußerst ungern. Entscheidungen wie diese sollten den Segen des Vaters haben, insbesondere dann, wenn es um Eigentum und Erbschaftsangelegenheiten geht." Die Stimme des Reverend hallte durch das menschenleere Kirchenschiff. „Du bist der einzige Erbe deines Vaters. Er würde Wert darauf legen, dass du eine Frau von Ansehen ehelichst."

Cassie war durch den Seitenhieb keineswegs beleidigt, sondern schöpfte neuen Mut aus den Worten des Geistlichen. Hegte Reverend Dinwiddie schon seine Bedenken gegen diese Zeremonie, so konnte man ihn vielleicht bewegen, die Eheschließung zu verweigern. Sollte sie es wagen und das Risiko eingehen?

„Seid versichert, mein Vater ist Euch überaus dankbar dafür, dass Ihr zur Vermeidung eines Skandals beitragt. Er wird diese Dankbarkeit gewiss in Form weiterer Zuwendungen an Eure Kirche unter Beweis stellen."

„Wollen wir beide hoffen, dass du Recht hast, Geoffrey. Andernfalls sähe ich mich gezwungen, die Ehe annullieren zu lassen – eine zweifellos äußerst heikle Angelegenheit, zumal ein Kind unterwegs ist."

Cassie spürte, wie ihr bei diesem Satz das Blut aus dem Gesicht wich, ging es bei dem vermeintlichen Ungeborenen doch um eine Schwangerschaft, die Geoffrey lediglich als Vorwand vorgeschoben hatte.

„Was hast du, meine Liebe? Ist dir nicht wohl?"

„Natürlich nicht! Du weißt sehr wohl, dass ich nicht freiwillig hier bin." Seine ständigen Koseworte und seine heuchlerische Anteilnahme widerten sie an, doch er lächelte nur.

„Master Geoffrey hat mich bereits davon unterrichtet, dass du dich der Trauung widersetzt, Catherine. Ich muss gestehen, dass ich in dieser Hinsicht mit ihm übereinstimme." Geräuschvoll durchblätterte der Reverend die Seiten des Gesangbuchs, das auf seinem Pult lag. „Dein Vater hat dir nie deine Grenzen aufgezeigt, und jetzt trägt diese Nachsicht sozusagen Früchte. Deine Weigerung, Vernunft anzunehmen, beweist nur, dass du dringend der Führung und einer energischen Hand bedarfst. Und falls du dich nicht dem gesunden Menschenverstand fügst – was leider Gottes nur wenige Frauen tun –, dann müssen eben jene für dich entscheiden, die es am besten wissen."

Cassie merkte, dass Wut in ihr aufstieg. „Verstößt es nicht gegen die kirchlichen Gebote, eine Frau gegen ihren Willen mit jemandem zu vermählen?" Die Kehle war ihr wie zugeschnürt, und ihre Stimme zitterte.

„Hielten wir uns streng an das Edikt, mein Kind, hätten wir weniger Bräute, aber erheblich mehr Bastarde. Nach meiner Erfahrung ist es gang und gäbe, dass eine Frau in Schande als heiratsunwillige Braut zum Altar geführt wird. Ein paar Monate später erscheint sie dann zur Taufe, das Kindchen auf dem Arm und mit sich und der Welt zufrieden."

„Dann ... dann wollt Ihr diese unselige Posse tatsächlich durchführen?"

Der Reverend schaute von seinem Pult auf und musterte sie mit seinen strengen, wässrigen Augen, sagte aber kein Wort. Cassie, die nun wusste, dass ihre letzte Hoffnung zerstoben war, rannen Tränen über die Wangen.

„Habe ich Euch nicht gesagt, sie ist einsichtig?" lachte Geoffrey.

Reverend Dinwiddie räusperte sich. „Wir haben uns im Angesicht des allmächtigen Gottes versammelt, um zu bezeugen, dass dieser Mann und diese Frau gewillt sind, in den heiligen Stand der Ehe zu treten ..."

Unfähig, noch einen klaren Gedanken zu fassen oder etwas zu fühlen, musste Cassie ein Schluchzen unterdrücken, als der Priester die Worte sprach, die sie zu einem Leben in Elend verurteilten. Ungehindert flossen die Tränen, und alles um sie herum verschwamm.

Es durfte nicht wahr sein!

„Willst du, Catherine, diesen Mann als deinen rechtmäßigen Gatten annehmen und mit ihm die Ehe eingehen? Willst du ihn lieben und ehren, für ihn sorgen und ihm gehorchen, in Gesundheit und Krankheit? Willst du allen anderen entsagen und ihm die Treue halten, solange ihr beide lebt auf Erden?"

Verschwommen nur drang ihr Dinwiddies Stimme ans Ohr, als käme sie aus der Ferne. Sosehr Cassie sich auch bemühte – die erwartete Antwort wollte ihr nicht über die Lippen.

Unbarmherzig bohrten sich Geoffreys Finger in ihren Arm. „Fragt sie noch einmal!" befahl er, das Gesicht grimmig verzogen.

„Aber gewiss doch, verehrter Reverend, tut Euch keinen Zwang an! Stellt ihr die Frage aufs Neue!"

Beim Klang der nur allzu vertrauten Stimme wirbelte Cassie herum. Alec stand da, lässig gegen einen Türpfosten gelehnt, von Kopf bis Fuß mit Schlamm verschmiert. In einer Hand hielt er eine Pistole, den Lauf locker nach unten gerichtet.

„Du!“ knurrte Geoffrey hasserfüllt.

„Alec!“

Wie war das möglich! Halb ohnmächtig vor grenzenloser Erleichterung, rang Cassie nach Luft und wäre wohl zu Alec hingestürzt, hätte Geoffrey ihr nicht den Arm um die Taille geschlungen und sie wie ein menschlicher Schutzschild vor seinen Körper gehalten.

„Hast du tatsächlich geglaubt, du würdest davonkommen, Crichton?“

Langsam schritt Alec auf Geoffrey und Cassie zu, die Pistole fest im Anschlag, die Augen so hart und so kalt wie Schiefer. „Du musst doch damit gerechnet haben, dass ich sie hole, sobald ich kann.“

„Tag und Nacht haben dich meine Hunde gehetzt, Zuchthäusler. Du hättest das Beste aus deiner Flucht machen sollen, solange Zeit war. Nun bist du ein toter Mann.“

Hunde? Flucht? Cassie begriff kein Wort ... es sei denn, Geoffrey hatte gelogen.

„Kein Blutvergießen im Hause Gottes!“ rief der Reverend mahnend, der offenbar schlagartig die Stimme wiedergefunden hatte.

„Lass sie los, Crichton, oder dem guten Reverend droht eine beträchtliche Schweinerei!“

„Du würdest abdrücken, obwohl du sie treffen könntest? Nie und nimmer!“

Langsam spannte Alec den Hahn und zielte auf Geoffreys Kopf. „Mein Vater legte großen Wert auf eine solide Schießausbildung bei seinen Söhnen. Bei einem Schuss aus dieser Entfernung platzt dein Schädel auseinander wie eine Melone, ohne dass das Brautkleid auch nur einen Spritzer abbekommt.“

Cassie stockte der Atem. Sie merkte, wie Geoffreys Griff sich verkrampfte und sie nahezu zerquetschte. Doch plötzlich flog sie nach vorn, als er sie losließ und von sich stieß. Sie fing sich, rannte mit gerafften Röcken auf Alec zu und barg das tränenüberströmte Gesicht an seine Brust.

„Ich kann es dir nicht mal verübeln, Zuchthäusler, dass du's auf sie abgesehen hast", fauchte Geoffrey hämisch. „Nicht wahr, sie weiß einen Mann im Bett zu beglücken?"

Cassie spürte, wie Alec erstarrte. Sie wollte beteuern, dass sie unberührt geblieben sei, doch er winkte ab.

„Wenn ich das Gefühl hätte, Crichton, dass du ihr Gewalt angetan hast, dann läge jetzt hier deine Leiche." Dröhnend hallte Alecs tiefe Stimme in Cassies Ohr wider, das sich an seinen Brustkorb schmiegte. „Bist du verletzt, Liebes?" fragte er und schaute auf sie herab.

„Nein", flüsterte sie, den Blick in seine blauen Augen versenkt. Noch immer konnte sie kaum glauben, dass er wirklich gekommen war.

„Wer seid Ihr, Kerl?" Reverend Dinwiddie hatte sich zu voller Größe aufgerichtet und trat nun vor, während Alec sich schützend vor Cassie stellte.

„Ein Sträfling ist der!" zeterte Geoffrey hitzig dazwischen. „Einer von Blakewells Gesinde, Reverend! Catherine glaubt, ihn zu lieben, und hat dem Kerl sogar beigewohnt!"

„Es stimmt, Reverend", bestätigte Cassie beherzt, das Kinn mutig vorgereckt. „Und es ist sein Kind, das ich unter dem Herzen trage, nicht Geoffreys."

Wie vom Donner gerührt, rang Dinwiddie keuchend nach Fassung. Geoffrey hingegen, der zunächst wie betäubt schien, verzog angewidert das Gesicht, und seine Lippen kräuselten sich verächtlich.

Alecs Reaktion indes wärmte Cassie dermaßen das Herz, dass sie die beiden beinahe vergaß. Verblüfft senkte sein Blick sich zuerst zu ihrem Bauch, um dann zärtlich auf ihrem Gesicht zu verweilen. „Ein Kind?"

„Ja."

„Von mir aus schnapp dir das Flittchen!" kreischte Geoffrey. „Verschwindet, solange es geht!"

Alecs Miene wurde hart. „Cassie, hör gut zu", raunte er leise mahnend, sodass nur sie ihn verstehen konnte. „Draußen findest du Crichtons Pferde vor. Ich habe sie ausgespannt; sie stehen bereit. Reite zur Insel. Ich folge dichtauf. Sollte etwas passieren, bitte Robert Carter um Hilfe. Mir scheint, er ist ein vertrauenswürdiger Mann."

„Aber ..."

„Los! Sofort! Ich möchte nicht, dass du siehst, was jetzt geschieht."

„Was ..."

„Geh!"

Die Röcke gerafft, hastete sie zum Ausgang, hörte indes noch, dass Alec sagte: „Wir zwei haben noch eine Rechnung offen, Crichton." Entsetzt blieb sie stehen, fuhr herum und sah, wie er, die Pistole in den Hosenbund gesteckt, drohend auf Geoffrey zuging, der stolpernd den Rückzug antrat. Mit einem Satz schnellte Alec vor, fasste ihn beim Kragen und hob ihn in die Luft, bis nur noch die Zehenspitzen den Boden berührten. „Dein Glück", zischte er leise, „dass wir uns in einer Kirche befinden. Doch lass dich warnen! Setzt du noch einen Fuß auf Blakewells Grund und Boden oder lässt du dich ein einziges Mal noch in Cassies Nähe blicken, bringe ich dich um!"

Absichtlich langsam und deutlich gesprochen, hallten die letzten vier Worte drohend in dem kleinen Kirchenschiff wider. Plötzlich rammte Alec seinem Gegner die Faust ins Gesicht. Geoffrey taumelte rückwärts bis zur Wand, wo er zu Boden sackte. Blut tropfte aus der Nase auf sein spitzenverziertes Halstuch.

Ohne ihn auch nur eines Blickes zu würdigen, machte Alec kehrt und schritt auf Cassie zu. Er nahm sie bei der Hand und geleitete sie aus der Kirche hinaus. „Tust du eigentlich nie, was man dir sagt?"

„Ich fürchtete ..."

„Dass ich ihn töte? Hätte ich's nur getan!"

Draußen standen Geoffreys Kutschgäule, die an einem Baum festgebunden waren. Die Tiere, die bereits unruhig mit den Schweifen peitschten, trugen zwar keine Sättel, doch Cassie hatte schon des Öfteren auf einem blanken Pferderücken gesessen.

„Wo ist der Kutscher?" fragte sie, als sie die leere Equipage entdeckte.

„Der wird mit einer Beule am Kopf aufwachen." Während Alec die Zügel ergriff, sah Cassie aus den Augenwinkeln, wie Geoffrey die Kirche verließ, in der Hand einen Gegenstand, der im Sonnenlicht silbern aufblitzte. Sie stieß einen Warnschrei aus.

Alec wirbelte herum, in der Faust wie von Zauberhand die Pistole ihres Vaters. Mit einer raschen Bewegung deckte er Cassie mit dem eigenen Körper und drückte ab.

Geoffrey wankte, und eine schussbereite Pistole entglitt seinem Griff. Er presste beide Hände auf ein klaffendes Einschussloch in der Kehle und brach auf den Kirchenstufen zusammen, die Augen stierend, den Körper grotesk verdreht und vor Schmerzen verkrampft. „Cath...", röchelte er und streckte eine blutverschmierte Hand nach ihr aus. Noch einmal bäumte er sich auf, bevor er mit einem letzten Zucken erstarrte.

Angeekelt wandte Cassie sich ab. Alec schloss sie in die Arme, und sie spürte wohltuend die schützende Wärme seiner Brust.

„Wir müssen losreiten! Bringst du die Kraft auf?“

Cassie nickte.

„Komm, ich helfe dir aufs Pferd!“

Sie griff in die rote Mähne eines der Rösser; dann spürte sie Alecs Hände in ihrer Taille und merkte, wie sie angehoben wurde, bis sie ein Bein über den Pferderücken schwingen konnte. Das Tier tänzelte unruhig unter ihr.

„Da sind sie! Haltet sie!“

Cassie drehte sich um und sah, wie der Reverend auf sie wies. Drei Männer kamen auf sie zugerannt, einer davon umständlich bemüht, im Laufschritt eine Muskete zu laden.

„Reite los, Cassie! Lass dich durch nichts aufhalten!“ Alec versetzte dem Pferd einen heftigen Schlag auf die Hinterhand, sodass der erschreckte Gaul einen Satz machte und aus dem Stand in Galopp verfiel. Cassie hielt sich an der Mähne fest, die Schenkel fest zusammengepresst, um nicht vom Pferderücken zu fallen. Krampfhaft bemüht, nicht das Gleichgewicht zu verlieren, versuchte sie, über die Schulter zu schauen.

„Reite!“ schrie Alec, und ein kurzer Blick nach hinten verriet ihr, dass er inzwischen sein Pferd erreicht hatte und ihr nachsetzte. Mit aller Macht bestrebt, die Richtung nach Blakewell's Neck einzuschlagen, sah Cassie unter dem dahinpreschenden Pferd den Boden rasend schnell und verschwommen vorbeifliegen.

Sie hatte noch nicht die Straßenbiegung erreicht, als der hässliche Knall eines Schusses die Luft zerriss, gefolgt von einem schrillen Wiehern. Mit wild klopfendem Herzen versuchte Cassie, ihr Pferd zu bändigen, doch es scheute und bäumte sich auf, sodass sie sich festklammern musste, als ginge es um ihr Leben.

Schließlich blickte sie über die Schulter und sah ihn. „Nein!“

Alec lag im Schmutz und versuchte, sein Bein zu befreien, das unter dem verendenden Pferd eingeklemmt war. Unweit hinter ihm lud der Musketenschütze gerade den Vorderlader aufs Neue. Reverend Dinwiddie und die beiden anderen eilten schon auf Alec zu.

Ohne zu überlegen, wendete Cassie ihr Pferd, doch es war zu spät! Kaum war Alec freigekommen, fielen die Kerle über ihn her, schlugen auf ihn ein und zerrten ihn hoch.

„Reite weiter, Cassie!" schrie er ihr zu. „Schnell!"

Das Pferd unter ihr stampfte hektisch mit den Hufen. „Nicht ohne dich!"

„Du musst! Los!"

Wie durch einen Nebel sah sie, dass der Mann mit der Muskete immer noch mit dem Laden beschäftigt war. Vor Entsetzen krampfte sich ihr das Herz zusammen. Offenbar hatte er vor, Alec auf der Stelle zu erschießen. Als der Schütze jedoch den Blick hob und sie ansah, begriff sie, dass sie selbst zur Zielscheibe werden sollte.

„Um Gottes willen, Cassie! Flieh!" Für einen Augenblick bohrte Alecs wilder Blick sich in ihre Augen; dann wirbelte er herum und warf sich so heftig auf den Bewaffneten, dass die beiden anderen mit ihm zu Boden gingen.

Cassie riss den Wallach herum und rammte ihm die Absätze in die Flanken, bis er im gestreckten Galopp dahinstürmte. Während die Tränen ihr übers Gesicht strömten, rief sie Alecs Namen, und als dann der gefürchtete Knall an ihr Ohr drang, schluchzte sie laut auf. Aller Empfindung beraubt, blieb ihr nichts als herzzerreißendes Leid.

Alec war tot.

28. KAPITEL

London

Ungeduldig klopfte Matthew mit dem Gehstock an die robuste Eichentür. Ein junger Schreiber öffnete ihm. „Der Direktor wird alsbald kommen."

Matthew trat ein und fand sich in einem aufdringlich ausgestatteten Zimmer wieder. Den Fußboden bedeckten kunstvoll gemusterte Orientteppiche, deren tiefes Weinrot in schreiendem Gegensatz stand zum Violett der Vorhänge sowie den rosafarbenen und grünen Bezügen der goldverzierten französischen Stühle. Die Regale zu beiden Seiten des Raumes enthielten eine reichhaltige Anzahl an ledergebundenen Büchern, auf deren Rücken in goldenen Lettern Verfasser und Titel standen: Aristoteles, Cicero, Dante, Chaucer – eine Auswahl der Weltliteratur, vermutlich allein deswegen angehäuft, um damit Eindruck zu schinden, wie auch mit den an der Wand hängenden Ölgemälden, zumeist schlechten Kopien holländischer Meister. Es waren, so Matthews Vermutung, die Insignien eines Mannes, der rasch zu Reichtum gelangt war, und es fiel Matthew nicht schwer zu erraten, woher das Geld stammte. Als Leiter eines Zuchthauses konnte man sehr wohlhabend werden. Zweifellos würde Matthew der heutige Besuch ein hübsches Sümmchen kosten.

„Ah, Lieutenant Hastings! Ihr erforscht gerade meine Büchersammlung, wie ich sehe."

Matthew drehte sich um. Vor ihm, von Kopf bis Fuß in Seide, Brokat und Spitze gekleidet, stand ein stattlicher Mann, dessen Porträt ihm bereits zuvor unter den Gemälden aufgefallen war.

„Ich bewunderte soeben Eure Bilder, Magistrate Woodhull."

Wie nicht anders erwartet, schwoll dem Gefängnisdirektor die

Brust vor Stolz. „Ich habe einen Künstler an der Hand, der jeden Stil und jedes Meisterwerk perfekt imitiert. Ein Glas Brandy gefällig, Lieutenant?“ fragte er strahlend.

„Danke, nein. Ich habe mir angewöhnt, Trinken und Geschäftliches streng zu trennen.“

„Eine weise Entscheidung.“ Woodhull lachte in sich hinein. „Obwohl ich dann herzlich wenig zu tun hätte, wäre ein jeder so klug wie Ihr.“

Matthew ließ sich auf einem der französischen Stühle nieder und übersah geflissentlich die verstohlenen Blicke, mit denen der Gefängnisdirektor sein Holzbein musterte. Dass man ihn neugierig anstarrte, war Matthew gewohnt. „Ich bin gekommen, um mich über den alten Mann zu informieren, der hier am Morgen nach dem Mord an meinem Schwager eingeliefert wurde.“

„Ach, über den gibt es wenig zu erzählen, Lieutenant. Er starb binnen vier Tagen an Flecktyphus.“

„Ich hatte gehofft, Ihr könntet mir bei der Suche nach etwas, das man vielleicht übersehen hat, behilflich sein.“ Ohne den Augenkontakt zu unterbrechen, zählte Matthew dem Direktor mehrere Sovereign-Münzen auf den Schreibtisch.

„Das ist sehr lange her, Lieutenant. Sosehr ich einem ehrenwerten Gentleman wie Euch auch helfen …“

Matthew fügte noch ein paar Münzen hinzu.

„Ich lasse den Wärter rufen, der seinerzeit Dienst tat.“

Wenig später stand Matthew einem der ärgsten Schmutzfinken gegenüber, die ihm je untergekommen waren. Er war in schmuddelige Lumpen gehüllt, obwohl sie wahrscheinlich in gewaschenem Zustand noch tragbar gewesen wären, und die schütteren Haarsträhnen hingen schmierig und verfilzt herab. Die Haut, vernarbt von der Syphilis, starrte vor Schmutz, und die Zähne waren so verfault, dass der Mundgeruch selbst aus der Entfernung übel stank und Matthew ernsthaft versucht war, den angebotenen Brandy doch anzunehmen.

„Ich hab' dem Constable schon alles berichtet, Sir", sagte der Wärter. „Der alte Gauner wollte gesehen haben, wie zwei Halunken 'nen Mann umbrachten und ihm die Augen ausstachen."

„Hat er Euch das genau so erklärt?"

Der Wärter sah verstört aus, als verstünde er nicht recht.

„Hat er das wörtlich so gesagt?" fragte Matthew bewusst geduldig. „Erzählt doch einmal von Anfang an."

Als der Wärter eine Stunde später wieder auf seinen Posten zurückgeschickt wurde, hatte Matthew Mühe, seine Enttäuschung zu verbergen, hatte er doch wenig Neues erfahren. Stattdessen blieben weitere Fragen offen. Wieso hatten die Täter Alec lediglich bewusstlos geschlagen, wenn sie ohnehin die Absicht hatten, ihn umzubringen? Dem Kutscher hingegen hatten sie ohne viel Federlesens die Kehle aufgeschlitzt. Warum nicht auch Alec? Weshalb hatten sie den Bewusstlosen in die Gasse geschleppt? Einen Mord hatten sie doch bereits auf offener Straße begangen! Wozu also erst ein Versteck aufsuchen, um Alec zu töten und die Leiche zu verstümmeln?

Schon seit Monaten konnte Matthew sich des Gefühls nicht erwehren, dass es hinsichtlich des Mordes an Alec nicht mit rechten Dingen zuging. Zunächst hatte ihm die ungewöhnliche Brutalität der Tat nicht eingeleuchtet. Und dann war der mysteriöse Brief aus den Kolonien eingetroffen, der Socrates aufgefallen war; er war zwar an Matthew adressiert, jedoch von Philip abgefangen worden. Obgleich Matthew die Folgerung des Butlers anfangs als Ausdruck von Kummer und Trauer eines alternden Dienstboten abgetan hatte, war ihm das Schreiben doch nicht aus dem Sinn gegangen, ebenso wenig wie Philips Weigerung, darüber zu sprechen. Obschon er kein Spieler war, hätte Matthew jede Wette angenommen, dass Philip irgendwie im Mittelpunkt dieser undurchsichtigen Angelegenheit stand.

„Ich muss gestehen", sagte der Gefängnisdirektor, als sein Besucher sich, auf den Gehstock gestützt, vom Stuhl erhob, „dass ich überrascht war, als man mir Euer Kommen ankündigte. Euer Herr Schwager teilte mir nämlich unmissverständlich mit, dass Eure Familie die Sache als erledigt ansieht, ungeachtet des Schreibens."

„Schreibens? Welches Schreiben?"

„Aber ja, das aus den Kolonien! Ich habe Euch doch im Juni davon unterrichten lassen!"

„Aus den Kolonien? Davon weiß ich nichts!" Matthew spürte, wie ihm siedend heiß wurde. Dieser verfluchte Philip! „Habt Ihr den Brief noch? Wisst Ihr, was darin stand? Von wem stammte er?"

„Von einem dortigen Sheriff, soweit ich mich erinnere. Es gebe, so schrieb er mir, ganz in der Nähe einen zu Zwangsarbeit verurteilten Sträfling, der sich als Alec Kenleigh ausgibt. Eigenartig, dass Euer Schwager Euch nichts davon erzählt hat! Ich meine, ich müsste das Schreiben noch irgendwo haben."

„Dann sucht es gefälligst, Mann!"

Ängstlich schaute Cassie in den Spiegel. Ihre Hände zitterten dermaßen, dass sie nicht einmal die Ohrringe anlegen konnte, die Lucy ihr geliehen hatte. Befürchtungen und Sorgen ließen ihr keine Ruhe.

„Komm, ich helfe dir", sagte Lucy und nahm Cassie die kleinen Perlen aus den bebenden Fingern. „Mit den Ohrringen und dem neuen Kleid wirst du so frisch aussehen wie eine Frühlingswiese."

Zerstreut schweifte Cassies Blick über das eigene Spiegelbild. Jetzt erst fiel ihr das neue Gewand auf, eines der schönsten, die sie je getragen hatte – Seide von der Farbe des Himmels, mit elfenbeinfarbener Spitze besetzt. Die Schneiderin hatte noch reichlich von dem Stoff beiseite gelegt, sodass die Taille geweitet werden konnte, sobald die Schwangerschaft sich bemerkbar machte. Lucy hatte mehrere Kleider für die Freundin in Auftrag gegeben, nebst passenden Schuhen und Hauben, die ihr Vater klaglos bezahlt hatte. Von Kummer und Sorgen überwältigt, hatte Cassie ihnen bisher nicht einmal danken können. „Du bist so gut zu mir gewesen, Lucy."

„Dasselbe hättest du auch für mich getan", erwiderte Lucy, während sie die Perlen an Cassies Ohrläppchen anbrachte.

Dankbar lächelte Cassie ihrer Freundin im Spiegel zu, wohl wissend, dass Lucy lediglich ihren Großmut bewies. Eine Tochter von King Carter wäre gar nicht erst in ein solches Dilemma geraten. Und selbst wenn, so verfügte Lucys Vater über weitaus mehr Macht als der von Cassie, der niemals das vermocht hätte, wozu Carter in der Lage war. Wäre King Carter nicht gewesen, dann, so Cassies Überzeugung, säße sie vermutlich an diesem Morgen, des Mordes und Pferdediebstahls angeklagt, im Gefängnis.

Spät an jenem schrecklichen Nachmittag hatte sie Corotoman erreicht, erschöpft, verzweifelt und in Tränen aufgelöst, und dann Lucy sowie Master Carter die ganze Geschichte gebeichtet. Vom Zustand ihres Vaters hatte sie erzählt, von den Lügen, die sie um seinetwillen verbreitet hatte, von ihrer Liebe zu Alec und ihrer festen Überzeugung, dass er die Wahrheit sagte. Auch von Geoffrey hatte sie berichtet, wie er Blakewell's Neck überfallen hatte, sie dabei im Bett mit Alec überraschte und ihn hatte auspeitschen lassen. Sie hatte dargestellt, wie sie von Geoffrey vor den Traualtar gezwungen und dass Alec bei dem Versuch, sie zu retten, wahrscheinlich erschossen worden war. Erwähnt hatte sie auch das Kind, das sie trug. Reinen Tisch hatte sie gemacht und rückhaltlos alles aufgedeckt – nur nicht den genauen Aufenthaltsort ihres Vaters.

Sie hatte damit gerechnet, dass Master Carter sie als Hure verdammen und aus dem Hause weisen würde oder, schlimmer noch, vom Sheriff abführen ließe. Doch weit gefehlt. Zunächst hatte er das

Pferd, das sie zur Flucht benutzt hatte, mit einem Kondolenzschreiben sowie einer angemessenen Entschädigung nach Crichton Hall zurückbringen lassen. Danach hatte er Lucy angewiesen, Cassie ins Obergeschoss zu geleiten, sie anständig zu verpflegen und für einen ungestörten Schlaf zu sorgen.

Als sie am nächsten Morgen erwachte, erfuhr sie zu ihrer Verblüffung, dass Alec lebte und unverletzt war. Der Schuss, den sie gehört hatte, hatte das Ziel verfehlt. Ihre Erleichterung wich indes neuer Besorgnis, als Master Carter ihr mitteilte, man habe Alec in Ketten abgeführt, um ihn in Williamsburg wegen Mordes vor Gericht zu stellen. Von der Nachricht ohnehin wie betäubt, wunderte es sie auch nicht weiter, als am Nachmittag Sheriff Hollingsworth eintraf, um sie als Komplizin zu verhaften. Schon hatte sie sich resigniert in ihr Schicksal gefügt, da ritt der Sheriff ohne sie davon. Er und Master Carter hatten sich bezüglich der Frage, welche Rolle Cassie bei Geoffreys Tod gespielt haben mochte, beim Kartenspielen geeinigt.

Am folgenden Morgen war sie in Begleitung von Master Carter und Lucy an Bord eines kleinen Schoners gegangen und nach Williamsburg gereist, um dort auf den Tag zu warten, an dem die Gerichtsverhandlung stattfinden sollte.

Dieser Tag war nunmehr angebrochen.

Hufgetrappel auf dem Kopfsteinpflaster unten im Hof kündigte die Ankunft der Kutsche an. Cassie graute davor, sich in die Öffentlichkeit zu wagen, war sie doch bislang, vom Kirchgang am Sonntag abgesehen, im Haus geblieben, um dem Gekicher und Getuschel in der Stadt von vornherein zu entgehen. Selbst der sonntägliche Gottesdienst entwickelte sich zum Spießrutenlaufen. Konnte sie schon das Geflüster, die Blicke und die Fingerzeige kaum aushalten, so kam ihr das Kettengeklirr, als der Gefängniswärter die Insassen des Stadtgefängnisses in die Kirche führte, noch unerträglicher vor.

Während die Gemeindemitglieder, die Nasen heuchlerisch in ihre Bibeltexte gesteckt, Cassie verstohlen über den Rand des Gesangbuches musterten, stand sie mit hoch erhobenem Kopf da. Stumm war sie ins Gebet vertieft und flehte um ein weiteres Wunder und um das Wohlergehen von Alec, der nur wenige Reihen hinter ihr gefesselt im Kirchengestühl hockte.

Obwohl sie gemeinsam und unter dem Dach desselben Gotteshauses gebetet hatten, war es Cassie nicht vergönnt gewesen, auch nur einen Blick auf Alec zu werfen. Master Carter hatte dafür gesorgt, dass sie sehr früh zum Gottesdienst aufbrachen, um schon lange vor Ankunft der Gefangenen dort zu sein. Zudem hatten sie vorn in der Kirche Platz genommen, weit weg von den roh gezimmerten Holzbänken im hinteren Kirchenschiff, die für die Inhaftierten reserviert waren. Auch hatte er Cassie nicht gestattet, Alec Briefe zu schreiben.

Obwohl Master Carter Alec einige Male im Gefängnis aufgesucht hatte, hatte er es abgelehnt, sich als Übermittler von Botschaften zwischen Cassie und Alec herzugeben. Denn das, so seine Begründung, gehöre sich nicht, und er schlug es ab, über Alecs Leidensweg mit ihr zu diskutieren.

Heute aber sollte sie Alec sehen, denn an diesem Tag mussten die Geschworenen darüber befinden, ob ihm der Galgen drohte oder nicht.

Sie hakte sich bei Lucy ein, und gemeinsam schritten sie die Treppe hinunter in den Hof, wo Lakaien ihnen in die Kutsche halfen. Master Carter, der sehr zu Cassies Verblüffung einen Rechtsbeistand für Alec bestellt hatte, war bereits allein zum Gerichtsgebäude vorausgegangen.

Mit geschlossenen Augen ließ Cassie sich in das königsblaue Kutschenpolster sinken und ermahnte sich, stark zu sein. Bis zum Gericht war es nur ein Katzensprung. Das Gefährt ruckte an, und schon ging es im Bogen hinaus auf die Straße, wo die Leute sich hämisch die Hälse verdrehten und schadenfroh tuschelten.

Cassie verabscheute das Gaffen und das Geraune und hasste es, wenn Mütter mit dem Finger auf sie zeigten und ihre Töchter zur Tugend mahnten. Noch schlimmer waren die lüstern grinsenden Gesichter gewisser Männer, die ihr schamlos eindeutige Angebote nachriefen, nur um sie zu erniedrigen. Der Gerichtssaal würde sicherlich voll solcher Menschen sein – Männer und Frauen, die der Verhandlung beiwohnen wollten wie einem Theaterstück, so als dienten Alecs und Cassies Kummer und Leid ihnen lediglich zur Erbauung.

Obschon die Fahrt nur kurz war, kam sie Cassie wie eine Ewigkeit vor. Als der Kutscher endlich nach rechts abbog und bremste, wusste sie, dass sie das Gerichtsgebäude erreicht hatten. Voller Entsetzen vernahm sie, wie jemand den Türgriff drehte. Tageslicht fiel ins Kutscheninnere, und mit ihm das Raunen der Menge.

„Es ist Zeit, Liebes“, sagte Lucy und drückte aufmunternd Cassies Arm.

Cassie nahm all ihren Mut zusammen, stützte sich auf die dargebotene Hand des Lakaien und stieg aus der Kutsche. Die Menge verstummte, während Hunderte Augenpaare sich auf Cassie richteten. Obwohl ihre Beine zitterten, stieg sie mit aufrechter Haltung und erhobenem Kopf die Stufen zum Gericht empor, den Blick geradeaus gerichtet und die Finger fest um den Arm ihrer Freundin geklammert.

„So ein hübsches junges Ding“, raunte jemand.

„Eine Schande!“ flüsterte ein anderer.

„Nun, sie bekommt nur, was sie verdient.“

„Soll sie sich doch auf meinen Schoß setzen!“ rief ein Mann. „Da wird sie bestimmt munter!“

„Dirne!“

Als hätte allein jenes bösartige Wort sie allesamt aus einer Art Trance aufgeweckt, schrien die Umstehenden auf Cassie ein und überhäuften sie mit Beleidigungen und obszönen Sprüchen. Tränen brannten in Cassies Augen; sie war versucht zu fliehen, zwang sich jedoch zur Ruhe und ging bewusst langsam, Stufe für Stufe, die Treppe hinauf.

Lucy stieß die polierten Eichentüren auf, und sie betraten die im Halbdunkel liegende Halle. Falls Cassie gehofft hatte, hier im Inneren der sensationslüsternen Meute entkommen zu können, so sah sie sich bitter getäuscht. Ein Meer aus Gesichtern dehnte sich vor ihr aus, die Augen auf sie gerichtet, die Mienen erbarmungslos.

Cassie atmete tief durch und ließ sich von Lucy zum Gerichtssaal geleiten, während die Menge, verlegen scharrend und schubsend, sich teilte und eine Gasse bildete. Nachdem sie an der Tür kurz angehalten hatte, um ihre Augen an das Halbdunkel zu gewöhnen, folgte Cassie der Freundin zu den vorn für sie reservierten Plätzen. Dort ließ sie sich nieder und strich ihre Röcke glatt, wobei ihr deutlich bewusst war, dass Hunderte von Augenpaaren sie von der erhöhten Zuschauergalerie aus angafften. Erst jetzt begriff sie, dass die Massen draußen vor dem Saal und vor dem Gebäude wohl zu denen gehörten, die zu spät gekommen waren, um noch einen Sitzplatz zu ergattern.

„Da kommt Master Crichton!“ Kurz drückte Lucy Cassies Hand. „Welch ein gemeiner, abscheulicher Kerl!“

Cassie vernahm Master Crichtons Schritte, als er den Mittelgang entlangschritt, spürte seinen hasserfüllten Blick, während er vorbeiging und sich in der Saalhälfte links von ihr niederließ. Sie brachte es nicht über sich, ihn anzuschauen, sondern starrte, den Magen schmerzhaft verkrampft, geradeaus. Dass er sie hasste, konnte sie ihm nicht verdenken, war doch Geoffrey, sein Sohn und Erbe, nun tot – ihretwegen. So zumindest beurteilte es die Mehrzahl der Leute, und obgleich sie ihre Unschuld am liebsten laut hinausgeschrien hätte, konnte sie sich doch des Gefühls nicht erwehren, dass die herrschende Ansicht so falsch nicht war. Jede Abscheulichkeit, die Geoffrey begangen hatte, war doch aus einem fehlgeleiteten Impuls heraus geschehen, den er als Liebe aufgefasst hatte. Er hatte sich an die Regeln der Gesellschaft gehalten; Cassie hingegen hatte diese ignoriert. Nun lag er auf dem Friedhof.

Ihre Gedanken wurden unterbrochen, als die Tür zum Beratungszimmer aufgestoßen wurde und der Ausrufer, ein stämmiger Bursche mit enormem Bauch, feierlich in den Sitzungssaal stolzierte.

„Hört! Hört! Hört!" rief er aus und klopfte dabei jedes Mal mit seinem Stab auf den Boden. „Unter Androhung von Gefängnis – es ist Ruhe im Saal befohlen, solange seiner Majestät Gouverneur und sein Rat zu Gericht sitzen! Ein jeder, der eine Klage vorbringen oder einen Prozess anstrengen will, möge nun vortreten, auf dass er gehört werde!"

Hinter ihm erschienen die Schöffen, die bereits ihre Perücken trugen, gefolgt von den Mitgliedern des Gouverneursrates, und zum Schluss kamen der Kronanwalt sowie Gouverneur Gooch persönlich. Der Gouverneur und seine Männer ließen sich steif auf der Richterbank nieder. Alles Gemurmel verstummte, und es war totenstill.

„Gerichtsdiener, ruft die Geschworenen herein!" befahl der Gouverneur.

Wieder ging die Tür auf, und zwölf Männer, in der Mehrzahl Mitglieder des Stadtrates, begaben sich zu ihren Plätzen. Dann stand der Kronanwalt auf und trat so schwungvoll in die Mitte des Saals, dass der Saum seiner roten Robe in weitem Bogen über den Boden fegte.

„Das ist Edward Drysdale, der älteste Sohn von Hugh Drysdale", flüsterte Lucy.

„Ehrenwerter Gouverneur, verehrte Herren des Rates, werte Herren Geschworene!“ begann Master Drysdale und reichte dem Gerichtsdiener einige Bögen Pergament. „Mir liegt eine Anklageschrift vor gegen einen gewissen Nicholas Braden, Sträfling und Leibeigener, der sich Alec Kenleigh nennt, zuletzt zwangsverpflichtet auf Blakewell's Neck.“

Der Gerichtsdiener gab die Dokumente an die Richterbank weiter. Der Gouverneur studierte sie mit gerunzelter Stirn und befahl dann: „Lasst den Gefangenen eintreten!“

29. KAPITEL

Als das Knarren der Tür und das dumpfe Geräusch von Schritten Alecs Kommen ankündigten, musste Cassie an sich halten, um sich nicht umzudrehen. Mit angehaltenem Atem und nur vage des Aufsehens bewusst, das Alecs Auftritt auf der Zuschauergalerie hervorrief, starrte sie auf ihre verkrampften Hände im Schoß, während die Schritte sich näherten. Doch als er an ihr vorbeiging, erblickte sie nicht etwa die nackten Füße eines Häftlings, sondern die seidene Strumpfhose eines eleganten Herrn, dazu polierte Lederschuhe mit blitzenden Messingschnallen.

Wie von einer unsichtbaren Kraft getrieben, hob sie langsam den Blick, und als sie Alec ansah, stockte ihr beinahe der Atem. Das war nicht der Alec, den sie kannte! Cassie hatte einen verdreckten, zerschundenen Gefangenen erwartet, doch er hielt sich aufrecht, stolz und war nicht gekleidet wie ein Zwangsarbeiter, sondern mit dem erlesenen Geschmack des englischen Gentleman: eine eng anliegende Hose aus dunkelblauem Samt, dazu ein passendes, mit Goldbrokat durchwirktes Wams. Elfenbeinfarbene Spitzenrüschen betonten Hals und Handgelenke, und das dunkle Haar war straff nach hinten gekämmt und im Nacken zu einem kunstvollen Zopf geflochten, der von einem dunkelblauen Samtband gehalten wurde. Kinn und Wangen glänzten glatt rasiert, und seine Miene war fest und unbeugsam. Es war das Gesicht eines verblüffend gut aussehenden Fremden.

Tonlos wisperte sie seinen Namen, starrte ihn nur an, und als beider Blicke sich begegneten, trat ein weicher Ausdruck in seine Augen. Doch schon war er zu dem Podest weitergegangen, das für den Angeklagten bestimmt war, eine Plattform mit einer bis an die Hüften reichenden Balustrade aus senkrechten Stäben.

„Ruhe im Saal!“ rief der Gouverneur über den Lärm hinweg.

„Dieses Gericht verkommt nicht zum Zirkus! Wer die heutige Anhörung stört, wird den Ratten im Stadtgefängnis Gesellschaft leisten!"

Gespannte Ruhe trat ein.

„Angeklagter! Seid Ihr Euch der ernsten Anschuldigungen bewusst, die man gegen Euch vorbringt?"

„Jawohl, Gouverneur."

„So es Euer Ehren beliebt", sagte nun der Kronanwalt, „verlese ich dem Gericht die Beschuldigungen, damit wir alle wissen, welch ernster Natur diese tatsächlich sind."

„Bitte sehr!"

„Dem wegen Notzucht zu vierzehn Jahren Zwangsarbeit verurteilten Sträfling Nicholas Braden wird neuerliche Schändung zur Last gelegt. Hinzu kommen folgende Anklagepunkte: versuchte Flucht aus dem Zwangsdienst, Pferdediebstahl, tätlicher Angriff auf einen Gentleman sowie Mord zum Nachteil desselben, nämlich an dem jüngst verstorbenen Master Geoffrey Crichton dem Dritten. Was habt Ihr zu diesen Anschuldigungen zu sagen?"

„Bis auf eine weise ich diese zurück und erkläre mich für nicht schuldig, handelte ich doch aus reiner Notwehr. Was jedoch den Vorwurf der Schändung angeht, so erkläre ich mich für schuldig."

Erregte Stimmen wurden laut. Mit offenem Mund und wie vor den Kopf geschlagen saß Cassie da. Schändung? Sie hatte sich ihm doch aus freien Stücken hingegeben!

„Diese Anschuldigung bringt Drysdale zusätzlich auf Vaters Druck hin vor!" raunte Lucy, die offenbar Gedanken lesen konnte. „Um dich zu schützen."

„Aber sie entspricht nicht der Wahrheit", flüsterte Cassie.

„Ruhe!" rief der Gouverneur. „Noch eine Störung, und ich befehle dem Sheriff, jeden dritten Zuschauer festzunehmen!"

Der Lärm erstarb zu gedämpftem Raunen.

Cassie wurde das Herz schwer, als ihr mit einem Mal klar wurde, dass Master Carter den Sheriff auf diese Weise in Schach gehalten hatte. Alec hatte sich bereit erklärt, um ihretwillen zu lügen! Begriff er denn nicht, dass er ihnen damit den nötigen Vorwand lieferte, ihn hängen zu lassen?

„Ist Euch bewusst", fuhr der Gouverneur nun fort, „dass dieses Gericht Euch lediglich in einem einzigen Anklagepunkt für überführt befinden müsste, um Euch an den Galgen zu bringen? Bekennt Ihr Euch schuldig, so erübrigt sich diese Verhandlung. Da Ihr vorbestraft seid, könnten wir Euch unverzüglich aufhängen lassen!"

„Wenn Ihr gestattet, Euer Ehren", sagte nun ein schmächtiger junger Mann, der Cassie zuvor gar nicht aufgefallen war. „Ich bin Master George Ludwell, seit Kurzem von Master Carter zum Anwalt von Master Kenleigh bestellt."

„Der Angeklagte heißt Braden", warf Drysdale ein. „Der junge Herr Advokat hier möchte uns wohl verwirren."

Mit leicht gereizter Miene wischte der Gouverneur Drysdales Einwand beiseite und bedeutete Master Ludwell mit einem Wink fortzufahren.

„Der Angeklagte weiß sehr wohl um die Schwere seines Schuldeingeständnisses. Er hofft indes, das hohe Gericht werde ihm zugestehen, seinen Fall vortragen zu dürfen, sind doch die den Beschuldigungen zu Grunde liegenden Umstände höchst ungewöhnlich. Nach einer vollständigen Anhörung, so denken wir, wird das Gericht nichts dagegen einzuwenden haben, dass Master Kenleigh ..."

„Braden!"

„... sich auf das Vorrecht des Benefit of Clergy beruft, was den Anklagepunkt der Notzucht angeht."

Wie auf Kommando schrie alles durcheinander: der Vorsitzende, Master Drysdale, Master Ludwell, Master Crichton sowie sämtliche Zuschauer auf der Galerie, die allem Anschein nach die Drohung des Gouverneurs vergessen hatten. Mit aufgerissenen Augen starrte Cassie ihre Freundin an.

„Siehst du?“ flüsterte Lucy lächelnd, das Gesicht freudig erregt. Sie drückte Cassie leicht an sich. „Noch besteht Hoffnung.“

Hoffnung! So lange schon hatte Cassie nicht mehr zu hoffen gewagt, dass sie ein solches Gefühl kaum noch kannte. Bestand etwa doch eine Chance durch das Benefit of Clergy? Die aus dem Mittelalter stammende Besonderheit des englischen Rechts besagte, dass Angehörige des Klerus sowie der englischen Oberschicht ein Privileg für sich in Anspruch nehmen durften, nach dem sie nicht vor weltlichen, sondern vor kirchlichen Rechten nach kanonischem Recht abgeurteilt wurden. Dazu mussten sie vor Gericht nachweisen, dass sie des Lesens kundig waren. Erlaubte man Alec also, auf das Benefit of Clergy zu plädieren, konnte das Gericht lediglich verfügen, dass man ihm mit einem kalten Eisen ein Brandzeichen in den Daumen einbrannte. Wie aber sollte er das schaffen?

„Ruhe!“ Der Schrei kam diesmal nicht vom Gouverneur, sondern vom Gerichtsausrufer, der ungeduldig in die Saalmitte schritt und seinen Stab auf den Boden stieß. „Ruhe!“

Langsam legte sich der Tumult.

„Ehrenwerter Gouverneur!“ meldete sich nun Master Crichton. „Ihr dürft eine solche Farce unmöglich zulassen. Dieser Kerl hat meinen Sohn auf dem Gewissen, und nun will er mit List und Tücke den Kopf aus der Schlinge ziehen, indem er uns an den Haaren herbeigezogene Geschichten auftischt. Schlimm genug, dass seine Hure nicht zusammen mit ihm aufgeknüpft werden kann …“

Cassie spürte, wie ihr das Gesicht schlagartig glühend heiß anlief.

„Master Crichton! Beherrscht Euch!“ befahl Gouverneur Gooch und ließ, ehe er fortfuhr, wortlos den Blick durch den Saal schweifen. „Im Interesse von Recht und Gerechtigkeit lasse ich dieser Verhandlung ihren Lauf. Doch ich warne Euch, Ludwell. Ich werde nicht hinnehmen, dass Ihr das Gesetz ad absurdum führt, indem Ihr uns Beweise vorlegt, die nicht auf konkreten Fakten beruhen!“

„Verstanden, Euer Ehren“, erwiderte Ludwell. „Danke, Sir!“

Als es auf Mittag zuging und Zeuge auf Zeuge die zu Geoffreys Tod führenden Ereignisse schilderte, verflog jegliche Zuversicht, die Cassie gefühlt haben mochte. Mit jedem Wort spürte sie, wie die Herzen der Geschworenen sich gegenüber dem Mann, den sie liebte, mehr und mehr verhärteten. Für diese Menschen war er Nicholas Braden, der Sträfling, der versuchte, sich mit Lügen aus seiner vierzehnjährigen Haftstrafe herauszulavieren. Nicholas Braden, der Zuchthäusler, der nach dem Fehlschlag dieser Versuche die Tochter seines Herrn verführte und sie sich gefügig machte. Nicholas Braden, der Deportierte, der dann dieser gefallenen Frau die einzige Chance auf ein ehrbares Leben zunichte machte, indem er die Spendung des Ehesakramentes verhinderte und den großmütigen Gentleman, der ihr die Ehe angeboten hatte, umbrachte.

Sheriff Hollingsworth sagte aus, er sei nahe daran gewesen, Alec zu glauben, bis der Brief aus London eingetroffen sei, der dann bewies, dass alles bloß Lüge war. Er las das Schreiben vor, den gesamten empörenden Inhalt, Wort für Wort, und danach einen Auszug aus den Häftlingsbegleitpapieren, laut denen es sich bei Nicholas Braden um „einen Wüstling und Frauenschänder“ handelte.

Reverend Dinwiddie berichtete, wie Geoffrey versucht hatte, Cassie vor sich selbst zu schützen, ja, dass er selbst so weit gehen wollte, ihrem Kind einen Namen zu geben, den es nicht verdiente. Die Hände um eine Bibel verkrampft, schilderte der Geistliche auf maßlos übertriebene Weise, wie Alec die Trauung gestört und Geoffrey in der Kirche angegriffen hatte. Zuletzt stellte er dar, dass Alec auf Geoffrey schoss und ihn tödlich traf, nachdem der Bräutigam, bewaffnet mit Dinwiddies Pistole, den Häftling und die entehrte Braut an der Flucht hatte hindern wollen.

Von beiden Zeugenaussagen zeigte Alec sich offenbar nicht sonderlich beeindruckt. Mehrmals hatte Cassie verstohlen zu ihm hinübergespäht, um jedes Mal festzustellen, dass er nach wie vor ganz wie der Gentleman wirkte, den nichts aus der Fassung brachte; Haltung und Miene waren so gelöst, als könne ihn kein Wässerchen trüben. Diese Zuversicht mochte Cassie jedoch nicht teilen, denn für die Anklagevertretung war der Fall nämlich klar. Der bereits vorbestrafte Nicholas Braden hatte die Tochter seines Dienstherren geschändet und auf der Flucht den Mann erschossen, der sich ihm in den Weg stellte. Die gesamte Beweislage deutete in diese Richtung. Was konnten Alec und sein unerfahrener Verteidiger schon gegen eine derart vernichtende Beweislast vorbringen?

„Jetzt ist die Reihe an Master Ludwell“, wisperte Lucy, nachdem der Kronanwalt geendet hatte.

Der Anwalt erhob sich und trat in die Mitte des Saals. „Ich rufe Alec Kenleigh in den Zeugenstand“, begann er.

„Ich erhebe Einspruch gegen diese Namensverdrehung!“ protestierte Drysdale erzürnt. „Der Mann heißt Nicholas Braden, und allein dieser Name darf vor Gericht verwendet werden! Man kann eine Ratte noch so herrlich in Samt und Hermelin kleiden und mit Hoheit ansprechen, aber dadurch wird sie noch lange kein Prinz!“

Schallendes Gelächter erfüllte den Gerichtssaal.

Der Gouverneur nickte und quittierte das Bonmot mit einem Lächeln. „Bedient Euch bitte des Namens, den das Gericht anerkennt, junger Mann“, wies er den Anwalt an und zuckte dabei ungeduldig mit dem Handgelenk.

„Sehr wohl, Euer Ehren. Allerdings ist die Frage der Identität für die Verteidigung des Angeklagten von zentraler Bedeutung.“

Im Gegensatz zu den anderen Zeugen, die sitzend im Zeugenstand ihre Aussage machen durften, musste Alec weiter aufrecht stehend in dem für Häftlinge abgetrennten Bereich verbleiben.

„Wollt Ihr bitte den Geschworenen Euren vollen Namen nennen, Sir?“

„Alec Madison Kenleigh der Dritte.“

Wie gebannt hörte Cassie zu, als Alec Einzelheiten aus seinem Leben darstellte, die ihr vollkommen neu waren. Zu ihrer Bestürzung ging ihr auf, dass er für sie im wahrsten Sinne des Wortes ein Fremder war. In jungen Jahren Schüler am Eton College, hatte er später in Oxford studiert und in klassischen Sprachen sowie Mathematik brilliert. Von Kindesbeinen an dazu bestimmt, dereinst die Kenleigh-Werft zu übernehmen, war ihm nach dem Tod des Vaters mit dem Familienunternehmen ein riesiger Besitz zugefallen, den er gemeinsam mit seinem Schwager Lt. Matthews verwaltete.

„Ja, ja“, unterbrach der Vertreter der Anklage, „das mag alles sehr interessant sein, aber könnt Ihr dies auch belegen? Wir alle würden liebend gern Eurer Schilderung weiter lauschen, stünde da nicht die Kleinigkeit einer Mordanklage zur Entscheidung an. Solltet Ihr nicht allmählich Eure Beweise vorlegen?“

Voller Entsetzen bemerkte Cassie, dass einige Geschworene diesen Einwand mit Kichern quittierten.

„Sehr richtig“, unterstrich auch Gouverneur Gooch. „Kommt zur Sache!“

„Jawohl. Master Kenleigh – würdet Ihr dem Gericht erläutern, wie Ihr in diese missliche Lage gerietet?“

Später sollte Cassie sich daran erinnern, dass man im Saal eine Stecknadel hätte fallen hören können, als Alec mit seinem voll tönenden Bariton erzählte, wie er im Dunkeln niedergeschlagen worden war, um dann, verwirrt und orientierungslos, an Deck eines Schiffes wieder zu sich zu kommen. Des Weiteren schilderte er, dass er wegen eines Befreiungsversuches auf hoher See ausgepeitscht worden war, und beschrieb abschließend, wie er letztendlich in diesen ihm völlig unbekannten Gefilden aufgewacht war – als Deportierter.

„Wie reagierte Miss Blakewell auf Eure Geschichte?"

„Sie glaubte mir nicht. Wenn ich mich recht entsinne, lachte sie mich aus", antwortete Alec mit solch heiterem Charme, dass Cassie unwillkürlich in sich hineinlächeln musste. „Dennoch setzte sie den Sheriff in Kenntnis und gestattete mir, einen Brief nach England zu schicken."

„Ist Euch die Antwort bekannt, die von Eurem Bruder Philip vorliegt?"

„Allerdings."

„Wie erklärt Ihr Euch sein Schreiben?"

„Ich bin zu der Überzeugung gelangt, dass Philip hinter meiner Entführung steckt", erwiderte Alec. Anschließend verwies er auf die Auseinandersetzung mit Philip an jenem Morgen vor langer Zeit sowie auf Drohungen von Seiten seines Bruders.

„Philip zielte somit darauf ab, Euch aus dem Weg zu schaffen, um sich damit den von Euch auferlegten Beschränkungen zu entziehen. Sehe ich das richtig?"

„Anders lässt sich das Geschehene nicht erklären."

Auch wenn sie seine Augen nicht sehen konnte, hörte Cassie doch einen traurigen Unterton aus seiner Stimme heraus. Wie furchtbar die Erkenntnis sein musste, dass der eigene Bruder zu solchem Hass fähig war! Der dann folgende Teil von Alecs Aussage befasste sich mit den Dingen, die sie bereits kannte – seinem Versprechen, keinen Fluchtversuch zu unternehmen, der Tätigkeit Seite an Seite mit Knechten und Leibeigenen, der Arbeit als Stallmeister –, und sie schöpfte wieder ein wenig Hoffnung. Sicher würden die Geschworenen merken, dass er die Wahrheit sagte. Schon an seiner gefassten Sprache und Haltung erkannte man doch, dass er kein Gauner war!

„Ihr habt also Wort gehalten und sogar eine Gelegenheit zur Flucht ungenutzt verstreichen lassen“, betonte Master Ludwell, nachdem Alec geschildert hatte, wie er nach Corotoman geritten war, um Chinarinde zu besorgen. „Dann beschreibt doch dem Gericht bitte die Ereignisse, die zum Tode von Geoffrey Crichton führten.“

Nun bekam Cassie eine ganz neue Version zu hören. Mit ungläubiger Bestürzung entnahm sie Alecs Schilderung, dass er sie gefügig gemacht und verführt, die Abwesenheit ihres Vaters ausgenutzt und ihr die Unschuld geraubt hatte. „Sie war unberührt, eine Jungfrau, männlicher List gegenüber völlig wehrlos. Ohne Schutz hatte sie nicht den Hauch einer Chance gegen einen so erfahrenen Mann wie mich“, führte Alec aus. „Ich nutzte ihre Wehrlosigkeit und Naivität aus, um mir die Last meiner Einsamkeit zu erleichtern, und wenn ich auch mein Handeln bedaure, so bin ich doch bereit, die volle Verantwortung für Miss Blakewell zu übernehmen, sobald meine Identität feststeht.“

Cassie verspürte einen Stich im Herzen. Ihr Verstand sagte ihr, dass er all dies nur von sich gab, um sie zu beschützen. Weder hatte er ihre Wehrlosigkeit ausgenutzt, noch bedauerte er die Zeit, die sie miteinander verbracht hatten. Auch fühlte er mehr für sie als bloße Verantwortung.

Verwirrt und überwältigt von ihren Gefühlen, hörte sie weiter zu. Alec erzählte, wie Geoffrey ihn und Cassie zusammen im Bett überrascht hatte, dass er ihn auspeitschen ließ und Cassie anschließend gegen ihren Willen nach Crichton Hall verschleppte. Danach, so Alec weiter, habe er gewartet, bis er so weit wieder zu Kräften gekommen war, um eine Heirat verhindern zu können, von der er wusste, dass Cassie sie nicht wollte. „Sie sollte nicht für mein skrupelloses Verhalten büßen müssen“, erklärte er. „Als Geoffrey Crichton die Pistole auf mich richtete, da schoss ich in Notwehr.“

„Das ist ja alles sehr faszinierend“, äußerte Master Drysdale, wobei er in die Mitte des Gerichtssaals schritt, um Alec ins Kreuzverhör zu nehmen. „Sagt einmal, Braden, wie lange habt Ihr zum Fabrizieren dieser kunstvollen Geschichte gebraucht?“

„Ich habe sie nicht fabriziert. Sie entspricht der Wahrheit.“

„Hat Miss Blakewell Euch bei den Details geholfen? Denn sie selbst ist doch eine abgefeimte Lügnerin, die uns alle recht lange über den Zustand ihres Vaters im Unklaren ließ. Zu dem Thema haben wir doch noch nicht die volle Wahrheit gehört, nicht wahr?“

Das Kinn trotzig gereckt, sah Cassie, wie Alecs Miene sich verhärtete. „Lasst Miss Blakewell aus dieser Sache heraus!“ sagte er. Der drohende Unterton in seiner Stimme war unüberhörbar.

Der Kronanwalt drehte sich derart schwungvoll zum Gericht um, dass der Saum seiner Robe nur so flog. „Ich habe keine Fragen an den Gefangenen, Gouverneur. Die Richtigkeit von Dichtung ist nicht nachweisbar.“

Die Zuschauergalerie brach in lautes Gelächter aus. Niemand, so Cassies verzweifelte Feststellung, glaubte Alec. Genau wie Master Drysdale, so waren auch die Zuschauer überzeugt, dass Alec schlichtweg fabulierte. Einige der Geschworenen lächelten. „Man schenkt ihm keinen Glauben“, flüsterte sie Lucy bestürzt zu.

„Ach, Cassie, du Ärmste!“

Die folgenden Stunden bekam Cassie nur noch verschwommen mit. Der Verteidiger rief seinen letzten noch verbliebenen Zeugen auf, Murphy, den Zwangsarbeiter, der seinerzeit nach Blakewell's Neck gekommen war. Er wiederholte das, was er im vergangenen Sommer bereits Cassie und dem Sheriff erzählt hatte: dass er Cole Braden zunächst für tot gehalten hatte, um ihn am nächsten Morgen lebendig vorzufinden.

Der Vertreter der Anklage verwickelte den Alten schließlich in Widersprüche und gab ihn der Lächerlichkeit preis. „Erklärt doch dem Gericht, warum wir einem überführten Verbrecher wie Euch etwas abnehmen sollten“, forderte er schließlich.

„Ich sage die Wahrheit, ehrlich!“ beteuerte Murphy, während die Galerie belustig johlte.

„Ihr könnt abtreten!“ beschied ihm Master Drysdale mit einer wegwerfenden Handbewegung.

„Tut mir Leid, Sir“, brummte der Alte schulterzuckend und sah Alec bedauernd an, ehe man ihn wieder abführte. „Hab’ mir alle Mühe gegeben.“

„Habt Ihr noch weitere Zeugen, Master Ludwell?“ fragte der Gouverneur. „Eventuell jemanden, der kein Gauner ist?“ Er kicherte über seinen eigenen Scherz.

„Nein, Euer Ehren. Ich bin bereit, mich an die Geschworenen zu wenden.“

„Lasst mich aussagen!“

Atemlose Stille senkte sich über den Saal. Cassie spürte, wie sämtliche Augenpaare sich auf sie richteten. „Bitte, Euer Ehren! Ich muss sprechen!“

„Nein, Cassie!“ schrie Alec. „Du darfst nicht …“

„Ich meine, sie soll ihre Aussage machen“, widersprach Master Drysdale salbungsvoll. „So Miss Blakewell Licht in die Angelegenheit bringen kann, sollte sie Gehör finden.“

„Master Ludwell?“ Der Gouverneur beäugte den jungen Anwalt, der gerade erregt mit Alec flüsterte.

„Ich stimme unserem hoch geschätzten Kronanwalt zu“, sagte Master Ludwell schließlich, ungeachtet der zornigen Blicke, die Alec ihm zuwarf. „Miss Blakewell soll als Zeugin aussagen.“

Cassies Beine zitterten, während sie langsam und unsicher vortrat und ihren Platz im Zeugenstand einnahm.

„Legt die Hand auf die Bibel", befahl der Gerichtsausrufer. „Schwört Ihr, Miss Blakewell, die Wahrheit zu sagen, die ganze Wahrheit und nichts als die Wahrheit, so wahr Euch Gott helfe?"

„Ich schwöre es."

„Miss Blakewell", begann der Anwalt, „warum wünscht Ihr heute auszusagen?"

„Weil jedermann wissen soll, was für ein Mann Alec Kenleigh wirklich ist!" Zu ihrer eigenen Überraschung merkte sie, wie fest ihre Stimme klang. Dass sie überhaupt einen Ton hervorbrachte, verwunderte sie selbst am meisten. „Ihr alle denkt, dass er lügt, doch ich weiß, dass er die Wahrheit sagt."

„Nun denn, Miss Blakewell! Wir sind ganz Ohr."

„Als er damals nach seiner Ankunft das Bewusstsein wieder erlangte, wollte Mr. Kenleigh als Erstes wissen, wo er sich denn befinde. Als ich ihm sagte, er sei in Lancaster County, Virginia, da wirkte er wie jemand, der gerade den Schock seines Lebens erfahren hat. Er fiel sofort in Ohnmacht. Seinerzeit kam es mir seltsam vor, doch er hatte ja lange im Fieber gelegen.

Wieder bei Kräften, erzählte er mir dieselbe Geschichte, die wir auch heute hier vor Gericht vernommen haben. Auch ich glaubte ihm nicht, ließ ihn aber einen Brief schreiben. Im Gegenzug musste er mir versprechen, keinen Fluchtversuch zu unternehmen. Es erschien mir nur recht und billig."

„Und? Stand Master Kenleigh zu seinem Wort?" Mitfühlend sah Master Ludwell sie an.

„Ja, das tat er. Möglichkeiten zur Flucht boten sich ihm genügend. Wie er sagte, hatte er sich in England mit Pferdezucht befasst, also setzte ich ihn in den Stallungen meines Vaters ein. Ich wollte ihn prüfen und feststellen, ob er tatsächlich etwas von Pferden versteht. Obwohl er die Pferde tagtäglich bewegte und zuweilen stundenlang ausritt, kam er stets wieder zurück."

„Er war also nicht in Eisen oder unter Bewachung? Warum nicht?“

„Mein Vater hält nichts davon, Menschen wie Vieh anzuketten, Master Ludwell. Und ich ebenso wenig. Allerdings ließ ich Master Kenleigh von einem Sklaven bewachen, bis er allmählich mein Vertrauen erwarb.“

„Und weshalb habt Ihr ihm schließlich vertraut?“

„Mit der Zeit war nicht zu übersehen, dass er ein Ehrenmann ist. Er arbeitete genauso fleißig wie jeder andere auch, härter noch als so manch anderer. Die übrigen Leibeigenen und Sklaven wandten sich mit ihren Sorgen und Nöten an ihn, und auch ich verließ mich auf seinen Rat und sein Urteil. Selbst die Kinder waren ganz begeistert von ihm.“

„Aha“, bemerkte Anwalt Ludwell.

„Das ist aber noch nicht alles. Als mein kleiner Bruder einmal in den Brunnenschacht stürzte, fing Mr. Kenleigh ihn noch ab und rettete ihm das Leben. Auch ich verdanke ihm mein Leben, denn als ich während eines Rittes durch das Marschland mit dem Kopf gegen einen Ast stieß und bewusstlos vom Pferd fiel, hätte er die Flucht ergreifen und mich ertrinken lassen können. Doch er tat es nicht. Und als uns das Chinarindenpulver ausging, während noch viele todkrank daniederlagen, ritt er ohne mein Wissen zu Master Carter, um zusätzliche Medizin zu kaufen. Warum sollte er überdies so hartnäckig seine Unschuld beteuern, wenn es nicht wahr wäre?“

„Ich habe erlebt“, brummte der Gouverneur, „dass Verurteilte noch auf ihrem letzten Gang schworen, sie hätten nichts verbrochen. Bis hin zum Galgen.“

„Dann habt Ihr womöglich der Hinrichtung von Unschuldigen beigewohnt, Euer Ehren.“

Verstohlenes Lachen drang unterdrückt durch den Saal.

„Und dies alles brachte Euch zu der Überzeugung, er sage die Wahrheit?“

Cassies Blick wanderte empor zu der Zuschauergalerie. Nach wie vor starrten die Männer sie mit lüsternen, harten Gesichtern an. Die Frauen hingegen … die Frauen, so ihr Eindruck, begriffen allmählich. Man sah es an ihren Mienen, den Blicken, die nicht mehr voll Zorn waren, sondern voller Mitgefühl.

„Ja, und zudem …“ Tief Luft holend, sah sie hinüber zu Alec, und beider Blicke begegneten sich. „Nie hätte ich mich einem Mann hingegeben, der anderen vorsätzlich Schaden zufügt.“

Alec blickte in Cassies grüne Augen. Nur leise, wie das Wispern des Grases, drang der explosionsartig losbrechende Lärm des Gerichtssaals an seine Ohren. Er fragte sich, ob er wohl jemals so viel Vertrauen in jemand gezeigt hätte, wie Cassie es ihm gegenüber bewies. *Großer Gott, wie ich sie liebe!* Sie hatte sich in Lebensgefahr begeben, weil sie glaubte, ihre Gefühle könnten die Geschworenen überzeugen. Doch die Jury hatte bereits ihr Urteil gefällt. Sie hielt ihn für schuldig und würde nicht ruhen, bis er am Galgen baumelte.

O Cassie! Was hast du getan?

„Ruhe! Ruhe, sage ich!“ brüllte der Gouverneur mit Donnerstimme.

Nun trat der Anklagevertreter auf den Zeugenstand zu. Schon seine Raubvogelmiene ließ erkennen, dass er beabsichtigte, sich einen Spaß mit Cassie zu machen. Alec merkte, wie ihm heiß in der Brust wurde, und sein Körper sich verkrampfte.

„Wir alle, Miss Blakewell, sind tief bewegt von Eurer Aussage. Nicht wahr?“ Master Drysdale wandte sich an die Galerie und hob anzüglich die Augenbrauen, was die männlichen Zuschauer mit derbem Gelächter quittierten. „Ich jedenfalls bin gerührt. Allerdings ist mir nicht bekannt, ob jemals zuvor weibliche Sehnsüchte vor Gericht eingesetzt wurden, um einen Angeklagten zu entlasten. ‚Hängt ihn nicht, Euer Ehren! Ich weiß, dass er unschuldig ist, denn ich habe ihm beigewohnt!'" Ein erneuter Heiterkeitsausbruch folgte, als Drysdale eine Frauenstimme nachäffte.

Cassies Gesicht verzog sich vor Empörung. „Mir ist völlig neu, Master Drysdale, dass Ihr Euch derart auf Frauenstimmen versteht. Tragt Ihr vielleicht ab und zu auch Frauenkleider?"

Die Zuschauer auf der Galerie brachen in fröhliches Gelächter aus, und selbst Alec merkte, wie er verstohlen in sich hineinlachte. Nur Drysdale und die Schöffen fanden die Angelegenheit wenig amüsant.

„Nun aber im Ernst, Miss Blakewell. Ihr habt nicht den Beweis erbracht, dass Nicholas Braden jemand anders ist."

„Im Gegenteil, Master Drysdale. Dass er keinen Fluchtversuch unternahm, obwohl dazu reichlich Gelegenheit bestand, ist für mich Beweis genug!"

„Ah ja! Kommen wir doch zu Bradens Edelmut. Ihr haltet ihn für einen Ehrenmann, und doch hat er gestanden, Euch Eurer Tugend beraubt zu haben. Ist Euch vielleicht schon einmal der Verdacht gekommen, sein nobles Verhalten könne bloße Schauspielerei sein?"

„Nein, Sir, keineswegs."

„Habt Ihr denn nicht bemerkt, dass alles, was Braden unternahm, nur darauf angelegt war, Euer Vertrauen zu erschleichen – und Eure Jungfräulichkeit?"

Alec sah, wie Cassies Wangen sich rosarot färbten. Aufs Neue brodelte Wut in ihm auf.

„Nein, Sir …"

„Ist Euch nicht aufgefallen, dass seine Küsse und leidenschaftlichen Beteuerungen nichts weiter waren als eine sorgfältig geplante Taktik, um sich die Freiheit zu erstehlen?"

„Nein!"

„Er hat Euch benutzt, Miss Blakewell! Euch, eine junge Frau ohne männlichen Schutz. Ausgebeutet zum Lustgewinn …“

„Nein!“ Cassie sprang auf und begann zu taumeln.

Alec sah, dass ihr jegliche Farbe aus dem Gesicht wich. Er stieß die Wachen zur Seite, sprang über die Balustrade und fing Cassie auf, als sie ohnmächtig zu Boden sackte, erschlafft und mit kreidebleichem Gesicht.

„Hol Euch der Teufel, Drysdale! Wehe Euch, sie oder das Ungeborene haben Schaden genommen …“ Außer sich vor Zorn, starrte Alec den Kronanwalt an, der verblüfft die Hand vor den Mund schlug und fassungslos vor ihm stand. „Ist zufällig ein Arzt oder eine Hebamme zugegen?“

„Ich bin Arzt“, rief ein älterer Mann hinten im Saal.

Robert Carter erhob sich und betupfte die grau melierten Schläfen mit einem Tuch. „Euer Ehren“, wandte er sich an den Gouverneur, „mir scheint, eine Unterbrechung ist wohl angebracht.“

30. KAPITEL

„Cassie! Kannst du mich hören?"

Alecs Stimme! Sie klingt besorgt! Aber zur Sorge besteht kein Grund; ich schlafe doch nur. Sie konnte sich nicht erinnern, wann sie sich das letzte Mal so behaglich und so glücklich gefühlt hatte. Alec war bei ihr und hielt sie im Arm. *Ach, könnte man doch ewig so weiterschlafen.*

„Etwas Riechsalz vielleicht …"

„Bleibt ihr vom Leib, Drysdale! Ihr habt schon genug angerichtet!"

Drysdale! Das war doch der Kronanwalt. Er wollte Alec an den Galgen liefern. *Du lieber Gott, die Verhandlung!*

Was war geschehen?

Mit aller Macht versuchte sie, wach zu werden. Ihre Lider fühlten sich bleischwer an.

„Mir scheint, sie kommt zu sich." Das war Lucy.

„Cassie, hörst du mich?"

„Alec? Was …" Sie schlug die Augen auf und sah über sich mehrere Gesichter – Master Carter, Lucy, Master Ludwell, der Gouverneur, Master Drysdale und Alec.

Lieber, liebster Alec!

„Vorsicht, Liebes. Bleib besser noch ein wenig liegen. Ruh dich aus."

„Was ist passiert? Bist du frei?"

„Nein, mein Herz." Er lächelte traurig. „Du bist ohnmächtig geworden. Nach Ansicht des Arztes bist du zu schnell aufgestanden und hast dich zu sehr aufgeregt. Du brauchst Ruhe. Hast du Schmerzen?"

„N… nein", stammelte sie, bemüht, sich zu erinnern. Sie war im Zeugenstand gewesen, hatte ausgesagt, dass sie ihm glaubte und …

Plötzlich fiel es ihr wieder ein. Tränen brannten ihr in den Augen. „O Alec! Sie wollen einfach nicht hören!"

„Pst, Liebes. Du warst sehr tapfer. Ich kenne Männer, die nicht den Mut aufgebracht hätten, das zu tun, was du getan hast."

Sie merkte, wie ihr die Tränen über die Wangen rannen.

„Meint Ihr, Ihr könntet uns für einen Augenblick allein in diesem Zimmer lassen?" fragte Alec.

„Auf keinen Fall!"

„Selbstverständlich!"

Drysdale und Ludwell antworteten gleichzeitig und wechselten giftige Blicke.

„Es ist zwar höchst unüblich", bemerkte Gouverneur Gooch, „doch angesichts der Tatsache, dass ein Ausbruch aus diesem Nebenraum wohl ausgeschlossen ist, da Posten vor der Tür stehen ..."

Cassie vernahm, wie Schritte sich entfernten, und schaute in Alecs blaue Augen.

„Da hast sehr viel riskiert, Cassie." Sein Blick war sanft; zart fuhr er mit den Fingerspitzen über ihre Wange. „Du hast dich und unser Kind in Gefahr gebracht."

„Aber ich musste dich doch retten!"

„Ich bin nicht sicher, ob das nun überhaupt noch möglich ist."

„W... was soll das heißen?" Ihr Puls ging schneller.

„Gib Acht, Cassie! Du musst mich anhören! Wenn die Verhandlung wieder aufgenommen wird, wird die Jury mich wahrscheinlich für schuldig befinden."

Panisch schüttelte sie den Kopf, als die Wahrheit mit ihrer ganzen grauenhaften Wucht auf sie einstürzte.

„Doch, mein Herz, und du musst dich damit abfinden. Dies könnte für uns das letzte Mal sein, dass wir beisammen sind."

„Nein!" Gleich einer jammernden Klage entfuhr ihr dies einzige

Wort. Wie sollte sie ohne ihn weiterleben? Wie konnte er verlangen, dass sie tatenlos zusah, wenn man ihn hängte, als wäre er ein gewöhnlicher Verbrecher? Sie würde ihn doch nicht einfach gehen lassen. Tränen rannen über ihr Gesicht.

Er zog sie an sich und nahm sie in seine Arme. „Es tut mir entsetzlich Leid, dass ich dich so verlassen muss. O Cassie, wirst du mir jemals verzeihen können? Von Anfang an war mir klar, dass meine Liebe zu dir nichts als Kummer und Leid über dich bringen würde, und dennoch konnte ich nicht anders."

Das Gesicht an seine Brust geschmiegt, durchweichte sie mit ihrer Tränenflut den blauen Samt seiner Weste. Wie eine Decke hüllte sein Duft sie ein.

„Hör mir zu, Liebes, solange uns noch Zeit bleibt. Robert Carter hat sich bereit erklärt, als dein Vormund zu fungieren und sich um Blakewell's Neck zu kümmern. Sein Bote ist bereits mit einem Schreiben und einer Abschrift meines Testaments unterwegs zu meinem Schwager, der ein Gut außerhalb Londons besitzt ..."

„Nein, Alec, bitte ..."

„Warte, Cassie! Matthew wird sicher nachweisen können, dass ich die Wahrheit gesagt habe. Dir und dem Kind wird es an nichts fehlen, das verspreche ich dir. Jamie wird die besten englischen Schulen besuchen, und meine Schwester Elizabeth wird euch alle ins Herz schließen und lieben wie ihre eigene Familie. Du wirst niemals allein sein."

Cassie war, als zerspringe ihr Herz in tausend Stücke. So durfte es nicht enden. „Du musst fliehen! Geh, lauf! Wenn sich die Tür öffnet, dann musst du den Posten überwältigen und entkommen!"

„Und ihnen einen Anlass liefern, mir in den Rücken zu schießen?" Er lächelte und wischte ihr sanft die Tränen von der Wange. „Wahrscheinlich wäre das dem Tod am Galgen noch vorzuziehen. Nein, Liebste, dafür ist es zu spät."

Jemand pochte laut an die Tür. „Noch eine Minute!" rief der Wärter.

„Nein! Alec, das dürfen sie nicht mit dir machen!" Cassie schlang die Arme um seinen Hals und presste sich an seinen warmen Körper.

„Sei stark, Liebste. Vertrau mir."

„Die Zeit ist um!"

Die Tür flog auf. Die Wachen marschierten in die Kammer, packten ihn und entzogen ihn Cassies Armen.

„Alec!" Die Hände flehend nach ihm ausgestreckt, sank sie auf die Knie.

„Ich liebe dich, Catherine Blakewell!" rief er noch, als man ihn hinausschleifte. „Wenn es in Gottes Universum Gerechtigkeit gibt, dann werden wir eines Tages wieder beisammen sein. Daran musst du glauben. Bleibt bei ihr, Miss Carter! Lasst sie nicht in den Gerichtssaal!"

„Ach, Cassie, du armer Liebling."

Sie spürte, wie ihre Freundin Lucy sie tröstend in die Arme nahm, während ihr Schluchzen unterging im Krachen der zugeschlagenen Tür.

Cassie ließ die Stricknadeln ruhen und lauschte. Irgendetwas war anders als sonst.

„Was ist?" Fragend schaute Lucy von ihrer Handarbeit auf.

Und dann begriff Cassie. Das Hämmern hatte aufgehört. „Sie sind fertig!"

Lauschend hielt Lucy den Kopf schräg, dann weiteten sich ihre Augen. „Ach, es tut mir so Leid!" flüsterte sie, neigte sich zu der Freundin und legte ihr tröstend den Arm um die Schulter.

Seit einer Woche schon hallte das Klopfen der Hämmer durch die Straßen von Williamsburg, da die Zimmerleute den Galgen errichteten, an dem das Todesurteil an Alec vollstreckt werden sollte. Nun war plötzlich Stille eingetreten.

War das laute Hämmern schon schlimm genug für Cassie gewesen, so kam ihr die Stille noch unerträglicher vor. „Morgen?“ fragte sie tonlos.

„Ja, morgen!“

Cassie nickte, die Augen gegen die drohenden Tränen krampfhaft geschlossen. War es töricht, noch auf ein Wunder zu hoffen?

„Ach, ich wünschte, Vater hätte seine Angelegenheiten bald erledigt, damit wir die Heimreise antreten können.“ Lucy erhob sich und trat ans Fenster, wobei die Falten ihres Seidenkleids hörbar knisterten. „Es tut weder dir noch dem Baby gut, unter einer solch dunklen Wolke zu leben. Ich weiß, du bist anderer Meinung, Cassie, doch es wäre besser, du wärst weit weg von alledem hier.“

Cassie wusste, dass ihre liebe Freundin bloß um ihren Schutz bemüht war, doch es gab keine Zuflucht. Tag für Tag hatte sie am Fenster gesessen und in den grauen Novemberhimmel gestarrt, allein in ihrer Kammer, leer und voller Sehnsucht, unfähig zu verstehen, warum ihr Körper noch lebte, obwohl sie innerlich tot war. Jede Nacht hatte sie schlaflos im Bett gelegen und das Taschentuch in den verkrampften Händen gehalten, das Alec ihr gegeben hatte. Zu sehr von Trauer und Gram überwältigt, hatte sie nicht einmal mehr weinen können und nur noch Alecs Duft tief in sich eingeatmet.

„Ich muss bleiben, Lucy, muss ihm so nahe wie möglich sein, bis …“ Den Rest des Satzes brachte sie nicht über die Lippen. „Hier zu sein, das bin ich ihm schuldig. Wenn ich jetzt abreise, wäre es genauso, als fügte ich mich schon in seinen Tod. Wäre William an seiner Stelle, würde es dir nicht anders gehen.“

Lucy erbleichte, und ihre Augen weiteten sich erschreckt. „O Cassie, verzeih. Ich hatte nicht nachgedacht … ich meine … Natürlich möchtest du in seiner Nähe sein.“

Cassie zwang sich zu einem Lächeln, als sie die verlegen vorgebrachte Entschuldigung vernahm, und wandte sich dann wieder ihren Stricknadeln zu, den Blick fest auf das winzige rote Jäckchen gerichtet, das allmählich Gestalt annahm. Durch die Strickarbeit, durch rege Beschäftigung also, sollten laut Lucy die düsteren Grübeleien fern gehalten werden, aber dennoch schweiften Cassies Gedanken andauernd ab. Zweifellos hatte Alec ebenfalls mitbekommen, dass nicht mehr gehämmert wurde. Bereute er wohl inzwischen seine Liebe zu ihr? Ob er sich wohl verlassen fühlte? Würde er an diesem Abend einschlafen können, da er doch wusste, was ihn am Morgen erwartete? Ob er wohl Angst hatte?

Und wenn es dann so weit ist – wird er wohl leiden müssen?

Manch Entsetzliches hatte Cassie schon über das Hängen gehört, Berichte, die sie in letzter Zeit ganz bewusst zu verdrängen versucht hatte, wenn auch vergebens. Die meisten Delinquenten, so hieß es, starben sofort, wenn ihr Genick brach wie ein dürrer Zweig und ihr Leben jäh erlosch. Andere indes quälten sich noch in der Schlinge, in Todesnot zuckend und zappelnd, bis sie unter dem Gejohle der Menge elendiglich erstickten.

Auch wenn sie es noch so sehr zu vermeiden suchte, so stellte sie sich immer wieder vor, wie Alec, in grobes Leinen gekleidet und die Hände im Rücken gefesselt, im kalten Morgengrauen die Stufen zum Schafott hinaufstieg. Widerstandslos und mit hoch erhobenem Haupt ließ er sich, die Schlinge schon um den Hals, die Haube über die Augen streifen.

Und sie hatte ihm nie gesagt, dass sie ihn liebte!

Bei all der Aufregung während der Gerichtsverhandlung war die letzte Chance verstrichen. „Ach, ich halte das nicht mehr aus!“ stöhnte sie und ließ ihr Strickzeug in den Schoß sinken.

Und da spürte sie es! Ihre Hand fuhr zum Bauch.

„Was ist passiert?“ Mit hastigen Schritten eilte Lucy ihr zu Hilfe.

„Das Kind! Es … es bewegt sich."

„Wirklich? Hast du's gespürt?" Lucy machte große Augen.

„Ja! Und jetzt. Schon wieder. Fühl doch nur", flüsterte Cassie und führte Lucys Hand zu ihrem geschwollenen Bauch.

„Merkst du's?"

„Nein, nicht so richtig …"

Beide lächelten sich an. „Sag doch! Was für ein Gefühl ist es denn?" wollte Lucy wissen.

Cassie suchte nach dem richtigen Wort. Es war alles so seltsam und neu! „Wie … wie das Flattern von Schmetterlingsflügeln."

„Schmetterlingsflügel?" kicherte Lucy.

„Genau, wie ein Schmetterling." Auch Cassie lachte jetzt.

„Ja, siehst du, Cassie, Alecs Kind wächst. So wird er immer bei dir sein."

„Ja …"

Alecs Kind! Stumm saß Cassie da, allmählich von wohliger Wärme erfüllt. Gewiss, sie hatte gewusst, dass sie schwanger war, doch dies war ihr eher fern und unwirklich erschienen. Nun aber spürte sie, wie sein Kind sich in ihr bewegte. Wie gern hätte sie es ihm gesagt, diesen Augenblick mit ihm geteilt. Doch es war nur eines von tausend Dingen, die er nie erfahren würde. Es sei denn …

O Alec!

Irgendetwas müsste sie doch tun können! Bestimmt bestand eine Möglichkeit, ihn zu befreien. Aufs Neue überkam sie grenzenlose Verzweiflung. „Ich glaube, ich ziehe mich auf mein Zimmer zurück und lege mich ein wenig hin."

Lucy lächelte nachsichtig. In letzter Zeit war Cassie ihr keine sonderlich angenehme Gesellschaft gewesen, doch die Freundin hatte sich nie etwas anmerken lassen. „Soll ich dir das Essen nach oben servieren lassen?"

„Ja, vielen Dank."

Im Türrahmen drehte Cassie sich noch einmal um. „Hoffentlich kann ich dir eines Tages eine ebenso gute Freundin sein, wie du mir eine bist, Lucy."

Auf Zehenspitzen huschte Cassie durch den im Dunkeln liegenden Flur zur Treppe. Das Herz schlug ihr bis zum Hals, und ihr war, als müsse jedes Knarren der Holzdielen das schlafende Haus aus der Nachtruhe reißen. Sie mochte sich selbst kaum eingestehen, was sie vorhatte, als sie, behutsam Fuß vor Fuß setzend, lautlos die Stufen hinabschlich. Unten blieb sie mit ohrenbetäubend dröhnendem Puls stehen.

Kerzenschein drang noch aus Master Carters Arbeitszimmer. Dabei hatte sie angenommen, er sei vor Stunden schon zu Bett gegangen. Was trieb er wohl noch um diese nachtschlafende Zeit? Es war doch schon drei Uhr vorbei!

Verstohlen in die Schatten gedrückt, wagte sie kaum zu atmen. Sekunden wurden zu Minuten, die sich, so schien es, zu Stunden dehnten. Doch aus Master Carters Stube ertönte kein Laut. Vielleicht war er eingeschlafen und merkte es nicht, wenn sie vorbeischlüpfte. Falls er jedoch las, dann hörte er sie womöglich bei der leisesten Regung.

Mit hämmerndem Puls fasste sie sich ein Herz, tat einen ersten Schritt, dann den zweiten, und schob sich langsam vorwärts. Als sie schließlich vorsichtig um den Türpfosten spähte, fand sie die Kammer menschenleer vor, obwohl die Kerzen im Kandelaber noch brannten. Ein Seufzer der Erleichterung entrang sich ihrer Brust, bevor sie geräuschlos zum Waffenschrank huschte.

Ein Blick genügte, und mit einem Schlag war all ihre Hoffnung dahin, enthielt der Schrank doch ausschließlich schwere Musketen, nicht aber die Pistole, die sie sich hatte ausleihen wollen und die für ihren Plan von entscheidender Bedeutung war. Es war ausgeschlossen, eine der langläufigen Jagdwaffen ins Gefängnis zu schmuggeln! Cassie vermochte sie kaum zu heben, geschweige denn zu benutzen. Außerdem ließ sich so eine Muskete nur schwer unter ihren Röcken verstecken.

Sie zögerte, war doch der ganze Plan zunichte gemacht, denn ohne die Pistole konnte sie den Schließer im Gefängnis nicht zwingen, ihr die Schlüssel auszuhändigen. Und wie sollte Alec sich außerdem nach der Flucht aus der Zelle schützen? Großer Gott, was sollte sie nur tun? Sollte sie wieder nach oben gehen und das Ganze vergessen? Unmöglich, denn dann musste Alec sterben. Bei einem fehlgeschlagenen Befreiungsversuch allerdings auch, nur mit dem Unterschied, dass man sie selbst gleich nach der Geburt des Kindes ebenfalls dem Henker übergeben würde, um sie aufzuhängen.

Zögernd stand sie da, ergriff schließlich mit bebenden Fingern eine der Musketen und hob sie von der Halterung. Ob sie wohl vor dem Wärter den Eindruck erwecken könnte, als wüsste sie, wie man so ein Schießeisen benutzte? So lange zumindest, um Alecs Freiheit zu erzwingen? Bemüht, das schwere Gerät gerade zu halten, legte sie probeweise ein paar Mal an und zielte über Kimme und Korn, wie sie es bei ihrem Vater gesehen hatte. Auch wenn es alles andere als geschickt wirkte – es musste genügen.

In dem Moment fiel ihr das Jagdmesser auf. Die Finger um das polierte Heft geschlossen, griff sie zu und wog es prüfend in der Hand. Es mitzuführen wäre einfach, doch konnte sie es auch benutzen? War sie bereit, Blutvergießen in Kauf zu nehmen? Erneut schwankte sie, legte es wieder hin, um es dann doch endgültig an sich zu nehmen. Solange der Schließer *glaubte*, sie würde zustechen, spielte diese Frage keine Rolle. Also verbarg sie es in ihrem Umhang, um sich danach noch einige Beutel mit Schießpulver und Rundkugeln ins Mieder zu stopfen. Dann schloss sie geräuschlos den Schrank und schlich auf Zehenspitzen zur Hintertür. Sie war nicht nur zur Diebin geworden, nein, sie fühlte sich auch wie eine solche.

Die Tür war unverschlossen – ein merkwürdiger Umstand, dem Cassie indes, als sie nach draußen schlüpfte, nur einen Augenblick Beachtung schenkte. Dankbar registrierte sie, dass der schwere Umhang ausreichend Schutz vor dem Nachtfrost bot. Leise zog sie die Tür ins Schloss, während sie ein leises Lebewohl an Lucy und deren Vater schickte. „Verzeiht mir!“

Draußen, so fand sie, atmete es sich schon leichter; Dunstwölkchen gleich schwebte ihr Atem in der kalten Nachtluft. Kein Licht leuchtete ihr, da schwere Wolken den Mond und die Sterne verdeckten und jeden Laut zu ersticken schienen. Rasch und geräuschlos glitt sie übers Pflaster zum Tor, einem schweren, ungefügigen Monstrum mit quietschenden Angeln, das sie sicher verraten hätte, hätte sie es geöffnet. Es befand sich jedoch noch ein kleiner Eingang darin, den Cassie einmal gesehen hatte, als Master Carter ihn bei seinem nachmittäglichen Spaziergang benutzte. Bestimmt war dies Törchen gut geölt und schreckte niemanden auf. Mit angehaltenem Atem, die Muskete ungeschickt unter dem Arm balancierend, drehte sie am Griff, zog die Tür langsam auf und starrte hinaus ins Dunkel der dahinter liegenden stillen Gasse.

Nichts rührte sich; nicht ein Lichtstrahl drang aus den Fenstern entlang der Straße. Ängstlich trat sie hinaus, wandte sich um und schloss das Törchen hinter sich. Bis zum Gefängnis war es bloß ein Katzensprung, und falls nichts Unvorhergesehenes passierte, könnte sie in wenigen Minuten dort sein. Sie hielt sich im Schatten und hastete die Gasse hinunter.

Starke Arme schossen wie aus dem Nichts auf sie zu und hielten sie fest; eine Hand krampfte sich über ihren Mund und erstickte ihren Schrei.

31. KAPITEL

„Kleiner Nachtbummel, Miss Cassie?"

Auch wenn sie das Gesicht nicht sah, so erkannte sie doch die Stimme auf Anhieb. „Zach!" flüsterte sie bestürzt, als er sie endlich Luft holen ließ.

„Ja! Wer sonst?" Wenn er lächelte, blitzten seine Zähne weiß in der Dunkelheit auf.

„Bin ich froh, dich zu sehen!" Ungestüm umarmte sie den Sägewerker.

„Was piekst mich denn da in die Seite? Wollt Ihr mich etwa auf offener Straße ausweiden?" Als er sie vorsichtig abtastete, stieß er sofort auf das Jagdmesser.

„Dein Glück, Zach, dass ich nicht zugestochen habe."

„Jagdmesser und Muskete, Miss Cassie? Erzählt mir nicht, Ihr seid unterwegs zu einem der Maskenbälle, von denen die Carters so schwärmen!"

Cassie verstummte und drückte sich tiefer in den Schatten, da sie hörte, wie sich im Finstern Schritte näherten.

„Hier sind wir!" rief Zach verhalten.

Ein unterdrücktes Lachen folgte. Dann sah sie, wie sich eine Gestalt aus dem Dunkel der gegenüberliegenden Straßenseite löste. Luke!

Und da ging ihr ein Licht auf! „Was habt ihr zwei hier zu suchen?"

„Wir passen auf Euch auf", antwortete Luke.

„Wie bitte?"

„Ganz richtig", erklärte Zach. „Master Carter ahnte gleich, dass Ihr früher oder später etwas unternehmen würdet. Also hat er die zuverlässigsten Leute Eures Vaters beauftragt, Euch zu bewachen. Das sind natürlich wir zwei."

„Wie lange lauert Ihr denn schon hier in der Gasse herum wie zwei Halsabschneider?"

„Lange genug, um zu wissen, dass Ihr nicht mutterseelenallein hier draußen herumirren solltet", erwiderte Zach. „Das kann gefährlich werden."

„Dann helft ihr mir also? Ich bin unterwegs zum Gefängnis …"

„Ihr geht nirgendwohin, Miss Cassie! Höchstens zurück ins Bett. Also, vorwärts!"

„Und was soll aus Alec werden?"

„Das soll nicht Eure Sorge sein", erwiderte Zach.

„Nicht meine … aber wie kannst du das sagen?"

Zach nahm ihr die Muskete ab. „Vertraut uns, Miss Cassie", sagte er, hob ihr Kinn und zwang sie, ihm in die Augen zu sehen. „Macht keine Dummheiten, sonst kommt Ihr womöglich noch zu Schaden, Ihr oder das Kind." Damit hob er sie ohne viel Federlesen auf die Arme und marschierte mit ihr zum Tor zurück, Luke vorneweg, die Muskete unter dem Arm. Erst in diesem Augenblick fiel Cassie auf, dass die beiden nach Whiskey rochen – seltsamerweise, denn angetrunken wirkten sie nicht.

Gerade hatten sie das kleine Eingangstörchen hinter sich geschlossen, als das Läuten der Kirchenglocken die nächtliche Stille zerriss.

„Los! Geschwind!" Im Laufschritt hastete Zach auf die Hintertür zu.

Schon wollte Cassie erklären, die Tür sei nicht abgeschlossen, doch ehe sie auch nur eine Silbe über die Lippen brachte, packte Luke die Muskete beim Lauf und schlug mit dem Kolben die Scheibe ein, die in die Tür eingesetzt war.

Was ging hier vor?

Cassie blieb jedoch keine Zeit, sich darüber den Kopf zu zerbrechen. Zach rannte bereits durch das im Dunkeln liegende Haus,

Cassie nach wie vor auf den Armen wie einen Sack Kartoffeln, um sie dann am Fuß der Treppe recht unsanft abzusetzen. Hektische Schritte im Obergeschoss verrieten, dass der Haushalt inzwischen zum Leben erwachte.

„Wie sollen wir denn Euren Aufzug erklären?“ fragte Zach, wobei er Cassies Bekleidung musterte, von den schweren Stiefeln über das Kleid bis hin zu dem Winterumhang. „Habt Ihr darunter noch etwas an?“

Cassie nickte. „Was soll das alles, Zach?“

„Am besten fragt Ihr nicht lange“, entgegnete er und begann, ihr die Sachen auszuziehen. „Spielt einfach mit!“

Für einen Augenblick war Cassie zu verwirrt, um zu reagieren. Dann aber begriff sie, was er vorhatte. Schnell entledigte sie sich ihrer Kleidung, wobei ihr die Schießpulverbeutel und die Musketenkugeln aus dem Mieder fielen. Schließlich stand sie da mit nichts weiter am Leib als nur ihrem Hemd.

„Hab' mal gehört, dass manche Damen sich den Busen auspolstern“, bemerkte Zach grinsend. „Hier haben wir den Beweis.“ Er sammelte Pulver und Blei vom Boden auf und warf das Ganze Luke zu.

„Und was mache ich mit denen hier?“ wollte Cassie aufgeregt wissen und verwies auf die Kleider, die sie auf dem Arm trug. Die Schritte kamen bereits näher.

„Her damit!“ Zach nahm ihr die Sachen ab und stopfte sie in eine Truhe, die in der Nähe stand. „Und jetzt noch das Haar zerzausen! Denkt daran, Ihr habt geschlafen!“

Obwohl ihr nicht einleuchtete, wieso sie eigentlich einwilligte, tat Cassie doch wie geheißen. Rasch zog sie die Nadeln aus dem Haar, während Zach sich in Master Carters Studierstube begab, wo er sämtliche Stühle umwarf und Dokumente überall über den Fußboden verteilte.

Hinter ihr zerbarst klirrend eine Scheibe, und als Cassie erschreckt herumwirbelte, sah sie, wie Luke gerade die Glastür des Waffenschranks einschlug, den Inhalt ausräumte und alles zu Boden fallen ließ. Die Schritte schienen nun direkt über ihnen zu sein.

„Dann fehlt also nur noch eins", sagte Zach und stellte sich vor seinen Kameraden, der ihn zuerst spitzbübisch angrinste und ihm dann plötzlich mit aller Kraft die Faust ins Gesicht rammte.

Cassie fehlten die Worte.

„Potz Blitz!" Die Hand an den schmerzenden Kiefer gelegt, taumelte Zach zurück. „Hast du einen Schlag. Aber jetzt bin ich dran." Damit versetzte er dem hünenhaften Schwarzen einen so gewaltigen Kinnhaken, dass er Luke beinahe der Länge nach auf die Dielen geschickt hätte. „Reicht das wohl?" fragte Zach, als die beiden sich wieder gegenüberstanden.

„Es muss!" Wie der Blitz waren die zwei verschwunden.

„Cassie! Was in aller Welt ist denn hier los?"

Cassie fuhr herum. Oben auf dem Treppenpodest stand Lucy im Nachtgewand, die Augen furchtsam geweitet.

„Ich ... ich weiß es nicht", stammelte Cassie, was sogar der Wahrheit entsprach.

„Vater?" rief Lucy nun, während sie in aller Eile die Treppe hinunterkam und auf das beleuchtete Arbeitszimmer zustrebte. Sie schrie auf, als sie mit einem Schlag das Durcheinander und den zerschmetterten Waffenschrank erfasste. „Vater! O Cassie, wo ist er nur? Was ist passiert?"

„Wenn ich das wüsste!" antwortete Cassie, die sofort ihrer Freundin beigesprungen war. *Was geht hier bloß vor?*

Nach und nach erschienen Dienstboten und Sklaven, die verschlafenen Gesichter angsterfüllt und unsicher, sodass sich in Cassie nun das schlechte Gewissen regte. Zwar wusste sie nur zu gut, dass sie nicht in Gefahr waren, aber sie wagte es nicht, auch nur ein Wort zu sagen – aus Angst, sie könne damit ungewollt verraten, was da für ein mysteriöses Bubenstück im Gange war.

Plötzlich erschien Zach im Türrahmen, taumelnd und in eine Whiskeyfahne gehüllt. Seine Kleidung war zerfetzt, ein Auge blau geschlagen, und ein blutender Riss ging durch seine Lippe. „Ha... hat ihn mi... mitgenommen!“ lallte er wankend.

„Wer?“ fragten Cassie und Lucy wie aus einem Mund? „Wen?“

„Der Zuchthäusler! Hat Euren Vater geschnappt!“

Bestürzt blickten die Freundinnen sich an. Cassie war, als wolle ihr das Herz aus der Brust springen. Die beiden hatten Alec aus der Zelle befreit! Zwar verstand sie nicht, wie sie dies bewerkstelligt hatten oder wer in die Aktion verwickelt gewesen war, doch dass Alec frei war, spürte sie.

Eile, Liebster! betete sie stumm. *Viel Glück!*

Lucy schaute sie an, als erwarte sie irgendeine Erklärung. Doch ehe sie etwas sagen konnte, erschien Bess, die alte Köchin, bewaffnet mit einer riesigen Bratpfanne, die sie sich aus der Küche geholt hatte. „Egal, wer du bist und was du hier suchst“, rief sie und wedelte Zach mit der Pfanne vor der Nase herum, „aber eins sage ich dir: Mach hier bloß keinen Unfug nich’, sonst setzt es was!“

Angesichts der absurden Situation musste Cassie sich ein Lachen verkneifen. Die Arme wie zur Aufgabe in die Höhe gereckt, mimte der kräftige Zach den Betrunkenen, der furchtsam vor einer alten Frau mit einer Bratpfanne zurückwich.

„Lass gut sein, Bess, wir kennen den Mann“, sagte Lucy. „Er arbeitet für Vater.“

„Genau“, bestätigte Zach, „ganz recht, aber diesmal haben wir ihn enttäuscht. Ich und Luke, wir haben ...“

„Getrunken?“ fragte Lucy erzürnt.

„Ja, und der Sträfling, der erschien glattweg wie aus dem Nichts. Hat mir eins übergezogen, und Luke, tja, den hat er verdroschen“, stammelte der Sägewerker. „Klaut sich auch noch zwei Gäule, dieser Hundesohn! Oh, Pardon, die Damen!"

Eine Weile standen alle stumm da, bis Lucy die Initiative ergriff und sich von der verängstigten Tochter zur energischen Hausherrin wandelte. „Bess, du versorgst die Verletzten und kochst Tee!" befahl sie. „Stella, du machst Feuer in der Küche und in der Wohnstube und bringst uns unsere Schlafröcke! Die Nacht ist kühl. Und falls wir hier unter den Männern jemanden haben, der nicht einen über den Durst getrunken hat, soll er unverzüglich den Sheriff kommen lassen und meine Geschwister informieren! Für den Fall, dass Nachricht von meinem Vater eintrifft – Miss Cassie und ich, wir halten uns in der Wohnstube auf!"

Sofort setzte sich das Gesinde in Bewegung, um die Aufträge auszuführen, während die beiden Freundinnen Hand in Hand zum Salon eilten. Kaum hatte sich die Tür hinter ihnen geschlossen, begannen sie gleichzeitig zu sprechen, und da keine die andere verstehen konnte, verstummten beide, um sofort wieder neu anzusetzen, diesmal allerdings nacheinander.

„Nie würde Alec deinem Vater etwas antun, Lucy", begann Cassie. „In der Hinsicht hast du nichts zu befürchten. Das kann ich dir versprechen."

„Das weiß ich doch, du Dummerchen! Meinst du, Alec ist ganz allein ausgebrochen? Oder hat Vater ihm wohl geholfen?"

„Ich denke schon, dass dein Vater ihn unterstützt. Da bin ich sogar ganz sicher."

„Ja? Ach, erzähl doch!"

Cassie zögerte. Lucy einzuweihen würde bedeuten, auch zugeben zu müssen, dass sie sich wie ein Dieb in der Nacht fortgestohlen hatte. „O Lucy, verzeih mir. Ich wollte dich nicht hintergehen", bat sie, ehe sie ihrer Freundin die gesamte Geschichte erzählte: wie sie die Muskete und das Jagdmesser gestohlen und geplant hatte, entweder den Gefängniswärter zu bedrohen oder ihn, falls nötig, mit ihrem Körper zu bestechen, um Alec zur Flucht zu verhelfen. Zum Schluss berichtete sie, wie Zach und Luke sich gegenseitig verprügelt hatten, worauf die zwei jungen Damen zuerst in Gekicher ausbrachen und dann so herzhaft lachten, dass ihnen die Tränen kamen.

Als Cassie geendet hatte, trat ein junges Mädchen ein, das die Schlafröcke brachte, gefolgt von einer Sklavin mit dem Tee. Lucy musste den Kopf neigen und sich das Lachen verkneifen, das nun gleich einem Schluchzen aus ihrer Kehle drang. Gleichzeitig wischte sie sich die Tränen aus den Augenwinkeln.

„Ach, Lucy, du Ärmste!“ tröstete Cassie sie schließlich. „Dein Vater wird schon wohlbehalten wieder auftauchen, dessen bin ich mir gewiss.“

Daran glaubte Cassie tatsächlich ganz fest. Was aber sollte aus Alec werden? Ihn würde man auf der Stelle erschießen. Das Leben eines Verurteilten war nicht einmal die Fesseln wert, die ihn banden. *Reite geschwind, mein Herz!*

Kurz darauf traf der Sheriff ein, um den Vorfall zu untersuchen. Er brauchte fast eine geschlagene Stunde, bis er endlich verstanden hatte, dass „Nicholas Braden“ in das Haus eingebrochen war und den Hausherrn aus dessen Arbeitszimmer verschleppt hatte, um ihn als Geisel und Garanten für seine Sicherheit zu benutzen, sollte die Suchmannschaft ihn fassen.

„Eins steht fest. Weit kann er nicht gekommen sein“, stellte Sheriff Connelly fest. „Dumm von ihm, hierher zu kommen und dadurch wertvolle Zeit zu vergeuden. Denn mittlerweile, Miss Carter, sind meine Leute unterwegs, die jede Gasse und Straße untersuchen. Wir werden ihn schon schnappen.“

Bis Tagesanbruch wusste bereits die ganze Stadt von dem Ausbruch, und im Handumdrehen drängten sich die Leute auf den Straßen, in der Hoffnung, eine Neuigkeit aufzuschnappen oder etwas

Aufregendes mitzubekommen. Zach und Luke, die inzwischen wie durch ein Wunder wieder nüchtern waren, bestanden darauf, dass Cassie sich in ihre Kammer zurückzog, denn es hätte ja sein können, dass die Menge draußen sich gegen sie wandte. Beide ein Veilchen im Gesicht, hielten sie im Hof Wache. In diesem Punkt verließen sie sich offenbar nicht auf Master Carters Gesinde.

Rastlos stapfte Cassie in ihrer Schutzhaft hin und her, dankbar dafür, dass das Fenster nach hinten zum Hof und nicht zur Straße hinausging. So konnte sie zum Himmel hinaufsehen, ohne befürchten zu müssen, dass man von unten mit Steinen nach ihr warf. Seit Wochen graute ihr davor, tatenlos dasitzen und die Stunden zählen zu müssen, die quälend langsam vergingen. Nun aber freute sie sich jeder Sekunde, die verstrich, denn jede Minute brachte Alec der Freiheit und Sicherheit näher.

Lucy hatte versprochen, sie auf dem Laufenden zu halten. Längst hatten die Suchtrupps die Verfolgung innerhalb der Stadt aufgegeben, und Männer mit Spürhunden durchkämmten inzwischen die Gegenden vor den Toren. In der Zwischenzeit waren auch Master Carters übrige Söhne und Töchter eingetroffen, um gemeinsam auf Nachricht von ihrem Vater zu warten. Anders als Lucy wussten sie nur wenig von Alec und hielten ihn daher für den angeblich gefährlichen Verbrecher. Lucy konnte ihnen keinen reinen Wein einschenken, denn dadurch hätte sie den gesamten Plan aufgedeckt und Alec nur noch mehr in Gefahr gebracht.

Draußen wurden die Schatten inzwischen länger; es wurde Abend, und graue Wolken zogen in langsamem, stummem Tanz am Himmel dahin. Rastlos bewegte sich das Ungeborene in Cassies Leib, als ahne es, dass etwas Bedeutendes geschah. Sie lächelte angesichts des so seltsam neuen Gefühls, und zum ersten Mal fragte sie sich, was da in ihr wohl heranwuchs – eine Tochter oder ein Sohn? Sie streckte sich auf dem Bett aus und fuhr bedächtig mit der Hand über ihren geschwollenen Bauch, voller Zärtlichkeit für das winzige Wesen, das Alec ihr geschenkt hatte.

Ein ungeduldiges Pochen an der Tür riss sie aus dem Schlummer. Cassie schlug die Augen auf. Sie war tatsächlich eingeschlafen! Draußen vor dem Fenster war es bereits Nacht geworden. Wieder vernahm sie das Klopfen.

„Cassie?“ Es war Lucys Stimme.

Cassie blieb fast das Herz stehen. *Großer Gott!* Hatten sie ihn gefasst? Das Schlimmste befürchtend, eilte sie zur Tür und öffnete.

„Der Gouverneur möchte dich sprechen!“ Lucys blaue Augen waren ganz rund vor Aufregung.

„Der Gouverneur? Warum denn das?“

„Er hat jemanden mitgebracht. Einen Engländer mit nur einem Bein.“ Lucy nahm die Freundin bei der Hand und zog sie hinter sich her über den Flur.

Ein Engländer mit einem Bein? Cassies Gedanken rasten. Wer mochte das sein? Doch sie hatte kaum Zeit zum Grübeln, denn schon stand sie Gouverneur Gooch gegenüber, der sie zu ihrer Verblüffung mit einer artigen Verbeugung begrüßte, als er sie kommen sah.

„Miss Blakewell“, begann er und räusperte sich, „darf ich Euch Lieutenant Matthew Hastings vorstellen?“

Lieutenant Hastings!

Cassie spürte, wie sie von einem wunderbaren Gefühl der Erleichterung erfasst wurde, als habe sie Laudanum genommen. Vor ihr stand ein uniformierter Mann mit einem Holzbein und himmelblauen Augen, die nun sanft blickten, als er ihre Hand nahm und an seine Lippen führte.

„Ich bin entzückt, Eure Bekanntschaft zu machen, Miss Blakewell. Ich hoffe, ich komme Euch in Eurem … äh … delikaten Zustand nicht allzu ungelegen.“

„Ihr … Ihr seid …“, wisperte Cassie.

„… Alecs Schwager“, vollendete er für sie. „Und bald der Eure ebenso, wie ich hoffe.“

Cassie war so überwältigt, dass sie keinen Ton hervorbrachte, sondern nur seine Hand umklammert hielt und ihm in die gütigen Augen schaute.

„Ich fürchte, die letzten Wochen sind ein wahrer Albtraum für sie gewesen“, sagte Lucy.

Nach Worten ringend, blickte Cassie den Lieutenant an. „Wir müssen Alec finden!“

„Genau deswegen, meine Liebe, bin ich hier!“

32. KAPITEL

Alec zügelte sein Reittier, hielt an und blickte durch eine Lücke im Geäst zu den Sternen hinauf. Den Himmel sehen zu dürfen, das sollte ihm nie wieder wie eine Selbstverständlichkeit vorkommen.

Hinter sich hörte er Hufschlag. „Jetzt wisst Ihr wohl nicht recht weiter, wie?“ fragte Carter.

„Könnt Ihr nicht ein wenig Vertrauen haben?“ fragte Alec. Forschend musterte er sein Gegenüber, entdeckte indes keinerlei Anzeichen von Ermüdung oder Schwäche. Obwohl beileibe nicht mehr der Jüngste, war Robert Carter körperlich erstaunlich gut beisammen, trotz seines ständigen Hustens. Nicht ein einziges Mal hatte er eine Rast verlangt, und so hatten die zwei rasch Boden gutgemacht und sich einen erheblichen Vorsprung vor den Suchmannschaften gesichert, die sich inzwischen gewiss an ihre Fährte geheftet hatten.

Mit einem Schenkeldruck setzte Alec sein Pferd wieder in Gang. Hielten sie sich leicht ostwärts, müssten sie binnen einer Stunde die Insel erreicht haben, wo eine warme Mahlzeit und ein Schlafplatz auf sie warteten. Von Micah mit schussbereiter Muskete bewacht, konnten sie dort übernachten und sich anschließend an Bord eines kleinen Seglers verstecken, der von Carters verlässlichsten Leuten bemannt wurde. Bei Tagesanbruch gedachten sie südwärts zu segeln und Kurs auf einen Hafen in den Carolinas nehmen; von dort aus wollte Alec sich nach England einschiffen.

Bemüht, nicht die Orientierung zu verlieren, trieb Alec seinen Wallach durch ein Labyrinth aus verschlungener Vegetation und Baumwurzeln. Im Winter, ohne Vogelgezwitscher und Insektengesumme, wirkte das Sumpfland anders als sonst. Die feuchte Brise, die vom Wasser her wehte, durchdrang zwar den Mantel, den er dem armen, überraschten Gefängniswächter abgenommen hatte, doch trotzdem empfand Alec die Kälte als belebend. Nach so vielen Wochen hinter Gittern tat es gut, wieder an der frischen Luft zu sein. Der Schlinge des Henkers war er weit näher gewesen als ursprünglich beabsichtigt, und daher stand er nun tief in Carters Schuld – eine Verpflichtung, die er ihm zehnfach vergelten wollte, war er erst in England gelandet.

Die Fachsimpeleien über Pferde hatten Alec die Augen über Carter und dessen Wesen geöffnet. Carter war zwar ein Ehrenmann, neigte jedoch zum Starrsinn und ging nur allzu gern Risiken ein. Alec hatte gleich gemerkt, dass der Tabakbaron Cassie in Schutz nehmen würde. Deshalb war er auch nicht sonderlich überrascht gewesen, als Carter im Gefängnis vorstellig wurde, um sich persönlich von der anständigen Behandlung des Häftlings zu überzeugen. Bei der Gelegenheit hatte Alec ihn um Hilfe bei der Niederschrift seines Testaments gebeten und Carter erklärt, ihm liege daran, dass Cassie und das Kind wohl versorgt seien, sollte man ihn hinrichten. Dieser Umstand hatte dazu geführt, dass Carter ihm einen Rechtsbeistand bestellte und Alec neu einkleiden ließ. Die beiden hatten sich unterhalten, und allmählich war ein Plan gereift – nach Carters Verständnis allerdings eine Wette. Der Großgrundbesitzer hatte sich bereit erklärt, Alec bei seinem Ausbruchsversuch zu unterstützen, indem er sich als Geisel zur Verfügung stellte. Er vertraute darauf, dass Alec auch tatsächlich derjenige war, als der er sich ausgab, und ihm nicht bei der ersten sich bietenden Gelegenheit die Kehle durchschnitt. Alec dagegen hatte auf das Gelingen der Aktion gesetzt. Auf dem Spiel stand somit beider Leben – nach Carters Ansicht die gewagteste Wette überhaupt.

Erneut fragte Alec sich, wie in diesem Augenblick die Lage in Williamsburg aussehen mochte. Ob Zach und Luke wohl wie geplant den Sheriff hatten ablenken können, indem sie den Eindruck erweckten, als sei er, Alec, in Carters Haus eingebrochen? War es ihnen gelungen, Cassie zu schützen, nachdem man Alarm geschlagen hatte? Carter zufolge würde es niemand wagen, auch der Sheriff nicht, Cassie aus seinem Haus zu holen. Doch in diesem Punkt hatte Alec seine Zweifel. Das eigene Leben aufs Spiel zu setzen, das war eine Sache. Mit Cassies Leben und mit dem des Kindes zu spielen war hingegen etwas ganz anderes.

Wie schwer das alles für Cassie sein musste! Sowohl er als auch Carter hatten es für das Beste gehalten, sie wegen der Gefahr eines Fehlschlags nicht in den Plan einzuweihen. Allein und im Haus eingesperrt, musste sie gewiss den Eindruck haben, der Himmel habe sich gegen sie verschworen. Während Alec in jüngster Zeit kaum einmal das Tageslicht zu Gesicht bekommen hatte, war Cassie sämtlichen Gehässigkeiten vonseiten der Städter ausgesetzt gewesen. Er hatte ja selbst gesehen, wie man sie in der Kirche über den Rand der Bibel beäugte, wie man draußen mit Fingern auf sie zeigte, wie die Frauen sie mit Verachtung straften und die Männer sie lüstern begafften. Hoch erhobenen Hauptes aber hatte Cassie sie alle mit Verachtung gestraft.

Und im Gerichtssaal ... Sie hatte es mit dem Gouverneur aufgenommen, sich Alec widersetzt und allen getrotzt, hatte sich mutig gestellt und unmissverständlich dargelegt, wie sehr sie ihm vertraute. Er hätte es kaum für möglich gehalten, doch seine Leidenschaft für sie hatte sich noch verstärkt, obwohl er sie schon länger als zwei Monate nicht mehr in den Armen gehalten hatte.

Stumm ritten die zwei weiter. Hin und wieder unterbrach einer von Carters Hustenanfällen die Stille, sodass Alec sich schon besorgt fragte, ob sein Gefährte wohl ernsthaft krank war. Der allerdings hatte bislang noch mit keiner Silbe geklagt. Vielleicht konnte Takotah ihm ja eins ihrer scheußlich schmeckenden Mittelchen brauen, damit ihm das Atmen leichter wurde.

Vor ihnen im Finstern lichtete sich nun der Baumbestand, und der Morast unter den Pferdehufen wich sandigem Boden. Eine Gestalt tauchte aus der Dunkelheit auf, ein Mann mit einer Muskete.

„Wir sind da."

Matthew spähte durch die Dunkelheit, den Blick aufmerksam auf die junge Frau gerichtet, die nun bald seine Schwägerin werden sollte. Bei Weitem die beste Reiterin der ganzen Gruppe, saß Cassie im Sattel wie mit ihrer Stute verwachsen, als wäre sie auf dem Pferderücken geboren, so mühelos und natürlich verschmolz sie mit den Bewegungen des Tieres. Stets allen ein Stückchen voraus, schien sie sich trotz der Schwärze ringsum der eingeschlagenen Richtung vollkommen sicher und legte ein so forsches Tempo vor, dass der Rest Mühe hatte, nicht den Anschluss zu verlieren. Dass sie möglicherweise unter Erschöpfung oder Kälte litt, merkte man ihr nicht an.

Voller Bewunderung für ihre Tatkraft hatte Matthew Cassie überraschend schnell ins Herz geschlossen. Dass Alec sich in eine solche Frau verlieben würde, hätte er sich denken können. Mutig, entschlossen sowie auf ihre Art ausnehmend hübsch, war sie obendrein intelligent – ein eklatanter Unterschied zu den raffsüchtigen, flatterhaften Wesen, welche die Londoner Salons bevölkerten. Sie war genau die Frau, die den seit Langem fälligen frischen Wind in Alecs Leben brachte.

Sobald sie wieder zu Atem gekommen war, hatte sie nicht auf jene gehört, die lieber erst bei Tagesanbruch aufgebrochen wären, sondern darauf gedrängt, Williamsburg unverzüglich zu verlassen. Denn sie war sicher, dass Alecs Verfolger mit den Hundemeuten nach wie vor hinter ihm her waren. Fand man ihn nicht vor den Suchtrupps, waren er und Robert Carter des Lebens nicht mehr sicher. Cassie hatte sich schließlich mit diesem Argument durchgesetzt. Zunächst per Schiff, hatte man sich zu der Plantage ihres Vaters begeben, um nach kurzem Wiedersehen mit den Dienstboten, die ihrer Herrin sichtlich ergeben waren, den Weg hoch zu Ross fortzusetzen.

Eine so absonderliche Mischung wie die kleine Gesellschaft war Matthew im Leben noch nicht untergekommen. Neben ihm ritten der Gouverneur sowie zwei Sheriffs, von denen einer, ein gewisser Hollingsworth, einen Leibesumfang aufwies wie ein Baumstamm. Hinter ihnen folgten die jungen Carter-Söhne Charles und Landon, beide voller Eifer und Tatendrang und flankiert von zwei Männern mit wachen schwarzen Augen, einem Leibeigenen namens Zach und einem hünenhaften Negersklaven, der Luke genannt wurde. Zuletzt kamen noch die angeworbenen Helfer des Gouverneurs, die bewaffnet waren; insgesamt zählte der Trupp also gut ein Dutzend Männer.

Es war kurz vor der Morgendämmerung; kaum ein Stern stand am frostigen, finsteren Himmel. Inzwischen war man Cassie bereits quer durch Feld und Wald gefolgt, und nun führte sie die Gruppe in einen anscheinend dicht bewachsenen Sumpf. Turmhoch ragten Nadelbäume in die Höhen, deren Wurzeln sich in einem knorrigen Wirrwarr im knietiefen Morast verloren. Glitschiger Schlamm, abgestorbene Äste und verschlungene Vegetation hemmten die Pferde, deren Hufe nur mit großer Mühe sicheren Tritt fassten. Es war ein unwegsames Gelände, von dem sich Cassie in ihrem Vorwärtsdrang aber keinesfalls bremsen ließ. Bestimmt, so Matthews Eindruck, kannte sie jeden Ast, jeden Stamm auswendig, war sie den Weg doch schon oft geritten. Mittlerweile musste sie bereits zum zweiten Mal anhalten, um die Nachzügler aufschließen zu lassen.

„Jetzt ist es nicht mehr weit", versicherte Cassie, die einen Bogen ritt, um sich ihren Gefährten aufs Neue anzuschließen.

Elizabeth wird ganz begeistert von ihr sein! dachte Matthew befriedigt. Wie sehr er seine Frau und die Kinder vermisste! Mehr als sechs Wochen hatte er sie schon nicht mehr gesehen. Um verfrühten Hoffnungen vorzubeugen, hatte er Elizabeth die Gründe für seine Reise nach Amerika verschwiegen und ihr lediglich erklärt, die Unternehmung habe damit zu tun, dass Alecs Mörder der gerechten Strafe zugeführt würden. Dass Alec noch lebte, davon war er felsenfest überzeugt. Der Brief, den der Gefängnisdirektor von Newgate ihm gezeigt hatte, dazu das mysteriöse, von Philip abgefangene und verbrannte Schreiben – all das hatte in Matthew die Gewissheit verstärkt, dass man Alec gegen seinen Willen in die Kolonien verschleppt hatte und dass Philip irgendwie hinter der ganzen Sache steckte.

Von Matthew zur Rede gestellt, hatte Philip zunächst kategorisch geleugnet, überhaupt etwas von den Briefen zu wissen. Als er jedoch mit dem von ihm unterzeichneten Brief an den Gefängnisdirektor konfrontiert wurde, gebärdete er sich wie ein Irrer. Statt eines Geständnisses drohte er Matthew sogar mit dem Tod. Zum Glück aber blieb ihm keine Zeit, seine Drohungen in die Tat umzusetzen, denn kurz darauf war der Friedensrichter erschienen, um ihn wegen des schwer wiegenden Verdachts der Verschwörung festnehmen zu lassen. Schließlich hatte er, alkoholkrank, zitternd und von Entzugserscheinungen gequält, doch alles zugegeben, und zwar in solch entsetzlichen Details, dass Matthew wie vor den Kopf geschlagen war. An eine Entführung, so Philip unheilvoll lachend, sei überhaupt nicht gedacht gewesen. Eigentlich sollte der Bruder sterben, denn dafür hatte er die Täter bezahlt. Die aber hatten sowohl ein doppeltes Spiel mit ihm getrieben als auch doppelt kassiert, indem sie Alec an einen Marinekapitän verschacherten, der wiederum statt einer profitablen Fracht nur eine nutzlose Leiche vorfand. Laut Philip hatten die Halunken für ihren Verrat mit dem Leben bezahlt.

Matthew schob die Befürchtungen beiseite und richtete den Blick nach vorn. Schon wurde der Himmel heller zwischen den

Bäumen; der Wald lichtete sich, und Matthew merkte, dass sein Reittier allmählich sicherer ging. Offenbar wurde der Untergrund fester. Matthew war, als tue sich im gespenstischen Zwielicht vor ihm eine Art Lichtung auf.

„Gleich geht die Sonne auf!" mahnte Cassie. „Nun ist Eile geboten!"

Voller Ungeduld schlüpfte Alec in seine Stiefel, erpicht darauf, dass es endlich losging. Wie versprochen hatte Takotah ihn und Carter schon vor Morgengrauen geweckt und den beiden dampfenden Tee und ein Frühstück aus Maisgrütze auf dem grob gezimmerten Tisch bereitgestellt. Neben ihm wurde Carter schon wieder von einem Hustenanfall erschüttert. Für alle war es eine unruhige Nacht gewesen, insbesondere aber für Carter, der sich indes nicht beklagt hatte, wie man zu seiner Ehrenrettung einräumen musste. Gegen die Atemnot und die Schmerzen in den steifen Gliedern hatte Takotah ihm eine ihrer Mixturen verabreicht, sodass er zumindest ein wenig Schlaf gefunden hatte.

In diesem Augenblick erschien die Indianerin im Eingang zu dem kleinen Blockhaus, in der Hand eine weitere dampfende Tasse Tee, die Carter dankend entgegennahm, auch wenn er bei dem Geruch die Nase rümpfte.

„Wenn's mich nicht umbringt, kuriert es mich ja vielleicht."

„Falls Ihr das schon für schlimm haltet", bemerkte Alec grinsend, „solltet Ihr mal das Zeug probieren, was sie mir eingetrichtert hat."

Takotah war an derbe Späße über ihre Mittel gewöhnt und lächelte zurück, sodass es schien, als erwachten die Tätowierungen auf ihrem wettergegerbten Gesicht zum Leben. „Schön, dass du wieder daheim bist", sagte sie zu Alec und legte ihm die Hand auf die Schulter. Dann verschwand sie stumm wieder nach draußen.

Daheim … Ein Wort, das Alec nicht ungern hörte. Doch noch war er nicht ganz daheim. Sein Zuhause lag eine Monatsreise entfernt – falls es ihm überhaupt gelingen sollte, die kommenden Tage zu überleben.

Aus einem Krug goss er Wasser in eine Waschschüssel und benetzte sich damit das Gesicht, dankbar für das kalte, belebende Nass. Wie seltsam sie gewesen war, die Ankunft mitten im Dunkel der Nacht! Gleich einem Geist hatte Micah sich aus den Schatten gelöst und sich um die Pferde gekümmert, während Takotah die beiden Neuankömmlinge in die Hütte bat, wo ein warmes Mahl auf sie wartete. Nie hatte ein einfacher Eintopf köstlicher gemundet, nie ein Bett sich so weich angefühlt.

Am schönsten aber war das Wiedersehen mit Jamie gewesen. Damit die beiden Männer in Ruhe essen konnten, hatte Takotah den Jungen einstweilen fern gehalten. Kaum aber waren die geleerten Schüsseln abgetragen, stürzte er ins Zimmer, den vierbeinigen Gefährten auf den Fersen. Der Hund hatte mittlerweile fast seine volle Größe erreicht, und am Ende hatte Alec mit beiden alle Hände voll zu tun gehabt, sowohl mit dem zappelnden Knirps als auch mit dem ausgewachsenen Tier.

Wie hätte er dem Kind alles erklären sollen? Also hatte er Jamie gesagt, seine Schwester sei in Williamsburg in Sicherheit, im Haus von Master Carter. „Kennst du ihn noch?“

Der Junge hatte nickend zu Carter hinübergeschaut. „Dann kommt sie also nicht her?“

„Noch nicht, Kaulquappe! Aber vor dem Frühling, da bringe ich sie dir vielleicht!“ Eine Zeitspanne, die einem Kind wahrscheinlich wie eine Ewigkeit vorkam.

„Versteht er wohl, warum wir hier sind?“ hatte Carter mit einem Blick auf Abraham Blakewell gefragt, der stumm und ins Leere starrend in einer Ecke auf seinem Schaukelstuhl hockte.

Fragend hatte Alec Takotah angesehen.

„Nein.“

„Armer Kerl. War ein guter Mann.“

Schlückchenweise trank Alec nun den Tee, dessen Wärme ihm bis in die Glieder drang, und aß rasch seine Grütze auf. Mit Schinkenspeck statt mit Maden gewürzt, mundete sie erheblich besser als der pappige Brei, den man ihm im Gefängnis vorgesetzt hatte.

Carter kam nur schleppend in Gang, sodass Alec sich schon Sorgen machte, ob er den Aufbruch nicht gar verzögern würde.

„Kümmert Euch nicht um mich“, ließ der Ältere sich vernehmen, als könne er Gedanken lesen. „Wenn Ihr so weit seid, bin ich Euch bereits einen Schritt voraus.“

Und der Landbaron hielt tatsächlich Wort. Kaum war Alec mit dem Satteln der Pferde fertig, stand Carter schon vor der Hütte, bereit für die zweite Hälfte seines großen Abenteuers. Gemessen an dem Lächeln auf seinem runden Gesicht, musste man fast den Eindruck haben, als begebe er sich auf einen Jagdausflug. „Hab’ mich noch nie so wohl gefühlt“, bemerkte er mit breitem Grinsen.

Die beiden waren schon im Begriff, zum Ritt Richtung Fluss aufzusitzen, als Micah angerannt kam, die Muskete in der Hand. „Mindestens sieben Männer!“ meldete er, die dunklen Brauen sorgenvoll zusammengezogen. „Hab’ sie nicht alle erkennen können, aber der alte Crichton ist dabei. Und bewaffnet sind sie auch!“

33. KAPITEL

Schlagartig verspürte Alec, dass neue Kraft ihn durchströmte. Wie, zum Henker, hatte der Suchtrupp sie so schnell finden können?

„Wenn wir losreiten, könnten wir ihnen dann entkommen?“ fragte er, wobei er die geladene Pistole überprüfte, die er sich in den Gürtel gesteckt hatte.

Verneinend schüttelte Micah den Kopf.

„Schnapp dir Jamie und Takotah, und versteckt euch im Sumpf! Und was auch passieren mag: Wagt euch nicht eher heraus, bis alles vorüber ist!“

Micah nickte und verschwand.

Jetzt hörte Alec Stimmen und das dumpfe Stampfen von Pferdehufen auf lehmigem Boden, als die Reiter aus dem Morast auf trockenes Land gelangten. Offenbar waren sie zunächst mit Booten dem Fluss Richtung Norden gefolgt, um sich dann die ganze Nacht über an die Spuren der Flüchtigen zu heften. Fast sah es so aus, als hätten sie genau gewusst, wohin er sich wenden würde.

„Jetzt geht der Tanz erst richtig los“, flüsterte er Carter zu, wobei er sich niederbeugte und ein Messer aus dem Stiefelschaft zog. Er klemmte sich die Klinge unter die Kordel, die seine Hose hielt.

„Wurde ja auch schon ein wenig langweilig“, brummte Carter unterdrückt.

Nach den Geräuschen zu urteilen, waren die Reiter inzwischen abgesessen und pirschten sich an die Hütte heran. Nun galt es zu handeln! Jetzt oder nie!

„Seid Ihr bereit?“

„Nur zu!“

Alec winkelte den Arm um Carters Hals und drückte ihm den

Pistolenlauf an die Schläfe. Alle Sinne gespannt, trat er auf die Lichtung und hielt seinen Gefährten wie einen Schutzschild vor sich.

„Keinen Schritt weiter!" schrie er. „Oder Carter stirbt!"

„Nicht schießen!" röchelte Carter erstickt. „Tut, was er sagt!"

Wie vom Donner gerührt blieben sieben Männer stehen, darunter Crichton senior sowie Henry, der alte Schotte.

Tückisch funkelte der alte Crichton die beiden an. „Wusste ich's doch, dass ich dich hier aufspüre, Zuchthäusler", knurrte er hasserfüllt. „Als Henry hörte, du seist entkommen, da erzählte er mir, wie er dir öfter bis hierher nachstellte und wochenlang versucht hat, die Stelle für meinen Sohn wiederzufinden. Hätte Geoffrey, dieser Esel, mir verraten, was er vorhatte, dann wärst du längst eine Leiche. Vor langer Zeit nämlich habe ich diese Insel schon mehrmals aufgesucht, gemeinsam mit Blakewell, als der noch klar im Kopf war. Hat zwar ein Weilchen gedauert, bis ich wieder hergefunden habe, aber schließlich hat es doch geklappt. Und gerade noch rechtzeitig."

„Gratuliere. Aber nun, da Ihr mich erwischt habt, kehrt Ihr gefälligst wieder um und macht Euch davon. Sonst beißt Carter nämlich als Erster ins Gras."

„Hört auf ihn!" flehte Carter, der glaubhaft so tat, als sei er zu Tode verängstigt.

„Da hast du nun den Fluch deines Großmuts, Robert!" Mit einem Wink bedeutete Crichton einem seiner Männer, ihm die Muskete zu reichen. „Hast du etwa geglaubt, du könntest mich demütigen, indem du den Mörder meines Sohnes verteidigen lässt? Jetzt kommt die Abrechnung! Also, wen von euch beiden soll ich zuerst ins Visier nehmen?"

„Hier wird niemand umgebracht!"

Über die Lichtung hallte die dröhnende Stimme von Gouverneur Gooch, der wenig später hoch zu Ross auftauchte, flankiert von …

„Cassie!"

„Alec!"

„Was geht hier vor?" brüllte Crichton, die Muskete nach wie vor auf Alecs Brust gerichtet.

Der Gouverneur saß ab, schritt auf Crichton zu und entwand ihm die Waffe. „Kein Morden hier heute Morgen! Dieser Mann hat die Wahrheit gesprochen!"

Als Crichton in einen ganzen Schwall erbitterter Flüche ausbrach, hörte Alec kaum hin. Was hatte der Gouverneur da gerade gesagt? *Dieser Mann hat die Wahrheit gesprochen?*

Inzwischen war Cassie vom Pferd gesprungen und rannte, seinen Namen rufend, mit ausgestreckten Armen auf ihn zu. Sie warf sich in seine Umarmung, und er drückte sie, überwältigt und aufgewühlt, an die Brust. „Cassie", flüsterte er heiser, die Lippen in ihrem Haar.

„Und für mich nicht mal ein Händedruck?"

„Matthew?" Alec stieg das Blut zu Kopf. Er mochte seinen Augen nicht trauen. Dies konnte nur ein Traum sein.

„Es ist vorbei, Alec", hörte er Cassie sagen.

Allmählich verstand er. Für eine ganze Weile standen Alec und Matthew einander gegenüber, reglos und stumm. „Mein Gott", stammelte Alec dann, „bist du's wirklich?"

„Allerdings. Schön, dich zu sehen."

Heiße Tränen liefen Cassie über die Wangen, als die beiden sich stürmisch umarmten.

„Gott sei Dank, du lebst!" sagte der Lieutenant mit bewegter Stimme. „Wir dachten schon, wir hätten dich verloren."

„Was, zum Teufel, hat dich denn so lange aufgehalten?"

„Ich fürchte, das ist eine ziemlich lange Geschichte."

„Ich jedenfalls bin heilfroh, dass sich die Sache aufgeklärt hat", bemerkte der Gouverneur ein wenig verlegen.

„Gouverneur Gooch, darf ich mir erlauben, Euch meinen verehrten Schwager vorzustellen?“ fragte Matthew. „Alec Madison Kenleigh der Dritte!“

Alec trat einen Schritt vor und schüttelte dem Gouverneur erfreut die Hand.

„Verzeiht, dass wir so unsanft mit Euch umgesprungen sind“, bat Gooch.

„Solange Ihr den Plan aufgebt, mich hängen zu lassen, will ich noch mal ein Auge zudrücken und die Sache als erledigt betrachten.“

Nun traten auch die übrigen Männer vor, um Alec zu begrüßen und sich zu entschuldigen – bis auf Master Crichton, der im Kreise seiner Leute abseits stand, das Gesicht bitterböse verzogen.

„Was habe ich Euch gesagt, Hollingsworth? Ich setze nie auf Verlierer“, prahlte Carter lachend, an den Sheriff gewandt. „Na ja, jedenfalls so gut wie nie“, fügte er etwas kleinlaut hinzu, als sein Gegenüber spöttisch die Brauen hob.

„Allerdings“, bemerkte der Gouverneur mit strenger Miene, „ist über Eure jüngste Wette noch nicht das letzte Wort gesprochen. Wir hatten ja keine Ahnung, dass Ihr ein solch trefflicher Schauspieler seid. Eure Verschleppung hat den armen Gefängnisschließer halbwegs zu Tode erschreckt.“

Herzhaftes Lachen schallte über die Lichtung.

Plötzlich spürte Cassie, wie etwas Stählernes sich in ihre Schläfe bohrte. Ein Arm winkelte sich um ihre Kehle und drückte ihr die Luft ab.

„Zurück, Zuchthäusler! Ein Schritt, und sie ist hin!“ Die eiskalte Stimme von Master Crichton hallte in Cassies Ohr, und seine Barthaare kratzten ihr scharf über die Wange, als er sie rückwärts zerrte. „Waffen runter! Los!“

Scheppernd fielen die Musketen zu Boden, während Cassie sich zu wehren versuchte, was indes ihre Atemnot nur noch verschlimmerte.

„Lasst sie los, Crichton!“ Alecs Stimme glich einem wilden Grollen.

„Seid Ihr des Wahnsinns, Crichton?“ rief der Gouverneur ungläubig.

„Alles aus dem Weg!“ Master Crichton verstärkte den Griff um Cassies Hals, als wolle er ihr das Genick brechen. „Der Kerl hat meinen Sohn auf dem Gewissen! Das soll er büßen, dafür werde ich sorgen!“

Dem Ersticken nahe, spürte Cassie, wie ihr vor Schmerz die Tränen kamen.

„Ganz recht, Crichton“, sagte nun Alec, die Stimme so glatt wie Seide, „ich habe Euren Sohn getötet. Und nun“, fuhr er fort, indem er sich von den Umstehenden löste, um ein eindeutiges Ziel zu bieten, „stehe ich hier. Warum erschießt Ihr mich nicht, damit wir quitt sind?“

„O nein! Du hast meinen Erstgeborenen umgebracht, und genauso werde ich mit dir verfahren. Sie, sie bringe ich um! Dann stirbt das Kind mit ihr!“

Verzweifelt rang Cassie nach Luft.

„Lasst sie los, und Ihr könnt mit mir verfahren, wie es Euch beliebt.“ Alec öffnete Mantel und Hemd und bot ihm die entblößte Brust. „Hier steht Euer Ziel!“

Mit rasendem Puls, die Lungen kurz vor dem Zerplatzen, sah Cassie entsetzt zu, wie Henry auf einen Wink seines Herrn hin die Muskete auf Alec anlegte.

„Dann geht ihr eben beide drauf“, rief Master Crichton.

Luft! Nur Luft! Cassie schwanden die Sinne; dunkle Flecken tanzten vor ihren Augen. Sie wollte sich wehren, doch … Wie aus weiter Ferne knallte ein Schuss; sein Echo hallte in ihrem Kopf wider, als fielen mehrere nacheinander. Dann spürte sie nur noch, wie es um sie herum schwarz wurde.

„Cassie?"

Starke Arme hielten sie umfangen; sie vernahm, wie sie röchelnd nach Atem rang und gierig nach Luft schnappte, nach süßer, frischer Luft.

„Cassie! Kannst du mich hören?"

Alecs Stimme! Sie klang ängstlich. Aber Angst zeigte er doch sonst nie.

Mit großer Mühe schlug sie die Augen auf. Verschwommen erkannte sie über sich sein Gesicht. „Alec!" Sie streichelte seine Wange.

Er umschlang sie mit seinen kräftigen Armen, berührte mit den Lippen ihre Stirn. „Ich dachte schon, es sei zu spät."

Zitterte er etwa? *Was ist denn bloß geschehen? Master Crichton wollte mich umbringen! Henry hatte auf Alec geschossen!* Ängstlich ließ sie den Blick schweifen. Dort, gleich nebenan, lag Henry am Boden; irgendetwas ragte aus seinem Rücken. Und Master Crichton …

Die Hand sanft auf ihrer Wange, drehte Alec ihr den Kopf zur Seite und versperrte ihr die Sicht. „Schon gut, Liebes! Du bist außer Gefahr", sagte er.

„Aber was …?" fragte sie heiser und mit schmerzender Kehle.

Alec hob sie auf die Arme und trug sie zur Hütte ihres Vaters. „Sei einfach froh, dass Takotah und Matthew so hervorragend zielen können." Ein Lächeln lockerte die Spannung, die auf seinem Gesicht lag.

„Vielen Dank", ließ Matthew sich vernehmen, „aber mir steckt das Ganze noch in den Gliedern. Hoffentlich bleibt mir so etwas in Zukunft erspart!"

„Hab' nie gesehen", bemerkte Master Carter, „dass jemand ein Messer so zielgenau wirft. Eins kann ich euch versprechen: Nie wieder werde ich mich über ihre Mixturen lustig machen."

Endlich fiel aller Schrecken von Cassie ab. Erleichtert schlang sie die Arme um Alecs Hals, und da hörte sie Jamies Stimme. „Ist was mit Cassie?"

„Nein, Kaulquappe, alles in Ordnung."

„Ach, Cassie, du siehst entzückend aus!" Elizabeth führte Cassie vor den mannshohen Spiegel, der in einer Ecke des Zimmers stand. Noch immer hatte Cassie sich nicht an den Luxus in dem Stadthaus in Williamsburg gewöhnt, das Alec gekauft hatte und in dem sie zurzeit wohnten.

„Meine Güte!" Ehrfürchtig und ungläubig zugleich starrte Cassie ihr Spiegelbild an. *Die Frau im Spiegel – bist du das etwa? Unmöglich!*

Ihr sonst so widerspenstiges Haar glich nun einer weichen Lockenpracht, gewundene Strähnchen umrahmten ihre Wangen oder fielen ihr weich in den Nacken. Das Gesicht, auf Elizabeth' Drängen hin mit Rouge und Puder behaucht, wirkte … strahlend, ja wunderschön sogar. Das Kleid aus cremefarbener Seide, golddurchwirkt und mit winzigen Perlen besetzt, ließ sie wie eine Prinzessin erscheinen. Den sanften Schwung ihres Leibes verbargen die üppigen Falten des schimmernden Stoffes.

In den vergangenen acht Wochen war so vieles geschehen, dass Cassie noch gar nicht alles hatte verarbeiten können. Nach jenem schrecklichen Morgen auf der Insel waren sie, Cassies Vater eingeschlossen, zurück nach Blakewell's Neck geritten und hatten dort alles unverändert vorgefunden. Obwohl sie nach Alecs Ansicht für zwei Tage ins Bett gehörte, hatte Cassie mit den anderen bis spät in die Nacht gefeiert und getanzt. Diese Festtagsstimmung hatte sich durch die Ankündigung, dass Zach und Elly heiraten wollten, sogar noch verstärkt. Natürlich hatte Cassie der Verbindung zugestimmt, denn die beiden liebten sich ganz offensichtlich.

Auch wenn ihr Vater nach wie vor auf niemanden einging, schien es Cassie doch so, als esse er besser, und sein Gesicht hatte mehr Farbe bekommen. Und sie hoffte, dass er, umgeben von fröhlichen Kinderstimmen und im Kreise seiner Lieben, eines Tages doch genesen könnte.

Das allgemeine Hochgefühl wurde lediglich durch eine von Matthew überbrachte Nachricht getrübt. Tage nach seinem Geständnis hatte Philip Selbstmord begangen. Die Todesnachricht hatte Alec tiefer getroffen als von Cassie erwartet, machte er sich doch den Vorwurf, er hätte sich eher in die Lebensführung seines Bruders einmischen müssen. Schließlich, so seine Begründung, war er für Philip verantwortlich gewesen, und in dieser Hinsicht hatte er versagt. Obwohl er seine Trauer nicht offen zeigte, konnte Cassie doch die Schatten in seinen Augen sehen.

Gouverneur Gooch hatte Alec in vollem Umfang rehabilitiert und begnadigt. Der Vorwurf der Schändung war fallen gelassen worden, und in sämtlichen anderen Anklagepunkten hatte man auf Notwehr erkannt. Unverzüglich hatte Alec sich in die Vorbereitungen für seine Heimkehr nach England gestürzt. Cassie hatte es nicht über sich gebracht, ihm zu gestehen, wie unaussprechlich traurig sie jedes Mal wurde, wenn sie daran dachte, dass sie Virginia verlassen würde. Überhaupt hatten sie in den zurückliegenden Wochen nur wenig Gelegenheit gehabt, sich zu unterhalten. Auf einer Kleinigkeit allerdings hatte Alec bestanden, und zwar noch vor der Abreise.

„Ich mache dich zu einer ehrbaren Frau“, hatte er eines Morgens gesagt, als sie zusammen im Bett lagen. „Und außerdem soll es eine richtige Hochzeit werden. Ganz Virginia soll wissen, dass wir uns unserer Liebe nicht zu schämen brauchen." Dann hatte er sie mit einem Paar Ohrringe aus Smaragden und Diamanten überrascht, das erste von vielen üppigen Geschenken. „Sie passen wunderbar zu deinen Augen."

Matthew hatte seine Familie kommen lassen und darauf bestanden, das Paar müsse mit der Hochzeit bis zur Ankunft von Elizabeth und den Kindern warten. „Sonst wird sie mir das Leben zur Hölle machen", hatte er erklärt. „Sie wird's mir sowieso nie verzeihen, dass ich sie über den Zweck meiner Reise im Dunkeln gelassen habe."

Betriebsame Wochen folgten. Fast über Nacht hatte Alec sich in einen Gentleman verwandelt, der sich dem Anwesen und seinen Geschäften zu widmen hatte. Das Neue daran lag nicht so sehr an diesem Wandel, obwohl ihn die Garderobe, die er sich aus Williamsburg hatte kommen lassen, wahrhaftig wie einen anderen Menschen erscheinen ließ, wie einen blendend aussehenden Mann von Welt. Nein, das Neue lag mehr an der Art, wie man auf ihn reagierte. Nunmehr war er derjenige, an den man sich auf Blakewell's Neck wandte, wenn es Probleme gab. Ganz ohne Frage galt er Cassies Bediensteten als Autorität und Respektsperson.

Was die Frage der Sklaverei anging, waren sie nach wie vor unterschiedlicher Auffassung. Inzwischen hatte er Cassie um Zustimmung gebeten, Luke und Nettie entlassen zu dürfen – gleichsam als Dank für Lukes Hilfe bei seiner Rettung. Gemäß den für Sklaven herrschenden Vorschriften waren die beiden ohnehin so gut wie verheiratet.

Cassie hatte ihre Bedenken vorgetragen und gefragt, wohin die beiden denn gehen und wie sie überleben wollten. Dennoch hatte sie zugestimmt, wusste sie doch, dass ihre Entlassung nur recht und billig war.

Verlief der Abschied von den beiden schon tränenreich, so war das nichts im Vergleich zu Elizabeth' Ankunft in der vergangenen Woche. Das Jüngste auf dem Arm und gefolgt von den übrigen vier Kleinen, war sie über den hölzernen Steg an Land geeilt, wo sich Bruder und Schwester, glücklich wieder vereint, in die Arme fielen. Als Letzter war gemessenen Schrittes ein älterer, würdevoll dreinblickender Schwarzer erschienen, Socrates, wie Cassie vermutete.

Ja, Cassie hatte allen Grund, dankbar sein. Warum also gelang es ihr nicht, ihre Wehmut abzuschütteln?

„Ist die Braut bereit?" fragte Elizabeth jetzt. „Es ist fast Zeit."

Cassie lächelte gezwungen. Der glücklichste Tag ihres Lebens sollte es doch sein! Ja, wäre ihr nur danach. Sie musste mit Alec sprechen, musste Gewissheit haben! „Hast du Alec gesehen?"

„Der ist unten", erwiderte Elizabeth. „Genehmigt sich gerade einen Bran..."

„Danke!"

Ohne auf das überraschte Gesicht ihrer zukünftigen Schwägerin zu achten, eilte Cassie mit rauschenden Röcken zur Tür hinaus. Gerade hastete sie die Treppe hinunter, als sie ihn im Salon stehen sah, einen Cognac in der Hand. Fast setzte ihr das Herz aus. Angetan mit einem Rock aus nachtblauem Samt, elfenbeinfarbenen Spitzen an Hemdmanschetten und Hals und golddurchwirkter Weste, war er ein atemberaubend schöner Mann.

Er wandte den Kopf, und sie wusste sofort, dass er sie erblickt hatte. Seine Lippen formten ihren Namen. „Du bist das wundervollste Wesen, das ich je gesehen habe", sagte er leise, als sie zu ihm trat. Soeben noch ins Gespräch vertieft, verstummten Matthew und Socrates bei ihrem Anblick.

„Alec, ich ..." Sie rang nach Worten. „Ehe wir ... ach, ich muss wissen ..."

„Was denn, meine Süße?"

„Im Gerichtssaal sagtest du, dass du bereust, was zwischen uns war.“ Sie holte tief Luft, da sich alles in ihr verkrampfte. „Du sagtest, du habest mich benutzt, um dir die Einsamkeit zu erleichtern, und du seist bereit, dafür die Verantwortung zu übernehmen.“

Alec lächelte amüsiert und wollte sie schon unterbrechen, doch Cassie fuhr fort: „Ich entlasse dich aus dieser Verantwortung“, sagte sie, um eine feste Stimme bemüht. „Wenn dir also daran liegt, ohne mich nach England zurückzukehren, so steht es dir frei. Ich glaube ohnehin nicht, dass ich dort glücklich werden würde.“

Alecs Miene verdüsterte sich. „Wie kommst du darauf, du könntest mich aus meiner Verantwortung entlassen? Ich *bin* für dich verantwortlich, Cassie, und für das Kind obendrein. Und deshalb wirst du mit mir nach England zurückkehren.“

„Und ich werde gar nicht erst gefragt?“

„Soll das heißen, dass du nicht mitkommen willst?“

„Virginia ist meine Heimat!“

„Und England die meinige! Und da du meine Frau wirst, wird England auch dir zum Heimatland werden.“

„Noch bin ich nicht deine Frau.“

Mit diesen Worten wirbelte sie herum und floh, von Tränen halb blind, die Treppe hinauf.

Mürrisch hockte Alec in der Kutsche. Seine Verdrossenheit wuchs von Minute zu Minute, und für die jubelnde Menge am Straßenrand hatte er weder Augen noch Ohren. Als könne sie kein Wässerchen trüben, saßen Socrates und Matthew neben ihm, in ihre Zeitungen vertieft.

Alec verstand die Welt nicht mehr. In wenigen Minuten würden sie die Kirche erreichen, wo er mit der Frau, die er liebte, vermählt werden sollte – einer Frau, der offensichtlich nichts an ihm lag, da sie ja hier bleiben wollte! Zwar hatte er in den vergangenen Tagen mitbekommen, dass etwas mit ihr nicht stimmte, doch dass es so schlimm kommen könnte, hatte er nicht geahnt. Er hatte angenommen, sie liebe ihn. Nun sah es so aus, als bedeute ihr das Leben auf Blakewell's Neck mehr als er.

„Also, ich begreife sie nicht", grübelte er laut.

„Frauen denken eben nicht rational, das ist allgemein bekannt." Matthew schaute nicht einmal von der Zeitung auf.

„Sie will hier bleiben!"

„War nicht zu überhören."

„Nicht zu fassen!"

„Schwer vorstellbar", bemerkte Socrates, „dass jemand diese wild verwegene Gegend dem geschäftigen Treiben in den Straßen von London vorzieht."

„Sie wird doch meine Frau! Sie gehört zu mir, und meine Heimat ist nun mal England!"

„Sehr richtig!" bestätigten die beiden.

Alec schaute die beiden argwöhnisch an. „Wie kommt es, dass ihr mir zustimmt?"

„Weil du Recht hast. Sieht doch ein jeder." Matthew faltete die Zeitung zusammen. „Cassie wird deine Frau, und dein Zuhause ist England, wo deine Familie und deine Pflichten auf dich warten. Nun bist du ein gutes Jahr fort – eine Abwesenheit wider Willen. Natürlich möchtest du da so bald wie möglich heim. Du hast schließlich Verpflichtungen, trägst Verantwortung."

Alec nickte, froh über die Unterstützung. „Nächste Woche um diese Zeit steche ich schon in See, und dann wird sie an meiner Seite sein. Schließlich trägt sie mein Kind. Da werde ich sie doch nicht einfach so zurücklassen."

„Natürlich nicht! Mit der Zeit wird Cassie sich eingewöhnen, ganz gleich, wie unglücklich sie anfangs sein mag. Beim ersten Londoner Ball wird ihr das Heimweh schon vergehen. Im Übrigen wird es dich freuen zu hören, dass ich dein Kontor vorbereitet habe. Alles ist so wie an dem Abend deines Verschwindens, genau so, wie du es magst. Das Unternehmen braucht dich."

„Was soll das heißen?"

„Natürlich würde das Geschäft auch ohne dich laufen, aber niemand führt eben den Betrieb so fachkundig wie du."

Die Kutsche hielt an.

„Ich gebe zu, mir fällt ein Stein vom Herzen", fuhr Matthew fort, als er die Kutschentür öffnete und vorsichtig ausstieg. „Als ich dich hier wieder traf, da hegte ich schon die Befürchtung, du würdest vielleicht bleiben wollen. So manchen zieht es nämlich in diese unzivilisierte Gegend mit ihren unendlichen Weiten und ihrer unkonventionellen Gesellschaft. Ich hatte Angst, dass es dir ebenso gehen würde und dass ich für ein Unternehmen arbeiten müsste, das ein Bein in England hat und eines in Virginia."

Dankbar für Matthews und Socrates' Verständnis und Zustimmung, verließ nun auch Alec die Kutsche, ohne allerdings die jubelnde Menge ringsum wirklich wahrzunehmen. Denn tatsächlich plagte ihn ein unerklärlich schlechtes Gewissen.

Matthew und Socrates hingegen, die ihm zum Kirchenportal folgten, schmunzelten sich verschwörerisch zu. Es war leichter gewesen als erwartet. Alec gehörte eben nicht mehr nach England, und je eher er das einsah, desto besser.

Cassie schaute durch das Fenster der Hochzeitskutsche, den Brautstrauß aus getrockneten Rosen und Lavendel fest in den Händen. Jetzt zog der Kutscher die Zügel an; das Gefährt hielt, die Tür ging auf, und kalte Winterluft strömte ins Kutscheninnere. Von vielen helfenden Händen gestützt, stieg Cassie unter dem Jubel der Zuschauer aus und holte tief Luft. Ob sie wollte oder nicht – nun musste sie doch unwillkürlich lächeln. Die heitere Stimmung, die vielen Glückwünsche, all das wirkte wie ein Elixier.

Ihr Hochzeitstag war gekommen. Sie hob das Kinn und betrat mit heftig pochendem Herzen die Kirche. Beinahe verschlug es ihr den Atem, als sie Alec, stolz und mit hoch erhobenem Kopf, vor dem Priester stehen sah, flankiert von Matthew in schmucker Paradeuniform.

„Fertig, junge Lady?“

Im Windfang wartete bereits Master Carter darauf, sie zum Traualtar geleiten zu dürfen. Als Ehrendame schritt Elizabeth voraus.

Sämtliche Gäste im Kirchengestühl erhoben sich und wandten die Blicke der Braut zu: Nan, in Tränen aufgelöst; Zach und Elly; ganz hinten die liebe Takotah, dann Micah, Jamie auf dem Arm, damit der Kleine bessere Sicht hatte. Die Freundin Lucy, Socrates und Gouverneur Gooch. Und Cassies Vater war ebenfalls zugegen, wenn auch nur körperlich.

Und als Master Carter ihre Hand nahm und sie in Alecs legte, da war Cassie, als wandele sie auf Wolken. Zart schloss er die Finger um die ihren und senkte seinen Blick fragend in ihre Augen.

„Wir haben uns im Angesicht des allmächtigen Gottes versammelt“, begann der Priester, „um zu bezeugen, dass dieser Mann und diese Frau gewillt sind, in den heiligen Stand der Ehe zu treten …“

„Wartet noch!“ Es war Alecs Stimme.

Bestürzt hielt die Gemeinde den Atem an, und gleich einem Windstoß wehte ersticktes Keuchen durchs Kirchenschiff.

„Cassie! Ehe wir uns das Jawort geben, muss ich wissen, dass du es wirklich willst.“ Fragend suchte sein Blick den ihren.

Cassie sah seinen Schmerz, auch wenn er ihn nicht offen zeigte. „Natürlich will ich es, Alec! Mehr als alles in der Welt! Was ich zuvor gesagt habe …“

„Was du gesagt hast, hat mir zu denken gegeben. Die Monate mit dir haben mir bewiesen, dass das Leben zu kurz und zu zerbrechlich ist, als dass man auch nur einen Augenblick vergeuden sollte. Ich war so sehr erpicht auf die Rückkehr nach England und mein dortiges Leben, dass ich völlig vergaß, mich zu fragen, ob ich jenes Leben überhaupt möchte. Am meisten, Cassie möchte ich aber, dass du glücklich bist. Und wenn Glück für dich ein Leben in Virginia bedeutet, dann bleiben wir eben hier."

„Ist das … ist das dein Ernst?"

„Ja!" Er lächelte, die Augen so voller Hingabe, dass es ihr in der Seele wehtat. Den Blick tief in ihre Augen versenkt, hob er ihr Kinn und wischte ihr mit dem Daumen eine Träne fort. „Meine Worte vor Gericht dienten nur deiner Sicherheit. Etwas Besseres, als dir zu begegnen, konnte mir nicht passieren, Cassie, und ich bereue nicht einen Augenblick, den wir gemeinsam verbrachten. Ich würde alles noch einmal genauso machen, wenn es nötig wäre."

Cassie war, als wolle ihr schier das Herz übergehen. „Ich liebe dich, Alec", flüsterte sie, begleitet von Hochrufen drinnen und draußen.

EPILOG

Mit zusammengebissenen Zähnen kämpfte Cassie gegen die immer rasender heranflutenden Schmerzen an. Beinahe hätte sie laut aufgeschrieen. Wie war es möglich, dass etwas derart wehtat!

„Nur Mut!" raunte Takotah besänftigend. „Sei stark!"

Während der Schmerzanfall abebbte, ließ Cassie sich rücklings gegen Nan sinken, die hinter dem Gebärstuhl hockte und sie stützte.

„Ihr macht das vorzüglich, Missy", lobte die Köchin tröstend. „Nehmt die Wehen einfach so, wie sie kommen."

„Die erste Geburt ist immer am schwersten", bemerkte Elizabeth mit mitfühlendem Lächeln.

Cassie spürte, wie die nächste Wehe heranwallte, als lege sich ihr ein bohrender Gürtel um den Leib. Die Hand der Schwägerin umklammert, schrie sie auf, wieder von Schmerz überwältigt.

„Nicht dagegen ankämpfen!" Mit abwärts streichenden Bewegungen massierte Takotah Cassies Bauch. „Du schaffst es!"

„Wo ist Alec?" fragte Cassie, bemüht, die Augen offen zu halten. „Ich habe Angst."

„Ich vermute, er bringt gerade meinen Mann zur Verzweiflung." Mit einem feuchten Tuch wischte Elizabeth ihr die Stirn ab. „Mach die Augen zu, und ruh dich aus. Denk jetzt nicht an ihn. Denk an gar nichts."

Cassie war bereits in den Dämmerschlaf hinübergeglitten.

Von wahren Höllenqualen gepeinigt, hob Alec die Whiskeyflasche und nahm einen kräftigen Schluck. Schon früh am Morgen hatten bei Cassie die Wehen eingesetzt; nun war es bereits Abend und das Kind noch immer nicht da!

„Komm, gehen wir vor die Tür. Die frische Luft wird dir gut tun“, schlug Matthew vor, der bereits sichtlich beschwipst war.

„Nein!“

Schon seit drei Stunden versuchten er und Zach, Alec aus dem Haus zu locken, doch er rührte sich nicht von der Stelle.

„Du … du verdammter Sturkopf, du!“ lallte Zach, den unsicheren Blick schwankend auf Alec gerichtet, und packte ihn am Arm.

„Los!“ befahl Matthew. „Du machst dir nur selbst das Leben schwer. Lass uns einen kleinen Spaziergang machen.“

„Nein!“ wiederholte Alec böse und riss sich los, als genau in dem Moment ein schriller, herzzerreißender Schrei erscholl. „Alec!“

Ehe er wusste, was er tat, war Alec aufgesprungen, hastete an den beiden Männern vorbei und raste, zwei Stufen auf einmal nehmend, die Treppe hinauf. Ohne Rücksicht auf alle Gepflogenheiten riss er die Tür auf und eilte zu Cassie.

„Leise! Sonst weckst du sie noch auf“, mahnte Takotah.

Vollkommen nackt saß Cassie auf dem Gebärstuhl, die Augen geschlossen, den Mund entspannt, den Kopf rücklings an Nans üppigen Busen gelehnt. Ihre Haare waren nass geschwitzt, die Wangen gerötet.

Vor ihr hockte Takotah, die Hände sanft auf Cassies geschwollenen Leib gelegt.

Tadelnd kräuselte Nan die Stirn und winkte den werdenden Vater heran, damit er ihren Platz einnehmen konnte.

„Alec?“ wisperte Cassie, die nun offenbar durch die Unruhe im Raum erwacht war.

„Ja, Liebes, ich bin ja da.“

„Mit ’ner Whiskeyfahne obendrein!“ Nan legte den Haltegurt neben Cassie ab, nahm ein kaltes Tuch und betupfte damit Cassies Stirn.

Alec spürte, wie Cassie sich aufbäumte, am ganzen Körper zitternd. Ihre Nägel bohrten sich in seine Handflächen, und ihr Schrei ging in verzweifeltes Klagen über.

„Bald ist das Schlimmste überstanden", tröstete Takotah. „Spürst du, wie dein Schoß sich öffnet?"

An Alecs Brust gelehnt, nickte Cassie kraftlos, während der Schmerz nachließ. „Ich bin froh, dass du da bist."

„Und ich erst!" Alles war besser, als tatenlos und hilflos herumzusitzen. Er streichelte ihr übers Haar und wischte ihr die feuchten Strähnen aus dem Gesicht. Wie gern hätte er ihr diese Tortur erspart.

Die Wehen kamen nun in immer kürzeren Abständen. Alec sah, wie Cassies Bauch sich verkrampfte, und schon hörte er ihren herzzerreißenden Schrei. *Lieber Gott, lass es endlich vorbei sein!*

Unfähig zu denken, ließ Cassie sich widerstandslos von der nächsten Schmerzwelle überschwemmen. Woge um Woge brandete heran; wieder und wieder vernahm sie, wie sie aufschrie, wie Alec ihr tröstend ins Ohr flüsterte und seine Stimme ihr Halt gab. Und ebbte die Qual dann ab, sackte sie an seinen Brustkorb, dankbar dafür, dass er da war.

„Ich liebe dich, Cassie", raunte er ihr zu.

Die folgende Wehe war anders. Statt unerträglicher Schmerzen spürte Cassie lediglich so etwas wie ein Druckgefühl und den unwiderstehlichen Drang zu pressen.

„Siehst du?" fragte Takotah lächelnd. „Es wird schon leichter. Beim nächsten Mal spürst du dann, wie dein Kind sich abwärts bewegt."

Bemüht, Takotahs Anweisungen zu folgen, presste Cassie mit aller Macht, wieder und immer wieder, ermutigt durch Alecs Stimme und Gegenwart. Wie Feuer brannte der Schmerz nun zwischen den Schenkeln, heißer mit jedem Mal.

„Ich sehe den Kopf schon. Das Kleine hat dunkles Haar", sagte Takotah und hielt Cassie ein wohltuend warmes Tuch hin. „Nun dauert es nicht mehr lange."

„Es ist gleich vorbei", murmelte Alec. „Klammere dich an meine Hände! Drück zu, so fest du kannst!"

Cassie war, als würde sie in der Mitte auseinander gerissen. Ein Röcheln entfuhr ihr; dann, ganz plötzlich, ließ der Schmerz nach, und als sie die Augen aufschlug, blickte sie in das winzige Gesichtchen ihres Kindes, das Köpfchen bereits aus dem Mutterleib befreit. Ein letztes Pressen – und fort waren die Schmerzen!

Unter anfänglichem Wimmern, das in allmähliches Quäken überging, erblickte Cassies und Alecs Sohn das Licht der Welt, begleitet vom glücklichen Lachen aller Beteiligten. Behutsam bettete Takotah der Mutter das nackte, feuchte Wesen in die Arme, während Nan die Tür öffnete und die Treppe hinunterrief: „Es ist ein Junge! Und 'n viel hübscherer als ihr zwei beiden da unten!"

Mit ehrfürchtigem Staunen hielt Cassie ihr Kind an die Brust, wo es sogleich gierig zu saugen begann – ein bestürzend neues Gefühl für sie! „Ist er nicht wunderschön?" Voller Bewunderung schaute sie in die kleinen blauen Augen, die zu ihr aufsahen, und strich zärtlich über das daunenweiche Haar.

„Nicht ganz so schön wie du."

„Nicholas", sagte Cassie leise. Verblüfft starrten alle sie an. „Nicholas soll er heißen. Nicholas Braden Kenleigh!"

Alec legte den Kopf in den Nacken und lachte schallend auf. „Um ehrlich zu sein", sagte er, Mutter und Kind an seine Brust gedrückt, „fand ich allmählich schon selbst Gefallen an dem Namen."

– ENDE –

Deborah Simmons

Ritter des Herzens

Die ungebärdige junge Novizin Sybil begibt sich mit dem tapferen Ritter Robin de Burgh auf eine gefahrvolle Reise. Sie kommen einem Ränkespiel um Macht und Verschwörung auf die Spur – und entdecken in leidenschaftlichen Nächten den Zauber der Liebe ...

Band-Nr. 25127
5,95 € (D)
ISBN 3-89941-166-8

MIRA®

Julia Quinn

Wie heirate ich einen Marquis

Band-Nr. 25109

5,95 € (D)

ISBN 3-89941-145-5

Susan Wiggs

Die schöne Tochter des Senators

Band-Nr. 25110

5,95 € (D)

ISBN 3-89941-146-3

Sandra Hill

Im Bann der schönen Hexe

Band-Nr. 25120

5,95 € (D)

ISBN 3-89941-158-7

Connie Mason
Freibeuter meines Herzens

Band-Nr. 25121
5,95 € (D)
ISBN 3-89941-159-5

Taylor Chase
Verrat und Begierde

Band-Nr. 25100
5,95 € (D)
ISBN 3-89941-133-1

Jo Goodman
Schätze der Leidenschaft

Band-Nr. 25111
5,95 € (D)
ISBN 3-89941-147-1

Betina Krahn

Der Liebesfluch

Nur wenn Peril, Earl of Whitmore, eine keusche Braut heimführt, ist der Fluch gebrochen, der auf seinem Land lastet. Seine Suche nach einem Mädchen reinen Herzens führt ihn zu einem Kloster, wo er der temperamentvollen Novizin Eloise begegnet ...

Band-Nr. 25138
5,95 € (D)
ISBN 3-89941-177-3

Lauren Royal

Das geraubte Herz

Eine verzehrende Liebe entbrennt zwischen Lady Alice und dem wagemutigen Duke of Amberley, die in einer überstürzten Ehe gipfelt. Doch damit beginnen Leidenschaft und ein abenteuerliches Versteckspiel erst richtig ...

Band-Nr. 25139
5,95 € (D)
ISBN 3-89941-178-1

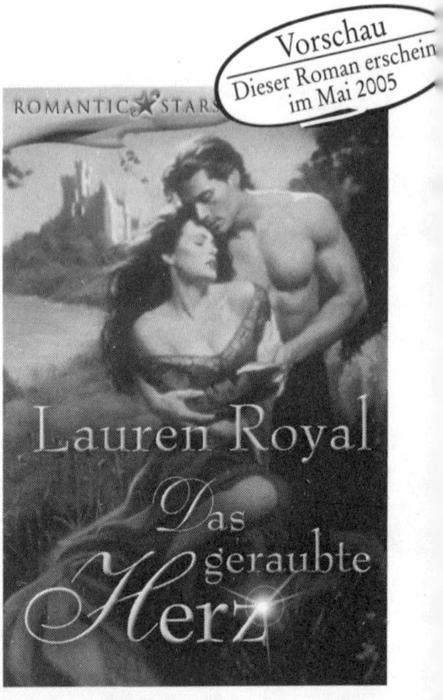